乌金红尘

刘秀梅 ◎ 著

陕西新华出版传媒集团
太白文艺出版社

图书在版编目（CIP）数据

乌金红尘 / 刘秀梅著. — 西安：太白文艺出版社，
2016.7（2023.2重印）
　ISBN 978-7-5513-0987-5

　Ⅰ. ①乌… Ⅱ. ①刘… Ⅲ. ①长篇小说—中国—当代
Ⅳ. ①I247.5

中国版本图书馆CIP数据核字（2016）第175219号

乌金红尘

WUJIN HONGCHEN

作　者	刘秀梅	
责任编辑	葛　毅　李明婕	
封面设计	李　云	
出版发行	陕西新华出版传媒集团	
	太 白 文 艺 出 版 社	
经　销	新华书店	
印　刷	三河市嵩川印刷有限公司	
开　本	720mm×1020mm　1/16	
字　数	240千字	
印　张	19.75	
版　次	2016年7月第1版	
印　次	2023年2月第2次印刷	
书　号	ISBN 978-7-5513-0987-5	
定　价	59.80 元	

深山不掩寒梅香

——序刘秀梅长篇小说《乌金红尘》

杨焕亭

在咸阳耕耘播种了大半生，经过我评论或者作序的作品上百部，其中大部分都是散文或者小说作品。每读完一部作品，总是感喟这真是一方藏龙卧虎，群星璀璨的天地。许多名不见经传的业余作者，一旦沉默之后"爆发"，往往会令人不期然而然。刘秀梅的长篇小说《乌金红尘》就给我留下如此强烈的感觉。作者对煤矿生活的熟悉和深入、写作心态的成熟和冷静、对审美表达把握的准确和自觉，都让我想起一句古诗："不要人夸颜色好，只留清气满乾坤。"

《乌金红尘》这个书名，昭示出作者是以一种世俗的、社会的目光投入对生活审美的。千尺地下，茫茫煤海，对于生活在阳光下的人们来说，始终是一个带着几分神秘而又有几分恐惧的所在。

《乌金红尘》以女主人公陈荷的人生体验告诉读者，这是一个色彩斑斓、精彩纷呈，缔造着人类热能也缔造着爱情；承载着人生欢乐也承载着惆怅痛苦；放射着青春阳光也蕴含着人性缺憾的复杂世界。一个"鲁家河"煤矿，实际上就是一个红尘纷飞的小社会。那里有因为生存而把自己变成"男人"性格的豪爽的鲁会娟；有为了维系即将破碎的家庭而痛苦着的赵六斤；有盘煤班"天天骑摩托车上班，每过几天就去县城，把腰包里鼓鼓囊囊的盘煤费换成一张薄薄的存款单"，却靠摩托车拖斗里的几个馒头果腹的王捉娃；有温文尔雅，却常常被一个个难题愁锁眉头的周董事长等等。值得点赞的是作者那人文的、温暖的审美目光。在她看来，"这里的每一个人就像森林中的树，以他们自己喜欢的方式自由生长。他们之间没有高低贵贱，没有妄自菲薄，没有曲意逢迎，更没有矫揉造作。既不自惭形秽，也不好高骛远"。他们乐观地直面生存的现实，他们活得本真，从不粉饰和伪装，这是一种难能可贵的审美视角，它使得作家笔下散发着正能量，传递着人类真善美的品格，正如习总书记所说："追求真善美是文艺的永恒价值"。

刘秀梅是一个善于观察生活而又善于呈现生活的作家。我自己在山区工作时，曾经有不少在煤矿工作的朋友来斗室品茗叙话，对煤矿生活知道一些皮毛。因此，当我读了《乌金红尘》那些对环境简约而又浓淡相宜的描写时，常常为她对煤矿生活的熟悉而惊诧。我曾经就此与《豳风》编辑部主任刘兆华先生交谈过，他告诉我说，秀梅曾经在煤矿工作过八年。我终于明白，她是将自己青春最美好的日子都赋予了那一方山水的。问题在于，许多人沉溺于其间而没有升华到"文学的生命态"，而秀梅做到了。可以看出，秀梅的观察生活是一种自觉的审美行为。"作家停止观察，就完了""从已发生的事情，从存在的事情，从你知道的事情和你不知道的事情，通过你的虚构创造出东西来，这就不是表现，而是一种全新的东西。"（海明威语）这是其一。其二，秀梅对环境的切入，突破了传统现实主义客观描摹的范式，是通过主人公的主体感知层次有序地呈现在读者面前。这些打着主体感知烙印的文字，不难印证刘秀梅追寻崭新审美表达的艺术足痕。然而，它并不像时下某些作品，枯燥又晦涩，而是充满了诗情画意：

"吃饭前分明看到天上平铺的云已团成一疙瘩一疙瘩，后边还透出一绺一绺的蓝天来，云缝光线像箭镞一般射向大地，显得惊艳、神秘又凝重。但一碗面还没吃完，细密的雨丝又扑簌簌地落了下来，抬眼透过门楣上边的玻璃望出去，不知何时开始已是乌云密布。"

评论界一直批评当代的小说创作缺少诗情画意的描写，刘秀梅的创作实践证明，主体呈现是完全可以与诗情画意融为一体的。

不仅如此，《乌金红尘》的整个故事都是在主人公陈荷的主体感觉范畴内构建起来的，体现出明显的现代艺术思维。

刘秀梅的作品还有许多可圈可点之处：一是对人物形象刻画形色各异。主人公陈荷的倔强而不失理性；鲁会娟的豪爽而不失温柔；赵六斤的猥琐而又良善……用她自己的话来说，就是"每个人的生活一样，又不一样。一样的是他们都是盘煤工，不一样的，是他们背后或幸福或悲凉的那个不可复制的故事。"二是在心理刻画上体现出女性的细腻。陈荷与初恋情人李果元之间若即若离、若断若续的情感纠结，读来缠绵悱恻，环环绕绕，有一种"痛并快乐着"的美感，而赵六斤为排解婚姻家庭的苦闷，夜色中开垦荒地的无奈和惆怅，催人泪下，刻画得细腻深入。三是对地方方言的熟练运用，使得作品洋溢着浓郁的生活气息。如"宁叫儿气死，不叫儿想死""你也就抱娃收鸡蛋，落个肚儿圆这一点点出息！""种你妈个脚后跟，花生里钻进臭虫，根本就不是个好（仁）人"，等等，使得这部作品，接地气，耐咀嚼。越是地域的，就越是民族的，这是一条重要的艺术规律。

祝愿《乌金红尘》早日问世。以飨读者。

（本文作者系原咸阳市作家协会主席，中国作家协会会员、陕西省文艺评论家协会理事、陕西青年职业学院客座教授。）

2016 年 3 月 3 日于咸阳

一

清晨，阳光在大地上洒下淡淡的金光。远处的山，近处的树，脚下的路，路上的车都沐浴在一片柔和的金辉里。山阴斑斑点点的积雪还没有融化，一点一点在枯黄的草丛里泛着清冷耀眼的光。光秃秃的树倾斜了身子把虬曲的枝丫伸向天空。天空碧蓝的底色里透着模糊的苍白，这苍白仿佛给天空盖上了一层蒙板，也让人感觉到严冬过后残存的一丝寒意。

李果元的拉煤车一过鲁家河大桥，便拐上了一条进山柏油路。路上是大大小小的坑窝子，有的坑窝子里柏油已踪迹全无，剩下指头肚大的石子一颗颗直竖着，像是专门有人栽上去似的。有的坑窝子里石头都没了，露出灰黑脏污的土质来。

"果元，你看。"陈荷右手紧紧抓着车窗上边的拉手，身体尽可能朝前倾，左手指着前边的路，"这路中间为什么会有这么规整的一条裂缝？还一边高一边低？"

车刚拐过一个弯，路并没有像前边拐过弯后那么豁然开朗，而是跟着山势转了半个圆圈，转了好一会儿才看清路况。驾驶座上的李果元专注地看着前边，娴熟地转动着方向盘，跟着陈荷的话音说："当年修这路的时候没有备用路，要修就得封路，可是里边好几家煤矿呢，停不起。没办法，只得一半一半修。你看到的裂缝其实在刚修成是看不出来的，可能是铺底的时候上料厚度不匀，所以现在看起来就一边高一边低了。本来工程质量就不好，平时管护也不到位，再加上车又多，你看，还不到两年，路就成这样子了。"

正说着话，后边响起车喇叭声，李果元靠边慢了一下，那车便咔哩咔嗒超了过去，车尾随即腾起两条灰色的雾带在眼前弥漫开来。虽然车门紧锁，但一股呛鼻的土腥味还是从玻璃缝隙很冲地钻进来，陈荷不由得用手捂住了鼻子。

"哈哈！"李果元扭头看到就笑了，"那灰土是无孔不入的，等进矿了给你弄个防尘口罩戴上！"

"再怎么说也是柏油路面，哪来这么多的土？"他这一说，陈荷倒不好意思了，用手揉揉鼻子问。

"有没遮盖的拉煤车路上抛洒的煤渣被碾碎成煤灰，有矿上为了填路面上的坑倾倒的矸石被碾碎成石灰。再加上路上本来的尘土，你说，不灰头土脸能成吗？"李果元说完，车便在一座橘红色的拱形门口停住了，白底的门板上用蓝字写着：鲁家河矿业公司。雨水顺着字的笔画流下来，像一溜头大小不一的惊叹号。

"到了？"陈荷打量着四周。

"到了。"李果元说，"你先别下。把鞋脱了，躺到后排卧铺里去，把被子捂上。"

"干啥？"陈荷不解地问。

"一会儿去皮时你的体重就加进皮重里了。"

"啊？"陈荷听得云里雾里，"加皮重能干吗？"

"这样咱就能多装六十公斤煤了。各个关口都得打点，能补贴一点儿……"李果元还没说完，一转眼瞥见门房出来的保安身影，他着急地说，"赶紧去卧铺，保安查车来了！"

陈荷不敢多问，鞋都没来得及脱，赶紧从副驾驶旁边的夹道里挤进卧铺，拉过卷成长条的被子蒙住身子，心里怦怦直跳。黑暗中觉得被子上又多了件什么东西，沉！

车门被拉开，一个尖细的男声随即响起："李师，水箱水放了没有？"

"放了，放了。不信你敲。给，抽烟！"

"你卧铺咋放那么多被子？膘肥体壮的，还怕把你冻着了？"没听见敲水箱，却听见这话，陈荷想那人这会儿肯定正瞅着被子呢，心就提到了嗓子眼。

"你再甭提了，这天！把人能冻死，捂两床被子还打哆嗦哩！"

"好了，下来取单子。"车门咔的一声锁上了，接着又传来很响的开门声，从声音分辨，是李果元下车了。

车门再次被打开，李果元刚上车，那个声音又跟着传进来："李师，你煤装起了走时在这喊一下我，搭个顺车！"

"那有啥问题！"李果元说着，便发动了车。

"我可以起了吗？"陈荷掀开被子，试探着露出头。

"别，这才上磅呢，赶紧捂上，叫监控看见就坏事了。"听他这样说，陈荷的头又缩进被子。

谢天谢地，直到车下磅，再没有人来查车！

李果元把车开下磅靠边停了，朝着卧铺说："这下你可以起来了！"

陈荷一下子坐起，心有余悸地拍着胸口，嗔怪地说："都是你出的馊主意，吓死我了！"她掀开身上捂着的两床被子，透过车窗朝外看，车的两侧都是围墙，左侧围墙里冒出几棵柏树的尖顶，右侧围墙后是一排楼房的窗户。

"怕什么？"李果元无可奈何地笑着，"你以为他们真查啊？他们不过是走个过场，根本不查问题，也没想过要查问题，他们只认这个。"他用拇指和食指做了一个"点钞票"的动作。

"你给他钱了？"陈荷盯着李果元问。

"是啊。"李果元俯在方向盘上点着了一根烟，"不给钱人家就不放你进门，你就在外边排着，后边的车一个一个进去装满又出来，就不信你不着急。煤矿煤矿，黑着哩！"

"一个车收多少钱？"陈荷对什么都特感兴趣。

"十块、二十、五十，煤要是快了也有收一百的。"李果元深深地吸了一口烟，吐出一个大大的烟圈。那烟圈悠悠地上升，飘散。

"啊?!"陈荷惊讶地张大嘴巴，"那你们为什么不投诉？"

"投诉？"李果元回过头望了她一眼，"你以为这是哪儿？这是煤矿，山高皇帝远的煤矿，就是黑整，根本没有讲理的地方。要么甭在这拉，要拉就得出钱。你知道我们开车的管这叫什么？叫'黑打'。凡是开拉煤车的，你随便问一个，谁要是没出过'黑打费'，拿我的头当球踢！"

"那其他矿上怎么样？那么多的煤矿，为什么非得来这拉？"陈荷问。

"天下乌鸦一般黑。沟里边的燕子窝煤矿煤全部外调，五马川煤矿把所有煤都粉成末煤供应。只有这鲁家河矿分级并给零车散户供应，不来这拉能去哪儿？"

"哎呀！想不到这么个煤矿还复杂得不行！"陈荷觉得今天真是不虚此行，知道了这么多。一转眼她又想起一个问题，"那你去皮的时候怎么没人来查车？"

李果元把烟头扔出窗外，摇上窗玻璃："门房负责查车、填发皮单。营业室司磅员只负责称重，皮单到手，就意味着保安已经查过，即使出了问题也不是司磅员的问题。"

"看来每一处都有门道，那营业室是怎么个弄法？"此刻陈荷的脑子里就像装了十万个为什么。

"所谓'鸡不尿尿，各有门道'，你慢慢就知道了。哎，你看看你有零钱吗？"

"要多少？"陈荷问。

"四十！"

"我看看。"陈荷一边说，一边斜身摸衣兜，摸出来，哧啦哧啦数一阵，"不够，只有二十七。"

"算了，甭找了。你出来，咱下车换零钱去！"李果元说着，从驾驶室一侧下了车。

陈荷打开车门，一手抓住车窗上边的拉手，一手拉着车门外的竖杆，小心地踩着车轮的中轴，一跳，肠子都悔青了——她的脚几乎全陷进厚厚的煤灰中，一双新的白休闲鞋一下子面目全非。她一边跺着脚往前走，一边发出悔不当初的叹息。

他们上了营业室后边的台阶，过了马路，进了那座小房子漆成草绿色的单扇门，眼前便出现了几个塞满了日用百货的木质货架，货品多得甚至货架旁边的冰柜上面也堆着袋装的小食品。冰柜旁边摆着一个方桌，几个人在缭绕的烟雾里打麻将，一个装方便面的纸碗在桌角悠悠地冒着热气，碗内的剩汤上还漂着红红的辣椒油。满地的烟头和麻籽皮，脚下滚落着几个空啤酒瓶。麻将桌后边的单人床上，一个约莫七十岁的老头靠着墙，望着床尾开着的电视昏昏欲睡。

"把你这一伙二杆子货，这么早就闹上了。"李果元凑过去在麻将桌上看了看，又看了看身边这个人刚摸上来的牌。那人不直接翻开看，只是用右手拇指按着，食指从一头摸到另一头，嘴里迸出"幺鸡"的同时便一翻手打了出去，陈荷凑前一看，果真一只可爱的小鸟。

"冯叔，拿包烟！"李果元看了一会儿，回过头朝床上的老头喊。

老头从床头站起来走向柜台："好长时间没见你了，这段时间在哪个矿拉着哩？"

"屋里盖房子，停了一个月。"李果元说着，从外衣内兜里掏出钱夹，摸出一张一百的递进去，"冯叔，你给我全部找成十块的！"

九十块钱，老人抖抖索索数了好长时间。

"你换那么多零钱干啥？"一出门，陈荷就问开了。

"煤场保安那得要，装载机司机那也得要！"

听他这样说，陈荷不由得又发出一声叹息。

马路对面是一条碥塄，塄畔上低垂着一拨拨密实的酸枣树，碥塄一头就是刚才他们上来时所走的台阶，两行约半人高剪成圆球形的冬青灰头土脸地站在台阶两旁的斜坡上，坡上的草丛里散落着方便面袋、瓜子皮、卫生纸等杂物。台阶下边一左一右是两棵高大的紫槐树，左边是一面青砖围墙，几棵柏树从围墙里冒出塔样的尖顶，两扇掉了漆皮的黑铁门一高一低地虚掩着。

"这是职工医院！"李果元指着那黑铁门对陈荷说，又指着对面的二层楼房，"这就是矿部，领导办公的地方。"

陈荷站定，抬头望着，窗用绝缘纸钉得严严实实，每扇窗后各种线缆蛛网似的交织着。

"1、2、3……一共有 13 间，两层就 26 间，不对，这边还有拐过去盖的。这矿部人真多！"

"这矿上领导就是多。就拿机电科来说，机电矿长管机电科长，机电科长管机电班长，机电班长管电工、充灯工、绞车工、电钳工等。像生产科、通防科、销售科什么的都是一样的。你知道不，人都说鲁家河矿是'矿长比驴多，石头比煤多'。"李果元说完便上了驾驶室。

"这地方，有点儿意思！"陈荷一边手脚并用往车上爬，一边想。

车下了一面缓平的坡，眼前出现了一个人来车往热闹非凡的煤场。工字钢铸起的高架上铺设着一台刮板运输机，运输机机头上不时落下煤来，机头底下已堆了很高的一堆煤。机器的轰鸣声，装载机加大油门的声音，拉煤车按喇叭的声音，一个穿着制服、提着卷了角的本子的男人骂骂咧咧的声音……此起彼伏。

　　李果元把车开到煤场门口，停了车，两个人正说着话，听见有人叫"李师"。循声望去，车窗下站着一个个子不高，精瘦干练的男人，他上身穿着黄褐色的皮夹克，皮夹克的皮子翘起，仿佛片片鱼鳞在风里张翕，下身穿着牛仔裤，大腿和膝盖处是灰黑色的，在灰黑色下还能依稀辨出深蓝的底色。

　　"王班长，你好，你好！这几天生意咋样？"李果元应着，伸长胳膊，从摇下的玻璃窗口递下去一根烟，又转过头来对着陈荷，"这是盘渣煤的王班长！"

　　"生意好着哩，就是人手不够，你看能不能给咱找几个人？"王班长冲着副驾驶座上的陈荷笑了笑，陈荷也回一个微笑算是打了招呼。他歪着头点着了烟，狠狠地吸了一口，乜斜着眼一副很享受的表情。

　　"盘费还是八块吗？"李果元问。

　　"今年人不好找，涨了，十块！"

　　"我回去给你问！"

　　"好，那你先忙。"男人说完，瞥了旁边的陈荷一眼，转悠着离开了。

　　"还有个盘煤班？盘煤班是干什么的？"看着王班长走远的身影，陈荷像在自言自语，又像在问李果元。

　　"这你就不知道了吧？我就给你扫扫盲。因为采区煤层夹矸层数多，所以原煤中的矸石占有很大比例，定购合同煤的客户必须自己找人分拣出混在煤里边的矸石。只负责在煤堆里拣矸石的这些人就叫拣矸工。还有些人拣完矸石后，按煤种把煤从溜子底分离出来，这些人就叫盘煤工。盘煤工将煤分拣出来堆成堆，等车进场，装载机直接铲起装车，既节省了时间，又人为地改善了煤质。矿上煤种分为大块、中块、渣煤和末煤四种，所以盘煤工也分成四个阵营。"李果元用手指了指男人离开的方向，又继续说，"王捉娃就是盘渣煤的班长，领着多则十几个，少则六七个盘煤工，有着对他们的领导权和任免权。"

"王捉娃？就刚才那个人？这么怪异的名字！"陈荷念叨，忍不住就笑。

"那有啥好怪异的，奇怪的名字多得很！"李果元说完，便转身下了车，朝煤场里边走去。

靠山根并排有三间房子，靠门口最边上一间就是煤场门房。上边是公路，进出的车不时发出轰隆隆的声响，裂了许多缝隙的岩石危如累卵，看得陈荷心惊胆战。

李果元从门房出来，身后跟着一个保安，抬起挡在门口的漆成红、白、黄三道杠的横杆，指引着车朝煤场右边绕进末煤溜子底下停好车。李果元摸起车前的烟盒，朝装载机前站的那个人走去。不一会儿，那个庞然大物轰隆隆地开动了，李果元留在车里听管理员吩咐前后挪车，陈荷便下车在煤场漫无目的地转悠。载重二十吨的车装了七铲就冒尖了。李果元冲着陈荷大喊一声"我先试磅去"就直接开车上了坡。

过好磅，李果元上下忙活着遮好彩条布，吆喝陈荷一块去上边食堂吃饭，吃饭倒在其次，拖延时间是主要的——十一点半后，守在沟口的交警才下班呢！

在小卖部隔壁的食堂里，李果元要了一份青椒炒鸡蛋，一份鱼香肉丝，四个蒸馍，两碗稀饭。

"果元，吃完饭你一个出去吧，我不走了！"陈荷不看李果元，筷子只在稀饭碗里搅圈圈。

"成啊！你就在这逛，等我下次进矿再把你拾回去！"

"我不是说这个。"陈荷抬头看了李果元一眼，"你给那人说说，让我先去盘煤！"

李果元的心咯噔了一下，竟反应不过来自己到底该说什么，撂了筷子冲她嚷："你脑袋得是叫门夹了？你以为那盘煤是好干的？在城里哪找不到个活，非得上这鸟不拉屎的地方？赶紧吃饭，吃完上车！"

陈荷不吃饭，也不说话。

沉默，长久的沉默……

"你果真要留下来？"遇见这么个四肢发达头脑简单的犟人，他是实在没招了，"你看上这啥了？"

"没看上啥，想换个环境！"

他攥着她的手腕，拉她跟跄地站起来："走，我叫你好好看看，大家都想着怎么逃离，你倒好，削尖了脑袋想往进钻。世上的男人没死完，天还没塌下来！"

"你别这样。"看他发这么大的火，陈荷有点慌乱，"我在这待几天，就几天，几天后我就出去。"手腕被他铁钳一般的手攥得生疼。

李果元拽着她一路下到了煤场，呼哧呼哧地喘着粗气，赤红着双眼，满煤场喊着找"王捉娃"。

斜靠在煤堆上抽烟的王捉娃听见喊声忙不迭地应着，人便站起来往前凑。看见王捉娃靠近，李果元狠狠地瞪了一眼陈荷，转回脸时脸上的表情舒缓了，嘴角浮上了一抹温和的笑。

"王班长，这个女的要来盘煤，你看能行不？"

"啊？这怎么能行？"

王捉娃一边用手摸着下巴的胡楂，一边打量着面前的陈荷。高挑的身材，直直的黑发在脑后扎了一个清清爽爽的马尾，白皙的圆脸蛋，微微眯起的眼睛好像一直在笑，唇红齿白，这让他想起去城里银行办事时柜台里面好看又冷艳的工作人员，怎么会来盘煤？一点儿都不像！

"王班长，我什么都可以干。不信你问他！"陈荷见王班长打量自己，便毛遂自荐。

"不是。这是按吨位算账，你盘不下煤，就没人愿意跟你一组。"王捉娃说完，心里嘀咕，虽说我这缺人手，但也不至于要这么一个银样镴枪头嘛！

"没有试过你怎么就断定我盘不下？"陈荷反问。

"这？不管咋说反正就是不行，这活就不适合你干。"王捉娃一下子想不出怎么应对，干脆直接拒绝。

陈荷见王捉娃不答应，就回过头看李果元，她知道他有办法，但李果元假装无意地扭过头，就是不看她。

"果元……"陈荷喊。

"啥事？说！"他板着脸，语气生硬。

"你人熟，跟他说说，让我留下吧！"陈荷央求他。

"你想好了？"他多希望她给他一个否定的回答，但陈荷却望着他重重地点了一下头。

"唉！"李果元无奈地叹了一口气，转过头对王捉娃说，"她是一时头脑发热，等三分热度过了，你留她都留不住。你先让她留下来跟你一组，叫她把这汤汤水水也尝一下，盘多盘少你看着给。不会超过一周，我保证。这你先拿着，买两包烟。"李果元说着，从兜里摸出两张十块钱塞进王捉娃像娃娃嘴一样张开的衣兜里。

"李师，你看你这是弄啥哩嘛！"王捉娃伸手要往外掏，李果元按住他的手，他就收回了手，"那也成，你就试几天！"

"你们这有女工住的地方吗？"说了半天，李果元才想起一个关键性的问题。

"有啊，那边有宿舍！"王捉娃指着不远处一溜头蓝砖房说。

李果元和陈荷不约而同地转过头，那些黑乎乎的门窗仿佛一个个诡异的黑洞。李果元回头看陈荷，想从她眼里找出一丝改变主意的迹象来，但陈荷并不看他，眼神坚定。他在心里啪地扇了自己一记耳光：脑子进水了，怎么想起把她带这儿来！他给王捉娃发了一根烟，拍了拍王捉娃的肩，说了句"谢了"，便看都不看陈荷自顾自上了车，钻进卧铺一阵猛翻后，头伸出窗外，冲着底下站着的陈荷喊一声"接着"，两床棉被就从车上铺天盖地扔下来。回过神的陈荷和王捉娃急忙用双手去接，手忙脚乱中只接了一床，另一床落在煤场厚厚的煤灰上，大红的被面在黑色的煤尘里愈显鲜艳。李果元啪的一声关上车门，车像一颗出膛的子弹猛然弹出老远。陈荷急忙蹲下身，抱起被子拍打着上边的煤灰，拍打完扭头一看，六张红艳艳的百元大钞凌乱地散落在煤灰里！啪嗒——一滴硕大的泪水掉进煤尘里，溅起几粒微尘。

她回过头，煤场坡头的路上已没有了李果元车的影子，只有两股灰尘在视野里扩散。

二

陈荷跟在王捉娃身后走进了煤场东南角第二个门洞。一进门她就愣住了，没有雪白的墙面，没有天蓝色的架子床，甚至没有一张桌子，两间大的房子里只有一个连接了两面墙壁的通炕。炕根坑坑洼洼的砖地上堆了一堆乌黑发亮的大块煤，三个不规则形状敞开的炕洞如男人酗酒后赤红的眼睛，炕洞里噼噼啪啪地燃烧着碗口大的煤块，熊熊的火焰伴随着黑色的煤烟，夹杂着零星的火星蹿出炕洞弥漫了整个屋顶。斑驳地裸露着青砖的墙上揳了好些钉子，深深浅浅地在墙壁上露出圆圆的脑袋。每根钉子上都挂着东西，有各种颜色的塑料袋，有看不出底色的黑衣裤，有用红色毛线缠成用来扎头发的一把橡皮筋，有齿上沾满污垢的塑料梳子，还有两条男式的皮带……

王捉娃把怀里的被子胡乱往炕边一扔，手腕如释重负地抖动着。他的目光从炕的这头扫到那头，最后朝东边那个没有铺被褥的角落努努嘴，对陈荷说："其他地方都有人，一会儿你就铺这。现在甭铺，等我一会儿吃饭时给老安要几个蛇皮袋垫在底下。"

陈荷抱着被子，被子的一个角耷拉着。她很小心地躲开蹿着火焰的炕洞，把怀里的被子放在铺着一条灰蓝色格子床单的炕头。整个炕面被几绺看不出底色的床单分割成一条条或宽或窄的私人空间，灰黑的被子胡乱地堆在炕上，有的像折纸一样一横一竖折起来，有的只有炕头这边一个角折起来，有的就那样捂着，人钻过的空洞还依稀可见。靠墙站着几张磨得锃光瓦亮的大方头铁锨，锨把油黑发亮。地上横七竖八地堆着大大小小鼓鼓囊囊的蛇皮袋，蛇皮袋的缝隙里散乱扔着各种鞋子。大小不一颜色各异的方便面箱胡乱睡在地上，箱盖上散落着磨破了指头肚的黑乎乎的线手套，还有两个用钢筋焊成五指形状的小手耙，一个手耙掉了两枚耙齿。靠门口脸盆架上的塑料盆内积了一圈黑乎乎的污垢，香皂盒里的香皂泛着滑溜溜的乌黑的光。两条黑毛巾胡乱地搭在毛巾架上。

"这会儿也没啥要收拾的。你吃了没？要不，一块儿吃饭去？"王捉娃一闪身出了房门。

"我吃过了，你去吧！"陈荷眉眼里挤出一丝笑意，觉得有什么堵住了喉咙，呼吸不畅。

她怎么都不能把这个地方和女宿舍画上等号，女性细腻和爱干净的特点都难觅踪迹，只充斥着汗液和煤灰的味道。

"那你看是今天就开始上班，还是安顿一下明天上？"王捉娃又转回来问。

"明天吧！"陈荷转过头望着他，"我啥东西都没带，还得去买。"

"那也行，营业室上面的公路边有小卖部，牙刷牙膏、碗筷、手套、胶鞋啥都有！"

"好！"

陈荷出了煤场，并没有去小卖部，而是沿着场外低矮的砖墙，转过那座约四米宽、十几米长的桥，顺着山路盘旋而上。一尺来宽的路边杂草丛生，一拨拨酸枣树光秃秃的枝干上顶着小指肚大的干酸枣，芦苇白色的苇絮早已逃之夭夭，只剩下空荡荡的苇棒在风中飘摇，细而长的苇叶密密实实地铺在小路上。小路的尽头是一片苹果园，苹果树干因为腐烂被刀刮得千疮百孔，从树尖那个已风干的苹果和树下落叶里散落的红色果袋，可以知道这苹果树还在尽最后一点儿微薄的力量奉献着甜美。果园尽头是一大片槐树林，脚下是厚实的枯叶枯草，树杈上架着几个树枝垒起的鸟窝，成串成串的槐角在风中发出沙沙沙的声响。

一眼千年，陈荷一下子就爱上了这个地方。不管是今天还是以后，当她的灵魂在乌金的岁月里被命运的烤炉翻来覆去无情炙烤的时候，当她的脊梁受不了外力的重压濒临崩溃的时候，当她的眼泪受不了重力的诱惑要赴汤蹈火的时候……这个地方不止一次地出现在她的意念深处。不，应该是她不止一次地出现在这些树木花草的意念里。这里的每一棵树都倾听过她撕心裂肺的哭喊，每一棵草都直面过她隐藏着深深绝望的泪眼。

陈荷张开双臂，直直地仰躺在软乎乎的枯草上。

阳光温暖，岁月安详！

三

这是一个普通的农家小院。院子里堆放的物什和其他农家没有什么不同。那棵核桃树下，陈老师坐在一个三爪形的小凳上用铡刀一下一下地铡着眼前堆成山的苹果树枝。这把铡刀在村子里已不多见，排骨样的生铁底座上嵌着明晃晃的铡刃。从几年前卖了耕牛开始，这个陪伴了他几十年的铡刀便光荣退休，在牛窑石槽的麦秸堆里颐养天年了。只是后来在用斧头剁苹果树枝震得他虎口发麻，累得腰酸背痛的时候，他才想到这个被他冷落了有些日子的老伙计可能会派上用场。事实证明他是对的。他把树枝归拢、理顺，像当年给牛铡草一样塞进铡齿，右手娴熟地按压着铡把，不一会儿，眼前便多了一堆尺把长的柴火。他站起身，用靠在旁边的铁杈把铡刀口的树枝挪远，坐下来休息。

这是一个七十多岁的老人，秃头，眼窝深深地陷了下去，眼睛不大，眼球也有些混浊，不过有时也闪烁着一点儿老年人富有经验的智慧。只剩了两颗豁牙的嘴里咬着一根一尺来长的烟管，烟管上还系着一个刺绣的石榴状烟袋，涎水不时地顺着烟管流下来。他在嗞嗞地吸着烟，饱饱地吸一口，张嘴哈一口气，便有一串圆圆的烟圈袅袅升起，悠悠漾开直至消散。在他旁边，老伴坐在小炕桌前捋着皱巴巴的果袋，她折平袋口的细扎丝，抚平袋上的褶皱，然后平放在炕桌上，瘦干的手掌从里至外使劲地捋过，再拿起来压在旁边的方砖下，方砖下已压了厚厚的一沓，旁边的纸箱里已竖直插进好些已捋平压展的果袋。她剪得很短的头发灰白而凌乱，瘦削的脸上密密麻麻地布满皱纹，低眉顺眼里写满善良和慈祥。邻家的小狗在她的裤脚边蹭来蹭去，她若絮叨几句，小狗便撒着欢绕着院子转几个圈圈；她若只顾着忙不理不睬，小狗便蹲在她眼前，讨好地摇着尾巴，愁眉苦脸地瞅着她。蜷在笤帚上晒太阳的花猫睁开惺忪的睡眼，不屑地瞟一眼小狗，又把自己团成个毛茸茸的圆球，继续睡！

陈老师不当老师已多年，但凭着村小学那两层砖高的三尺讲台，他和他的奇闻趣事还是在邻里乡间口耳相传。

在陈老师的记忆里，自己的头发好像从来就没有密实过。刚过四十岁，头顶的头发便相继脱落露出光亮的头皮，留下两鬓和后脑勺的头发，像在脑门上挂了一块怎么也抻不周正的门帘。从那时候起，他便开始剃秃头。他买了一把理发店专用的明晃晃的剃头刀，让老伴给他剃。

洋相就出在剃头上。

那是一个冬日，在暖和的太阳底下，几个人互相剃头，用的就是他从家带来的剃头刀。他的头发薄而少，剃起来应该很快，可是校长却吭哧吭哧地玩弄了老半天，还一个劲地埋怨刀子用着不顺手，他也没多想，理完直接进教室跟自习去了。他站在讲台上刚一转身，台下便哄堂大笑，他转过来，用当教鞭的树枝在讲桌上敲着，想把那笑声压下去。

"陈老师脖子留着'气死毛'哩！"有嘴快的学生喊起来。

"还是个圆圈圈！"又是一阵哄堂大笑。

他用手一摸后脑勺，哭笑不得，赶紧逃出教室去找校长。校长在四年级教室，看他出现在门口，便扑哧一声乐了。他进门拽了校长的胳膊就倒退着往外走，校长边挣扎边说："上自习着哩，等下自习了再说。"

"你把我捯饬成这个样子我怎么进教室嘛！"他走到门口一转身，四年级教室又是一阵哄堂大笑……

还有更绝的一次，这次可以说是他出糗史上的巅峰之作。那时教室的板凳有百分之九十都缺胳膊少腿，所以每隔一段时间就要维修一次，时间一长，维修时钉进去的钉子就会冒出来挂烂裤子，即使钉子不冒出来，木楔的倒刺也会磨毛了裤子。不知谁带的头，一夜之间，所有的凳子上都垫上了音乐书、练习册等不用的书本。他的凳子也被一个好心的学生垫上了一本《地理图册》，不知道是小家伙疏忽还是故意而为之，在垫的时候订书针尖露出的那一面竟然是朝上的，他批改完作业，从凳子上站起来，一步一步地走出教室，一浪高过一浪的笑声盖过了那本《地理图册》在他屁股上的扑扇声。你根本想象不到，那本该死的《地理图册》贴在一个年过半百的男人屁股后面扑扇是多么的滑稽。陈老师实在想不明白那枚破订书针怎么就能扎透裤子的布料，他回来气恼地讲给家人听，老伴和宝贝女儿陈荷却笑得上气不接下气，陈荷还蹲在地上直喊肚子痛。

一想起女儿，他便想起她那不成器的女婿，想起女儿这半个月在家里受到的冷眼，想起儿媳站在院子指桑骂槐的嘴脸……他五指叉开，在光秃秃的头顶来回抚了抚，取下嘴里的烟管，在铡刀上咣咣咣地磕了几下，伸手挂在核桃树垂下来的树枝上，发出沉重而悠长的一声叹息，转过头朝着老伴的方向："她妈，一会儿到果元屋给小荷挂个电话，问问娃寻到活儿了没有？"

正在忙活儿的老伴闻言微微一怔，从喉咙里挤出一声"嗯"，抬起手掌接连抹开了眼泪……

陈荷醒了，眼角的泪水流进耳畔的发际。都说母女连心，百里之外的那个小院里，有母亲浓烈得化不开的牵挂，有她今生今世再也回不去的温馨的家！

四

李果元把车开出矿门，在门口那片空地上靠边停了下来，熄了火，头俯在方向盘上发起呆来。

刚才出门的时候差点冲断了挡在门口的横杆，还和门房的保安吵了一架，冲动的结果是罚款两百元，那保安还气势汹汹地冲他嚷："有种你以后就别来这拉！"这话要搁以前他拧身就走，不来就不来，只要有钱，卖煤的多得是。可是今天他不敢说，那个让他气急败坏让他抓狂但却无可奈何的姑奶奶陈荷在这呢，还当了一名盘煤工。想着今天下午或是明天，陈荷就会像那些个女人一样胡乱绾着头发，脖子上缠着黑毛巾，上高下低地在煤堆里拨拣，他的心就疼得一抽一抽。其实盘煤并没有什么不好，特别对于像陈荷这样崇尚自由毫无心机的女子，上班时间随意性很强，管理也松散，盘煤费也是当日结算，若是遇到合同煤之外的散车则逐车结算，还有最合适的一点就是他认为煤场没有尔虞我诈，所以会少很多烦恼和麻烦。在他看来，陈荷思想单纯又性格懦弱，要是把她放在一个驴踢狗咬的环境里，他都想好了两种结局，要么自己憋成疯子，要么被人折腾成傻子。这也就是他虽不同意陈荷去，最后却带她去找王捉娃的原因。要是别人，他说不定还会因为自己做了一件好事而高兴，但陈荷不是别人，是那个和他从小一起长大，和他一起爬树摸瓜，陪他走过童年岁月的小伙伴，更是深深住在他心里的女神。

他家的大门紧挨着陈荷家厚重的钉着明晃晃铁钉的黑木门，所以从记事起，他的记忆就没在自己家的围墙里，而在陈荷家的地坑窑里。他俩钻进陈荷家的兔子窝，刨开母兔封住洞口的土，跪在洞口打着手电筒往里照还没有出窝的小兔子，被陈妈拽着脚腕倒扯了出来；他俩爬上那棵长在很高硷塄上的好玩的大梨树，心惊胆战地一寸寸地挪过斜立的树杈，在一个平伸出去的呈圆角"Y"形的分杈上小心翼翼地挤着坐下来，胸前稍高处，长得差不多一样的那根树杈刚好当书桌。春天，他们坐在雪白的梨花里，嘤嘤嗡嗡的蜜蜂在他们眼前从这一朵花飞到那一朵花；夏天，他们坐在绿叶的浓荫里，有着透明翅膀的知了贴在树干上，肚子一鼓一鼓地叫得欢实，每当此时，李果元便小心翼翼地从"座位"上站起，目光循着声音的方向四处搜寻，还没找到，声音一停，一个透明的影子在他眼前一晃，飞走了；秋天，他们坐在散发着浓香的梨树下，一伸手就可以摘到黄澄澄甘甜多汁的彬州梨。他俩像松鼠一样用牙齿环剥着梨皮，双腿吊在空中不住地晃着，脚下地里落下的梨像一颗颗明亮的星星。

稍微大了些，他们就在门前的矮墙上掏一个洞当灶台，采来野韭菜和小蒜苗用手揪碎了当菜玩开了过家家。他们还用小铲在陈荷家的李树下挖了几个坑，上面呈"井"字形搭上几根棍子，盖上桐树叶，再压上土，害得陈荷姐姐扭伤了脚腕。因这，他和陈荷都挨了一顿打，陈荷姐姐找兔草的任务也落到了陈荷身上，他俩抬着比他们还沉的草笼转了大半晌，眼看天要黑了，一着急，便溜到他家苜蓿地里，胡揪乱扯一阵，总算在天黑前抬回半笼松松散散的兔草，为这，陈妈又结结实实地打了陈荷一顿。大人有时候真是不讲理，早知道找到草还要挨打，倒不如滚着空笼回来好耍！

再后来，他们上了学。每天早上，他在陈荷家门洞前喊她起床，然后就坐在门墩上等她出来。他们一边走，一边从拼花书包里摸着掰出一块馍，一口放自己嘴里，一口扔给后边跟着的小狗黑子。放学了，唱着"我在马路边，捡到一分钱"的歌却不走路，顺着庄稼地的砬堎一路跳着回家，一个个奔跑的身影像冲锋的战士，各种拼花书包在屁股后面有节奏地拍打着。

那时学生只有一支铅笔或钢笔，也没有文具盒。妈妈便用布块在他们衣服胸前缝一个刚好能装进去一支笔的长方形笔袋，他们走在路上，各种颜色的笔袋雄赳赳地贴在前胸，煞是威武。

那是春暖花开的一天，上学路上他趁陈荷不注意，抽走陈荷塞在笔袋的钢笔，换上一根足以乱真的柳哨。自习课上，陈荷在数学老师的注视下一掏出"钢笔"，便吓得呜咽起来。

别看柳哨这么丁点儿的身段，要扭好一根其实一点儿都不容易，那可是个技术活。折下初春泛绿的柳枝，沿着长叶的关节一点点地扭，等整个柳枝脱下一层嫩黄的筒状皮儿，再剪成一两寸不等，柳哨就做好了。对李果元来说简单得不能再简单的活陈荷却总也学不会，劲使小了扭不下来，劲使大了便会扭裂，扭裂的柳哨就会漏气，吹不响的。所以每次他扭柳哨的时候都会扭两个，那个指头粗能发出唔唔声的留给自己，那个细的吱吱响的给陈荷，两根柳哨，此起彼伏地吹出一路的春和景明。

到了秋天，玉米熟了，他们溜进玉米地里偷偷地掰两个玉米，找个没人的烤烟楼，跳进炉坑，用火钩将炉坑的灰刨开，将整个带皮的玉米埋进去，然后就满怀期待地去上学，满脑子都是烤玉米扑鼻的香味。放学后，一路狂奔至烤烟楼，也不管有没有人，用火钩从灰里扒出玉米，用上衣裹了就跑，找一个角落坐下来，剥去焦黄的外皮，两个人便大快朵颐。陈荷胆子小，所以每次都是陈荷望风，他负责掰。他知道"偷"不光彩，所以一直不说那个字。后来，玉米收了，留下光秃秃的秆靠在硷塄根，叶子在秋风里飒飒作响。不管是上学还是放学，陈荷都爱拨开旋成一簇的玉米秆，在没扯干净的豆蔓上剥豆豆，有红小豆、白云豆、深蓝色的四季豆，还有红豆上有白色花纹的小花豆。陈荷最爱的是那种很大的紫色豆子，因为形似人耳，所以他们叫它"老婆耳朵"。每次陈荷剥出这么一颗，就把豆子摊在掌心里给李果元炫耀，自己更是高兴得欢呼雀跃。李果元不像陈荷爱找豆豆，靠着高粱秆，手里攥着一把高粱秆坐着扎眼镜。他用牙剥开光滑而柔韧的外皮，再用手撕成细篾圈成眼镜片大的圆圈，将软绵绵的内瓤折成短截当镜圈的联结点，他手指飞舞，细篾和内瓤在他手里娴熟地替换，不一会儿，一个漂亮的眼镜就扎成了。陈荷不会扎眼镜，只会用一根细篾穿入一根剥去外皮的高粱秆来回拉"胡胡"。"胡胡"的声音单调枯燥，陈荷拉不了一会儿就没了兴致，看到李果元戴着眼镜威风凛凛的样子，就从书包里摸出五颜六色的豆豆要跟他换，他却自告奋勇要给陈荷教怎么扎，但陈荷第一次学的时候就被细篾划破了手指，便摔了手里的高粱秆赌气说不学了，不学就不学，他也赌气不教了。谁知道第二天，陈荷从家里出来鼻梁上就挂着一副眼镜，她竟然学会了扎眼镜！只是她的眼镜圈怎么都扎不圆，就那么扁扁地贴在鼻梁上，他就笑，但陈荷不以为意，不圆就不圆，你敢说我这不叫眼镜？他就没了话，无精打采地跟在趾高气扬的陈荷身后，像放了气的皮球。

四年级上完，他们就去当时的乡中心小学读五年级，他俩虽然同级却不同班。因为离家远，家人就各自找了离学校近的亲戚，开始了寄宿的生活，梨树上摇曳的童年，便一天天地远去……

他上完高一就参了军，而陈荷没有挨到高考就因偏科严重，退学去省城打工了。他当兵第二年，陈荷给他寄来一串手工编制的紫色风铃，小小铃铛发出叮咚叮咚的妙响。只是宿舍一律不准胡贴乱挂，所以在他当兵的几年时间里，那串风铃一直被锁在暗无天日的柜子里。

他要复员的前一年，回家探亲时专门拐到陈荷上班的厂里找她。在这之前他爸已经托了同村的表爷去陈荷家里提亲，一想到他俩的恋情就要在这次的探亲假期间揭开隐秘的盖子，他就焦灼难耐。虽然他俩已经默认了这一层关系，但除了一摞信件和陈荷用口红画在信纸上撩拨得他心旌摇荡的唇印，他俩并没有实质性的进展，甚至手都没有拉过，所以，他就对这次见面充满了十二分的渴望。而在厂内的招待所里，得信而来的陈荷身边却多了一个男人，一个瘦瘦高高像电线杆一样的男人。他鼻子发酸，胸口发闷，像是有什么东西堵住了他的心。送走陈荷和她的男友，他冲进卫生间，收起刚挂上去还未干的衣服，塞进包里出了门——为了见她，他都不愿意耽搁一天，他甚至等不及洗的衣服干透。而见面之后呢？她又让他看到了什么？坐在去汽车站的公交上，怀里抱着背包泪流满面，那是他记事以来第一次流泪。他心里难过，但还是舍不得去怪她，她就是他的魔咒，他一辈子都逃脱不了的魔咒！

只是在当天晚些时间，他就从家人口中知道了陈荷身上发生巨变的原因——陈荷爸不同意他俩的婚事。"为啥？"他问。"她爸说'没有为啥'，就是不同意！"要不是在爸面前，他想他一定会爆粗口。

在他复员回来的那个冬天，陈荷就嫁给了那个像电线杆一样的男人。虽然他一直想找个独处的机会问问她，她家里人不同意的理由是什么，但她一回来，那恼人的"电线杆"就像一块牛皮糖一样紧紧地粘着她，这让他郁闷不已。

陈荷家摆添箱宴那天，他用白酒把自己灌得烂醉，然后便摇摇晃晃地去找那棵梨树。到了地方，却只看到几棵杜梨树苗挤在一起怯生生地打量着他，那种孱弱又让他想起当年陈荷和他攀过树杈时那小心翼翼的神情，心里就一阵难以名状的疼。

陈荷出嫁那天，他远远地站在塄畔，看着她穿着胸前绣着团花的大红毛呢裙走在送亲的山路上，她妈手里提着一双大红色的高跟皮鞋跟在身后。她走着走着，一抬头看见了他，整个人就愣在原地，走在身后的妈妈来不及停步，手里的皮鞋就撞上了她的衣服后摆，她妈一喊，她才反应过来，低下头急急挪开了碎步。直到上婚车，她再没有往他这边瞅一眼，但他的视线一刻都没有离开过她，他看见穿着蓝西服的"电线杆"为她拉开了车门，她犹豫了一下就弯腰进到车里。她妈走上前去，把手中的婚鞋给她穿上，手里提了她换下来的旧鞋退到后边，她爸提着一瓶酒，喝上一口，顺着婚车转着圈圈喷……

婚车在山路上转了一个弯，不见了，他的视线也模糊了。心像被掏空一般，那一刻他才发现他迷恋了二十几年的地方在一瞬间竟变得这么不可爱。手里的一块土疙瘩被他攥成了一把黄土，他狠狠地把它们抛向晴空，掉下的微粒顷刻间便在他眼前弥漫成一团灰黄的迷雾。他扭过身，顺着眼前的碥塄跳了下去，一个，两个……他自己都不知道自己跳了几个，直至他跳下了最后一个碥塄。酸枣刺挂烂了他的衣裳，冻得瓷实的土地蹾得他的脚腕钻心地疼，他就这样低垂着头跪坐在冰冷的土地上，任泪水流下脸膛儿。

他结婚的时候，陈荷正好回娘家，隆起的肚子像倒扣了一口大锅。跟她一起回来的，还有那个像电线杆一样让他郁闷的男人。新婚之夜，送走所有闹洞房的人，赶走窗根那些鬼鬼祟祟的黑影，当他伸出铁箍一样的臂膀，将已成为他媳妇的那个女子紧紧地揽在怀里，迫不及待地剥去她的嫁衣，两个人如初出母腹一般坦诚相拥的时候，当他在她的脖颈落下雨点般吻的时候，当他在她身上疯狂扭动，终于发出一声长啸一泄如注的时候。实话说，有那么一瞬他是把身下那个怯怯的响应当成是陈荷的。他知道这是为人所不齿的，对于身下的女人是一种背叛，而于他，却是一种对良知的拷问和灵魂的鞭挞。直到欲火退去，望着臂弯那双迷离的眼睛和床单上那抹鲜红，他才真真切切地觉得，自己在经历了死亡之后又重获了新生。那个叫陈荷的女人，还有那些青梅竹马的岁月，一起被尘封在遥远而不可触摸的记忆里。从现在开始，他属于这个女人，属于这个给了他激情和柔情的女人，属于这个盛放自己，让他漂泊的心有了依靠和归属感的女人。

结婚后不久，他按揭买了这辆拉煤车，为了出车方便就在县城租了房子住，回家的次数少了，两个人也便断了联系。从母亲口中得知陈荷生了个虎头虎脑白白胖胖的儿子。一年后，他有了自己的女儿，生活的车轮就这样向前滚动着。

就在他以为一切都要尘埃落定的时候，陈荷却离婚了！

那个电线杆一样的男人有了另外一个女人，回来砸门拆窗户地闹腾要跟陈荷离婚。一个是弱女子，一个是男女组合的黄金搭档，寡不敌众的陈荷无力回天，更不愿意抱残守缺，只好在离婚协议书上签了字。人走茶凉，胖嘟嘟的儿子也被寄养在了小姑家，陈荷哭天抹泪也没能感动婆婆的铁石心肠。其实当初婆婆就以距离远反对他俩的婚事，最终拗不过儿子才认了输。现在这种状况正中婆婆下怀，新媳妇，洋气又妖气，哪像陈荷整个一闷葫芦，好听话都说不上两句。陈爸和陈妈知道女儿心情不好，就吩咐儿子去接了陈荷回来，在娘家待了半个月，她嫂子却撂下孩子回了娘家，哥哥左右为难，一气之下背起铺盖卷出门打工了。陈荷把自己关在小屋子里整整哭了一天，哭完之后就收拾东西离开了家，听说去县城找活了，也不知道找到没有……

　　这次回家收拾房子时，从妈妈口中得知陈荷的近况，他的心里五味杂陈。后来他兜兜转转得到了陈荷的电话号码，一回城他就找到了她，见了就极力怂恿她跟着自己去矿区一日游。可没想到，他折腾了二十几年也没有得到的芳心，却被一座处在穷乡僻壤的黑乎乎的煤场轻而易举地俘虏了。他明显地感觉到她是在刻意拉开和他的距离，她在躲着他。

　　是不爱，才不在乎？还是太爱，才怕伤害？

　　他百思不得其解。

　　李果元从深深的回忆里挣扎着扯出思绪，使劲摇了摇头，发动车子上了路，竟忘了门房保安叮咛的"搭顺车"的事。

五

　　天黑了。各处的灯次第亮起，发出雪白耀眼的光芒。煤场并没有因为夜幕的降临而寂静半分，矿车转入翻罐发出金属的撞击声，溜子皮带的转动声，哗啦哗啦的落煤声，装载机的呜呜声以及不停倒车的短笛声，此起彼伏。

　　陈荷站在煤场门口的阴影里，第一次感觉到孤独的可怕。这个叫煤矿的地方，从没有给过她一星半点的暗示，却像一枚钉子一样深深揳入了她的生活。在接下来她不能预料长短的日子里，注定要在它威严的手掌下，沿着它所指示的方向挺进茫然而不可知的未来。这儿没有张开双臂嚷着要"抱抱"的粉嘟嘟的儿子，没有双手缩在围裙里看着她狼吞虎咽而满脸幸福的母亲，只有大大小小的煤块和如影随形的孤单。

　　她蹲了下来，把头埋在双膝之间，刚发出哇的一声，更大的一声"啊"吓了她一大跳，也把她刚拉开的哭腔硬生生给切断了。她惊恐地循声转过头，屏息静气打量着不远处那个黑影，黑影从地上边往起站边窸窸窣窣地提裤子，嘴里嘟囔着："吓死人咧，一泡尿都尿不平安。哭啥哩吗？有哭的劲还不如去拣几块煤哩！"

陈荷怔住了。是啊，与其矫情地哭鼻子，不如坐在煤堆上拣几块煤来得实在。人这一辈子，谁都不会是谁的谁，无论怎样如胶似漆海枯石烂，无论怎样斤斤计较机关算尽，到头来终逃不脱化为那一抔黄土的命运。这个陌生的地方，熟识的鬼都没有一个，扮脆弱给谁看？即使爱没了，生活还得继续。想到这儿，陈荷抬起手，抹了抹眼角的泪，沿着煤场围墙慢腾腾地踱回宿舍。

从八点开始，宿舍就陆陆续续有人回来。她们从外面提回来一铝壶冒气的热水，洗脸、泡脚，完了便使劲去关那扇怎么都合不拢的门板。

"晚上睡觉是不是不关门？"陈荷靠着墙角，双手环抱着蜷起的腿，下巴搁在膝盖上随口问道。

"没有插销，关不住。"那个高个子女人看了她一眼，手里提着刚泼了水的洗脚盆。

"这些铺上的人都去哪了？"陈荷看见炕上有好几个铺位都是空的。

"今晚还要来两辆大车，她们晚上得加班！"

"晚上还要上班啊？天那么黑怎么能拣出煤来？"陈荷大惑不解。

"你以为拣煤只凭看？用手掂轻重就能分出来。"高个子女人说完，用墙角短把的铁锨往炕洞里填了两锨煤块，便爬上炕，拉开一横一竖折起来的那床被子，睡了。

枕着被子的陈荷刚有了一点儿睡意，门吱呀一声被人推开了，陈荷睁眼一看，人便像压着了的弹簧一样直直坐了起来——从门外闪进来一个男人，一个揣着双手抖抖索索的男人。

"你，你干啥？"陈荷一害怕，嘴都不利索了。

"没事。你睡你的，我取张锨，出去弄些煤。"男人说着，在门背后的墙角摸出一张大方头铁锨，拧过身又走了出去。

经他这么一折腾，陈荷怎么也睡不着了，她气恼地用被子蒙住头，就那样伸长腿坐着。

当陈荷在墙角的阴影里被吓个半死的时候，县城的李果元并没有闲着。他打电话给发煤的老板，请他通融和发县内的车调换运煤路线。发市里运费七十五元每吨，回来的时候还可以拉一车沣河沙转手给那些盖房子的乡党。而发县里运费只有三十元每吨，所以调换线路的事不费吹灰之力就搞定了。安顿好这些，李果元回家吃媳妇留在锅里的饭，媳妇最近迷上了广场舞，日日早出晚归乐此不疲。李果元吃完饭去超市买了两床促销的丝棉被，还有一些杂七杂八的东西，他把棉被扔进卧铺，把装东西的购物袋放在车的副驾驶座上，便开车去卸煤。调换的煤场就在进矿的路边上，卸完煤，便直接开车进了沟。

他做不到像陈荷那样筑个土牢把自己封闭起来，他从心底里还是爱着她的。和她在一起的时候，她的表情就是他的晴雨表，她乐了他会咧开大嘴跟着笑，她哭了他一样会愁眉苦脸。他爱看她高兴的样子，她高兴的时候会像小时候那样挠他的痒痒，还会趁他不注意，把白皙的手掌啪的一声拍在他肥厚的手背上，不等他反击就赶紧缩回，接着便发出一串计谋得逞的大笑……

透过落满煤尘的窗玻璃的缺角，视线找到蜷缩在炕角像麻袋一样的陈荷，李果元的心就难过得喘不过气来。陈荷在家里是老小，自小就有爸妈宠着，哥姐护着。刚上学那会儿他俩是同桌，夏天加午休，同桌俩桌子凳子换着睡，陈荷睡觉不老实，第二次睡凳子就从凳子上滚了下来，头磕在桌子腿上，哭了大半晌。从此以后，桌子就成了陈荷的专属，而他只能长期侧躺在不足两拃宽的板凳面上，双手紧抓着桌子腿好使自己不掉下去。他现在能一个姿势睡一宿，多半是那时练就的硬功夫。可是再看看眼前的陈荷，这分明是活受罪呀！

想到这，李果元左移两步，伸出中指，在留着一条缝的门板上咣咣地敲着。炕上其他人累了一天都睡实了，没有反应。墙角的被子动了动，陈荷并没有直接掀开被子，而是先把整个身子往墙角靠，然后才怯怯地从被子下露出眼睛。当看到门缝里现出李果元熟悉的脸时，一种巨大的掩饰不住的狂喜顷刻间冲散了铺天盖地的恐惧。她一把扯掉身上的被子，跳下炕，把脚塞进鞋里，也顾不上系鞋带，脚抬得高高地，往前一甩，再往下落——她怕踩着了鞋带。

"这时候你怎么来了？"她迈着笨拙的步子往门口走，"谁卸煤去了？你是怎么进来的？"她听他说过，去市里卸煤根本不会这么快。

李果元并不回答她的问话，目不转睛地盯着她，还是想从她眼里找出一点儿反悔的迹象来。很快他就失望地在"唉"的同时移开视线——真是个犟货！

他低头看见她脚上来不及系的鞋带，想起她方才看到自己时眼神中溢出来的惊喜，心里又涌上一丝欣慰。他也不抬头，就那样瞅着地上的鞋带说："把鞋穿好，跟我走。"

"去哪？"

"去卧铺睡！"

"不了，我就在这睡！"

"没人吃你！"李果元说完，不等陈荷，转身便走。

陈荷稍稍迟疑了一下，蹲下身系好鞋带，使劲拉了拉门上的拉手，跟在李果元身后朝煤场外的停车场走去。

李果元等陈荷从副驾驶座上了车，从外边锁上这边的车门，才从驾驶室上了车，在前边挡风玻璃下边的台面上摸起手机、烟盒和打火机装入衣兜，又从外衣胸前的内兜里掏出钱夹，从里边摸出几张零钱揣进裤兜，将钱夹伸到陈荷面前。

"怎么？"陈荷刚脱掉鞋子挤进卧铺。卧铺上多了两床崭新的丝棉被。

"枕在头底下，我怕在牌桌上输了！"

"要不你在这睡，我回去！"陈荷往外倾起身子，"你还要开车哩！"

李果元不说话，将钱夹隔空撂到卧铺的被子上，转身下了车。

陈荷蜷在狭窄的卧铺上眨巴着沉重的眼皮。说实话，卧铺上一点儿都不舒服。前后是车窗，左边是车厢，右边是座椅的后背，一伸手都能触摸到车顶，整个身体被卡在小小的空间里动弹不得，呼吸都觉得压抑，还怎么能睡得着？也不知道果元那大块头是咋睡的？虽然这样想，但陈荷还是不知不觉睡着了……

六

陈荷做了一个奇怪的梦。在梦里，她成了一只孤单的小麻雀，用两只细黑的爪子一跳一跳地走路，站在煤场低矮的围墙上，用短小的喙啄着翅下的羽毛。等回过头来，她惊讶地发现不远处，自己的伙伴竟然挤在煤堆前，伸出黑瘦又尖利的爪子在疯狂刨拣，她睁大眼睛想看清楚他们在找什么，却总也看不清楚。她张开翅膀朝他们飞去，刚落在同伴身后的地上，翻拣的队伍发出一声尖叫便蹦跳着慌乱地四散开来。叫黑豆的小伙伴直挺挺躺在灰黑的地上，紧闭着眼睛，两只尖利的爪子紧紧蜷缩在一起一下一下地抽搐着，从翅膀下掉出几块圆圆的东西骨碌碌地滚进煤堆，是银圆，铜钱，还是硬币？她眨巴了几下眼也没有看清。而最让她惊恐的是，在黑豆拨拉开的煤堆里露出一只手，一只指肚上结着血痂的肿胀的手。

这是谁？怎么会在煤堆里？这样一想，陈荷却又成了这只手的主人，一具竟然有着知觉的僵尸。还没等她反应过来发生了什么事，自己的身体便被几只大手抬起塞进一个狭小的空间，等适应了暗淡的光线，她才看清那是一个方便面箱，就是宿舍地上放着的那种扁平纸箱，透过薄薄的面纸都能感触到瓦楞纸的曲线。在纸箱被盖上的那一瞬间，她又成了陈荷，她吃惊地发现捂上盖子的那个人竟是她的前夫韩建超！

"放我出去。你这个恶魔！"陈荷极力扑腾着身体，想从纸箱里挣扎出去，可是纸箱却随着她的动作自由伸缩，她踢腿，纸箱也跟着踢出去，她缩脚，纸箱也跟着缩回来，就像一块怎么也甩不出去的牛皮糖。

"你要自由，我就给了你自由。我已经跟你没有任何关系了，你为什么还不放过我？为什么？"陈荷一边挣扎，一边愤怒地大喊，只有几声叽喳的雀鸣和沉闷的扑棱声像回音一样在耳边回荡。陈荷自己都搞不清自己到底是人，是麻雀，还是那具有知觉会思考的冰冷的尸体？不一会儿，她觉得呼吸越来越困难，张嘴都觉着吃力了，便闭了眼，昏沉沉地睡去……

不知道过了多久，哧啦一声，一把铁锨的尖角从铲破的纸箱缝隙伸了进来。冰凉的铁角擦过她的脸颊，一道明亮的光在她眼前一闪而过，她吓出一身冷汗，一激灵，醒了！

陈荷睁开眼睛，才发现腿卡进卧铺和座椅中间的缝隙里，她吃力地抬起腿，一抬头，却看见驾驶座的椅背上露出李果元的后脑勺。

太阳已升起老高，柔和的光从车窗斜射进来。

"现在几点了？今天第一天上班，可不敢迟到了！"她从卧铺坐起来，将被子放在腿上对折再对折成长条放好。

听见陈荷问话，李果元却不搭腔，只是回过头，望着陈荷惺忪的睡眼哈哈大笑。

"笑什么啊？"陈荷摸摸头发，又摸摸脸，除了没洗脸，没有什么值得笑的啊。

"我一回来就看见你又伸胳膊又蹬腿，干吗呢？练太极拳呢？睡觉还是那么不老实！"李果元一边说，一边在驾驶座上晃来晃去，比画陈荷怎么折腾，"一床被子在脚下，一床被子在头顶。哎，你说，你是不是把被子当二人转里的手帕了？拿被子当帕子，你可是大手笔啊，佩服佩服！"李果元双手抱拳，做了一个"佩服"的动作，又是一阵大笑。

"这有啥好笑的，你赶紧看看几点了，脸还没洗哩！"陈荷从卧铺出来，边提鞋子边问。

驾驶座上的李果元把副驾驶座上的购物袋提起，看着陈荷坐下系鞋带，他说："你把这些东西提上回去洗脸，我先开车去排队，你洗完脸咱去吃饭，吃完饭你再去上班！"

"这么多，都什么啊？"陈荷一边问，一边接过购物袋。

"反正都是你用得上的，等闲了再慢慢看。你赶紧去，我把队排上就在煤场门口等你。"

"谢啦！"

"你能不能不这么俗？"

"嘿，你这人！"陈荷说着，砰的一声关上车门。

回到宿舍，宿舍空荡荡的。她们肯定已经上班了，她心里愈加着急起来。去洗脸，才发现自己什么东西都没有。牙刷、牙膏、脸盆、毛巾，这些基本的洗漱用品一样都没准备，更谈不上护肤用品了。本来计划昨天晚些时候去买的，可后来竟给忘了。想起食堂隔壁就是小卖部，先洗把脸，等一会儿上去吃饭时再去隔壁买牙具刷牙。她在门口问清了取水的地方，就顺着那人指的方向走去。在门房后边的山根下，用水泥砌了一个圆形的封闭水池，水池外边接了一根钢管，水从钢管里源源不断地冒出来，顺着水渠流到煤场外边的河道里。不时有提着塑料壶的司机和提着铝壶的保安把壶嘴对着钢管的出水口，接满水后，便沉甸甸地拎着走了。陈荷端详了一会儿，找了一个没人的空当，双脚叉开分站在钢管两侧，蹲下身子，双手掬起一捧水洗了把脸，好冰！洗完也没有毛巾擦，就那样走回到宿舍，柔和的阳光下飘着清冷的寒气，寒气刮着她的脸，好疼！回到宿舍，看到自己刚拎回来的购物袋，打开一看，天哪，就是她自己去置办，都不一定置办得这么齐全，瞧瞧这都是些什么啊：牙具、小镜子、梳子、洗发水、一黑一灰两条毛巾、瓶瓶罐罐的护肤品，一摞线手套，手套的掌心部分是暗红色橡胶状的涂层，一身黑色的皮衣裤，一双黑色的平跟包脚皮鞋，而这些东西，全部塞在一个椭圆形盆子里，仔细一看，盆子竟是两个套在一起的，一个紫色，一个黄色。陈荷看着这一堆生活用品，感激李果元无微不至的同时，心里既幸福，又有一种涩涩的酸楚。

　　她安顿完，便出了门去煤场门口，跟等在那儿的李果元会合。

　　还是前一天那家食堂。李果元要了一份凉拌肘花，一份醋熘土豆丝，四个韭菜豆腐包，两碗鸡蛋汤。蛋汤刚端上来，一个吃完饭打着饱嗝往出走的男人看看陈荷，又看看李果元，一脸坏笑地冲着操作间喊："老安，再给老李加俩蛋。"

"日你的驴!"李果元夹着一片肘花正往嘴里塞,听见这话,停了筷子,回过头粗俗地骂了一句。

"不加就不加,你骂人干吗?"陈荷不明就里。

"甭管,吃饭!"李果元把肘花塞进嘴里,用筷子敲着陈荷的稀饭碗沿,含混不清地说,同时听见老安哧哧的笑声从窗口传了出来。

直至吃完饭,陈荷都没有弄明白李果元为啥要莫名其妙地回敬那句话。她也来不及细想,赶紧回去上班才是正事!

"你这浅色衣服一天班都上不下来,回去把那身衣服换上,鞋也一样,再戴双手套,一会儿我去找人给你焊个手耙!"从食堂下煤场的路上,李果元说。

为了不被他说"俗",陈荷这次连"谢"字都省了。李果元已经学会了心甘情愿地付出,她也就慢慢习惯了心安理得地接受。

回宿舍换了衣服出门去上班。当她在渣煤溜子底下找到王捉娃的时候,王捉娃正猫在一辆三轮车厢里往外摆着矸石。他抬眼看见陈荷空手站在煤堆前,眉眼里就显出一丝不快,来得这么晚,还空着手,你以为这是干部下乡,背着手转上一圈就完了?

"你没有工具?"他问。

"什么工具?"陈荷不知道盘煤要用啥工具,"我啥都没有!"

"耙子嘛!"王捉娃把一块矸石摆出车厢,"没有算了,这辆车昨晚石头没拣净,你今天就在车上拣。"

陈荷应了,戴好手套,可是围着三轮车转了几个圈圈,也不知道该从哪进到车厢里边去。那些车都是车头朝外,车尾紧紧地挨在煤堆上,整整齐齐围了一个半圆。

"捉娃,看你个瓷锤。人上不去,你就伸手拉一下嘛!"同宿舍那个高个子女人坐在对面的煤堆上,把手中的耙齿插进煤堆,揶揄王捉娃。

王捉娃嘿嘿一笑，露出焦黄的牙齿，冲着对面说："你的手我都没敢拉，这新来的我哪敢？怕是有人拿耙齿戳我哩！"又转回头向着陈荷，"你从煤堆上上来，后边好上！"

陈荷扶着三轮车的车厢，小心翼翼地踩着煤块转到车尾，车尾处的煤堆高度基本上和车厢的下框齐平，所以很容易就到了车厢。车厢已装了一平厢的渣煤，王捉娃看陈荷上来，往车头方向倒退了两步，弯腰拣出一块没有光泽的煤块，举到陈荷眼前说："你看，这就是石头。拣石头有两种方法。一种是'看'，看它有没有光度；一种是'掂'，拿在手里掂量掂量，分量重的就是石头，分量轻的就是煤。"接着拣出一块黑中透亮的煤块，继续说，"但不一定有光度的都是煤，像这块，看起来明光闪闪，但你再掂一块差不多大的煤一比，这个却要重得多，这就是'铁溜子'，也是石头，所以最牢靠的办法就是用手掂，不信你试试！"

陈荷没想到拣个石头还有这么多学问，她低下头，眼睛在车厢里搜寻着，不一会儿她就摸到门道了。煤，黑中透着亮，表面像涂了一层油；石头，是污黑的，表面像被墨汁刷过。至于那个叫什么"铁溜子"的石头，还得慢慢摸索。她这样想着，就看到一块亮得耀眼的煤，走过去拾起来，再摸起一块同样大的掂量着，奇怪，一样重！她这个手看看，那个手看看，又回过头望着王捉娃。

"那个不是'铁溜子'，是'柴煤'。煤质比较软，容易着，但是火不硬！"看到陈荷不解的神情，王捉娃说。

"拣个石头竟这么难！"陈荷把那两块煤扔进车厢，一块落在煤上就碎了，煤屑飞溅。她的眼睛继续搜寻，嘴里发着牢骚："看来什么都没有好干的！"

"没事，慢慢来，顺手了就好了！"王捉娃说。

最后一车送走，太阳已经西斜。陈荷和王捉娃一前一后地坐在煤堆上，王捉娃从兜里摸出一根烟抽了起来，陈荷有一搭没一搭地拣起一块矸石，手一扬，撂在煤堆前边的空地上。

"陈荷，给你个耙子！"随着话音，李果元出现在陈荷眼前，将手里拎着的五齿耙子往煤堆上一撂，斜了身子摸出烟盒，抽出一根烟，喊一声"给"就撂了过去。王捉娃急忙用双手接了，一手拿着，一手取下嘴里叼着的烟头，撕掉烟尾的过滤嘴，用手转着捏了一圈，又捏了一圈李果元发的那根烟的烟头，低下头一阵玩弄，一长一短两根烟就拼接成了一长根。

"你队排得咋样了？"陈荷问，"今天能不能装？"

"前边还有七辆车，要是装载机不停也等不了多长时间！"李果元说完，又转过头望着王捉娃："捉娃，你没看这人能上不？"

王捉娃嘴一张，从嘴里吐出一个烟圈，他微微直了直身子说："好着哩，是个实在人，不惜力！"

李果元听他说完，转过头冲着陈荷："小荷，听见了吗？好好干，争取把捉娃的饭碗端了，到时叫他回去抱娃收鸡蛋！"

"那不敢，拿不回去钱婆娘连炕都不准上！"王捉娃扭过头，在煤堆上吐了一口唾沫。

"没事，东方不亮西方亮。那你就找个准你上炕的婆娘，反正不能叫人闲着，对不？"李果元话没说完，便一转身做出要躲开的动作。

"嗨，我把你个瞎东西！"王捉娃吐掉嘴里的烟头，拾起一块煤向着李果元扔去，煤块在李果元脚边落下，翻了几个跟头才停下来。他又换了感慨的语气说："婆娘嘛，关了灯都一样，换来换去有啥意思哩？"

"你这话不对，又不是一个模子刻出来的，怎么能一样？"李果元逗他。

王捉娃低下头吐了一口唾沫，唾沫拉着长长的丝，在空中荡了几下才落入煤堆，抬起头看着李果元，慢腾腾地问："照你这么说，得是你婆娘肚子上绣着花哩？"

李果元还没来得及说话，陈荷便噗哧笑出了声。她心里说：叫你能，看把谁绕进去了？她抻了抻脖子，从喉咙里发出几下低微的咳声，鼻孔和喉咙总觉得像卡了什么东西，想咳，咳不出来，想咽，又咽不下去。

李果元用左手食指指着王捉娃，在空中点了几下，心犹不甘又无可奈何地说："我把你……嗯！"又转过来指着陈荷，"我说这活你干不了，你就是不听。你就逞能嘛，这会儿怎么抻开脖子了？"

"你?!"陈荷又气又恼，"你就老婆吃柿子会拣软的捏，我既没招你又没惹你！"

王捉娃从煤堆上站起拍了拍屁股，又弯腰拾起煤堆上的手耙，一步一步从上边下来，煤块哗啦啦地向下滑去。"不谝了，吃饭去呀！"又转过头对着陈荷说，"吃完饭有车就上，没车就算了！到了晚上你过来把盘费一领。"

"好！"陈荷应着，站起身下了煤堆。转过头对李果元说，"你等我一会儿，我洗把脸咱去吃饭！"

走了一段路，她回头，看不见李果元的影子了，使劲咳一声，一坨黑痰重重地弹射在煤场的墙砖上……

七

王捉娃宿舍就在陈荷隔壁，也是两间大的房间，只是房间的"乱"比起陈荷她们宿舍有过之而无不及。特显眼的是横在头顶的那根铁丝，上边挂满了脏衣裤、脚后跟和大拇指破着大洞的脏袜子。一个直径约二尺用铁皮卷成的火炉站在炕前面的空地上，炉壁泛着通红的炽热的光，炉盖是用铁板割成的，边缘参差不齐，有两处向上翘着，熊熊的火焰从翘起的盖缝涌出来。一个铁丝折成的烤架上，放着几片烤得金黄的馍。

王捉娃坐在一个装着空啤酒瓶的纸箱上，纸箱上方垫着一块不规则形状的木板。他伸出双手在火炉上方暖着，不时地翻翻火炉上的馍片。看见陈荷进来，人便站起来，顺势用脚把纸箱往陈荷身边踢一些，说："你先坐，我给你算。"他刚洗完头发，脸盆里的水还没来得及倒，洗发水的盖子都没有按下去。他转到门口，取下挂在窗子插销上的牛皮纸本子，翻开一页，从衣兜里掏出一个小计算器算了起来，陈荷凑过去，只见上面写着：

3月8号

王捉娃，4.8T。

陈荷，3.3T。

陈荷领了盘费回到宿舍，躺在炕上呆滞地盯着黑黑的屋顶，脸上看不出一丁点儿挣了钱的喜悦。从下午开始她就不停地咳嗽，先是黑痰，再是唾沫，到最后是干咳，她觉得简直要把肺咳出来了，但那种如鲠在喉的感觉却一丁点儿没有减轻。即使和李果元去老安食堂吃饭，她都会担心没咳出来的煤灰会跟着面条吃进肚子里去。但她又不敢让李果元看出她的纠结和懊恼，只好强忍着内心的不适吃完那顿饭。昨天是自己心血来潮非要留下来，和李果元争执的回音还没有散去，今天自己就打了退堂鼓。不，那不行，都多大的人了，还怎么敢由着性子折腾。再说，不在这干，进城又能找份啥活呢？无非是在饭店洗碗、打扫卫生，或者想着韩建超的背叛和情敌的无耻，受伤地抹眼泪……回过头来再说这煤场，这么多的人和自己出一样的力，吸一样的煤尘，人家不也一天一天地过得踏实而知足？自己跟人家比，又能优越多少呢？

比如早上坐在煤堆上揶揄王捉娃的大姐鲁会娟，舍不得腾出时间去吃饭，让同事从食堂带了饭回来，她用左手拇指和食指撑开袋口，右手执筷，三下五除二就消灭了一大盘炒面，吃完用塑料袋将一次性筷子一缠，一使劲撂出好远，再用那布满茶锈的大塑料杯接上半杯凉水，一仰脖子，咕嘟咕嘟全灌进肚里，用手掌抹抹嘴，又开始盘煤。她今天光盘费就领了六十三元，等洗漱完毕，跪在炕头，摸出那一沓钱，按从大到小的顺序整好折起来，然后解开裤带，塞进秋裤前面的口袋里，还小心翼翼地给袋口别了一个别针。

鲁会娟是土生土长的鲁家河人，初中毕业嫁给了冯村膀大腰圆的冯双虎。结婚五年生了三个女儿，抱养出去一个。眼巴巴地盼望第四胎能生个儿子，可是谁能料想那次竟然是宫外孕，孩子没保住不说，还差点儿要了她的命。婆婆因为她生不出儿子整天指桑骂槐，她虽然委屈，却无话可说，只是对于自己不争气的肚子和倒霉的遭遇恨得咬牙切齿。在矿上当把钩工的男人舌拙嘴笨，不敢顶撞母亲，又舍不得怪罪媳妇，为了平息婆媳之间的战火，便带她来煤场盘煤。天天搂着男人的腰坐在摩托车后边早出晚归，赚的盘费也能贴补贴补日常家用。日子一天天过去，两个女儿出落得亭亭玉立，婆婆除了闲坐的时候叹叹气，生不出儿子的闲话也不再多说了。谁料想，前年男人上班时，将等待入井的矿车推到变坡点上方，未及时挂钩也未进行有效固定，就转身去推第二辆矿车，在推车时用力过猛碰到前边那一辆，碰撞产生的推力将矿车推下变坡点，而变坡点下方并没有安装挡车器，发生了跑车。他一看闯了大祸，怕跑车伤到井巷人员便盲目追车，没想到第二辆矿车跟着跑下来将他撞伤，虽然保住了一条命，但却因为损伤了中枢神经而造成高位截瘫。其实在出事以前很长一段时间里他们就是这样操作，并没觉得有什么不妥，更没想到会给自己或者他人带来致命的灾难。只是他怎么都没想到，自以为是的违规操作到头来却是自食其果。在余生里，或许三十天，或许三十年，又或许更长的时间，他都必须躺在床上，为自己那一次的违章操作做深刻的检讨和深入骨髓的剖析。天塌了！一家老的老，小的小，伤的伤，生活的重荷一下子压在这个女人柔弱的肩上。婆婆在经过十几天的呼天抢地之后，抹去眼角的泪，主动担起了给孙女做饭、照顾儿子的重担。只是没有了男人的摩托车，她再不能像以前那样早出晚归了，只好背起铺盖卷，做了一名驻矿盘煤工。

真是一个苦命的人！想起王捉娃的话，陈荷扭过头看看鲁会娟，怜惜地唉了一声，打了个哈欠，侧过身面对着墙壁闭上了眼睛。

陈荷一觉醒来，天还没亮。她翻过身，习惯性地朝鲁会娟那一望，吃惊地差点叫起来——鲁会娟头顶，多了一双脚，一双穿着开了胶的大头皮鞋的脚！她坐起来才看清，那是一个男人，头朝炕根，身上捂着一件军用大衣睡得正香。因为那人是背过去的，又因为她是新来的，认不了几个人，所以看了好大一会儿也认不得那是谁。她吓坏了，又不敢声张，便下了炕，蹑手蹑脚地挪到鲁会娟头顶，双手抱着她的脸轻轻摇着，熟睡中的鲁会娟睁开眼看着她刚要出声，她一惊，赶紧捂住她的嘴，食指放在嘴边嘘了一声，然后抬起手指指面前那双脚。

鲁会娟伸出手，啪地一下打在那个脚腕上，嘴里喊着："六斤，我把你个懒死鬼，臭脚把人都能熏死，你把你铺哪去了？"

那个脚腕缩了一下，被鲁会娟叫"六斤"的人睁开眼睛坐了起来，挤出一丝讨好的笑说："他们在那屋打麻将着哩，我冻得不行，就来这挤挤！"

"这怎么行？这可是女工宿舍，你怎么能在这睡？"陈荷喊了起来，"你出去，赶紧出去！"

那个叫"六斤"的男人尴尬地溜下炕，嘟囔着走了出去。陈荷等他出门，跑到门边，使劲闭上门，拉过门背后靠着的一把铁锨紧紧地顶上了门，确认从外边推不开后才上了炕。

"鲁姐，你怎么不骂他哩？他怎么敢进女宿舍？"陈荷双膝跪在炕上。

"唉，都不容易。别想了，睡吧，天一亮还要忙哩！"鲁会娟翻个身，又睡着了。

陈荷要能睡着，才怪！

天亮了，陈荷端着脸盆去接水，刚好碰上接满一壶水往回走的赵六斤，看见陈荷，他极不自然地咧了咧嘴，装作若无其事的样子，只是在擦肩而过时，看似无意地向这边晃了一下壶嘴，晃出来的水便不偏不倚溅在陈荷的裤腿上。

"鲁姐，这个人蛮不讲理，本来就是他不对嘛，还冲着我晃水壶！"陈荷回到宿舍，气恼地说给鲁会娟听。

"你刚来不懂，慢慢地谁是啥样就能看清了。六斤那人没坏心，以后遇见这事，你就把他当成个面口袋，甭理就对了。再说，这些人白天不要命地在煤里刨，一到晚上累得跟啥一样，一沾炕就打呼噜，根本没心想那些瞎瞎事！"

鲁会娟的话让陈荷好一阵琢磨。说对吧，总觉得哪怪怪的，说不对吧，好像又有那么一点儿道理。

八

拣矸石是个脏活、累活，更是个细活。可是无论你怎样细心，总会有漏网之鱼。一组两个人，一个人用铁锨将原煤从溜子底下分离出来，另一个人蹲着拣出矸石，手一抬，手腕往后一翻，矸石便在空中画出一条漂亮的抛物线落在身后的空地上，从煤堆到矸石扔出去这个半径约两米的扇形区域就是他们的工作区。

本来按照严格的说法，盘煤工和装卸工是两个独立的工种。盘煤工负责盘煤，装卸工负责装车。鲁家河矿的装卸工是不分煤种的，属于哪儿需要就到哪里去的角色，而在人工可以装的三个煤种当中，大块好装是众所周知的，这使得本来就为数不多的几个装卸工全一窝蜂拥到大块溜子底下去了，而中块和渣煤常常出现车多人少的用工荒。有等得心焦的司机或客户便央求盘煤工好人做到底，帮他们把煤装了，时日一长，这种方式就沿用了下来。她们每个人都成了身兼双职的"能人"——既是盘煤工，又是装卸工。

这天，和鲁会娟一组的冯岁耀请假进城给在江苏打工的儿子寄身份证，单枪匹马的鲁会娟便加入到王捉娃和陈荷这一组来。王捉娃用方头铁锨把煤铲到车厢，铲一会儿，陈荷和鲁会娟便爬进车厢，拣出矸石扔出厢外，拣完了，她们从车上跳下，王捉娃再铲一会儿，她们再拣。别看王捉娃瘦，"瘦是瘦，筋骨肉"，这话一点儿不假。他使起铁锨来可是一点儿都不含糊。那么大的方头铁锨，铲一锨煤少说也有十多斤，可他却手、腿、腰默契配合，将铲、端、翻这一系列动作完成得极为完美又富于艺术张力。其实只有矫情的旁观者才会这么想，他们可没有这份闲情逸致站在一个累得汗流浃背的人面前品评劳作的艺术。

王捉娃一锨一锨地往上铲着，陈荷和鲁会娟蹲在地上边拣矸石边拉家常，家长里短鸡毛蒜皮全是话题。

"日了怪了。世上的男人都是他妈生出来的，我咋就生不出来个儿子？"鲁会娟把一块矸石撂出好远，"你说，要是我不吃不睡能成，我宁愿十年不吃不睡。可是我没办法，肚子不争气我能有啥办法？"

"鲁姐，都啥年代了，你还是这种封建思想？女子咋了？依我看，女子心细，比男娃还靠得住。男娃是一娶媳妇就忘了娘，你又不是没听过。"

"不一样。人说'宁叫儿气死，不叫儿想死'，女子终究是婆家一口人，掌柜的又成了这样，以后老了，我们跟前连个端茶倒水的人都没有！"鲁会娟的话让陈荷心里一阵酸。

"哎，人都说'种瓜得瓜，种豆得豆'，说不定你家双虎当初就种了个西葫芦，收成不好不能只怪地，也有可能是种子没撒对！"王捉娃长出一口气，将锨平放在地上，人坐在锨把上，从衣兜里摸出一根烟吸起来，一本正经地看着鲁会娟。

"种你妈个脚后跟，花生里钻进臭虫，根本就不是个好（仁）人，装了一肚子的坏点点！"王捉娃这一闹，鲁会娟的低落情绪烟消云散，她笑骂着，每个字都带着重重的尾音。

"对咧，甭骂了，累得跟熊一样，叫人歇歇，把你杯子给我喝口水！"

"不给，喝饱了嘴上有劲了，又开始骂人呀得是？"鲁会娟赌气地扭过头去，脸上却忍不住在笑。

"就喝你一口水嘛，又不是要你命哩，还抠得不成。把我渴死了你俩挣熊钱哩！"

"咦，看把你能成的！"鲁会娟鄙夷地撇撇嘴，"三条腿的癞蛤蟆不好找，两条腿的人多得是。给，往死里灌！"

"你俩上车厢去拣，把这些拣完了吃饭！"王捉娃拧开瓶盖，仰起脖子一饮而尽。

"陈荷，吃完饭咱俩去一趟后门！"鲁会娟踩着车尾的铁护栏进了车厢，转过头对着陈荷说。

"干啥去？"

"跟老吴要些报纸！"

"要报纸干啥？"

"擦屁股嘛！"不等鲁会娟说话，王捉娃便抢着说。

"再胡说看我把你嘴撕了。"鲁会娟冲着王捉娃说，又转过头对着陈荷，"等路上我给你说。"

"好！"

吃完饭，陈荷跟在鲁会娟身后直接从食堂门口转到煤场后门。一小间灰黑的门房里，一张长条椅，一个火炉，一张椅子，一张桌子，桌子上摆着一个印着"鲁家河矿业公司来客登记"的牛皮纸本子，还有一个手电筒和一根电棍。一个六十多岁，头发花白的矮个子男人坐在桌前的椅子上，宽大的保安服套在他瘦弱的身上，这让陈荷想起庄稼地里的稻草人。看见鲁会娟和陈荷进门，便站起来打了声招呼，咧开嘴笑笑，零乱的胡楂中露出几颗宽而长的门牙。

"吴哥，你这还有报纸吗？再给我拿些，我下午给捎回去。"

"这几天没有多少。"男人说着拉开右手边的抽屉，取出一沓报纸，"只有这么多了，你先拿着，等我再攒些你过来拿！"

"就这几张啊？"鲁会娟接过报纸，眼里露出失望的神情。

"我不知道你今天要嘛，本来还多些，木料库军峰昨天刚把些拿走，就剩这一点儿了。"

"好吧，那你再攒下了告诉我一声，我过来取。"鲁会娟说着，拉着陈荷出了门。

出了门没等陈荷问，鲁会娟自己便说开了。

"其实捉娃说的没错。我要报纸就是给掌柜的屁股底下垫的，你可能都听说了，他动不了，也没知觉，我妈又搬不动他，所以大小便都得在床上。小便用尿布还行，可要是大便就不好收拾，时间长了卫生纸也用不起。你也知道，大人，上一次又多、又难闻，用报纸一卷，还能省些事。"

鲁会娟的话让空气中都弥漫着压抑的成分，陈荷不知道自己该说些什么来宽慰她，她觉得所有怜惜和同情的补丁都太小，根本补不齐全生活砸在这个苦命人心上留下的巨大的破洞。

"老吴哪来的报纸？"陈荷问。后门属于单位末梢部门，办公室的报纸能分发到这儿来，怎么可能？

"你不知道，上级摊派的报纸订回来统一在镇政府，镇政府没人送，攒上一段时间，就托在矿上上班的工人用摩托捎下来，这些人捎下来也不给办公室，就自己卖废纸了，老吴的儿子是镇办公室主任，所以每次都是他用摩托往下捎。"

"那他今天给这几张也用不了几次啊？"陈荷问。

"以前他还能多给一些，今天……"鲁会娟顿了顿又说，"那货，就不是个人！"

"什么？"陈荷没听明白，回过头问。

"他就不是个人！"鲁会娟重复了一句，脸上毫无表情。

陈荷没有再问，这个地方，这个时刻，那几张看似轻飘飘的报纸，足以压垮一个人最后那点可怜的自尊！

九

陈荷和鲁会娟从后门往煤场走的时候，李果元把车停在了矿门口。门口空空荡荡，看来今天不用排队，不排队就不用出二十块钱的"黑打"费，一想到这，他心里就暗自庆幸。可是，车停了好大一会儿，还是等不到保安来查车。他嘟嘟嘟地按了几下喇叭还是没有人出来，摸起手机看看时间：十一点十八分。是不是去吃饭了？那就等会儿吧。下了车关上车门，往前走了几步，下意识朝着门房的方向一转眼，保安老根就坐在门房里的长条椅上，双手做出环抱火炉的动作，呆呆地望着通红的炉盖出神。"老根"本名并不叫老根，用司机的话说"老是缺根筋"，所以大家就简称他"老根"。时间长了，姓甚名谁倒不记得了，不管谁见了都会喊"老根"，而他也像中了大奖一样喜笑颜开地应声。

"嗨，还以为你吃饭去了，你在呢也不搭个声？"李果元边往门口走边说。火炉的烟囱从门顶的格子里伸出来，接茬的地方挂了一个敞口的玻璃瓶，黏糊糊的污水滴答滴答地滴进玻璃瓶里。

老根没动，也没搭腔，只是抬起眼皮看了他一眼，脸上没有任何表情地说："里边车太多，在门口等着。"

李果元抽出一根烟递过去，老根指了指耳朵上夹的一根烟，冲他摆摆手。他收回手，将烟塞进自己嘴里，打着火点上，说："你给我把皮单一开，我把皮一除，开到煤场门口等。"

老根不再说话，揭起炉盖，摸起脚边的火钳捅了捅熊熊的炉膛，夹了几块煤放进去，盖好炉盖，竟出门扬长而去。

这人！今天怎么了？李果元愣在原地，但随即他就一拍脑门，转过身追了出去，冲着老根的背影喊："上次不是故意不捎你，确确实实是忘了！"

老根头也没回，转过篮球场那个拐角，不见了。

李果元只得一路转到煤场去，当看到空荡荡的煤场和为数不多的几辆拉煤车时，火冒三丈。"拿个鸡毛当令箭，还真把自己当根葱了！"他在心里痛斥着，脚步却没有停，一路走到渣煤溜子底下，陈荷他们正在为什么事笑得前仰后合。

"你?"陈荷抬眼看见李果元，止了笑打招呼，朝身后看却不见车，"你的车哩？"

"车到门口排队着哩，老根说车多，不让进，所以我先下来看看！"李果元看着陈荷，她的鼻子底下有一条黑色的抹痕。

"眼窝叫鸡屎糊了！这叫车多？"王捉娃环视了一下煤场，转过脸看着李果元，"你得是哪儿把他得罪了？"

"唉，别提了。上次他叫出去时捎个人，可我给忘了！"李果元说着，转过眼看了一眼陈荷，"要不是这女子闹腾，我能忘了嘛！"

"看看，让我给说中了吧？我就说嘛，那货，也就那点本事。"王捉娃将手里的耙子扔到煤堆上，"那些货一胡来，司机就都撤到五马川门口的煤场去了。你看，前几天车多盘不下煤，现在盘这么多，却不来车拉。这样下去，我们这伙人喝风屙屁呀？"

"你是咸吃萝卜淡操心。老板几千万放在这，心里比你着急。你和我挣的那点儿钱算个屁！"鲁会娟朝王捉娃撇了撇嘴。

"多大个肚子吃多大的馍。咱又不是老板，管不了那么多事。'挣钱不挣钱，先落个肚儿圆'"王捉娃说。

"你也就抱娃收鸡蛋，落个肚儿圆这一点点出息！"鲁会娟说着，用大拇指指甲点着小指肚，比画出一丁点儿大小。

"捉娃领导！"陈荷喊，等他回过头，接着说，"给我请一晌假，我得进城取换洗衣服去！"

"反正也没车，在这守着也是白守，去吧！"王捉娃在煤堆上坐了下来。

陈荷见他应允了，转过头望着李果元说："你出去时喊一下我，我没带换洗衣服，还得把租的房子退了。"

"啊？"李果元惊讶地张大了嘴巴，"你还真打算在这待下去呢？就是不出去，也不用着急现在退房啊，这才几天？"

"先退了再说，万一出去，再重新租就是了，现在人又不住，房租、水电费还得照样交。"陈荷说。

一阵咔里咔嗒的声音响起，三辆车从煤场的门口开了进来。

李果元转过身看了看，回头对陈荷说："行，好像放车了，我先上去开车！"说完便大步流星地出了煤场。

"老根同志，这下可以放我进去了吧？底下就没有多少车嘛！"李果元来到门房门口，老根正把胳膊架在挡车的横杆上。

"那还不叫多？不能进就是不能进。我把你放进去，要是叫领导逮住了，罚款到底算你的还是我的？"他一转身进了门。

"领导眼睛能看，耳朵能听。肯定说的是人话，办的也是人事。"李果元话里有了浓浓的火药味。

"你把嘴巴放干净点儿，你说谁不办人事？"他声音高起来，却并没有出门。

"你到底放不放车？"李果元怒目而视。

"有本事你就开下去装呀！"

李果元没接话，气呼呼地拉开车门上了驾驶室，拧钥匙，发动，方向盘左转，后退，再左转，再后退，左转，刹车，拔了钥匙，下车锁门——车横着停在大门口，将本就不宽的门口挡了个严严实实，他头也不回地去了煤场。

李果元在煤场等陈荷洗完脸，两人相跟着出了煤场。门口停着一辆车等着出门，老根手里举着对讲机不知对谁报告着，李果元顾不上理会从他嘴里蹦出来的那些颠黑倒白的说辞，凑上前去盯着他问："现在放不放我进？"

老根鄙夷地扫了他一眼，却收了那车的出门证进了门房。

"老祝，把我俩捎到城里！"李果元回过头冲车上的光头司机说。

"老李啊！"老祝一脸无奈，"你那家伙太高，我飞不过去啊！"

李果元噗哧一声笑了。上了车将车挪开。看着老祝的车一出门，冲着陈荷喊了一句"你先上车"，将车又倒回到原来的状态，然后转到老祝车侧，拉开车门坐了上去。

"你把车挪回去吧，这样不好！"陈荷从后视镜里看着后边的车慢慢地缩小，对李果元说。

"没事，一个螺丝都少不了！"李果元轻描淡写地说，陈荷便不再说话。

陈荷回到租住的房子，收拾了那些鸡零狗碎的东西，叫了辆三轮车将木板床拉到西桥旧家具市场卖了，然后找房东结清了各种费用并交还了钥匙。剩下的像笤帚、拖把、垃圾筒什么的，既没地方放，又不好带走，只得留在房子里由着它们去。安顿完看看表，已是下午六点，她心里担心李果元的车，也来不及吃饭，便肩扛手提着大包小包，去巷口的公用电话亭给李果元打电话。

天色暗了，一辆出租车闪着前灯停靠在陈荷身边，玻璃摇下去，李果元的脸出现在窗口，陈荷上了车，车的尾灯闪了闪，便挤进车流里。

还没到矿门口，十几辆等着进门的空车便占了半个路面。他们在矿门口一下出租车，眼前的情景让他俩目瞪口呆。谁说的"一个螺丝都少不了"？车的挡风玻璃没了！车前的地上落满了硬币大小的扇形碎片，满地的碎片在门房顶那盏镭射灯的照射下闪着点点银光。门里停着七八辆等着出门的重车，除了个别人从摇下去的玻璃窗口传出一两句牢骚，大部分人却是打起精神在等着看一场好戏。

这些司机平日里受保安的盘剥和克扣，心里的愤怒情绪一触即发，为了生计不得不忍气吞声。一些受不了盘剥的人便转移了阵地，留下的人也不愿意抹开脸面，好不容易遇见一个敢于硬碰硬的人，大家便把扬眉吐气甚至惩恶扬善的重任交给了他。结果好，大家跟着受益；结果坏，你一人承担后果。

李果元黑着脸，绕着车看了看，然后往门房的方向走去。门口几个保安看见李果元过来，围成一个半圆护着老根进了房里，然后回过头看着李果元。

"老根，你给我出来！"李果元怒气冲冲地喊。

"我要是不出来你能咋的？"老根在屋里应。

"有种你出来！"

老根豁开人群要往出走，被几个保安又挤了进去，他骂骂咧咧地坐在条椅上。

"老李，别生气。有话好好说！"保卫科魏科长走到李果元身边，抽出一根烟递给他，"他不放你车是他不对，但你也不能挡路啊。你把路堵实了，那个二百五上下找不着你，就砸了玻璃。事已经出了，现在说说问题怎么解决，别上火！"

"你问他，煤场本来就没有几辆车，他愣是不让我进，还说煤场车太多，车多不多你让大家说！"李果元气咻咻地说完，掏出手机按号码，"我看在你们这也说不出个所以然，干脆让派出所来处理。"

"你看你这人，多一事不如少一事，这么大点事用得着报警嘛！"魏科长一手搂着李果元的肩膀，一手把手机的翻盖按了下去。他认为，派出所这尊神还是不请为好。

"那我这车玻璃咋办？"李果元问魏科长。

"'冤有头债有主'。"魏科长又回头朝向房里的老根，"你自己闯的祸你自己解决。"

"我？我也是为了矿上嘛，咋能叫我自己解决？"老根一听魏科长这样说，有点怵，赶紧辩解。

"矿上职工咋了？职工也不能胡来。你要是今天杀了人是不是还得矿上替你坐监狱去？本来有理的事都让你折腾得没理了，还能得不行。去，自己屙的自己收拾！"又回过头对李果元说，"你想要车玻璃就甭动手，解决问题是正事。"

老根这下彻底蔫了。

经过围观的司机和魏科长说和，得出如下统一意见：保安虽属矿上工种，但砸车玻璃却是个人行为，为此矿上不承担任何责任，因此引起的一切后果均由当事人承担。接着就对那块玻璃做出了两百块钱的估价，老根嘟嘟囔囔地骂着，但只是骂矿上"没良心、不为职工撑腰"，却没敢说李果元一句不是，最后极不情愿地摸出两张皱巴巴的百元纸币捏在手里。

李果元还不依，非得要进城换玻璃的路费和误工费。

"得了！得理还不饶人了，你把车挡到矿门口，矿上少卖了多少吨煤？其他车多等了几个小时？你的时间宝贵，别人的时间就可以用来等你？赶紧换玻璃去，都忙忙的！"魏科长说完，把一根烟往他耳朵上一夹，一手搂了他的肩膀就往出走。他不再说话，只是盯着眼前的老根，老根把手里的纸币往桌沿一拍，挤出人群，垂头丧气地走了。

他一走，围观的司机便喧闹了起来。

"老李，你赶紧把车一挪，把人堵得都发霉了！"

"老李，你这下闯了大祸了，惹了那'一根筋'，看他日后怎么给你穿小鞋！"

"老李，人家买个自行车都要放炮，你今天得了两百块，咱给你也放串鞭炮庆祝庆祝！"

"去你的！你的意思是玻璃不换了，我就这样开敞篷？"李果元骂着。一回头看见陈荷还站在身后便说："你不去上班还站着看啥？

得是你也想给我响炮？"

"能成嘛，给老李来个一炮三响！"陈荷还没开口，一个矮胖的司机便接过话茬说。

"还一炮三响哩，说不定都是哑炮！"魏科长瞅着李果元坏笑着说。

人群便发出一阵哄笑。

陈荷红了脸，也不说话，低下头提脚下的包。

"那么多你能提动？先放下，等我把车挪顺了给你提。"李果元说着，便拐到车头那边上了驾驶室，人群也便笑着散了。

李果元掉转车头，挨着路边停了下来，回过头帮陈荷提着包，一块儿下了煤场。他的眉头紧锁着，满脸的郁闷。对于跑车的人来说，最忌讳有是非，尽管刚才大获全胜，但心里却像吊了十五个水桶一样七上八下的，人常说祸不单行，不知道接下来还会发生什么事，但他相信一定会有事发生，他的第六感总是很准的。

陈荷没经营过车，也不知道李果元心里想什么，看他不高兴也没多问，两个人就这样一路无话下到煤场。放下手中的东西，又一块儿去上边食堂吃了盘炒面，李果元让陈荷先回，自己却进了冯老汉的商店，在麻将桌旁坐了下来。

这一战就是一个通宵。

第二天早饭时，上边路上挨挨挤挤地停了好长一串车辆，两家食堂人满为患，一些排不上队的司机就在老冯的小卖部买了桶装方便面，用开水泡了蹲在门口的台阶上吸溜吸溜地吃。开水烧不及，有人就拿了袋装的饼干或麻花，胳肢窝夹一瓶矿泉水，吃一会儿，仰起脖子喝一气。陈荷路过他们身边，听见他们好像在议论什么事故。在老安食堂靠近吧台的角落找到顶着黑眼圈不住打着哈欠的李果元，李果元看见她，忙拉了吧台里那个垫着布垫的铁板凳过来。

她挤过去，边坐边问："今天怎么了？这么多人。"

"出车祸堵路了！"李果元说。

"哪儿的？"她追问。

"沟口的。"李果元朝邻桌的方向努努嘴，"听他们说。"

在众人的议论声中，陈荷听到了这样的话："谁能想到山上滚下那么大一块石头，偏偏就能砸中主驾驶，还就在我前边。我一看出事了就赶紧踩刹车，没想到踩猛了，路上刹出了这么长的刹车印，再迟一二分钟，估计我就跟老田一样了！"那人说着，两臂向两边伸展想比画出那个长度，却碰着了旁边的人，只好收回来。

"一下雨爱滚石头，这几天天气这么好，咋会滚下石头来？"有人问。

"那山底下石头风化得厉害了，平时总是滚些小石头，像这么大的还是第一次见。"又一个声音。

这个陈荷知道。听王捉娃和鲁会娟说过，进城时搭拉煤车，动不动就被石头堵了路，得先下车搬了石头才能通行。所以昨天走到沟口时，透过车窗看着山上那些摇摇欲坠的石头，她的心就提到了嗓子眼。

"人都说生有时间死有地方。阎王爷叫谁在哪死，他哪能躲得过去嘛！"有人说。

"昨天下午还跟我们打麻将来着，谁知道今天就殁了。唉，人活得淡得很，没啥意思。我看还是该吃吃，该喝喝。谁也不知道谁哪天就没有了！"有人发感叹。

陈荷听见这话，莫名其妙地有点难过。转过头看李果元，他埋下头吃饭，脸上没有任何表情，便挪开了目光。其实此刻李果元心里五味杂陈，有惋惜，有由此及彼的神伤，有庆幸，也有后怕。多亏昨天没急着出去换玻璃，要是去了，说不定毙命的那个司机就会是他，虽说没有那么绝对，但一切皆有可能。经营车的，本来就把命在裤带上拴着呢，稍不留神，就会小命不保，甚至死无全尸。想到这，李果元看了陈荷一眼，回过头，透过传菜窗口向着操作间忙活的老安喊："老安，来一瓶'三两三'！"

"好嘞——"老安应着，长长的尾音穿透人群传进耳膜。李果元第一次觉得，老安的声音是那么好听！

十

半年下来，陈荷已经全然适应了这样的生活。

这里的每一个人就像森林中的树，以他们自己喜欢的方式自由生长。他们之间没有高低贵贱，没有妄自菲薄，没有曲意逢迎，更没有矫揉造作。既不自惭形秽，也不好高骛远。一天挣几十块钱能笑开了花，就是一天不开张同样能张着嘴笑得地动山摇。这里的每个人都是一个摒弃了所有伪装的真实的存在，每个人都在撒播快乐的种子，跟这些人在一起，你能听到那些快乐噌噌噌拔节的声音。而这，正是陈荷想要的。

这天下午没有车，吃完饭的陈荷在煤场漫无目的地转悠，听见鲁会娟喊"陈荷——"，她一边应一边回过头去看，鲁会娟提着一个塑料袋走近了说："走，带你洗澡去！"

"啊？咋没听你说过，哪儿还能洗澡？"陈荷停下来问。

"到井口上嘛，我跟李保存都说了。"鲁会娟说着，看陈荷还站着，便一手提了袋子，一手把陈荷往屋里推，"赶紧收拾吧，这会儿正是空当，再晚一会儿就有八点班的人升井了。"

"李保存是谁吗？"陈荷进屋，翻出一个袋子来，把洗发水、梳子、毛巾等用品往袋子里塞。

"司炉工，还管澡堂子。"鲁会娟说着，弯腰从墙角一个蛇皮袋里掏出一双拖鞋放到陈荷的袋子里，"你没有拖鞋，先把这双穿上。"

"这是谁的，我敢穿吗？"陈荷停下来。

"这是我的，你甭嫌弃。"

"那，那你穿啥？"陈荷问。

"我把捉娃的拖鞋提过来了。"鲁会娟将手里的袋子向陈荷晃了晃。

"这，合适吗？"陈荷有点儿不好意思。

"哎呀，你赶紧走吧，穷讲究多得很！"鲁会娟说着，提了袋子出了门。

顺着末煤堆上铲车压出来的路上去，就是生产广场了。废弃的立井绞车架矗立在广场中央，一面残破的红色三角旗在架顶迎风招展。左手边是黑洞洞的斜井井口，一根钢丝绳从井口直伸向不远处的绞车房，一阵铃声响过，就有六辆煤车轰隆隆响着被钢丝绳从斜井拉上来，煤车一上来，坝面的把钩工就忙了起来。煤车由于惯性顺着坝面的轨道疾驶，把钩工也跟着煤车跑，跑到第一辆和第二辆煤车中间，急速地从接口的链环处拔下连接插销扔到一边，再接下去第二辆、第三辆……不到三分钟路程的半圆形轨道上要拔五次笨重的铁插销，要是拔晚了，煤车就进不到翻罐笼里，那就得把钩工去推。虽然在轨道上，可是要推动载重一吨的煤车并不是件容易的事。拔了插销的煤车接着就转到一个圆形的铁翻罐笼里边，翻罐笼里的阻车装置会锁住煤车来个三百六十度的转圈，接下来煤场的溜子就响了，翻罐笼里的煤便顺着刮板机上的小、中、大孔分筛成末煤、渣煤、中块，最后大块这样一路传下去。空车又从另一头出来，把钩工又一一插上插销，六辆空车像列队的士兵等待着入井的铃声响起。眼前这一切，特别是把钩工拔插销那一幕既让陈荷瞠目结舌，又胆战心惊。她从来没有见过这种紧张的劳动场面，她觉得他们盘煤的和这些人比，那简直就是一个天上一个地下。那煤车，太快了！

鲁会娟在前边走，一回头看见陈荷还在东张西望，她就急了，径直揽了陈荷的腰往前走，说："一个破坝面有啥好看的，赶紧走！"

陈荷也不接话，刚才那个情景像电影画面一样在脑子里不停地循环播放。

坝面旁边是一排很破旧的蓝砖瓦房，最边上一间只有三面墙，一台锅炉的烟囱从房顶直直伸出去，烟囱口冒着滚滚浓烟，门口堆着大堆的煤块。紧挨着锅炉房的三间就是职工澡堂，褪了漆皮的厚重木门虚掩着，窗子上没有一块玻璃，全部用塑料布钉得严严实实。这么个神秘的地方从外边看根本看不出是澡堂。

鲁会娟把袋子放到门口的地上，转身去了锅炉房，不一会儿，一个披着黄大袄的矮胖的中年男人随着鲁会娟走了过来，推开那扇木门："你们赶紧洗，一会儿就有人升井了，我把门从外边锁上，万一有人上来我想法子叫先等会儿！"

"鲁姐！"陈荷拉住鲁会娟，退后几步，"这是男澡堂？"

"这儿就这一个澡堂！"鲁会娟说，转过头看了看陈荷，"你放心，我们都这样瞄空档。"

门开了，一股闷热的气味迎面扑来，陈荷不由得皱了皱眉头。三间大的地面上是一个长方形浴池，池沿有一尺高，内外墙上都贴了白瓷片，瓷片上全是污黑的印子。池子里漾着多半池水，悠悠然然地缭绕着热气，池子里水沿的地方有一条由深至浅的黑带。

那个男人从外边锁了门，鲁会娟从里边插上了插销，把袋子放到池边，坐在池岩上开始解扣子。

"鲁姐，我们就在这儿洗？"陈荷难以置信。

"都来了你还磨蹭？就这还要走后门，还不能叫人知道，要是那些男人知道了就把我们骂死了，你赶紧脱！"

"咱在这洗。"陈荷看到靠门这面墙上齐刷刷伸下一排闪着银光的花洒来。

"那个?!你甭看那洋气，纯粹就是个样子货，根本就不出水！"鲁会娟说着话，把脱下来的衣服装进塑料袋放在池外的地上，人便一抬脚跨进水池里去了。

"怎么会没水？"陈荷说着，走到第一个花洒底下，一试，确确实实不出水，再试第二个，还是没有。

"给你说那就是个样子货你还不信，你把那一排试完都滴不出一滴水。那纯粹就是糊弄上级检查弄的，只有个花洒，底下连管子都没接，水从哪出来吗？你赶紧脱，再磨蹭真来不及了！"

"我不洗，你洗，一会儿我给你搓背。"陈荷说。鲁会娟的话让花洒底下的她怔了好大一会儿，想到那些工人在超负荷的劳碌之后，带着满身疲惫升井，却要好几十人挤在这么大的污水池里洗去身上的尘垢，一种难以名状的痛就紧紧地撕扯着她的心。这个地方，有在暗无天日的环境下为生活拼命的真实人，也有为了应付差事而投机取巧的面具人，这到底是个什么样的地方哟！

鲁会娟见陈荷不下水，也就不再催，一个人在水里扑腾扑腾洗起来，陈荷站在池边，一只脚踩在池沿上和她有一搭没一搭地说着话。

"你还嫌，这水不是那些人洗过的，是新放的，给李保存买了一盒烟哩，要不然人家会给你上水？"她用毛巾缠住头发，走到陈荷这边，伸出手里破了边的搓澡巾，"你给我把脊背搓一下，肩胛骨够不着。"

鲁会娟背过身去，她的身子结实而匀称，也许是整日在煤堆里锻炼的原因，她的腰上并没有出现她们戏说的游泳圈。包裹在厚衣裤下的肌肤白皙光滑，两瓣浑圆的屁股在节能灯下白得耀眼。她的头发是用毛巾盘在头顶的，所以就有了一种别样的高贵，只有那双粗糙的手像镜子一样反射出她不得不面对的真实。

"鲁姐！"陈荷的手顺着鲁会娟的背自上而下搓着，喊她。

"嗯？"她回过头来，应了一声。

"我要是个男的，我就娶你当老婆！"陈荷使坏。

"你不是男的才这样说，我家双虎前些年跟我一闹仗就说我要是个牛呀马呀的，他早把我倒腾了。唉，现在成了个活死人，他的罪，我的罪呀！"

每次她一提冯双虎，陈荷就不知道怎么去接她的话茬。实话说，舌拙嘴笨的她根本想不出来用什么话去安慰她，只能陪着她叹气，或者在她晚上把头埋在被窝里哭的时候塞给她一条毛巾，刚才看见她的背影，就想使坏一下让她乐一乐，没想到却勾起了她的伤心事。虽然她知道鲁会娟是个乐观的人，不出两分钟又会谈笑风生，但还是为自己的鲁莽而心生不安，所以就极力想换个话题把鲁会娟从沉重的思绪里拉扯出来。她的手在鲁会娟背上游走，像突然想起什么似的问："鲁姐，在这澡堂洗澡的工人大概有多少？"

"这个我也说不准，估计有六七十吧！"鲁会娟顿了顿，回头看了陈荷一眼，"你问这个干吗？"

"你说，那么多人在这一个澡堂里洗澡，会不会有人在水里尿尿？"

说完这句话，陈荷的身子微微震了一下，好像被一颗看不见的子弹击中。在那一瞬间，她觉得自己的体内闯进一个非常陌生的东西。以后几天，她都在想自己当初怎么就会用了"尿尿"这么个词？从小到大，她总活在一种刻意的矜持里。以前，她说"厕所"都觉得难为情，便一直引用"一号"和"WC"这两个代名字。但是，今天，人还是那个人，只不过是换了个地点，她的口里竟会蹦出那么一个粗鄙的词。她知道，对她来说，这个词就是她过去和未来的分水岭，她开始相信人是会随着时间和环境的变化而变化的。不过话又说回来，上山唱山歌，下海唱渔歌。在像煤矿这样的地方，尤其在当下这个黑乎乎的大澡堂里，你要是说"有没有人在这里上洗手间"就显得矫情而无趣。虽然这个想法让陈荷有那么一点点释然，但一想起自己刚才的冒失还是一脸懊悔。

"哈哈哈哈，陈荷呀陈荷，没看出来你还坏得很。这我可不知道，你得问问那些男人在水里能不能尿得出来，要不咱回去问问捉娃和岁耀？"鲁会娟说着，出了池子，踩着塑料袋子开始艰难地穿衣服。

"你敢？"陈荷反问，用手在她的屁股蛋上啪地拍了一下。

"你说我敢不敢？"她转过身，挑衅的语气。

陈荷赶紧闭嘴认输——这个世界上，根本就没有她鲁会娟不敢的事。

十一

生活就是一个舞台，每个人都在演绎着独一无二的人生情景剧。每个人都是自己那出戏的主角，有一套量身打造的剧本，精美或粗糙的装帧丝毫影响不了他们演技的发挥。像鲁会娟，果敢、泼辣，在灾难当头时能独当一面，但却为了几张轻飘飘的报纸低三下四忍气吞声；像王捉娃，天天骑摩托车上班，每过几天就去县城，把腰包里鼓囊囊的盘煤费换成一张薄薄的存款单，每到吃饭时候，却总是从摩托车尾箱里取出几个大馒头，几根大葱或两个蒜盘，加上一杯开水就是一顿饭；还有冯岁耀，赵六斤……每个人的生活一样，又不一样。一样的是他们都是盘煤工，不一样的，是他们背后或幸福或悲凉的那个不可复制的故事。

陈荷是一个开朗的人，所以和每个人都合得来，除过赵六斤。自从那次把赵六斤从宿舍里赶出去之后，以后每次见面，赵六斤的脸上就会涌上不自然的神情，然后假装不经意或借故走开。

本来自己初来乍到不明就里，再说那晚蹭睡本来就是他不对。不过，话说就说了，过就过了。陈荷都没往心里去，一个男人，却在芝麻大点的事上斤斤计较扭扭捏捏，陈荷在心里给赵六斤下了小肚鸡肠这么一个定义，也就给了赵六斤一个大大的中评。

她，最见不得的就是男人小心眼儿。

世上的事有时就这么奇妙：明明心存芥蒂的两个人，却会因为一个不经意的细节或者一句话而前嫌尽释。

这天吃过晚饭回到煤场，鲁会娟从墙上那个红色塑料袋里掏出两个苹果，递给陈荷一个，自己那个用手转着圈抹了抹，张大嘴巴咬了一口。苹果是这个季节这个地方唯一可以解馋的水果，家家都有苹果树，每个人就都有苹果吃。鲁会娟家因为失去了主要劳动力，而她还要在煤场挣钱养家，只有趁空回去劳作，所以她家的苹果个小，果面也不光滑，还是清一色的小青涩。陈荷家都没了，娘家又回不去，连小青涩都没有，只能蹭别人的苹果吃。她们两个站在宿舍门口吃着苹果，三八二五地说着闲话，一转眼看到赵六斤手里捏了一条毛巾从末煤堆那条路上走了下来，一边走，一边用手指头当梳子往后梳自己湿漉漉的头发。

"六斤，把你洗得这么清爽，得是晚上回去呀？"鲁会娟看他走近，眉眼里漾着坏笑，问他。

"屁，还清爽，保存溜回家了，炉子都灭了，也没人换水，在那黑水中咕咚咕咚两下就完了。"赵六斤慢腾腾地说，走过她们身边时瞟了一眼陈荷。

那个黑乎乎的大澡堂！满池沿的污痕！没有换的脏水！还有会不会有人尿尿的猜测……一想起这些，陈荷便条件反射似的皱了皱眉头，心里却对赵六斤生出了一种深深的同情和悲悯。

"六斤。"陈荷喊他，等他疑疑惑惑地站定回过身，指着他背后说，"衣服领子没翻出来！"

赵六斤对于陈荷主动打招呼挺意外，等反应过来，接连说了两个"哦"，手背过脖后翻了衣领出来，冲着陈荷浅浅地笑了一下，转身进了隔壁的宿舍。说浅，是因为陈荷觉得那就是龇了一下牙。

她想起父亲教导她的要"与人善、莫树敌"，转身一使劲，手里的苹果核飞出好远，如释重负。看来再小的东西，搁在心上也会累！

就在她们要洗洗去睡的时候，渣煤溜子底下的阴影里却开进了一辆车，王捉娃指名道姓喊鲁会娟和陈荷拿上锨去装车。

"老早给先人赶苍蝇去了，现在才来！"鲁会娟气咻咻地把脚往鞋里塞。

这么晚了来装煤，还是人装，要命！

不管是以前作务庄稼的时候，还是现在盘煤的时候，她们都发现劳动中有这样一种现象：你要是一直在干活，还不觉得太累；但当你歇息一会儿，再动身就会觉得全身的骨头像散了架。因此对于鲁会娟的牢骚，陈荷也是深有同感。但她毕竟是新来的，大家宽容她，但自己不可能百无禁忌。她不接话，穿戴好，提了门背后的圆头铁锨，跟着鲁会娟出了门。

去了车旁一看，却不是空车，车厢里装了半车煤，虽然在昏暗的灯光下，却明显看出来那不是渣煤，竟是半车大块！

大块三进二十块钱一吨，渣煤二百六十块钱一吨，明眼人一搭眼就能知道这是个什么状况，而陈荷却愣是没看出来。

"这车——"陈荷的话刚开了个头，鲁会娟便伸手捅了她一下，并示意她甭出声。

"啥都甭说，先装煤！"鲁会娟把嘴凑到她耳边说。

王捉娃在前边和司机窃窃私语一阵回过身，低声吩咐她们赶紧分头行动。王捉娃半边，陈荷和鲁会娟两人半边，三张铁锨在煤堆上铲得剌啦剌啦响。王捉娃和鲁会娟轻车熟路，不谙世事的陈荷在他俩的带领下也卖力地挥着手中的铁锨。他们先顺着车厢从前往后装，这就尽可能在最短时间内盖住了大面积的块煤。等盖上了一层渣煤，他们不约而同地长出了一口气，动作才放缓了下来。

等司机盖了篷布开车出了煤场，王捉娃分别把一张纸币塞给她俩便先离开了。陈荷心里一惊又似乎意犹未尽地跟在鲁会娟身后回了宿舍，蹑手蹑脚地放了铁锨，打开手掌，五十块钱在昏黄的灯下闪耀着迷人的光芒。

这种感觉，太美了！

鲁会娟面朝炕站着，一只膝盖搁在炕沿，腆着肚子往下翻裤腰，陈荷知道她又要往秋裤兜里藏钱，就扑哧一声笑了。

有人轻轻敲门，鲁会娟神色慌张地收了钱，陈荷手插在裤兜里去开门。门打开了，她却吃了一惊。门口是赵六斤，手里提着一个沉甸甸的铝壶，壶嘴里还冒着热气！

他看着陈荷，脸上浮现着羞怯的笑。把手里的铝壶往陈荷面前一塞，说："知道你们装煤去了，就在炉子上坐了一壶水。"

听他这样说，陈荷鼻子一酸，这个木讷的男人让她心里涌起一种感动。接过他手中的铝壶，冲他笑了笑，看他转身离去，便掩了门。

"嘿，今晚还出太阳了！"鲁会娟又跪在炕沿翻裤腰，"还打西边出来了，啧啧，真稀奇！"

陈荷不接话，把铝壶里的水哗啦啦地倒进盆子。两个脸盆，两个脚盆，四个盆子中分别漾着一个昏黄的灯泡。

十二

春节一过，春天马上就到了。

风儿开始柔和起来，阳光也明朗起来，天气渐渐变暖。鲁家河畔的垂柳在枝头顶出一串一串的芽苞，阳坡地里的苜蓿从土里露出了嫩黄的芽儿，这些嫩芽儿藏在枯黄的蒿草下，怯生生地伸出脑袋把这个陌生的人间打量。冷静了一冬的山桃树也不甘寂寞，开出一树粉白的花来。煤场的人们脱掉了厚棉袄，换上了毛衣，但各个房间的火炉还没有拆，白天也不生火，只是到了晚上，烟筒里才会冒出浓浓的黑烟。

这天上午，陈荷起床洗漱完毕。看看时间还早，就顺着煤场外的围墙转悠着去了山上。这儿是阴面，还看不出一丝春的迹象，枯黄的芦苇铺成一张巨大的坐垫，她就在这张软和的坐垫上坐了下来。

初升的太阳给对面的山涂上了一层明艳的色彩，脚下的鲁家河水从一块巨石上倾泻而下，叮叮咚咚的清音如玉珠落盘。陈荷在这美妙的清音里静静地坐着，思想却信马由缰地四散狂奔。

自从头脑发热留在煤场开始到现在，只在拉出租屋里的木板床去西桥旧货市场的时候，在西城拐角的 IC 卡电话亭给爸妈打过一次电话。虽然那次给爸妈叮咛说矿上没有电话，打电话不方便，让二老不要操心自己，但实际上李果元有手机，王捉娃也有，只要想打，虽说是个宝贝疙瘩，但借个几分钟绝对不成问题。她想给家里打电话，又不敢打，甚至有一次，拿着李果元的手机都拨出去了，听到那边响了一声又赶紧挂断，她怕听见双亲的声音自己会哭，她还觉得自己把日子过得一塌糊涂，没有理由让爸妈整天为自己提心吊胆。春节假期，她给爸妈置办好年货回家，一看到嫂子那张像木刻一样的脸，她就放弃了要在家待几天的念头。爸妈年龄大了，吃喝拉撒都需要嫂子多关照，她不想惹嫂子不开心而殃及爸妈。在向妈挥手的那一瞬间，眼泪却溢满眼眶。

陈荷也想不明白自己现在为什么越来越怀旧，她会在某个特定的瞬间莫名其妙地特别想家，想爸妈，想童年那些虽贫穷却温馨的场景。但每次这念头一起，她就在第一时间把它给扼杀了，只是对着自己不安的内心说一万句"爸、妈，照顾好自己。"

在这个地方，面对这些陌生的面孔，她不止一次地问：我从哪里来？要到哪儿去？没有人给她一个确切的答案，或许这一切都没有答案。没有人遵循什么法则什么路线，每个人都在一种意念的牵引和驱使下抵达一个又一个节点，做短暂的停留后，又开始抵达下一个点的行走。

李果元还是隔三岔五来矿上拉煤，来了先让车排上队，然后就过来坐在他们盘的渣煤堆上说话。他每次进矿总要给她带点儿东西，吃的居多，有时是鼓鼓一大袋，有时甚至是揣在兜里的一瓶口香糖，或者一包瓜子。女人总是很敏感的，她在他的眼神里常能看出心疼和百般宠爱，而每当她一看他，他又慌乱地躲开视线。在那一刻，她的心里便会涌上一股暖流，但随即就冷却了下来。她知道他们俩是不可能的。过去了，永远过去了。他俩之间的美好和爱，早在十几年前就埋葬在了世俗的巨轮下。现在，她是孤家寡人又能怎样？他是别人的丈夫，一个被另一个女人盖了私章的男人。一个来路不明的女人毁了她的幸福，难道她又要去毁另一个无辜女人的幸福吗？生活强加给自己的痛为什么要转嫁给另一个不相关的人？

虽然陈荷将自己批得体无完肤，但平静的心湖下还是暗潮涌动。她也不知道自己是怎么了。李果元要是几天不来，她就提心吊胆，他来了，就是不说话，只静静地坐着她都觉得特安心。她也想不清楚这种奇妙的感觉到底是老早就有的还是从哪天开始的，但她知道这无论对她还是他，都是一种要命的顽疾。她太了解自己了，绝对不会轻易爱上一个人，可一旦爱上了，就不会轻易放弃，甚至心甘情愿地去做那扑火的飞蛾，把生命都看得很淡了。

陈荷是一个很容易被细节打败的人，细节就是她的软肋，过了好些天，那个细节她还记得清清楚楚。那天李果元给他俩一人要了一大盘臊子拌面。面端上桌，她用筷子去拌，但因为用的是一次性筷子，使不上劲，而面又是拉条子，长，所以拌了好大一会儿还是红白界限分明。她一看没法，便不再拌，直接用筷子挑了就往嘴里塞。坐在对面正把面条往筷子上挑的他顿了一下，把筷子伸进她眼前的面盘里，力道很重，左三圈右三圈帮她拌好面，在盘沿上磕磕筷子，收回去，低下头继续吃。她呆呆地望着眼前的盘子，禁不住泪流满面。

经过那场婚姻变故后，她像一只受伤的小猫蜷缩在阴暗的角落舔舐着伤口，没有人会在意她会不会疼，没有人会对她的疼表示出一丝一毫的难过和同情。而就在这天，眼前这个男人却用一双一次性筷子破解了开启她心扉的密码，她在心里建造的那座封闭自己也拒绝来客的城堡在顷刻间土崩瓦解。他这个温暖的细节彻底颠覆了她对体贴一词的认知，它的杀伤力远远大于一座房子，抑或是一枚钻戒。她想要的，就是这种能触摸到的真实的幸福。

细细想来，从那之后，李果元就成了陈荷心里那个剪不断理还乱的牵挂。其实她自己都分辨不清到底是因为李果元的表现太好，还是自己熟透的身子因寂寞而特别需要一个将自己点燃的男人。她想是后者的可能性要大一些，她心里明知道不可能在一起，也绝不可以在一起，但就是愿意和他暧昧着，愿意和他牵扯不清。就像一个吸毒的人，明知道下去是死路一条，但就是经不住诱惑……

斜对面的坝面上，接连拉上来好几辆串车。煤车在轨道上的撞击声，翻过翻罐笼落煤的哗啦声此起彼伏。陈荷知道，按照往常的惯例，这是井下工人交班前的最后几车煤。上班的时间到了，她该走了。她这样想着，站起身，拍了拍屁股上的土，转悠着下了山。

陈荷准备去老安食堂吃饭，却在路上遇见了骑着摩托车下坡的赵六斤。本来想打个招呼就走，赵六斤却叫住了她。看她迟疑地转回身，赵六斤从摩托车上下来，从尾箱里取出一个塑料袋递到她面前说："给！"仔细一看，袋子里是四个油饼！

"哪来的这个？"她没去接。

"昨天回去了，今早路过早餐摊点时就捎了几个。"赵六斤说，脸上有那么一种神情，好像羞涩，又好像不好意思。

"我是胆结石，不敢吃油炸食品，结石要是犯了疼得要命！"陈荷委婉地拒绝。虽然和赵六斤没有隔阂，但她从心里还是不愿意和这个男人有更深层次的交往。实话说，这个男人的小气、木讷和邋遢都是她不欣赏的。

"你还有胆结石？没见你犯过嘛。那可不是个好病，疼起来要人命的。赶紧动手术往出取啊！"见陈荷不接，赵六斤只好掀开箱盖，把装油饼的袋子放了进去，扣上了盖子。

"现在倒还不用做手术，你先下，我上去吃个饭，我过来时看见溜子底下已经停了好几辆车哩。"陈荷看着他说。

"嗯。"赵六斤又象征性地龇了一下牙，骑上摩托车走了。

望着他的背影，陈荷苦笑。他家明明在塬上的村里，村里就没有卖早餐的摊点，这人，谎都不会撒！

吃完饭回到房间，却见桌子上放着一个熟悉的塑料袋。

"鲁姐，这?!"她不知道该怎么说。

鲁会娟从脸盆前站起身，扯过毛巾擦了擦手，伸手从塑料袋里拿出一个油饼："管谁的，送来咱就吃!"话音刚落，张嘴一咬，圆圆的油饼上便出现了一个大大的豁口。

"你不说我也知道。赵六斤说他在早餐摊点上买的。他家在塬上，哪有卖早餐的摊位？撒谎都不会撒!"陈荷问鲁会娟。

"你不知道啊？他虽然家在塬上，可他老婆搬到城里去住了。"鲁会娟咽下一口油饼，看了陈荷一眼。

"就说! 哎，那他老婆是不是在城里给娃做饭了?"陈荷问，县城里到处都是陪读的母亲。

"屁!"鲁会娟咽下一口油饼，喝了一大口水，"她女儿早不上学了，在江苏打工着哩。"

"啊?"陈荷大惊，"那她一个人住在城里有啥意思？又不上班!"

"那有啥办法。她跟六斤他妈合不来。你说在城里住就住吧，前一阵子又闹腾着要什么手机。闲婆娘一个，又不上班又不联系业务，要那个做啥嘛!"鲁会娟扯过炕头的卫生纸，擦了擦嘴，"昨天六斤就给回去买手机去了，听说花了八百多，还买了个光板板。八百多哩，真舍得! 要那个洋货是能当饭吃还是能当男人睡？也不看看自家男人钱来得容易不!"她伸出右手，拇指和食指伸直比画出数字八在陈荷眼前不停地晃着。

"那倒是，钱不好挣哩！"陈荷附和。

两个人正说着，看见赵六斤腋下夹着铁锨从门口走过，走过时还转身朝里边看了一眼。

"六斤，听说你给宝霞买手机了，是不是？"鲁会娟问赵六斤。

赵六斤无奈地叹了一口气："人家就没把我当人看嘛，我回去时人家都买好了。"

"谁叫你挣了钱舍不得花哩？你家宝霞替你花也一样，在城里住，就能天天去广场跳舞。穿个裙子，脖子上挂个手机，再背个洋包包，六斤，你可得看好喽，看谁把你家宝霞拐跑了，你娃连哭的机会都没了。"鲁会娟一边说一边比画。

赵六斤并没有像往常那样咧嘴一笑或者跟上鲁会娟的话茬调侃，脸上现出极其尴尬的表情，却岔开话题冲着她俩说："快走，迟了！"说完，头也不回地先走了。

赵六斤的反常让鲁会娟很扫兴。女人的直觉告诉她，赵六斤和吴宝霞之间出了问题，到底什么问题，她却说不上来。

回头看陈荷，陈荷也是一头雾水。

"这俩货，八成闹仗了！"鲁会娟说完，把手里的纸蛋往地上的煤堆里一丢，拿了铁锨和手耙出了门，陈荷也拿起工具跟了上去。

因为有了早上那一幕，上班的时候陈荷和鲁会娟就有意观察着赵六斤的一举一动。发现他不跟别人说话，也不跟谁一组，一个人拣矸石，一个人装车，拣矸石的时候一使劲把矸石撂出好远，仿佛那矸石就是他攻击对手的强有力的武器，装车的时候狠狠地把铁锨铲进煤堆，狠狠地扬起，狠狠地翻进车厢。

"鲁姐，你看！"陈荷朝赵六斤那边努努嘴，"今天就是不正常，憋着一股气哩！"

"肯定昨天回去两口子吵架了！"鲁会娟凑近陈荷低声说道，

"你不知道,你没来之前,六斤的脸上经常是指甲抠的血道道。他俩啊,总闹仗!"

"为啥闹吗?"陈荷好奇。

都这岁数的人了,早过了婚姻的七年之痒,上有双亲需要养老,下有孩子需要教诲,帮持帮持就过去了,还闹腾什么啊?不明白。

"你没见过那个吴宝霞,那脸蛋,那腰,那眼睛,还有那眼睫毛,那么长那么浓,要哪样有哪样。你再看看赵六斤,明明就不是那犁上套的铧嘛!"鲁会娟嘴里说着,手里的活却没停。

"那当初怎么就能看对眼呢?"陈荷打破砂锅问到底。

"谁知道哩!本来想娶个婆娘,谁知道请了尊神回来,只能天天磕头烧香供着了。唉,家家锅底都是黑的,一家不知一家难!"鲁会娟说完,又想起自己漫长而无助的一生,便沉默着好久不说话。陈荷也不说,只有手耙拨拉煤块的声音。

是啊,山不懂水的温柔,风不懂云的自由。他们的生活,养尊处优的吴宝霞们不会懂也不愿意去懂。吴宝霞们的生活,他们不会懂也确实不能懂。

十三

这天一早,当陈荷和鲁会娟拖着铁锨,拿着手耙走到渣煤溜子底下时,发现情形有点不同于往常。来得早的盘煤工并没有各干各的活,而是在煤堆上或蹲或坐,脸上露出无比愤慨又无可奈何的神情。旁边的地上横七竖八地撂着铁锨和手耙。仔细一打量,大块和中块的盘煤工也在人群里。王捉娃抬起头,眯着眼看了看走近的陈荷和鲁会娟,欲言又止。终究啥话都没说,低下头拨拉煤块。

"今天咋啦？一个个像枪一样杵这干吗呢？"鲁会娟把手中的铁锨和手耙扔在煤堆上。

没人说话。

"捉娃，你哑巴了，到底咋了吗？"鲁会娟又转过身问王捉娃。

王捉娃嘴皮子动了动，还是没有说出来。

"这下人到齐了吧？"一句普通话响了起来，循着声音望去，才发现人群中坐着一个肥头大耳的陌生人。

见没人应声，陌生人便从煤堆上站了起来，屁股下的一沓报纸顺着煤堆滑了下去。

"大家好！"陌生人转圈打量了一下眼前这些人，"首先给大家做一下自我介绍。我是矿上新来的营销主管，姓边名旭东。边疆的边，旭日东升的旭，旭日东升的东，大家以后就叫我边主管。这几天一直思谋着跟大家见见面，但杂七杂八的事总忙不完，所以今天临时把大家召集到这里见个面，开个短会。通过听取各方面意见，普遍反映咱们盘煤工管理这一块比较松散，特别是司机对咱们这一块意见比较大，所以矿上决定新设营销主管这一岗位，主要负责盘煤工的管理工作。以后所有的盘煤人员都要统一造册登记，要有出勤考核和业绩考核。盘煤费也不再是按日按吨位结算，而要按照矿上核定的工资标准执行，每月十五号从财务科统一支出。出勤考核和业绩考核按照矿上规定的奖惩制度执行。大体上就是这么个情况，这一两天办公室就会制定个详细的方案出来，到时咱们再做详尽的安排。今天就先这样了，大家都忙去吧！"

陌生人说完，转过身看看他刚才坐过的地方，发现报纸滑到煤堆里去了，也不再捡，出了人群走了。他头发理得很短，方脸，浓眉，大眼，穿一件卡其色的毛呢外套，纽扣开着，底下是一件白衬衫，让人忍俊不禁的是脖子上竟打了有着斜纹的宝蓝色的领带。下身是深蓝色的裤子，裤脚有点长，脚后跟那有好几条褶子。

等边旭东在这一群人的视线中消失之后，人群便沸腾起来了。

"去你妈的×，阎王爷不嫌鬼瘦，喝脑髓都等不得脱帽子！"有人"呸"一声就爆了粗口。

"明明是那些人眼红了，还说什么司机意见大，哪个司机敢说意见大，看我不把他屎打出来！短肠子，就见不得别人吃稠的！"有人把一块煤扔出老远，好像那就是他要诅咒的"那些人"。

"矿上统一管理也不错。"一个怯怯的声音，"就是不知道矿上定工资能定多少？"

"你还真以为矿上是为了大家好才统一管理的？那些人整天算盘珠子拨得啪啦啦响，就想着算计我们哩。高工资，你就甭想了！"那个声音一落，就有一个声音紧追着不放。

"月工资也好着哩，旱涝保收。像咱，有时逢个阴雨天，几天都开不了张。"赵六斤慢腾腾地说。

"好个屁！给你定一千块钱也好着哩？阴雨天不开张你却在你婆娘肚子上趴着哩，要是统一管，不管天阴下雨你都得在这守着，没车也得守着。"冯岁耀反驳赵六斤。

"嗨，你看你。"赵六斤不满地盯着冯岁耀，"你看你这人，说着说着就没正形了。"

人群便短时间里没了话。陈荷和鲁会娟对视了一眼，在她俩的心里意见也是不一致的。鲁会娟家里有牵挂，离家也近，遇个天阴下雨的还可以回家转转看看。陈荷属于一人吃饱全家不饿的主，又离家远，几乎是全天候值班，所以不管统一管理还是自主经营对她都没有多大的影响。问题的症结就在工资上了，会定多少钱呢？一千？一千二？绝对不会！营业室的营业员一个月才挣七百块。转念一想，也不一定。营业员整天坐在窗明几净的营业室里，按点上按点下，人家是白领哩，哪里就能跟她们这些煤黑子一样了？再说，就是定一千二也不一定够鲁会娟家里的花销，有那么一个敞着口的药罐子，多少钱都会砸进去。

想到这儿，陈荷拉了拉鲁会娟胳膊："鲁姐，那我们怎么办？"

"咱不管他，有这么多男人哩！他们烧香咱烧香，他们作揖咱作揖。"鲁会娟用手拍了拍陈荷的手背。

"管他，咱也歇几天，谁能叫谁盘去。不给他们点儿厉害，他们都不知道马王爷有几只眼！"盘大块的班长李长顺从煤堆上拾起破了指头肚的烂手套，骂骂咧咧地下了煤堆往外走，一部分人也便跟着离开了。

"捉娃，咱咋办哩？"冯岁耀转过身问王捉娃，所有人的眼光都转了过来。

"这事不好弄。"王捉娃朝煤堆里吐了口唾沫，"'大块'和'中块'都不干了，要是咱们干会挨骂哩，你们说咱咋办？"说罢，抬头望着眼前的人。

"那咱也停，要是不停，'大块'和'中块'还说咱心不齐！"鲁会娟说。

"那就先停了吧，家里有活的回去安顿活，没活的就在这守着，看情况。先停两天，两天后要还是没动静就轮流在这守，大家看能成不？"王捉娃征询的眼光从每个人的眼前掠过。

"能成嘛！"赵六斤说，"正好我要回去栽葡萄苗，本来还想着叫人栽，咱一停，正好赶上了。"

"你家的葡萄园不是没人管都荒了嘛，咋还栽哩？"鲁会娟问。

"你没听说咱这要修铁路？要经过我村，征地哩。这几天人忙得跟啥一样，盖房的，栽树的，弄啥的都有，一棵树要赔几百块钱哩！"

"那你要把园子的树移栽过来吗？那树大了，不好移哩！"王捉娃问他。

"嗨，一棵一棵移，还不把人命要了。把老树上的枝锯下来埋进去就行了，赔偿的人又不一棵一棵去拔！"赵六斤顿了一下又说，"栽好栽着哩，麻烦的是移搭那些洋灰架。苗小赔偿就少，要赔偿多就得栽大的，但大苗就必须得搭架。树能哄人，架不能哄人。"

"啥时登记面积哩？"王捉娃问。

"这两天在西头，估计大后天就到我们东头了。"赵六斤说。

"正好这两天咱不盘煤，你干脆叫我们去给你当小工，能成不？"冯岁耀仰着脸望着赵六斤。

"那美得很嘛。"赵六斤笑着说，"就是你们身价太高了，恐怕我请不起。"

"屁！一碗炒面一瓶啤酒有没有？"王捉娃说。

"那能成嘛！等赔下钱了请大家下馆子，吃酸辣肚丝汤，炒面算个啥！"赵六斤眉飞色舞，仿佛手里就捏着钱了。

"还有这两个婆娘，叫上给你婆娘帮忙做饭。"王捉娃指着鲁会娟和陈荷说。

"我俩可不敢去，怕宝霞用擀面杖把我们打出来！"鲁会娟装出一副害怕的样子往陈荷身边靠，陈荷不说话，只是笑。

"那才美了！"赵六斤看了她俩一眼，"人家就不愿意回来，我妈一个真做不出来饭，你俩要是去，完了请客时给你俩加个猪蹄。"

"好你个赵六斤！"冯岁耀不依了，"一见女的就给加猪蹄，那我给你妈帮忙做饭，叫这两个婆娘栽葡萄树去，我就不信做饭比栽树难！"

"哟、哟、哟。"鲁会娟仰着头，目光在天空搜寻着，嘴里不住地感叹着。

"鲁姐，你找啥哩？"陈荷的目光顺着鲁会娟的方向仰望了一会儿问。

"我刚看见头顶有牛飞过，心里正思谋是不是岁耀吹上去的？"鲁会娟话还没说完，整个人群便发出一阵哄笑。

说归说，笑归笑。安排好了名为值班实为放风的人后，王捉娃和冯岁耀一人骑一辆摩托车，车后座上载着陈荷和鲁会娟，跟着赵六斤摩托车扬起的风尘去了位于鲁家河滩涂地的赵六斤家。

赵六斤家在村子靠边，没有院墙的敞门敞户，四间上房，两间偏房，上房中间两间隔出来一个大间，两边两个小单间。靠路边这一间门口堆了一捆玉米秆，玉米秆上还放着两个空条笼，看起来房子没有住人。两间门口放着一把小木椅，一根竹竿截成的拐杖斜靠在小木椅的靠背上，手握的半圆处明显留有火燎过的痕迹，拐杖底用细铁丝环扎着灰黑色的布条，又防滑又消声。靠山根那间窗子上挂了粉红色的窗帘，窗帘是拉上的，这应该是赵六斤两口子住的房子。

赵六斤下了摩托车，从裤兜里摸出钥匙，径直去开了中间的房门。开了门却没有进，转身招呼还骑坐在摩托车上的这几个人赶紧下来，先歇会儿再说。

"死不愁当瞌睡睡哩，都不看看几点了，还歇。赶紧进地，要是栽不完弄个半拉子才难说。"王捉娃催促赵六斤，虽然这样说，但几个人还是从摩托车上下来了。

赵六斤看他们下来，边迎接他们往门口走边说："急啥哩，先坐会儿，等我把家具寻齐了咱就走。"

几个人却不进门，各自在门槛和木椅上坐了。赵六斤出来进去转了好几个圈圈，才从边上那间房子拿出来一个方形的锯子挂在摩托车的反光镜上。

"六斤，看把你笨死了。截枝要用专门锯树的手锯，你拿的这是木匠用的锯子，用起来就不顺手嘛。"鲁会娟笑赵六斤。经过生活的磨砺，她现在是耕种耙耧剪锯嫁接样样在行。

"那个手锯没找着，先用这个，等我妈回来问她再要。"赵六斤说着，从檐下倒吊着的农具中抽了两把镘头别在摩托车后座的铝合金支架上，又转身从墙角提了铁锨出来，锨把朝下，锨头朝上一并别在摩托车后座上。安顿完这些，又转回去开了偏房的门，倒腾了好大一会儿，拎出一个装满水的大饮料瓶，瓶身有一处向里瘪进去的凹痕。

"你个啬皮，你看现在谁下地不是整扎整扎的啤酒，我们才不喝你那自来水，要吹啤酒。"冯岁耀嚷道。他们不说喝啤酒，却说吹啤酒，一个"吹"字却把仰起脖子一饮而尽的那种豪爽诠释得淋漓尽致。

"有哩，有哩！"赵六斤连声说着，转身从门里抱出来一个铁质的白色椭圆形的盒子，他左手搂抱着，右手放在盒盖上，中指和食指欢愉地弹着，在大家面前显摆了一圈，"啤酒冰，不敢吹，还是白酒暖和。"

"还暖和哩，一会儿在地里一忙全身都暖和了，哪还用得上你这白酒？快收起来，等咱干完活弄两个猪脚，慢慢品。"王捉娃说。

"能成，能成，那我就先收了！"赵六斤应着，又退回去放下盒子，空了手出来。

几个人来到地头的时候，一个佝偻着的背影正把满地的葡萄枝往架子车上装。看见来了人，那个背影手扶着腰吃力地站起回转过身子。当看清出现在她面前的儿子和儿子身后几个陌生人，这个头发花白，瘦骨嶙峋的老人脸上漾起谦卑的笑，混浊的眼睛眯成了一条缝，皱纹很深很密地刻满眼角。

"都来了。"老人一边打着招呼，一边用手把车上的葡萄枝往平顺了整。

"哦。"几个人几乎同时应着。

"姨，你一个人咋能行哩？等六斤回来再弄嘛。"王捉娃弯腰拾起一截葡萄枝撂到老人眼前的架子车上。

"六斤拴在煤场回不来，媳妇又靠不住，再又没有劳力，我不弄靠谁哩吗？虽说慢些，但弄一点儿总能少一点儿。"老人像回答王捉娃的问话，又像是自言自语。

"妈。"赵六斤取下镬头和铁锨扔在地上，等老人转过身，接着说，"这些都是在煤场和我一起干活的工友，地里有我们几个就行了，你把她俩领回去，一搭儿给咱准备晌午饭。"

"那可使不得，来的都是客人，咋能叫人烧锅燎灶哩？"老人又摇头又摆手。

"姨，咱们都是在土里刨食吃的庄稼人，没有那么金贵。走，回！"鲁会娟扯了扯陈荷的衣袖，又转回身对着王捉娃他们，"好好干，一会儿叫姨给你们碗里多盛一个荷包蛋。"

鲁会娟和陈荷跟着赵妈回了家。一进门赵妈就张罗着做饭，她先把面和好在盆里醒着，从裤腰上解下钥匙递给鲁会娟，告诉她边上单间房子的墙角有洋芋，囤上还有过年时买的粉条。自己便从水瓮根拽出一捆大葱，坐在门槛上择了起来。

鲁会娟拿着钥匙去了，过一会儿又在外边喊："陈荷，拿个盆子来。"

陈荷应了，便从赵妈指的案板底下取了盆子出来。陈荷进了门，鲁会娟从囤顶拉出一个长塑料袋来，解了袋口，掏出一把晶莹剔透的粉条放进陈荷手中的盆子，又从炕根靠着的一个蛇皮袋里往外掏洋芋。她在忙的当儿，陈荷才趁空打量这间房子的布设。一间大的房子，进门处是一面窄长的土炕，炕对面是破旧的梳妆台，明显能看出来梳妆台的镜子是新换的。再往里，一个圆柱形的粮食囤就占了半个地面，最里边的角上挤放着一个竖式的衣柜。当陈荷的目光从衣柜上收回来时，进门处的土炕引起了她浓厚的兴趣。确切地说，是那狭窄的炕面勾起了她强烈的好奇心。按理说，这么大的一间房子，完全可以弄一面大炕。可赵六斤弄的这炕面这么窄，却在靠里的一边腾出大半部分的空地闲置着。心里疑惑着，眼里就看得仔细了些，这一看不打紧，还真让陈荷看出端倪来了。从里侧看，那炕是被人为地拆了，里侧那一圈参差不齐的砖头就是明证，还有地上现出来的砖头砌成的长方形痕迹。

"鲁姐，你看，六斤为啥把炕弄成这样？"陈荷问鲁会娟。

听见陈荷问，鲁会娟才注意到陈荷说的炕。她顺着炕根转着看了一圈，也看不出个所以然，就模棱两可地说："可能是要拆了重新弄，可是拆了一半又改了主意，或者是别的原因，咱也不知道。"一转身看见赵妈手里攥着一把葱皮从灶房出来扔进门口的垃圾桶，朝这边瞄了一眼又转了回去，便轻声说："管他哩，咱走！"两个人相跟着出了房子，等陈荷出来，鲁会娟顺手锁了房门，拔了钥匙，叮当叮当响着进了灶房。

下午忙完，天已黑透。鲁会娟坐冯岁耀摩托车回了家，王捉娃因为操心煤场的情况不敢回家，所以要回煤场，陈荷便坐着王捉娃的摩托车回了煤场。虽然煤场的炕在前段日子还是她所不能接受的，但现在她已经爱上了这片有着酽酽人情味的地方。而且跟赵六斤的炕比起来，她们宿舍这面通炕简直就是炕中的巨无霸。在一段时间里她曾认为赵六斤是一个小肚鸡肠的、没有男子汉气概的男人，但后来自己又在心里给他的形象正过名。这次大家去给他栽树，冯岁耀开玩笑讨啤酒喝，按理说一扎啤酒用不了几个钱，但他就是口惠而实不至。作为一个男人，一点儿都不大气。再想想他弄的那面窄长的炕，陈荷在心里又给他恢复了"小气鬼"的标记，便和衣埋在被窝里沉沉地睡去……

过了两天，营销主管边旭东打电话通知盘煤班三个班长组织工人到矿开会。接到电话后，各班长分头通知分管的工人下午回煤场报到。最后一个来的赵六斤本来说好晚上请大家在老安食堂吃酸辣肚丝汤的，可是还没到晚上，他就把自己灌醉了！

他右手臂紧紧抱着那个椭圆形的铁酒盒，左手提溜着酒瓶子，瓶子里的酒已所剩无几。他伸长了腿坐在老安食堂门口的路沿石上，嘴里含混不清地嘟囔着，嘟囔一阵，骂骂咧咧着想站起来，却一下子跌倒在泄洪渠里，便不再出声，呼哧呼哧地睡了。

闻讯赶来的王捉娃和陈荷她们一看这情景也傻了眼，他们根本没想到赵六斤还会喝酒。这人，平时别人喝啤酒时他都是喝茶水，要么就喝果啤，大家都笑他没个婆娘豪爽，这么一个人，从来都是唯唯诺诺，今天竟能烂醉如泥？想不通，实实地想不通！

王捉娃在路沿石上坐了下来，手伸进赵六斤的胳肢窝想扶他起来，他动了动，一甩手挣脱了，不接王捉娃劝说的话茬，却耷拉着眼皮问："你说，咱……是不是……男人？"

"就是哩！"王捉娃赶紧应。

"你胡说！男人……站着尿尿，就得顶……天立……地。可我、我没本事，娶了个婆娘……却睡不上。"赵六斤右手使劲搂了搂怀里那个冷冰冰的铁盒子，左手扔了酒瓶，在空中挥了一下继续说，"人家、人家就不让我……沾身嘛，我、我把四个炕坯都拆成两个了，还是……沾不了边。你说……男人能咋样？还不是……空背了一张人、人皮，窝囊废一个！"接下来便是撕心裂肺的哭声。

石破天惊！他们几个谁都没想到那面狭窄的炕面子下竟掩盖着

这么一个荒唐而又无奈的事实。也许只有男人才能真正理解男人的苦和痛。手搭在赵六斤肩上的王捉娃愣了愣,抬起手,重重地拍了拍赵六斤的肩膀,转过身,长长地"唉"了一声……

十四

虽然盘煤工一致反对矿上提出的统一管理,矿办公室草拟制定的《盘煤工管理试行办法》还是出台了。该《办法》内容就是上次边主管讲话的细化版,本来简简单单一两句话的事,却洋洋洒洒写了一页半。等边主管念完,陈荷才听出来其中好些话是无关痛痒的大话、空话和套话。

他们围坐在鲁家河岸边铲车推出来的那片空地上,这片空地是堆放机头煤的煤场,机头煤就是大块溜筛下的那一块,拣去大块,剩下的矸石混杂着少量漏网的大块,这就是机头煤。机头煤里边分拣出来的大块可以以等同或稍低于大块的价格出售,而矿上定购的价格又仅高于矸石,所以就有附近的煤场主专门定购机头煤转运到煤场,先人工分拣出其中的大块待售,拣过后剩下的矸石再用粉矸机粉碎,粉碎后的粉末就改头换面,被一辆一辆的拉煤车掺到末煤中运到四面八方。有了这样一条出路,鲁家河矿的机头煤才一直供不应求。

边主管说了大半天,可是人群里一个声音都没有。你说支持的没有也能说得过去,可是反对的声音都没有一个,这就让他心里感觉特别不爽。他这个刚上任的新官,一把火都没有烧起来,这些人便摆明了是要给他个下马威。其实他也知道,这些人并不是针对他边旭东这个人,而是矿上强行要将盘煤工纳入统一管理这件事。谁叫他代表矿上新政的执行方呢？人们对于任何一种新鲜的事物，都有从质疑到不习惯到最终适应的过程，盘煤工也不例外。边旭东觉得这煤场就是一个盒子，不管谁进了，都得改变自己好去适应这个盒子，而绝对不会去妄想改变盒子的形状使其适应自己。所以新政是必须实行，只不过是时间早晚的问题。一方面是必行的新政，一方面是民众消极抵触的情绪，这还真让他这个刚上任的营销主管犯了难。对这些人，你是软不得，也硬不得。软了，镇不住人。硬点吧，又怕他们撂挑子。像前两天，这么些人集合起来闹罢工，矿上眼睁睁看着一辆辆拉煤车因为没有盘煤工而离去却无可奈何，又不愿意承认自己出台新政存在诸多不合理的因素，到最后只能以暂行办法笼络人心。

"大家看谁还有什么意见，要是没有意见就按照矿上制定的办法试行。先试行一个月，要是弊端太多，等不到咱提意见，矿上肯定就先不干了。咱们都是下苦力挣钱，矿上不可能亏大家的，这一点请大家绝对放心，我边旭东以我的人格担保。"边主管说着，把手里的一个本子冲大家晃了晃，"办公室印的点名册还没回来，这两天先拿这个点。各班班长回去将班里的人分成三组，完了将各组名单给我抄一份。从明天起，煤场就实行三班倒。早班从早上八点到下午四点，中班从下午四点到晚上十二点。晚上十二点以后到次日早上八点以前这一班只装不盘。在试行阶段由我来考勤，每天准时在煤场门房门口点名，等正常后，各组的点名下放到各组长手里。今天的会就开到这儿，谁有啥事散会后可以找我，我的办公室在矿部二楼楼梯口。"边主管说完，冲大家笑了笑，便从坐着的树墩上站起身，绕出人群，走了。

大家也看出来这是铁板上钉钉，无法更改的事了，也就不再发牢骚，各自从坐的位置上站起四散开去。盘中块的田冲娃最后一个走时还抱走了边主管坐过的那截树墩——那是从杨槐木矿柱上截下来的，拿回去剁开了当柴烧，火硬着哩！

新政试行还没有一周，在煤场转悠的边主管便锁起了眉头。因为原来承袭的是多劳多得的模式，所以大家的劳动热情都很高，甚至出现过争抢装车的现象，可是现在成了平均分配，"多得"这个刺激大家积极性的因素不存在了，一个个拖沓的身影给煤场笼罩上一种颓废的气息，整个煤场仿佛都变得无精打采了。看到这情景，边主管真成了热锅上的蚂蚁，而对于盘煤工来说，却是喜忧参半。喜的是他们终于不再担心因没开张而无进项，每天只要在人群中脆脆地应上一声"到"就万事大吉，根本不用担心会因为矸石没拣干净而被罚款，从内心来说，他们喜欢这种旱涝保收的管理模式。忧的是担心矿上定的工资太低，会使自己在过日子这个问题上入不敷出。

每个人都在心里把小算盘拨得噼里啪啦响，心也就跟着七上八下地悬空晃荡。谁都说不准到底是矿上统一管理好，还是各干各的好。只是大家心里都明白，实行统一管理这事基本就定了，像边主管说的试行，纯粹就是糊弄人的玩意儿，接下来只要矿上定的工资不是太低，就这么着了。

赵六斤虽有些木讷，但并不弱智。他从大家的眼神中觉察到了不正常。他的承诺没兑现，按照这帮疯子的常理，不整他个鞋掉裤垮是绝不会善罢甘休的，就是不整他，也得天天把他的名字当口号一样喊在嘴上。但从他那天酒醒，煤场的这些人没有一个提过只言片语，这些人的沉默甚至让他有一种错觉，他自己都怀疑自己是不是根本就没醉过酒。他拧转过胳膊，胳膊肘上擦伤的血痂还在，他又纳闷了，如果醉了，为什么他们没有一个人提起？如果没醉，胳膊上的伤，还有这些日子一直不振的食欲又是怎么回事？所以，他这天在煤场坡道上喊住了相跟着的鲁会娟和陈荷，看她俩站定了，便走近了一些，搔搔后脑勺，分别盯了她俩一眼问："那天、那天我喝醉了是不是胡说啥话来着？"

"啊？"鲁会娟和陈荷交换了一个眼神，接着说："没有呀，你还会喝醉？你要能喝醉，我俩就能开飞机！"说完，把头歪在陈荷肩上，两个人都笑。

赵六斤看了看她俩，"哦"一声，转身走了。

半个月后，赵六斤的征地补偿款拿到了。他领了钱，照例要拿回去存起来，要走时却想起一直承诺的要请的客还没请，便满煤场转着通知王捉娃、冯岁耀、鲁会娟和陈荷，下了班进城下馆子去！

"吃什么？"冯岁耀问。

"一人一碗饸饹面！"赵六斤瞅着冯岁耀，一脸坏笑。

"给喝酒不？不给喝酒我可不去！"冯岁耀说。

"不敢喝，晚些没车，得骑摩托去，还指望你骑车带人哩！"

"那请的啥熊客嘛，闷头光吃，想起都没意思！"冯岁耀嘴里嘀咕着。

"你毛病就多得很，不想去算了，还给我省一顿哩！"赵六斤说完，看他还不动，又说："赶紧收拾收拾，你把会娟带上，叫捉娃把陈荷带上，可以不？"

"没问题！"冯岁耀应着，弯下腰，一揽子抱了工具回了房子。

他们四个人，两辆摩托，到了县城已是灯火通明。推着车转了大半个县城，却愣是找不到可以存车的摊点。车子没法存就不能去转，王捉娃和冯岁耀只好去赵六斤说的食堂坐等，鲁会娟和陈荷却像刚放出笼子的两只小雀，互挽着胳膊，叽叽喳喳地沿街溜去，小首饰、衣帽鞋袜，什么都看，什么都新奇，转眼间便在那小摊堆里转得没影了。

赵六斤先去银行存了补偿款，便趑回出租屋，他想叫媳妇跟他一起去吃饭，敲了半天门没人开，腰里摸出钥匙要去开门，才想起他那一串钥匙就没有一枚能打开眼前这把锁的，只好闷闷地收了钥匙，踢踏踢踏地下了楼。出门路过公用电话亭，想给媳妇打一个电话，拿起电话，却不知道号码，只好悻悻然扔了电话，拧头就走。

"神经病！"电话亭低头看书的人撂出来硬邦邦一句话，出门还未走远的他闻言呆了一下，侧过头，呸的一声，把一口浓痰吐在身旁的简易板墙上，摇摇欲坠。

赵六斤还没走到随缘居饭店门口，便看见摊点前的鲁会娟和陈荷，走近一看，原来两人扯着一个大红胸罩在讨价还价。陈荷一回头，看见走来的赵六斤，便红了脸，赶紧扔炸弹一样扔了手里那团大红，拉起鲁会娟头也不回地离开，不明就里的摊贩却在后边挥着胸罩喊："十块，十块拿去，又修身又塑形。这人，价都说好了又不要了！"

几个人吃饱喝足，便开了二楼的窗户，坐在窗前看楼下街上的风景。南来的，北往的，卖鞋的，买袜的，只要入眼的都是话题。

"嘿，快看，老边！"冯岁耀用胳膊肘捅着旁边的王捉娃，指着楼下说。

"哪儿哩？老边有啥好看的？"王捉娃虽然这样说，还是凑上前去看。等看清了就骂起来，"这龟儿子，刚来几天就勾搭上人了，也不知道谁家媳妇亏了先人跟上这瞎种胡跑哩！"

"在哪儿？叫我看看！"陈荷听他们说，也凑到窗口去看，"哎呀，没看出来边主管还有这本事！"

鲁会娟也跟过来看，一看就张嘴"啊"了一声，但随即就不吭气了，却把陈荷和王捉娃往桌子这边拽。赵六斤背对着窗子，斜靠在椅背上抽烟，这会儿看大家都羡慕得不得了，便也拧过身子看。

一看，他整个脸上的肌肉就僵硬了，身子微微颤了一下，随即就腿一软，一个趔趄坐在了王捉娃腿上。

"六斤，你咋啦?"王捉娃问。

"我没、没事!"赵六斤语无伦次地说。转头一看，人影不见了，整个人便弹了起来，从裤兜里摸出几张百元人民币塞给王捉娃，急急地说："捉娃，把账一结。"身子便向门口窜去。

这几个人瞠目结舌，但随即就反应了过来，紧跟着赵六斤跑下楼梯。在楼梯口，几个人呆住了。他们刚才评论的女主角站在进门处的大厅里，脸上现着意外、慌乱和尴尬的神情，而男主角早已不见了人影。赵六斤站在一楼楼梯口，他的右手紧紧抓着楼梯的木扶手，仿佛要抠到木头里边去，目光紧紧盯着眼前的女人，伸出左手指着眼前的女人，气急败坏地说："我把你、你……"那话终没有说出口，他狠狠地咬着下嘴唇，手猛地一摔，然后便头也不回跟跟跄跄地走了出去。

"这到底是咋了? 这女的，六斤他谁?"王捉娃想从这几个人的脸上找出答案。

"咋啦? 那女的是吴宝霞，六斤的婆娘。"鲁会娟气咻咻地说。

谁都不相信，但谁都亲眼看见了!

回去的时候，他们几个一路无话，只听得摩托车的呜呜声在整个山谷回荡，仿佛赵六斤悲怆又绝望的哭声。这使得他们心里就像窝了一团乱麻，想扯扯不出来，想解却又解不开。他们原本是些毫无瓜葛的陌生人，只因了这座不大的煤场，才从四面八方来到这里，共喝一个池子淌出来的水，共吃一个锅里煮出来的饭，他们就是一家人，喜怒哀乐悲欢离合共同见证共同经历。但现在，他们眼睁睁看着赵六斤无助又无望的样子，却无能为力。

"唉! 我们帮不上忙，什么都帮不上。"到了宿舍门口，鲁会娟下车时这样说，"要是六斤装不起煤车，我们就是不睡觉都帮他装起了，可惜不是！"

"就那货色，能滚多远滚多远！"冯岁耀说。转过头看不见赵六斤，又喊："六斤，六斤！"

"嗯？"六斤的声音在墙头的黑影里应着。

"一会儿到上边看牌走！"他眯起眼睛在黑暗中搜寻着，他说的"看牌"就是围观麻将。

"不了，你去，我想出去转一圈！"六斤应着，从墙头走了出来，臂腕里抱着一把圆头铁锹，锹头在灯下闪闪发亮。

冯岁耀还要问，王捉娃朝他摇摇头，他便不作声，推着摩托车进了房子侧面的车棚。

清晨，明媚的阳光透过半掩的门缝暖暖地洒在宿舍的砖地上。陈荷在温暖的阳光里睁开眼，转身看去，鲁会娟的铺上已经是空的。这人，这么早！就在这时，门开了，鲁会娟提着一铝壶水进来，看陈荷还在睡，边闭门边说："赶紧起，还睡哩。营业室都停班了，你说领导咋不来煤场查岗呢？应该把你这班也给停了。"

"嘿！停了才好，那才能美美地睡一觉。"陈荷用脚趾从炕根夹过一个塑料袋，从袋里掏出一件大红的胸罩，撕了上边的吊牌，钻在被窝里摸索着穿，"你说营业室咋啦？"

"营业室的人昨晚上夜班时偷着睡觉去了，郭总半夜查岗，发现营业室门锁着，把朱科长喊起来一顿好批。当场就把三个人开除了！"鲁会娟把铝壶放在桌下，靠坐在炕沿上，看着陈荷。

"他们也真是的，上班时间还敢锁门！"陈荷唏嘘。

她扔了被子，坐起穿衣服，鲁会娟转过眼看了看，探过身去，把她背后勾错位的一个小亮钩换了过来，完了，却伸出手指头提起那吊带啪地弹了一下说："人说怕处有鬼哩，偏偏郭总昨晚想起查岗了，郭总一喊老朱，整个矿院的人以为出了什么事故，迷迷糊糊都吓起来了！"

"你咋知道的？"陈荷转过身子问。

"我刚碰上办公室的小林给井口发红头文去了，她说的。要是不发文，找个人给郭总说说情，停几天班把这档子事一了结，继续上班就行了。谁知道办公室这么快就把文发了，红头文一发，你谁再有本事都不敢提了。"鲁会娟叹了一口气，"要是朱科长逮住还好说，大不了罚几十块钱，说几句好话就完了，谁能料想叫郭总逮住了，这下撞枪口上了。这一班人，运气也忒不好了！"

两个人正说着，就听得冯岁耀的声音在外边响起："我把你个二百五，昨晚出去现在才回来？你扛锨弄啥来？"

"回来也睡不着，就去后山翻了一片地！"赵六斤说。

这儿除了煤堆，就是成片成片的荒坡地。冬天总有放羊的人或者好事者用打火机点山火。齐腰高的杂草烧过之后，整面山坡就裸成了黑色。来年春风一吹，没了羁绊的草儿便疯长起来。跟着疯长起来的，还有那些叫柴胡、远志、地丁草的中草药，年复一年，一拨又一拨挖草药的人，被这里浓密的绿色送往，迎来。

大家都知道昨晚对于赵六斤来说肯定会是一个不眠之夜，各人都在心里猜测他可能会借酒浇愁，可能会找一个没人的地方扇自己几个大耳刮子骂自己窝囊废，但谁都没想到他会不声不响地去开荒，而且开了个通宵！

"你开的哪一片？"冯岁耀问。

"就在矿部大院对面，那是一片好地哩！"赵六斤顿了一下又接着说，"从那下来，过了河，从对面小路上去就是矿部大院围墙。我刚扛了两根槐树身子搭在了河上，很稳的！"

"你要翻地就翻地，去人家矿部干吗？是不是以后要向矿部发展了？"冯岁耀问。

"就那些乌七八糟的货，白送我都不要。从那上来回煤场近得多，还省得转沟弯那个大圈圈。等下些雨，撒上些菜籽，出不了一月就有菜吃了！"赵六斤应着，声便越来越远了。

"再晚上不敢去了，他们说咱这山上有狼，看狼把你叼去了我们都撵不上。"冯岁耀说。

没人应声。

"这人要疯，谁都挡不住！"在门缝里朝外看的鲁会娟站直了身子，叹了口气。

陈荷正在刷牙，听鲁会娟这样说，呜呜两声表示认同。

几天后的傍晚，虎子开着皮卡车送走了边主管和他的行李。大家对于边主管的突然离职都感到意外，却不知是什么原因。只有王捉娃和鲁会娟他们明白，却也猜不出来是谁在这中间起了推波助澜的作用。

赵六斤看边主管走了，也卷了被褥要回家。王捉娃就说他："你这不是没事找事嘛。他是没脸在这待了要走，你是为啥？你天天拼了命往回拿钱人家都不把你当回事，你要一毛都不挣了，你看看你那个婆娘还不拿脚把你踢滚蛋了！"

"我窝囊，猪尿泡打脸臊气难闻哪！"赵六斤有点哽咽。

"比你窝囊的人多得是，人家怎么没像你这样一出点事就把头缩进裤裆里去？你趁早收了要走的心，该盘煤盘煤，该种菜种菜，日子再难，还得过下去！"

王捉娃给赵六斤说这些话的时候，陈荷和鲁会娟并没在场。那时她俩正坐在销售科朱科长面前。她们听说朱科长叫她们来，捎话的人也不知道有什么事，两个人也不再问，傻乎乎就来了。

朱科长四十开外，剑眉、大眼，留着寸头，一身得体的烟灰色运动衣裤，领子直竖着，脚上是蓝色的旅游鞋，整个人透着干练和斩钉截铁的果断。朱科长招呼她俩坐下，他也在办公桌旁的椅子上面对她俩坐了下来，先盯着鲁会娟看了看，又望着陈荷说："叫你们来呢，是想跟你们商量个事。"他顿了一下，看两个人都目不转睛地盯着他，就接着说："是这样的，你们也知道营业室前段时间出了事，把一班营业员给裁了。本来打算以后就上两班，可通过这段时间的上班情况来看，那一班人还得加。你们也知道，营业室是要牵扯到现金的，所以人一定要可靠。外边人介绍的不了解也不敢用，就在办公室开了个会，和大家商量能不能从矿上其他岗位调三个人过来。边主管推荐了你两个，机电科还推荐了一个充灯工。你俩考虑一下，要愿意来，我跟郭总一汇报，明天就来上班。要不愿意我们就另想办法。"

朱科长话都说完了，陈荷还半天回不过神来。突如其来的狂喜砸得她晕头转向，她知道营业室可是矿上的重要部门，在营业室上班的人就是煤矿的金领。平常人员饱和还好，要是有个空缺，不知有多少人削尖了脑袋想要钻进来。谁都没想到从天而降的机遇会砸中她和鲁会娟。她心里虽觉得意外，但并不去深究，就这样狂喜又拘谨地坐在朱科长对面的沙发上，双手紧紧地握在一起，手心里都是汗。倒是鲁会娟，在短暂的高兴过后迅速变得沉稳起来。她先得体地谢过边主管的推荐和朱科长的赏识，接着就委婉拒绝了这份无异于天上掉馅饼的美差事。

"鲁姐，你?"陈荷听她拒绝了，便拽了她的手腕，盯着她紧张地问——这么难得的好机会哩!

鲁会娟转过来看了看陈荷，又转过去看着朱科长，像对陈荷，又像对朱科长说："我知道营业室环境比煤场好，工资也比煤场工资高。但营业室一个萝卜一个坑，一人一个岗位，必须得严格遵守上下班时间。我家双虎是这么个情况，要是有事叫我就得随时回去，所以我就是去了，上班都心安不下来。再说，念的那一点儿书早都忘完了，每天晚上的报表都是问题，干脆我还是不去了，叫陈荷去，她比我强几十倍。而且——"鲁会娟转向朱科长，"她装了一肚子知识哩！"

"鲁姐！"陈荷喊她。

鲁会娟不应，却回过头看她，朝着她做了个加油的手势。

回去的路上，虽然陈荷高兴得心都要蹦出嗓子眼，但心底却像悬了十五个水桶——七上八下。前几天，她还觉得营业员被开除跟自己没有一丁点儿关系，但谁能料想到几天以后，她却补了他们的空缺。生活就是这么奇怪，那三个因睡觉而脱岗的营业员竟给了她一个华丽转身的机会。她总觉得是在做梦，掐了掐大腿，疼！但这一切还是像梦一样让她觉着缥缈，是不是因为得来全不费工夫，才使她觉得那么的不真实？

十五

陈荷一觉醒来，整个宿舍里空空荡荡。她转眼望去，墙还是那面墙，炕还是那通炕，甚至墙上的那些钉子、钉子上挂的物件、地上的蛇皮袋、蛇皮袋上的烂手套，一切都还是原来的模样，但她的心境却和往日大不相同。

透过射进窗口的一缕阳光，她的目光在这间屋子上下左右游走，一个微小的角落都不放过。上一次仔细打量这间屋子，自己还是个鲁莽的闯入者。而十六个月后的今天，还是在这个地方，自己却成了逃离者。要是搁往日，鲁会娟起床，提着铝壶出门时会喊她一声，等她提了水回来，看陈荷还在床上赖着，就弯腰放了水壶，把手伸进被窝挠她的痒痒。每当此时，陈荷就紧紧裹了被子滚到相邻的铺位上去，或者蜷缩到炕根，滚到鲁会娟够不着的地方，才赶紧翻身起来穿衣。但今天不知为何，鲁会娟没有喊她起床，更没有把手伸进被窝挠她。陈荷就这样仰躺着，记忆中那些温暖的章节像幻灯片一样在她的眼前一一闪过，她俩整天形影不离，现在她却形单影只，她感到了深深的孤单和浓浓的离愁。

她爱这个快乐的团队，她爱这些简单的人，她曾以为自己就是他们中的一员，而一旦机遇来临，她又会费尽气力地想抓住。冠冕堂皇的理由是"人往高处走"，但她自己心里明白却是"逃离"这一意念在作祟。也就是说，潜意识里她根本就没把自己当这儿的主人看待，她的肉体和鲁会娟她们一起吃喝拉撒，但她的灵魂却高高地凌驾于这些人之上。她现在才发现自己其实是个特不安分的人，想必自己当初也不愿意被李果元看出不安分的本质来，所以才用"想换个环境"这个借口来掩饰。也就是说，从一开始自己就把煤场当成了一块暂时歇脚的安身台，如此而已。一想到这，她就为自己的虚伪恨得咬牙切齿，但她又想不出"人往高处走"这话有什么不对。鲁会娟今天早上没喊她起床，是不是也不屑甚至不齿她这样的作为？如果她真是这样居心叵测的女子也就罢了，可为什么一想起这十几个月的时光，一想起今天要面对的离别，她的心还会那么疼？

鲁会娟、王捉娃、赵六斤、冯岁耀、田冲娃、李长顺，还有司炉工李保存，这些可爱的温暖的名字，每每想起其中的任何一个她都会忍俊不禁。每个人都是一段传奇，每个人在她的生命里都浓墨重彩地演绎过，每个人也都用朴实无华的演技诠释着这段斑驳的岁月。虽然陈荷心里有十二分的不舍，但还是得和这些人一一作别。

煤场，鲁会娟蹲在渣煤堆里，双手机械地刨拣着煤堆里的矸石。

她把一块矸石撂出去，叫了声"陈荷"，话一出口才发觉对面不是陈荷，便不再作声，埋下头闷闷地拣矸石。

煤场生活就是上班盘煤装车，听男人唾沫星子乱飞地说那些让女人脸红耳热的荤段子，下班仰躺着望着黑乎乎的房顶发呆，要不就几个女人围个圆圈圈议论哪个男人长得排场哪个男人腿短腰粗走路像蟹爬，他们就日复一日地重复着这样机械而单调的日子乐此不疲。而在每次窃窃私语或者哈哈大笑的时候，都少不了鲁会娟和陈荷。用王捉娃的话说两个人好得"合穿一条裤子"，更有甚者竟开她俩"是不是同性恋"的玩笑。当时正在装车，鲁会娟听说这话，几步走近陈荷，紧绷着脸，伸出右手食指托着陈荷的下巴说："姐，给姐笑一个！"手指挪开，陈荷的下巴就多了一抹黑色，陈荷气恼不已，铲起一锨渣煤高高扬起，煤灰便铺天盖地涌向鲁会娟，站在车尾的司机夫妇笑得前仰后合。

两个人在一起久了，对对方的依赖就会变成习惯。对于陈荷和鲁会娟这两个女人来说，这话一点儿都不显得唐突。习惯了对方的一举一动一颦一笑，习惯了对方的好和孬，彼此就像空气，觉着司空见惯，但就是离不了。而一旦面对离别，心却会没着没落地空，彻头彻尾地疼。还能怎么办呢？在一个人的生命长河里，每个出现的人都是终将要远去的，没有谁会陪你看透每一处风景，没有人会陪你到山无棱天地合。

鲁会娟知道煤场对于每个人来说都是一个过站，没有人会在这永久地待下去，从那晚在宿舍看到蜷缩在墙角的陈荷第一眼，她就知道这个女人不属于这个煤场，其实仔细想来，见陈荷第一眼应该是在煤场围墙外的阴影里。煤场厕所在围墙外，用蓝彩钢瓦围起约四五平方米，两个茅坑后边连着一个斜的水泥槽直通河道，也许因为没有围墙庇护的心理暗示，也许因为晚上没有一盏明灯给人壮胆，反正一到晚上，鲁会娟怎么都不敢穿过煤场围墙那长长的阴影去厕所。一转出围墙大门，四下看看无人，便靠墙蹲下来着急忙慌地解决问题。谁知道那次被陈荷的哭声一吓，三魂六魄先飞了一半去。她不知道陈荷为什么哭，陈荷不说，她也从来没问过。但她推断陈荷心里肯定比自己还苦。虽然她的家庭经济拮据，虽然她的老公瘫痪在床，但她心里清楚，只要这个男人还在床上躺着，还有一口气，她的天就不会塌，这个家就没有垮。天哪，有时她都觉得不可思议，这么巨大的灾难她竟能如此轻描淡写，到底是自己把苦难缩小了，还是陈荷把苦难放大了？她不得而知。

虽然盘煤工已纳入矿上管理体系统一管理，但谁要有事，打个招呼就可以走，煤场也不会因为少了你一个就停止运营。但营业室不一样，一人一个岗位，又不准串岗。三个岗位中的任何一个不在，整个业务就瘫痪了。任司机趴在铁门外的柜台上软磨硬泡，后边等着上磅的车把喇叭摁得嘟嘟嘟震天响，就是没人敢去帮忙。不是不帮忙，实在是各种条令不允许。要是好心帮忙出了差错，或是被领导逮到了都会罚款，那可都是血汗钱哩，所以没有人愿意把不疼的指头往转着的磨眼里塞。岗位负责制，就像穿了制服跳街舞，束缚太多，动哪哪都不舒服！

其实，家的顾虑只是一方面，还有一个不能为外人道的理由就是，盘煤工虽有千般不好万般不是，但隔三岔五还能捞一两张面值不等的外快回来，而这外快却是实实在在能看得到摸得着的。陈荷知道这个，但她还要去，一种可能是她不差钱，或者她根本就没想起这回事，又或者她记得这回事但抱着一种"有亦可，没了也无所谓"的态度，所以她就没有再挽留她。更何况、更何况……怎么说呢？其实，当李果元背过陈荷跟她商量，让她跟着陈荷"调岗"到营业室的时候，那时她就狂喜过，她也想过离开，但经过彻夜无眠的思想揪扯，她还是拒绝了李果元的这份好意。虽说拒绝了，但李果元的好她却铭记在心，为了感谢他，她答应李果元一定会守口如瓶，还同意配合朱科长在陈荷面前演一出"双簧"。剧情很狗血，但演员很给力，她都没想到自己拙劣的演技不但把陈荷糊弄得云里雾里，而且让她在很长一段时间都搞不明白，自己当初用来搪塞朱科长的借口到底是不是心底那个真实的答案？

　　陈荷起床洗刷完毕，先去找朱科长落实了要搬的宿舍，就回来开始一件一件地整理东西。被褥卷成一个长的圆筒横斜着放在炕沿，换洗的衣服和日常用的东西塞进一个大购物袋挤在被褥旁边，那身黑色的工作服叠整齐塞进桌下鲁会娟的蛇皮袋，鞋和手耙并排放到蛇皮袋旁边。转念一想，这衣服是果元买的，就这样送人恐怕不妥，就又弯腰从蛇皮袋里拿了出来。心里却在思忖没给鲁会娟留下什么东西，便在炕头装衣服的袋子一阵翻腾，翻出上次买的那件还未撕掉吊牌的橙色胸罩，放进鲁会娟的袋子里。转身团了那身工作服，塞进两个套在一起的盆子里……

　　虽然只有一个人的家当，但陈荷坡上坡下往返了三次才搬完。最后一次，陈荷站在门口，回转身望着黑乎乎的屋顶和四壁，仿佛要把和这间屋子有关的所有记忆都装到大脑中去。出门，拉上门的一瞬间，对于陈荷来说，盘煤工就成了过去式，一个刻骨铭心的存在。

　　别了，煤场。别了，这些可爱的人！

　　营业员的宿舍就在矿医院那座房子里。从外到里分别为挂号室、划价室、收费室、药房、病房、院长室、护办室。每间房门上都贴有金光闪闪的标志牌。只有病房是两间，其他都是一间。剩下几间没有标志牌的房子，就是医护人员的宿舍，营业员就借住在医护人员宿舍里。

　　陈荷在靠边的一张铁架子床上放下被褥卷，人便靠坐在床沿，上下打量起这间房子来。一张掉了漆皮的红色三斗桌，一张背上印着"鲁矿028"字样的椅子塞进桌子下。两张刷了乳白色漆的铁架子床，一张裸露的床板上有一个碗口大的火眼。苇席顶棚的屋顶，外围贴有蓝色菱形图案的炕围纸，四个角的地方分别戳下一片三角形的苇席来。灰白色的墙面，在靠近床的地方用绝缘纸钉了一条床围，地上的青砖泛着浓浓的青色，像是饱蘸了水。

　　陈荷眼睛看着，心里就和煤场宿舍做着比较。且不说那灰白的墙面，更不说那苇席的顶棚，单就那张泛黄的乳白色铁架子床，就能让那面会吐煤烟的通炕羞到无地自容。陈荷心里美着，特想有个人分享分享她的欢乐。心想事成，眼里还真就转出一个人来。不是幻象，真是个人——李果元找上门来了。

　　"哟嗬，没想到麻雀变凤凰了！"李果元并未进门，一只脚踩在门槛上，双手斜插在裤兜里，眉眼里涌着笑，看着陈荷，"高升了，祝贺祝贺！"

　　"你咋知道我在这？"陈荷站了起来迎上去，要不是怕他误会，她甚至想来个热烈的拥抱——她的狂喜需要发泄！

　　"这么大个地方，谁弄啥谁不知道？在煤场一问就问出来了。"李果元说，转过脸盯着陈荷看，换了郑重的语气说："真的，祝贺你！"完了又如释重负地长出了一口气。

　　"嗯！"陈荷应了，从桌子下拉了椅子出来，用手抹了抹，说："你先坐，我把这收拾一下。"

　　"我给你帮忙！"李果元进了门，并没有坐，而是取了一个盆子出门。

　　"别急，还没问清水龙头在哪儿哩！"陈荷冲他说。

　　"近在眼前你都看不见！"听她说，李果元停了下来，用手指着门口不远处的墙角说。

顺着他指的方向看过去，靠墙角处砌着一个长方形的水泥槽，上方一个水龙头还在滴滴答答地滴着水。

水都在门口，这地方是真好！

这样想着，陈荷就笑了。

十六

下午四点上班，陈荷三点五十分就到了营业室。营业室就在电子磅旁边，三间大的蓝砖房，两间是营业室，隔壁一间只能看见一扇窗户，而转过拐角，才发现在侧面竟开出两扇低矮的门来。进了营业室，滑溜溜的水泥地面，有着蓝色墙裙的白墙，还有白得刺眼的 PVC 板吊顶，一道齐肩高贴着白瓷砖的营业台又把整个房子一分为二。约二尺宽的台面上居中竖着铁护栏直通屋顶，营业员就在护栏里边各自忙活着。营业台里侧留有一扇小铁门，小铁门上挂着锁子，但此刻并没有上锁。靠磅板的窗口有一个只有手能出入的小开口，开口上贴着一张白纸，仿佛挂了一个纸帘。开口内摆了一张木质三斗桌，桌上摆着显示器、打印机、纸盒等。靠近护栏这边一溜头摆了三张桌子，每张桌子上的人都在忙着写写算算，计算器自动报数的声音此起彼落。虽然此前都认得，也不觉得生疏，但一看铁门上的锁子和正在忙碌的新同事，陈荷就没有进门，打量完了屋子，趴在营业台上，一边看大家忙碌一边等朱科长。

接班的人按点来了，接过班，但交班的人并没有离开，而是靠在椅背上说着话。四点刚过，朱科长来了。他前脚进门，后边就跟进来两个陌生的女人来。他一进门就通知陈荷进小铁门，营业室开会！

　　说是开会，其实几句话就结束了。首先欢迎新同志连思琳、陈荷和吴玉敏。陈荷才反应过来，跟着朱科长进来的这两个女人和她一样，是新来的营业员。要是有一个叫鲁会娟多好！陈荷想着，在心里又把临阵退缩的鲁会娟埋怨了好几遍。接下来就是分班，因为三个是新手，所以她们就被分别分到三个班。这样，每个班的模式都是两老带一新。连思琳早班，陈荷中班，吴玉敏夜班。吴玉敏回去休息准备夜里十二点接班，早班的连思琳则要跟着四点的班熟悉业务，等十二点和陈荷这一班同时下班。三个人都被安排在开票员岗位，朱科长一边示范一边讲解，那陌生的专业术语听得陈荷如坠云雾。偷着瞄一眼那两个新人，眼里是和她一样的茫然和慌乱，心里就有那么一点点释然。最后，朱科长强调上班要注意的事项，他强调业务上要注意不出纰漏，特别强调要遵守劳动纪律，爱岗敬业，绝对不允许有迟到早退，脱岗溜岗串岗等现象出现。

　　上班后一实际运作，陈荷觉得开票其实是小儿科。过完磅，司磅员在本子上记下相关数据，把那份一式三联的过磅单撕下一张贴在司机递进来的皮单上，将皮单递给开票员。如果是现金煤，开票员根据皮单上显示的吨位，参照单价开具现金票，将票据和贴有过磅单的皮单递给收款员，收款员对于开票员开具的数量和金额逐一核对，确认无误后收款，盖章放行；如果是合同煤，在司机或者代办提供的票据上如数填上煤种和吨位，再在合同煤账本上各人账户下列出车号、吨位，并计算出剩余吨位，确认剩余吨位一定大于或等于零后，盖章放行。同时，煤检组的开票员也开好煤检票一并递出窗口，整个过磅流程就算结束了。下班前分类汇总当班销售情况，和司磅员、收款员三方核对无误后，分别填写现金煤销售汇总表和合同煤销售汇总表作为收款员在财务科交款的凭证。如果遇到上夜班，上班后还得汇总前一天的销售情况，填写好现金煤销售报表和合同煤销售报表，下班前交给矿部各分管领导。

在熟悉了营业室的工作流程后，陈荷才发现，开票员应该是三个岗位中最麻烦的一个，特别是现金汇总表，日积月结的数字像滚雪球一样慢慢变大，到了每个月的最后几天，数字就得加好几个分隔符才能读准，要是一次疏忽出错，那接下来就班班皆错。到了月底，财务结账的时候就会出现款票不符，到了那时，就得一张一张地去核对，房子的桌上、床上，甚至地上都摆满了票据。麻烦倒在其次，要是遇见科长心情不好，还会给人吊脸子，说不定还会给你开个二三十块钱的罚款。她想，朱科长将她们三个新人都安排成开票员有两种原因，一种原因是开票员不跟钱打交道，那就不会出现各类经济纠纷，这对于刚上岗的她们来说无疑是一种善意的保护；另一种原因就是大家都避重就轻，没人愿意当开票员。在陈荷看来，后一种原因的可能性要大一些。但她不在乎，开票员就开票员，开票员同样能让她干得风生水起。她出过力，流过汗，知道讨生活的不易，因而对于从天而降的这份美差就倍加珍惜。

也许是觉着开票员工作流程的难度相对较小，所以心理上就有了那么一种满不在乎的轻视。而这天下早班时，陈荷汇总出来的数字怎么都不能和煤场管理员、司磅员的数字相符。三方数据不统一就不能下班，陈荷开始还没在意，找了几次都找不出问题后，她着急起来，越着急越慌乱，越慌乱越手足无措，司磅员李伟强就凑过来帮她找。终于找到了，一个五轮大块，她愣给开成了中块，八点四吨，一吨差价二十块。天哪，这一笔误就差了一百六十多块。怎么会这样？陈荷蒙了，无助又无望地看着李伟强。李伟强在磅本上翻着看了看车号，嘴里嘟囔着是一直拉大块的熟车，转过脸问在点款的收款员苏紫燕："你按大块收没收？"苏紫燕在哗啦哗啦数款，听见问，嘴里念叨的数字并没有停，转眼看了一下，摇了摇头，继续数款。李伟强就从裤兜里摸手机，摸出来翻了一阵号码便拨了出去。电话通了后，他放在免提上，那边车主的喊声在五轮刺耳的突突声中传了过来。

"对着呢，就拉的大块，款给够了，我给了两千二，找了十六。我用计算器算过，对着哩，你再算一下。什么？你说票开成中块了？我没看，你先等会儿，叫我看一下。"接下来那边没了声音，一会儿又响了起来，"就是，票上开的是中块，煤款绝对是按大块收的，姓苏的那女的收的，你问问她就知道了。"

挂了电话，陈荷盯着李伟强，李伟强看着苏紫燕，苏紫燕依旧在数自己用皮筋扎成一沓一沓的百元人民币，几个人都不说话。

等她点完了，陈荷凑过去试探地问："你看看你的钱有没有多出来？"

"没有啊！"苏紫燕把几沓人民币往桌角一放，看着陈荷，"你看，这数字刚好是票上的数字之和，有一车零头没找，多了三毛。"

"可是刚才那五轮车主说……"五轮车主的话几个人都听到了，陈荷就问她。

"那些人翻过来倒过去都会说，要是我，我也这么说，你要不信你就点我收的这款！"苏紫燕把桌角的钱往陈荷身边推了推。

"算了，你收了吧！"陈荷把钱给苏紫燕推回去，明明是大块，也不知道自己当初哪根筋抽了，怎么就写成中块了？这下倒好，钱还没挣到一毛，一百多块已经赔进去了。"唉——"陈荷长叹一声，到了这个份上，除了怪自己不小心，还能怪得了谁呢？

因为才上班就出了这么大的差错，陈荷心里特别不美气，下了班也不去吃饭，漫无目的地在公路边上溜达。一百六十八块，不知道是她挥了多少次方头铁锨才挣回来的，叫她一笔就给划出去了，而且直到现在，她都不知道那钱去哪儿了？这样一想，她不光心疼，还多了一种说不出的憋屈。

一阵车厢在路面上的颠簸声由远及近，耳边响起急促的喇叭声，她没回头，下意识地往边上站了站。嘟嘟、嘟嘟——那声音还是执拗地响着，还拉着长长的尾音。陈荷心里烦着，就要发火，一回头，却见李果元坐在高高的驾驶座上，脸透过车玻璃在冲着他笑。这人！

陈荷等李果元把车靠边停稳，从副驾驶这边上了车，重重地摔上车门，耷拉着脑袋，嘟着嘴，不说话，也不看李果元。

"咋啦？"李果元转过脸小心翼翼地问，"溜岗叫逮住了？"不等陈荷回答接着问，"跟谁吵架了？你倒是说话呀？"

"说啥呀说？"陈荷头往后靠在座椅背上叹了一口气，"汇总时款票不符，赔了一百多块！"

"啊，什么情况？你慢慢说！"李果元伸手拧上车钥匙。

陈荷就把营业室的差错复述了一遍。

"嗨，我当是啥事呢！"听陈荷说完，李果元宽慰她，"你要不赔就得按工作失误处理，处理就是罚款。你想，要是罚款也不可能只罚一百多块，肯定比这个要多。到时哪头轻哪头重你自己掂量？再说，明明是你自己不小心，悄悄认了就算了！"

"一百多块呢，你肯定不知道心疼！"陈荷拿眼瞪他。

"心疼也不是这么个心疼法！"李果元说完，仿佛想起什么似的说，"你明天上班把那个车号记下来，我给你问问。不过，"他转过头看了她一眼，"我说了你可别不信，这事十有八九是那姓苏的不厚道，你想，司机靠这个吃饭呢，要真是他昧了良心，你说他以后还来不来？"

陈荷想想也是，就没了话，却伸出手指在副驾驶座前边的台面上画着，久未拂拭的台面上便出现一团互相交叉的圆圈。

"别难过了，就一百多块钱，我给你报！"李果元说着，就斜起身子在裤兜里摸钱包。

"你干吗呀？我不要！"陈荷按着他的手不让他从裤兜里抽出来，"你挣钱也不容易，还有一家人要养活。"

他见她这样说，插在兜里的手就没动，却伸出放在方向盘上的左手握住了她盖在他右手背上的手。她没抽手，却转过眼不再看他。她的睫毛低垂，侧脸绯红，露在衣领外的脖颈白皙修长，一缕秀发在耳畔微微弯出个优美的弧线。这一刻的她，虽然脸上还挂着委屈的表情，但在他看来就有了别样的娇媚。他在心里想：要是时光能就此驻足，该是一件多么幸福的事！

嘟嘟、嘟——迎面而来的车打着夸张的让人沮丧的喇叭呼啸而过，沉醉的两人就被这喇叭声吵醒了，几乎不约而同地抽回手坐正了身子。

"哦，这事，让我再想想！"李果元看着陈荷舔了舔嘴唇，"那要不这样吧——"

陈荷不说话，疑惑地看着他。

"你会不会预制皮重？"李果元问。

预制皮重是司磅员工作流程中并不常用的一项。因为每天要上磅的车很多，所以电子磅过几天就会出现"内存已满"的情况，这就得要求清除已存的内部数据，而在清除时只能选择全部清除，这样，系统内部预存的皮重数据也就一并被清除了。等车装起煤上了磅，系统里没了对应的皮重就不能打印出过磅单，司磅员只得根据司机所持的皮单手动输入皮重，他们把这就叫作预制皮重。

本来这是司磅员的工作，陈荷这个开票员不能串岗。但人总是要活动，要吃喝拉撒的。司磅员李伟强有事要出去，离他最近的陈荷就顺理成章地当了他的临时替班。顺着他指导的程序实地操作了几次，司磅员的工作陈荷也能操作得得心应手。

"会啊，怎么了？"陈荷一头雾水。

"我下次再来，你把我的皮重预制一下，给多加几百公斤，你的一百多块钱就回来了。不过这个得冒险，要是叫逮住了就罚得多了！你敢不？"李果元问她。

"我把磅里的给你改了，皮单上的数字改不了，到时打印出来的过磅单和皮单不符，那才事大了！"陈荷吃惊不小。

"空白煤检票、过磅单都有卖的，皮单算个啥？"李果元说。

"不，不，不！"陈荷斩钉截铁地否定，"投机倒把的事咱不做。再说磅上有监控哩，叫逮住了咱俩成啥人了？为我再把你扯进去，以后这煤你还拉不拉？那事你快甭想了，我也不想了，权当买身衣服穿了。发车，我请你吃面去，饿了！"

"还请客？不心疼了？"李果元边发车边逗她。

"反正脑袋已经破了，也不在乎多一斧头！"话音落了，她却在心里想："其实心疼要比心惊好很多倍。"

刀尖上跳舞那事，她不敢弄，也弄不了！

十七

陈荷越来越强烈地感觉到和这个环境的格格不入，也明显感觉到李伟强和苏紫燕对她的孤立。她不知道这种不友好的情绪到底来自哪里，但她能切切实实感觉到它的存在。她就像被困在一座孤岛上，找不到来路，看不到去路，无助而彷徨。

对于鲁家河矿来说，末煤就是矿上的支撑。而只有供暖的时候才是末煤销售的旺季，末煤销售一不景气，也就意味着整个矿的销售进入了一年中的低谷。生产一线想尽办法要产量，可是销售市场疲软，这样，煤场的末煤，甚至矸石场的末煤，一下子堆积了起来。

一场透雨牵动了所有人的神经。董事会、总经办、矿办三方召开紧急会议，暂停了正在生产的掘进工作面，并将任务下达到销售科，在短时间内必须想方设法把末煤卖出去。听说，朱科长在会上可是立了军令状的。

就在朱科长立军令状的第三天傍晚，煤场就出了件大事。

煤自燃了！

矸石场堆放的末煤堆上缭绕起了蓝色的烟雾，透过初临的夜色明显能看到诡异的火苗在随风摇曳，一股热烘烘的焦炭味弥漫在煤场上方。矿上从邻近煤场紧急调来的三辆装载机轰隆隆地响着，使劲把铲斗从各个方向插入煤堆再向外推出一个豁口来，从煤场、坝面引出的两根胳膊粗的水管不停地喷着水龙。保卫科、销售科的男性职工全部被集中到煤场上来。矿上的皮卡车从库房拉来了一捆一捆的铁锨和洋镐，及至发到职工手中才发现那洋镐是毫无用处的，就随手丢了。有人提了炸药库的塑料沙桶，也有人端了盆子，在水管上接了水，泼到冒着烟雾的地方去。

朱科长脸上的神情焦灼又忧心忡忡，挥着胳膊，大喊着指挥铲车往他指的方向下铲。铲车的车灯一照，才发现他的上衣被汗浸透，湿漉漉地贴在身上，膝盖以下的裤管全是黑水，整个鞋子陷进煤泥里，成了和煤一样的黑色。

第二天早上，连续奋战了十几个小时的人和机器才停止了工作。没了生产的噪音，清早也没有多少进场的车辆，整个煤场变得冷冷清清。装载机从末煤堆四周往里推出呈"井"字形弯弯曲曲的几条路来，整个煤堆便被切割得七零八落。煤堆里，多了一块块黏结成块状的炭糟，炭糟是煤自燃后的生成物，有些全部裸露在煤堆上，有些只在煤堆里露出一个不规则的角，一扒，就有一块大如盆或小如拳的被拽了出来，往远一扔，却不是煤落地时应有的那种厚重的质感，是那种只有金属才有的空灵。

煤场出了问题，矿上所有的人力、物力和财力都暂时聚拢到煤场来。煤场的装卸工、一线科室留守的工人以及二线科室的所有人员都被召集起来，一人发一双线手套，拣炭糟。而朱科长在连轴转了一个通宵后，回房洗了把脸，换了身衣服，就坐着皮卡车出矿了。

末煤销售成了迫在眉睫的事，"养兵千日用兵一时"，朱科长这下彻底被"逼上梁山"了！

到了第二天下午，才见皮卡车碾过营业室的电子磅直接开进了煤场，而皮卡车后边却跟了一辆白色的越野车。等车再经过磅上回到矿部大院的时候，就有消息称朱科长带回了一个客户，稍后又有消息传来，这客户竟然签了五十万元的供煤合同！

特殊时期的这份合同对于鲁家河矿的人来说无疑是一种福音，可是自己的货到底咋样，上至周董，下至盘煤工，每个人都心知肚明。但为了将损失降到最低，这煤还是得以次充好，所以这个客户必须得留住。这样，由销售科牵头，保卫科和综合科配合的一份特殊的供货流程就新鲜出炉了！

接着，在矿部办公室，郭总主持召开了保卫科、销售科全体人员会议。会议直入"特殊情况特殊对待"的主题，先是通知保卫科取消了进门车辆的例行检查，接着通知营业室司磅员在除皮的时候要通知司机不用等皮单，直接进煤场。又通知两个煤场管理员轮换着在营业室进行量方、估吨，并签字确认相关信息。留守煤场的管理员，只要见到持隆鑫公司合同煤票的司机，第一时间无条件通知装载机装煤并放行。最后通知装载机司机，隆鑫公司的合同煤供应过程中，要是有一例吃拿卡要的情况被发现，就哪儿来的回哪儿去！

听郭总这么一说，谁还敢有胡来的心思？虽说平时上班心里总会打些投机取巧的小九九，但"大河有水小河满，大河无水小河干"的道理他们还是懂的。目前能平平顺顺把煤卖了，能按时拿到工资就烧高香了。

会议结束出门时，却听到郭总对朱科长说："明天去的时候看营业室不上班的那几个谁能喝酒，叫上两个跟你去，还能替你挡一阵子！"

朱科长苦笑着摇头，嘴上却一迭声应着。

郭总伸长胳膊，搂着他的肩拍了两下，说："没办法。特殊时期，你就辛苦些！"

"公关部部长！"走在陈荷后边的连思琳嘟哝了一句，接着就听见保卫科第五俊杰扑哧一声乐了！

陈荷做梦都没想到自己会成了郭总口中会喝酒的那一个，她根本就不会喝酒。营业室六个女人，除过上早班的两个，中班的吴玉敏一下班就回了家，跟她同上夜班的苏紫燕下班也坐拉煤车回了城，现在不上班的、在矿的，就剩下她陈荷和中班的收款员胡玉爱。在两个人中要选出两个人来，根本就是硬性指派嘛！没办法，特殊时期的行政命令，除非你不想要这份工作了，否则就得老老实实执行。好在，从朱科长口中得知胡玉爱的酒量可是杠杠的，陈荷心里的一块石头总算落了地，才敢踏上已经等在大门口的皮卡车。

在县城繁华路段的豪威酒店门口，陈荷第一次见到了给隆鑫公司供煤的老板李广震——一个浓眉大眼着休闲装的中年男子。让陈荷讶异的是他竟剃了个光头。他坐在那辆白色的丰田霸道里，看见朱科长一行走近，脸上的眉眼就挤作一团，挤出一脸爽朗的笑来。

他下了车，和朱科长来了个大大的熊抱，接着伸出手和胡玉爱握过，当他向走在后边的陈荷伸出手时，陈荷迟疑了一下，也没敢伸手。看见这样，他便收回了手，一边招呼他们往进走，一边说："你还不好意思？嘿嘿——"

虽然听出他的笑里没有恶意的成分，但陈荷还是一下子脸红到了脖子根。不是不好意思，是这样的打招呼方式确实没有过，她觉得别扭。

酒桌上，虽然陈荷一再声明自己不会喝酒，可在座的几个人全然不信。她推辞不过，端过杯子刚呡了一口，呛鼻的味道便刺激得她咳个不停，这下他们才收了让她喝的心思。皮卡司机要开车不能喝，李广震刚开始也说自己不能喝，但一听朱科长说已在十楼定了房间，就端了一杯酒，谢过朱科长的优待后一饮而尽。

一开头便不可收拾。豪爽的李广震遇见"好客"的朱科长，再加上一个如此能喝的胡玉爱，三个人真可谓是"酒逢知己千杯少"，他把感谢的话掺进酒杯喝下一杯又一杯。朱科长划拳，胡玉爱代酒，皮卡车司机临时客串了监酒官和劝酒的角色，陈荷不会喝酒又不会应酬，只好做个陪客和看客。

就在李广震他们在豪威酒店觥筹交错酒热耳酣时，鲁家河矿却是另一番景象。各种颜色各种型号的拉煤车在矿门口排起了长龙，保卫科被紧急抽来疏导的保安在指挥着车辆过磅。营业室里，打印机的声音，计算器报数的声音，喊话的声音统统往耳朵里钻。铁护栏外面，年轻的代办俯在营业台上，给除过皮的空车发煤票，给过完磅的重车收存根，手忙脚乱地登记车号及吨位，并每隔一会儿计算一遍所拉的吨位。

朱科长他们在豪威酒店的饭局一直进行到下午三点，李广震在去卫生间的时候，高抬着脚左挪右闪，地上的空酒瓶子哐里哐啷地滚到桌下去。

"你醉了，我扶你去！"司机站起来要扶。

　　"不用，我没醉!"他推开司机的手，摇摇晃晃去了。等了好久不见人出来，司机问清了服务员卫生间的方向，进去一看，他却靠着马桶，低垂着硕大的脑袋，呼噜呼噜睡着了。

　　朱科长要过服务员的菜单，先点了三桌打包的菜，交代陈荷照顾胡玉爱并在这等菜，完了才和司机一人一条胳膊，把睡着的李广震架到十楼房间里去。安顿李广震睡下，朱科长拿了房卡，和司机又回到了陈荷她们在的地方，回来等不多时，就有服务员过来通知菜已打包。

　　朱科长从裤兜里摸出钱夹，一边往前台走一边给司机交代："给灶上说一声，少做些饭，把今天上班的那些弟兄都通知到，告诉大家吃好，现在有任务还不能喝，等端午节会餐的时候再放了喝!还有，陈荷，玉爱喝多了，在路上你照顾好她!"

　　"嗯!"跟在后边的陈荷远远地应着。

　　买过单，取了要带走的菜，朱科长继续回十楼房间陪李广震，陈荷和胡玉爱坐皮卡车回矿。车子刚一进沟，坐在副驾驶座的胡玉爱就脸色苍白，紧紧拉住司机的胳膊摇着，车还未停稳，她便开了车门，一股难闻的呕吐物喷薄而出，在空中画出一个扇面喷溅到了地上。虽然预先摇下了所有的玻璃，但整个车里还是有一股酒精味弥漫开来。胡玉爱吐过，眼里就有了泪花，还在咳着。

　　"路不好，歇会儿再走。"司机把车开远一些，靠边停了，说，"你也真能喝，命都不要了!"

　　零点陈荷接班，却是司磅员和开票员上班。后来才知道胡玉爱一跌倒在床就沉睡不起，好在合同煤是预付款，过磅时不用收现金，所以就没有收款员多少事，两人就这样凑合着上了。后来的苏紫燕听他们说完，把黄大衣往紧一裹，头往椅背上一靠，睡了。正在忙着过磅的李伟强盯着她的头顶看了会儿，回过头去撕过磅单，却从中间扯断了，只好一边嘟囔一边补充打印。

陈荷在开票间隙抽空做好报表，看着报表上隆鑫公司那一栏的数字怔了好一会儿，等过完磅的那个司机走出门挪车，她转过脸问往皮单上粘过磅单的李伟强："隆鑫公司的煤这会儿应该到了，你说要是收煤方发现煤有问题，会怎么处置李秃头？"

李伟强微微抬了一下眼皮，眉梢挤出一点儿笑，看着陈荷说："操他那么多心干吗？他又不给咱发工资！"

"你呀，就没有一点儿同情心！"陈荷说他。

"要是同情错了对象，就是瞎同情。"李伟强把皮单往她手里一塞，说，"给，开票！"

陈荷接过，在提煤单左上角"单位"那一栏写下大大的"隆鑫公司"四个字，还要说什么，只听一阵嘟——的喇叭声划破了夜空的宁静，陈荷回过头，看见磅板上多了一辆空车。

李伟强从椅子上站起，并没有直接除皮，而是俯下身，透过窗玻璃朝磅板上看，看了一会儿回头对陈荷说："我瞄到车尾貌似有人影，你转出去看看是不是在磅上。"

陈荷应着，出了门。从营业室另一边转到车尾，车尾的磅板边上真有两个人。再走近些，眼前的情形就让陈荷脸红耳热——一个穿红上衣的女人侧靠着车厢，怕冷一般地缩着身子，一个头发花白的男人紧紧贴在女人身后，一手搂着女人的腰，一手却环过胸前胡乱揉搓着⋯⋯

陈荷赶紧反身走开，眼前这丑陋的五官和似曾相识的记忆一一重叠成后门那个瘦小的"稻草人"老吴。对了，那人这个月轮岗到前门上班了。陈荷想起鲁会娟说过的那句"他就不是个人"，心里就一阵难过，同时咬牙切齿地骂了句：猪狗不如的东西！

十八

陈荷终于明白李伟强和苏紫燕孤立她的原因了！

司磅员作业规程规定，空车上磅停稳后，司磅员有复检的权利和义务。除了督促司机下车，还得看驾驶室和车厢有没有装载加重皮重的物料。那是一辆空车，但并没有上磅，只是长嘟了一下便没了声，听见声音，李伟强从椅子上站了起来，撩开眼前小开口上贴的纸帘往外看，看了一会儿，就离开座位走了出去。

等他再进门，却站在陈荷身后，用手背边拍陈荷边说："哎，跟你商量个事！"

"啥事？你说！"陈荷转过身说。

"给你把那一百多块钱弄回来！"李伟强说。

"啊?!"陈荷吃惊地张大了嘴巴，等反应过来，她接着问，"怎么弄？敢不敢？"

"一回不敢弄那么多，咱瞅机会慢慢给你弄。但你要保证不说出去！"李伟强盯着陈荷的脸，仿佛她的脸上就写着保证书。

"你看你，把我当成啥人了？我又不是大喇叭！"陈荷看着李伟强，她的心里有些兴奋，也有些紧张。

"好，那你听我说。这司机想给车加些皮重，但富旺睡了，叫不开门，你和紫燕站在磅上给加些皮重！"李伟强交代。陈荷知道富旺，门口商店的掌柜，顺带给车加水。陈荷亲眼见过有些过了磅的空车停在半坡上偷偷地放水。

虽然陈荷第一次进矿就有过加皮重的经历，但那是作为一个消费者自以为是的小聪明，她没想到一个简简单单的"加皮重"也有这么多可行的版本。一说到站磅板，她就想起那天上夜班时看到的那一幕，一下子恍然大悟——那两人站在磅板上并不是为了偷情，一个付出色相换来对方几十公斤体重，这体重通过一系列交易就能实现现金收益的目的，另一个付出体重得到无与伦比的视觉和感官体验，也算各取所需吧！

"想好了没？去不去？"李伟强不知道陈荷在想啥。

"会不会叫逮住？我看磅上有监控哩！"一想起磅顶上那闪着红点的球形监控，陈荷就心惊胆战。

"那监控是煤检上的，不管这个。还有，可不敢叫门房的人看见，你一会儿出去跟着紫燕，她知道往哪站。"李伟强用手指捅醒睡着的苏紫燕。"搭秤去，你俩一块儿去！"

苏紫燕站起身，看看陈荷，又看看李伟强，欲言又止。

"放心！"陈荷还不知道是怎么回事，听见李伟强这样说，才蓦地反应过来。难怪！

苏紫燕也不说话，揉着惺忪的睡眼往出走，陈荷在后边赶紧跟上，她觉得心都提到了嗓子眼。她们俩上了磅，紧贴着司机那边的车门站了，里边的李伟强看见显示屏上的红字闪了两闪，多了0.12T后停了下来，他伸出手指摁下了"打印"键，打印机吱吱地响着，他从眼前的小开口伸出胳膊挥了挥，多出来的那些数字又闪了两下，没了。司机发动了车，磅上的数字由多变少，终于变成了一行长方形的"0"，车下了磅。

这天下班前，他们每个人兜里都多了十块钱。虽然只有十块，但陈荷一整天都沉浸在兴奋当中。其实在她刚来营业室上班的时候，李果元就跟她说过，在营业室上班要多长个心眼。不要太精，也不要让人把你卖了都不知道。精明她不会，也没觉出那两人要"卖"她的迹象，但就是有一种来自于他俩的排斥和孤立让她郁闷。今天，所有的疑惑和猜测都有了明确的答案。

以前他们对她设防，都是因为不信任！

这天，陈荷因为兜里多揣了十块钱，心里虽然美着，又惴惴不安。不管怎么说，这钱装得还是不踏实，但在金钱的诱惑面前，又有几人能不为所动呢？李伟强不能，苏紫燕不能，她陈荷也不能，想必另外两个班的每个人也都不可能。那么，在"耽磅"这样小打小闹的背后是不是还有她所不知道的大动作？陈荷这样想着，就多了个心眼，不承想，还真让她看出门道来了！

往常司磅员只是在空车除皮的时候才出门复检，而过重车之前，不用司磅员开口，司机就会把车上的铁耙子、铁笼都取下来，有些司机还会偷着把水箱里的水放完，等过完磅出门再在富旺那加满，有些司机甚至巴不得把车轱辘都卸下来减些重量，所以过重车是不需要检查的。

这天到了晚上十一点多，马上就要做下班前的汇总了，从煤场突突突地上来了几辆五轮车，每次下班前都会过一阵车，陈荷也就没在意。但她在转身等着接皮单的时候却发现司磅员李伟强紧贴着桌子站着，肥胖的身子将整个显示屏挡了个严严实实。她觉得蹊跷，但又不好明着问。想了想，撂了手中的笔，从椅子上站起身来，弯腰从半开的抽屉里撕了一绺卫生纸，一边捻弄着一边咳着出了门。虽然走得快，但车还是下了磅，她不经意一抬头，外显示屏上赫然定着一串大红色的数字：-1.06。陈荷知道，只有在预制皮重的情况下才会出现负数，但刚过的那车是一辆五轮，皮重最起码都在三吨多，也就是说，如果刚才是李伟强给预制了皮重，那么显示屏上显示的负数就应该是三吨多，而不是她现在看到的一吨零六。既然没有预制皮重那就只有一种解释，李伟强在磅上做了手脚，也就是说，李伟强真的把她给"卖"了！

司机把车挪下磅靠边停稳，下了车，转回到营业室来开票付款。

陈荷跟在他身后进门，转过头一看，显示屏上的负数不见了，又成了一串"0"。司机隔着铁栅栏把皮单递给里边的李伟强，手便摸进上衣的内兜里往外掏钱，摸出一沓，呸的一声往指头上吐了些唾沫，哧啦哧啦地数起来。

接过李伟强递过来的皮单一看，皮重那一栏写着：3.52，陈荷更确定了自己刚才的推断，但李伟强不说，她要是找不到一个好的切入点也没办法说出来。得了，先看苏紫燕怎么收款。

苏紫燕接过陈荷开好的票据看了看，又看了一下打印出来的过磅单，在计算器上算过，却报出了一个和陈荷票据上不符的金额——她的计算器关了声音，所以陈荷难以断定她到底是怎么算的。司机歪起头嘴里念念叨叨地算，算完了把手里的钱往外抽了一张，剩下的递给苏紫燕。在苏紫燕收款的当儿，陈荷用关了声音的计算器算了一下，那金额比她算出来的多了二百六十块。

时间已到晚上十一点四十五分，每个人都开始了交班前的汇总工作。司磅员只要分煤种汇总出车数和吨位，收款员只要做到款票相符就行了，只有开票员要做现金汇总和合同汇总，所以车数、吨位和金额一样都不能少。陈荷因为心不在焉，所以现金汇总不是吨位写多了，就是金额算少了，反正就是对不上。越乱越急，越急越乱，汇总本撕了写，写了撕，撕了三张才终于核对无误，在签名时写最后那一笔竖钩的时候圆珠笔用力过猛，哧的一声，纸划破了。站在身后的李伟强看见了，便笑着揶揄她说："这笔一到你手里就成锥子了，你这是要为谁报仇雪恨哪？"

陈荷把手中的圆珠笔往抽屉里一扔，如释重负地长出了一口气，仿佛解释，又仿佛掩饰自己刚才的急躁，说："要是再对不上我就只好去跳鲁家河了！"

"别啊。你要跳了哥哥我会心疼的！"刚接班蹲在地上从炉坑里往外掏煤灰的煤检组收费员李瑞祥接口说道。

"滚!"陈荷说他,"你赶紧掏,看这煤灰把人都能呛死!"

"把你们这些人能懒死,煤灰都要把人埋了也没人掏,还好意思嫌'呛'?反正你要跳河,终究都是一死,'淹死'和'呛死'还不是一样的!"李瑞祥说着,把炭锨在火炉的炉壁上敲得锵锵响。

"要死你去死,我才舍不得!"陈荷站了起来,从抽屉的扣环上取了锁子锁抽屉。

"得了,你看你俩,死呀活呀的,也不嫌瘆得慌。赶紧下班!"苏紫燕说着,一转身要出门。

李瑞祥端了一铁锨头煤灰站起来,铁锨头的尖角搁在炉沿,一手拿了炭锨往烟筒上的铁丝钩上挂,扭头对苏紫燕说:"你去嘛,门口杏树下站着个血脸红头发哩!"

"啊?"苏紫燕已走到大厅中央,她知道李瑞祥总爱满嘴跑火车,但还是倒退了回来。她胆小,整个营业室的人都知道。

"行了,赶紧倒你的灰去,刚一上班就在这惹猫逗狗的!"李伟强说李瑞祥,又转过头望着苏紫燕,"你先甭走,等瑞祥倒完灰送你回去,谁叫他胡骚情哩?"

"送就送嘛,还能趁黑摸摸手哩!"李瑞祥双手端着铁锨头,用胳膊肘掀开门帘,侧着身走了出去。

等他出去,李伟强压低声音对站在外边的苏紫燕说:"你回去把账一算,把陈荷的先给了。"

陈荷心咚咚直跳,不知道是他们发现了她的怀疑还是他们根本就没打算瞒她。

"那我现在给你们都一取吧!"苏紫燕说着就往进走。

"别!"李伟强制止苏紫燕,"明天上班后再说。"

"取什么?"陈荷心里明镜似的,可是还要装作一无所知,心里却为自己那会儿的计较羞愧得无地自容。

"给你减少损失嘛！"李伟强还要说，看见窗外闪过一个身影，便转过头提高声音对着苏紫燕说，"走，哥送你回房子！"

"哥！"陈荷在后边喊，"还有我哩——"

"哥！"门口响起一个低沉嘶哑的声音，接着又是气急败坏的高八度，"接班的人一个都没有来，我看谁敢走？"

准备往出走的几个人闻言，赶紧停了玩笑，急忙往各自位置上坐——朱科长查岗来了！

朱科长黑着一张脸，牙齿咬着下嘴唇，手插在裤兜里，就那么在大厅呆站了一会儿，什么话都没说，一掀门帘出去了。几乎与此同时，用铁锨头从另一边挑起门帘走进来的李瑞祥看到几个人脸上装出来的一本正经，忍不住噗哧一声乐了，李瑞祥一乐，整个营业室就笑场了！

十九

陈荷在煤场当盘煤工时就见过朱科长，他每天都要来煤场转几圈。脚踩在厚厚的煤灰里蹚过来蹚过去，裤脚处的褶皱里总是沾满了黑乎乎的煤泥。那时王捉娃他们就跟他开玩笑，说他不会当科长，说科长都是开着小车干工作，谁见过整天泡在煤场把自己弄得脏兮兮的科长。

"我才不坐办公室，我得把你们这些人看起来！"他操着一口并不纯正的普通话说。

"不用你看，要偷你能看住？这么大个井口，我安个把儿就提回去了！"人群里有人说。

他就一头雾水，他是南方人，听不懂他们说的"安个把儿"是啥意思，更想不通井口怎么会提得动。

大家哄笑，他也跟着傻笑！

后来陈荷在营业室上了班，听到的关于朱科长的段子就多了起来。说朱科长刚来矿上那会儿，看到女职工都端大老碗吃饭就惊讶不已，说女人怎么可以端老碗吃饭，他吃饭都是用小碗的，所以往后几天每次吃饭前他望着窗口排的那一行大老碗都会发一通自愧弗如的议论。又说有一天他去上边好口福食堂要了一盘肉丝炒面，跟老安说"多加点肉"，但他的"肉"字说的是"右"的音，在老安听来便是"多加点右（油）"，老安便从放油的碗里勾了一点儿油倒进炒勺，他在后边大声喊"'右'！'右'！"老安又勾了一点儿油倒进去，他急了，干脆起身去老安身边，指着肉丝碗一连声地强调"我要吃'右'"，才明白过来的老安忍俊不禁。还说有一次煤老板请客吃饭，在席间老板尽地主之谊，劝他夹菜，关中方言不说"你夹"，却说"你操"，可是他这个南方人怎么会明白，就想着这人咋回事，刚见面就骂人，但为了不吃亏，他就得还回去，所以他也就顺着老板的话说"你操、你操"，只是直到酒席结束，他都没整明白这些人为啥要在吃饭的时候说这话。

但时间一长，大家都发现朱科长其实是个挺不错的领导。在营业室的六个女营业员之间，有一多半都是结过婚有家有小孩。虽然《营业员岗位责任制》中规定：不能迟到早退，不能公私不分。但每遇到上班迟到和带小孩上班等诸如此类的问题，他都会同情地叹息一声，然后摇摇头离去。时间一长，其他科室的人就不愿意了，跑去领导那提意见。有次公司开会讨论到这个问题就有人以此诘问，他说："每个人都不容易，如果真有办法，谁不知道四平八稳地转悠着惬意却要风风火火地百米冲刺？如果真有办法，谁愿意把娃带到这个坐半天鼻孔里都钻满煤灰的污浊的地方里来？你把你娃带来试试？"看对方不说话，他接着问："怎么？你都舍不得？"整个会场都静默了，处罚的话便再没人敢坚持了。话一传开，当事的营业员就心存感激。

但并不是每一份善良的付出都会有丰硕的收获。

在煤矿这个连空气都寂寞的地方，总有那么一些人在绞尽脑汁虚构出一些花边新闻来填充那如暗夜一样无边的寂寞和空虚，在那些不同的题材里，唯有艳史，以议论范围之广和传播速度之快高居榜首。这样，每个人都无可避免地会成为某一部艳史的主角，营业室是女职工最多的部门，在女职工岗位排行榜上又是优于诸如盘煤工、绞车工和充灯工的工种，所以莺莺燕燕中的朱科长自然地成了男主角的原型。

先是有人说半夜看见朱科长在营业室查完岗没直接回宿舍，而是去敲了女职工的宿舍门，有没有敲开说者卖了一个关子，也给了听者一个广阔的遐想空间。接着又说杨美丽下了中班回到宿舍，一打开门却怎么都摸不着灯绳，想起同屋的胡玉爱床头有个小台灯，就摸黑过去开台灯，却摸到了一只大手，杨美丽尖叫一声夺门而逃，稍后就有人看到朱科长斜披了外衣从杨美丽宿舍鬼鬼祟祟地出来。这话是从杨美丽嘴里传出来的，一个人再傻也不可能这样宣扬自己，所以大家就认定了朱科长和胡玉爱不清不白，从此每个人看胡玉爱的眼神里就有了那么一层说不清道不明的意思。而此后不久，一个昌河司机发布出来的段子却让整个剧情变得扑朔迷离起来，昌河司机说某一天早上六点，他拉了朱科长和一个女的进矿，还说他从后视镜里看到两人在后座上拉着手，大家对他描述的那个女的体貌特征进行推断，发现那个人竟和杨美丽完全吻合。

昌河司机说得有鼻子有眼，不由人不信。但不知道是当事者迷还是别的什么原因，反正就是没有人出来辟谣，没有人辟谣就是默认。这时，煤矿就成了一个让人望而生畏的巨型八卦机，所有的细枝末节都被投入其中酝酿发酵，等再见时却面目全非，早已不是原来的模样。甚至出现过这样的情况，同一种版本可以有 N 个女主角。如果听者是张三丫，就说女主角是李四凤，如果听者是李四凤，主角则变成了张三丫。说的人声情并茂，听的人哭笑不得，却也无可奈何。

矿区交通不便，所以不管进城还是回矿都是一个让人头痛的问题。有时会碰到矿部进城采办的皮卡车，便捎带一程，但皮卡车经常人满为患。公路上也有私人运营的昌河车，但一个来回就是十多块，天天坐车上班也不现实。为了省钱，大家就在营业室搭刚过完磅的拉煤车出矿，回矿的时候还在拉煤车必经的三岔路口挡车，天天搭顺车也省了一笔不少的支出，而拉煤车司机也习惯了路边的"招手"。

那是一个傍晚，连思琳挡了一辆拉煤车从城里进矿准备上夜班。坐人家的车，不说话面子上也说不过去，就有一搭没一搭地回答着司机的问话。司机去沟里边的燕子窝煤矿拉煤泥，他感叹拉煤车多竞争激烈生意惨淡，又骂销售科吃拿卡要，还说销售科长是个肥差，一年不少捞钱哩，说着说着话题就转到了鲁家河矿。

"人都说你们一矿的朱科长和营业室的一个姓连的营业员在一起，你们营业室谁姓连？啥时得去看看怎么个女的，有这么大本事能把销售科长拴在她的裤带上？"他问连思琳。

司机也是道听途说，他没在鲁家河矿拉过煤，更认不得坐在副驾驶座上这个女人就是他故事里的女主角，而且他根本没想到世上竟然还有这么巧合的事。

连思琳转过脸看着司机，没回答他的问话，却生硬地从喉咙里蹦出两个字："停车！"

"干吗？"司机疑惑不解。

"停车！"她重复了一遍。

"天黑了，这儿可是沟里！"司机把车靠边停了，善意地提醒她。

她不说话，下了车，重重地摔上车门，背着包一个人朝前走去。后边的司机嘟——地连打了三次喇叭，看她不理，就一踩油门扬长而去。连思琳抹着眼泪高一脚低一脚地往回走，走到富旺加水的房子门口，在屋檐吊着的灯泡下一脚踩进了路上的水坑，崴了脚，一瘸一拐地蹭到宿舍，一进门，便扔了包扑倒在床上号啕大哭。闻声而来的大家都慌了，又是用点着了的酒洗又是抹活血化瘀的药，大家都以为她是疼的。

此后，连思琳出入矿再不坐拉煤车！

……

这一切，也许朱科长不知道，也许知道了装作不知道，也许就像人们议论的那样，他要是想走了，屁股一拍，土都不沾一点儿，根本就无所谓。看他在铺天盖地的流言蜚语中依旧我行我素，有些人就在心里想，他可能是清白的，毕竟"为人不做亏心事，半夜打门心不惊"啊！

对于流传的有关朱科长的这些事，陈荷只是听说，也就将信将疑。连思琳和她一块进矿，现在都中了枪，想必她肯定也成了某个版本里边的主角，但话没传到她耳朵里，她就权当没有。她才不像连思琳那样寻死觅活。

你能管住自己不造谣不传谣，但你能管得了别人吗？有就有，谁都抹杀不了。没有就没有，谁也强加不上去。解释给谁听？相信你的人不需要解释，不相信你的人解释了也是无用，在某些时候却会跟解释的初衷背道而驰。陈荷就不止一次地发现每个主角每次解释后都能引起一波窃窃私语指指点点的高潮，所以她只能装聋作哑，对她来说，装聋作哑也是一种下下策的自我保护。

中秋节这一天，朱科长喝醉了。男人大抵都嗜酒如命，也是不醉不归，但醉酒后朱科长的一个举动却让大家瞠目结舌，由这一举动引起的连锁反应也让他在大家面前颜面扫地。

煤矿属于生产单位，法定假还得照常上班。到了过节当天，全矿职工统一集中在职工灶大厅会餐，而科级以上干部则在老安食堂的包间里聚餐。

酒足饭饱，胡主任去吧台的本子上记了账，各人便起座离席，服务员也开始收拾桌上的杯盘碗盏。朱科长在最里边坐，又加上醉了，所以摇摇晃晃地最后一个站起来，但他并没有跟在大家身后出门，而是转身抱住了背向着他忙活的服务员，将喷着酒气的嘴往服务员的脸颊上凑，舌头在嘴里打着卷嘟囔着"要和小美女吻别"。服务员是个小姑娘，哪见过这种阵势，一边挣扎一边哭叫起来。小姑娘一哭叫，他一激灵，酒就醒了一大半。赶紧松了手，点头哈腰，又是哄又是不住地给赔不是，还没出门的几个领导一下子都瓷在了大厅中央，脸上红一阵白一阵，走也不是留也不是。最后还是胡主任进来打圆场，又找了老安媳妇出来劝说，小姑娘才止了哭。

从此以后，郭总再见了朱科长就鼻子不是鼻子脸不是脸，而朱科长像被抽了绵筋的猫，走起路来都是无精打采的。

二十

天空湛蓝而高远，层林幽静而斑斓，鲁家河畔的毛腊也开始疯长，不几天就长成两堵遮天蔽日的绿墙，墙上摇曳着挨挨挤挤的毛腊棒，墙里的河道就成了野鸭的天堂。

这天早上，陈荷一上班，就听到一个爆炸性的新闻：小婵怀孕了！

本来怀孕不是什么大事，跟他们这些人一毛钱关系也没有。但这个小婵不是别人，就是老安食堂的服务员，而且还是个只有十五六岁的小姑娘。所以，问题就严重了，相当严重。

老安媳妇去县城办事，小婵嚷着也要跟去抓药，走到路上却给老安媳妇咬耳朵说自己那个已经快两个月没来了，老安媳妇以为是月经不调，进了城就先带她去医院看妇科，医生却建议全面检查好诊治，先妇检再B超，B超结果把老安媳妇吓出一身冷汗：早孕六周半！小婵是她一个远方堂哥的女儿，她从老家天高地远地带过来，现在却出了个这事，这叫她回去怎么跟堂哥交代啊？她顾不上办事，直接拽了小婵的胳膊，挡了辆出租就进了沟。

老安媳妇一进门就把小婵拽进她住的小房间，关了门盘问小婵闯祸的那个人是谁。任她哭腔多长言辞多激烈，小婵就是不说话。她一看没招，找个由头支走了大厅里等着吃饭的几个客人，将正在忙活的老安拽进了屋。老安一听也蒙了，舌拙嘴笨的他刚问两句就把小婵问哭了，小婵一哭，他们两口子又吵起来了。

"你说话好好说嘛，训娃干啥哩？"老安媳妇朝老安瞪眼睛。

"我、我哪儿训了？"老安脸红脖子粗地辩解，"我就问那个人是谁，这就叫训了？"

"还说没训？没训娃能哭？我问了那么长时间娃咋没哭哩？"媳妇冲老安嚷。

"你本事大嘛。那你问，看你能问出个啥名堂！"老安摔门而去。

老安一出门，媳妇也不问了，也不理眼前的小婵，斜靠在床头生闷气，一会儿却猛地从床头弹了起来，嘴里蹦出一句"我寻朱科长去"，人就出了门。刚止了哭声的小婵在后边拉扯不住，哇的一声又哭出了声。

老安媳妇在矿部大院没有找见朱科长，看见胡主任在院子里转悠。

"领导这几天没在，等回来了你再下来报。"主任看见老安媳妇，以为她要报账，就先解释开了。

"我今不报账。"老安媳妇说。

"哦？"主任顿了一下，"那你是？"

老安媳妇支支吾吾说不清楚，这话，还真不好说。等她在办公室的皮沙发上坐定，一字一顿地说给胡主任听的时候，胡主任也蒙了！

怎么会？！虽说上次朱科长举动有些不检点，但凭他们对朱科长的了解，他应该不会也不敢做这种伤天害理的事，要知道朱科长的年龄足以当小婵的爸爸了。但现在事实确凿，还有那么多的人都看到朱科长强抱小婵的那一幕，虽然当时没出什么问题，但谁能保证在其余时间有没有出过问题？再说现在人都追上门来了，不管这缺德的事是不是朱科长做下的，传出去的影响都是极为恶劣的。这事棘手了，得赶紧找朱科长通气！

他安抚了老安媳妇的情绪，看着老安媳妇出了矿院大门，便心急火燎地去找朱科长。

听胡主任说完，朱科长的脸腾地一下红到了脖子根。他气急败坏地辩解："我承认上次是喝高了犯浑丢了人，也给大家丢了脸，但我知道那还是个娃娃，我再混账，还没有缺德到这个地步！"

胡主任也相信朱科长不会做这种既缺德又犯法的事，但"他相信"解决不了问题啊。如果说没有,那小婵肚子里的孩子又是谁的?

"那你说怎么办?"胡主任见朱科长斩钉截铁地否认,一时也没了主意,就问朱科长。

"不管,爱说啥叫说去!"朱科长一转身出了门。

可能老安媳妇等不住朱科长回话着了急,也可能有人暗中给支了招,她直接去找了郭总,并将情况和猜测一五一十向郭总做了汇报,郭总听完,紧锁着眉头拨了内线电话通知朱科长来总经办。

"老朱啊,你这事弄得我们很被动啊!你说不是自己,那是谁?你说他们诬赖你?矿上这么多人,他们为啥不诬赖别人偏偏要去诬赖你呢?你坐得端行得正他们诬赖得上吗?这事和其他事还不一样,你说要是传了出去,社会上的人会咋说咱们矿?"郭总顿了一下又接着说:"你这两天把销售上的事缓一缓,不管是不是你,都得把这事先解决了,传出去不得了!"郭总又交代。

朱科长意识到了问题的严重性,一个劲儿地点头。

好事不出门,坏事传千里。虽然矿部大院知晓这事的就这几个人,也不知道哪个环节走漏了风声,这件事就像长了翅膀一样扑棱棱地四散飞去,并衍生出一系列离奇的版本来。

大家在津津乐道的时候也忍不住咬牙切齿地骂:"那个挨千刀的,才那么大的娃娃!""人地里没去的东西,遭罪哩嘛!"……

朱科长一口咬定自己除了那天强抱过小婵一回,再没碰过小婵一根手指头。而老安媳妇一口咬定是他糟蹋了小婵,还说矿上要是不给个说法就要叫警察来处理。朱科长已焦头烂额,也不争辩。两边就僵持不下,看来朱科长这次是跳进黄河也洗不净了。

这天,陈荷在宿舍门口遇见去老安食堂吃饭回来的赵六斤,好些日子不见就觉得好亲切,寒暄几句后赵六斤低声问:"朱科长那事不知道咋弄着哩?"

"谁知道哩!"陈荷从门背后提了一把木椅子出来让赵六斤坐。

"朱科长可能真是被冤枉的!"赵六斤没坐,把裤子往上抻了抻,却蹲在了门前的青砖台阶上。

"啊?"陈荷吃了一惊,"你知道什么?"

"那天,那天——"赵六斤没继续说下去,却转过头问陈荷,"你知道我在后山上翻的那一片地不?"

"知道啊,那片地咋啦?"陈荷想起赵六斤那个不眠的夜晚。

"撒了些萝卜籽和白菜籽,长势好得很,再过些日子就能收了。可惜了你自己不做饭,不然我给你剥些白菜的边叶拌麦饭!"赵六斤说着又笑了,"看我扯到哪儿去了!那天天擦黑,我从菜地回煤场,在半山那个转弯处,就是长酸桃树那个转弯,看见老安食堂那女子和一个男娃在那里!"

"啊?!"陈荷又吃了一惊,"那个男娃是谁?"

"你认得的。"赵六斤说,"工队修溜子的黄俊生!"

"黄俊生?老安那个小老乡?"陈荷惊讶不已。

"就是哩!"赵六斤说。

"这是多久以前的事了?"陈荷问。

"疏萝卜苗的时候。我把萝卜苗撒得稠了,那几天下班了就去地里疏苗。应该是五月底吧!"赵六斤歪着脑袋想了想,又说,"不会错,就是五月底!"

"你看清了就是小婵?俩娃说不定到后山耍去了正好叫你碰上了!"陈荷说。她知道这事非同儿戏,不能轻易说的。

"我还能骗你,绝对是那女子嘛!两个人抱得紧紧的,吓得我从旁边过大气都不敢出,也没敢回头看。"赵六斤说着,站了起来往出走,边走边嘀咕,"现在的娃娃,不得了,耍着耍着就耍出娃娃来了!"

赵六斤走了，陈荷没有送。她在想：如果赵六斤说的话是真的，那这事就不是朱科长干的，泼在他身上的污水就可以洗干净了。她心里终于长出了一口气，就想着必须尽快把这事给弄清楚，现在问谁都问不出眉眼来，只有小婵。

小婵失踪了！

这是陈荷始料不及的。

她去老安食堂，走到门口看到门锁着，就转进了老冯的商店，商店打麻将的人正在议论的就是小婵的失踪。

自家丢了人这还了得？老安和媳妇赶紧锁了门找人去了。

只是接下来事情的发展出乎所有人的意料，从那天开始到陈荷离开矿上的几年时间里，老安一家再没有回来过。过了好一阵，还是不见踪影，也没法联系，房东就用一把钳子拧了锁子，简单粉刷了墙壁又转租给了另外一家经营户。

过了没几天就传出话来，小婵走之后托人给老安两口子带回一封信，小婵在信里说她和黄俊生恋爱了，可是家里人嫌黄俊生家穷不同意，但她认准了黄俊生这个人，跟了黄俊生，不管是上刀山还是下火海她都心甘情愿，所以两人就结伴去南方打工了。还说她肚里的孩子是黄俊生的，和她朱叔没关系，不能冤枉好人。这样一说，大家才想起那个自后脑勺到前额剃得只留下一绺红头发的黄俊生好长时间没见了。还有话说老安两口子一看到信就傻眼了，想着要是朱科长知道了信的事，他们那样折腾人家，往后甭想有好果子吃，再加上本来食堂生意就热火不起来，干脆收拾了贵重物品，趁着夜色，三十六计走为上策。

小婵走了，黄俊生走了，老安一家也走了，这可把朱科长害苦了，虽说有小婵那封信也算还了他一个清白，但相信的人又有几个呢？他不管走到哪儿都觉得有人窃窃私语，还对着他指指点点，天不怕地不怕的朱科长不再像以前那样有事没事总泡在煤场里,半路遇见有人打招呼也不应,只是微微点点头就远远走开。

过了好些日子,当他再次站在大家面前的时候,大家都吃惊地发现他一下子苍老了许多,发根处露出齐茬茬的白发,脸色晦暗,胡楂老长。有人就同情地说:唉,人要是倒霉,喝口凉水都塞牙,好好的一个人差点儿就叫唾沫星子淹死了。有人却不以为然,撇着嘴说:谁叫他当时张狂哩?丢人不知深浅,活该!

二十一

白露一过,就遇上了恼人的秋淋。淅淅沥沥的雨丝扯了七八天还扯不断。

吃饭前分明看到天上平铺的云已团成一疙瘩一疙瘩,后边还透出一绺一绺的蓝天来,云缝光线像箭镞一般射向大地,显得惊艳、神秘又凝重。但一碗面还没吃完,细密的雨丝又扑簌簌地落了下来,抬眼透过门楣上的玻璃望出去,不知何时开始已是乌云密布。吃完面,一干人等齐聚在屋檐下等着雨歇,等到檐前的雨珠串成了线,等到地上的水流成了河,而雨仍没有要停下的迹象,不得已只好双手扯了衣襟翻上头顶,遮住头一路狂奔。一脚踩下,水花飞溅,旁边跑着的人低头看看已溅湿的裤脚,不由皱了皱眉,脚步便向这边靠拢过来,眼看着近了,近了,重重地跺一脚便坏笑着跑开去。一时间水花飞溅,笑声不断。

进矿的车少了许多,他们下班也就不再搭拉煤车回家。可是因为在矿上住的是集体宿舍,电视都没有,煤检上虽有电视,但也不好意思天天去蹭电视看,所以也是无处可去无事可干。再加上恼人的秋雨，即使是整天在矿上守着的陈荷也平白生出许多惆怅，更何况回家惯了的其他人？但雨不止，又没车出入，他们干着急也没办法，只能把无聊的日子化作无奈的一声叹息！

不知从哪天开始，也不知谁带的头，老冯的商店就成了他们的根据地。进得门来，男的找个空位坐了，点起一根烟抽着，等人齐了就坐上麻将桌开始摇骰子。女的没事干，就从柜台的货架上翻出几包辣片，一人一包，撕了包装，嘴里吸溜吸溜地嚼着，在靠门边的纸墩子一溜头坐了，一边听他们说话一边看电视。老冯的电视估计从买回来就只开不关，老冯要是瞌睡了，就进到一帘之隔的套间去睡觉，第二天醒来，门一定是锁上的，电视却还开着，桌上零乱的牌堆上还摞着数额不等的台费。有时柜台的玻璃面上还会放几块钱，那肯定是谁从货架上拿过一盒烟，或者泡了碗方便面。老冯也不细数，用手抓了塞进货架底下放钱的酸奶箱子里，回头还不忘及时把货架上那个空位补齐。

这天，李伟强有事没来，朱科长就让上夜班的张子建替李伟强上四点的班。张子建二十多岁，卫校刚毕业，耳朵总插着MP3的耳机，走路时都在哼着流行歌曲。他下午四点一下班坐拉煤车进城，在网吧坐一个通宵，第二天早上坐昌河车进矿接着上八点班，下班又跑到老冯商店看半晌电视，等眼睛实在睁不开了才回房子补觉。他过盛的精力，以及他的热情和快乐，使得这些扑腾在油盐酱醋里的大哥大姐不止一次地发出"年轻真好"的慨叹！

"你们又不是没年轻过！"每次遇见有人这样说，他就不屑一顾。说完也不理会有没有下文，就转悠着出门去煲电话粥——小伙子刚订了婚，腻歪着呐！

下着雨，没有什么人。百无聊赖，苏紫燕就叹气说要是有些什么吃的就好了。陈荷和张子建就齐声附和，并开始在抽屉里翻，翻来翻去却只翻出来两个蒜盘和一包方便面调料，看也无用就随手扔到桌角的废纸盒里去。

"你看你俩，多好的东西都给撂了！"坐在桌前抄笔记的李瑞祥站了起来，用墙角的笤帚扫了扫炉盘上的煤灰，俯下身子噘起嘴对着炉盘转着圈吹了几下，然后从纸盒里取出那两个蒜盘，一瓣一瓣掰开，挨个摆在烫手的炉盘上，不一会儿，白色的蒜皮靠近炉盘的一面变成焦黑色，啵的一声炸开，一股蒜香味便飘了出来。

"你还本事大，这个都能吃?!"陈荷还是第一次见人吃烤大蒜。

"人饿急了死老鼠都吃哩，蒜咋就不能吃了?"李瑞祥说完，转过头对张子建说，"子建，把那调料包给咱拆开，蘸着吃！"

张子建从纸盒里摸出那个小小的调料包，使劲撕边上的锯齿，撕开了往一张过磅单上倒，边倒边说："看把咱恓惶的。我一定要找一个离超市近的地方上班，到时辣片买两袋，吃一袋看一袋，我才不想待在这沟里吃烤大蒜蘸调料！"

倒完了却仿佛跟谁赌气一般，一把把眼前的纸划拉到地上去，纸上的调料撒了一地，他转身往出走，说："不吃这个，我给咱买瓜子去！"

张子建出去了，他的话让营业室几个人久久都没了话。

李瑞祥是财政供养人员，一个月好几千元的工资，还能上九天歇三天，所以虽然跟他们在同一屋檐下，却属于两个世界里两个迥然不同的个体。而营业室九个人，他们大都已经适应了这种按部就班的生活，上班挣钱养家糊口，下班回家孝亲教子，冥冥中仿佛有一只手已替他们安排妥当这一切，每个人都在心甘情愿地服从命运的安排，从没有人想过要改变现状，未来对他们来说是个遥远而模糊的字眼，他们看不到未来，也就懒得思谋未来在哪，长什么样。但今天，张子建的一句话却让他们几个人如梦初醒。就拿陈荷来说，为了逃离那个让她越来越感觉到恐惧的现实，她才决定将自己的形迹隐遁于此，一直以来她总为自己找到了一个放逐心灵的绝佳去处而沾沾自喜，而此刻才蓦然发现她标榜的世外桃源原来却是自以为是的夜郎自大。她之所以认为这个地方好，其实是自己心理上摒弃了所有假恶丑而提供给大脑判断的一个假象。她第一次感觉到了恐慌和迷茫，甚至在将烤大蒜塞进嘴里时都反应不过来那是怎样的一种五味杂陈！

不一会儿，张子建掀开门帘，却让进一个人来。那是一位面容瘦削的老人，灰白的头发凌乱地贴在前额，颧骨很高，眼窝深陷，他的腿瘦骨嶙峋，因而显得雨鞋很大。他紧紧裹着外衣，但还是冷得瑟瑟发抖。

张子建把手里提着的塑料袋放在桌子上，从桌底下拿了雨伞，又转身从墙角的衣柜里抱了一件军用棉衣出来，边往出走边说："叔，赶紧把那湿衣服脱下来，把这黄大衣先穿上，再给你拿一把伞，别感冒了！"

老人一边抖抖索索地换衣服，一边不住地嘟囔着："好娃哩，这怎么行？这怎么行？这雨又不停，我穿回去啥时才能给你送回来哩？"

"叔，没事。等天晴了你捎过来，或者我抽时间去取。"张子建帮老人把黄大衣穿好，送老人出了门，把伞撑开递到老人手里，叮咛了好几句"路上小心点儿，注意安全"，才在老人的千恩万谢里进了门。他从塑料袋里掏出两袋瓜子，用牙撕开袋口，一个桌角倒一堆招呼着大家吃，自己便拿着袋子里剩下的坐在火炉旁嗑起来。

"没看出来，你这个娃还是个热心娃，你做好事，却叫伟强和志宏跟上遭殃，你火气大不穿棉袄能成，他两个上班咋办？"夜半时分会冷，所以矿上就买了黄大衣御寒，但不是一人一件，而是一个工种一件，三件黄大衣轮流穿。张子建这周上夜班，要冻也是先冻他，谁叫他爱表现哩！

"你不知道，那是小梅她爸！"张子建说。

"小梅？"苏紫燕惊讶不已，把一个瓜子放到嘴里，"你媳妇？"

"嗯！"张子建笑。

"你个瓜娃！那你该叫姨父，怎么叫'叔'哩？"李瑞祥笑着问他。

"才见一两面，不好意思嘛！"张子建不好意思地搔搔后脑勺，几个人见他这个腼腆样，就都笑了。

而第二天一早，张子建"闹了个大笑话"的笑话就在矿上传开了。

张子建和小梅通电话，小帅哥在未来老丈人那美美地表现了一把，怎么说都得在对象那儿邀个功请个赏什么的。但他不说，非得等小梅在那边开口，可是两个人都腻歪完了，还是不见小梅开口，小帅哥就急了。

"你爸回来没说什么吗？"他问。

"从哪回来？"小梅一头雾水。

"从矿上啊，我把我们穿的黄大衣给他穿去了，还给了一把伞，不信你问他！"张子建急忙说。

"你胡说啥哩？今天雨那么大，我爸在炕上就没出去过，咋会跑矿上去？你把谁认成谁了还说是我爸，听清楚了，我爸在'炕'上，没在'矿'上。你个瓜货！"张子建还要说，小梅已挂了电话。

张子建这下蒙了。小梅说她爸没出门，那他就是认错人了，把自己的伞借出去了不说，还把大家穿的黄大衣给借出去了，原来想着在她爸那表现表现，等他们商量结婚事宜的时候她爸在卷财礼和三金礼金上能适当减当减当，而且趁取衣服还能见小梅一面，这下倒好，好事没做成，却闹了个笑话出来。贪吃狗肉把铁链子都叫带跑了，他先不说，凑合凑合就过去了，让人家李伟强和郭志宏上班穿啥呀？

张子建的夜班上完了，老人没有来，趁倒班的空闲他回了趟家，翻出冬季的羽绒服带进矿，塞进柜子让李伟强和郭志宏上夜班时穿。下一轮夜班都开始了，但穿黄大衣的那位老人还没有现身。张子建想，还衣服和雨伞的事十有八九是无望了，也就不再指望，只是营业室不管谁上班穿他那件羽绒服都会拿他那件糗事开涮，而一遇到出门下雨他要借伞时，大家在递给他伞的同时还会以此事来取笑他。他心里懊恼，却也无可奈何，只能在感叹"好人没有好报"的同时陪着大家讪笑。

那是最后一个夜班上完的时候，张子建下班没回家，就猫在被窝里睡大觉，不知道睡了多久，一阵敲门声吵醒了他。

"谁呀？"他迷迷糊糊地问。

"赶紧起来，有人找你！"李伟强的声音。

"李哥，谁？"他还想赖床，所以不想起。

"赶紧起来，你'叔'来了！"李伟强那个"叔"字咬得很重。

他还纳着闷呢，但忽然就反应过来，一骨碌从床上爬起来穿衣服。

确实，是老人来了。除了那件黄军用大衣和他的雨伞，老人脚下还躺着一个蛇皮袋，脸上的笑容就像秋天的色彩明艳而灿烂，他看见张子建，赶紧弯了腰把地上的蛇皮袋往门口拖。张子建紧走几步，帮着老人把沉甸甸的袋子挪到宿舍来。

"娃呀，实在对不住。一回去就感冒了，在炕上躺了好些日子，你的衣服和伞就一直没能送来！"老人解着袋口，口里不住地说着道歉的话，像个做错事的孩子。

"没事，叔，你啥时送来都能行，真没事！"张子建说，"啊？叔，你咋带这么多东西？"

老人解开袋口，一样一样地往外掏东西。水泡柿子、套袋苹果、香喷喷的烙饼、碧绿的包菜麦饭，还有一个小塑料袋里几个金黄的小烙饼。

"屋里再没啥给你拿，就叫你姨给你烙了些馍。"老人往出掏一样，张子建接一样，完了把小塑料袋举到张子建面前，"这是柿子饼，用软柿子和面蒸熟，又在油锅里炸过的，你先尝尝香不香？"

"还没刷牙哩，叔！"张子建笑着把塑料袋放在床头的桌子上，"你快坐呀！"

"不了，娃。东西给你送到了我就回呀，这袋子我拿上，再装东西还能用得上！"老人说着直起了腰，双手将蛇皮袋折好了捏在手里。

"叔，等吃了饭你再回吧！"张子建挽留。不是客套，是老人的善良触动了他心底最柔软的那缕情愫。

"不了，家就在山上头，一展脚就到了！"老人指着煤场上边的山顶，念叨着走了出去。

张子建站在门口，眼看着老人的背影越来越小，直至拐过那个弯消失不见，他才回转身来，却看到李伟强朝门口走来，他招呼："李哥，来，吃柿饼！"

"柿饼？柿子还没摘，怎么可能现在就有柿饼了？"李伟强问，"去年的吧？那有啥好吃的？又干又硬！"

"不是柿饼，是柿子饼！"张子建补充道，"油炸的，甜着哪！"

"'老丈人'送来的肯定是甜心柿子饼喽！你娃，再说'好人没有好报'不？不是不报，是时间没到。"李伟强还不忘笑话张子建，又一本正经地问，"哎，子建，你咋不跟着'老丈人'回去呢？"

张子建进了门，提起柿子饼的袋口往出摸柿子饼，顺着李伟强的话音问："嗯？回去做啥？"

"看小梅呀！"李伟强说。

"柿子饼都堵不住你的嘴！"张子建把两个柿子饼往李伟强嘴里塞。

"一个就够，一个就够了。"李伟强挣扎开，"你想噎死我呀！"

"噎死算了，狗嘴里吐不出象牙来！"张子建恶狠狠地说，"你敢说你就没有认错人的时候？你给我记着，再拿这揶揄我，就跟这下场是一模一样的！"

张子建一口咬下去，一个柿子饼只剩下一弯金黄的月牙！

二十二

矿上的女职工多了，有人就给财务总监提意见，说矿部大院虽然距离生产广场远，但办公楼背后就是公路，整天车来车往的，煤灰大，而大院又没有洗澡间，要是去生产广场的职工澡堂洗，水黑不说，光排队就得大半天。要是女的，洗一次澡还得专门跑到县城去，极不方便。财务总监也是女人，对于来自底下的意见深有同感，所以就在董事会上提了出来。这个简单，盖！这不，没出半个月，一间亮堂堂的洗澡间就收拾好了，里边的设施一应俱全，美中不足的是男女共用。为了错开时间，办公室就在门上贴出男女洗澡时间表，按表执行下去，倒也相安无事。

洗澡的问题解决了，又有人提出矿上的饮用水没有经过有关部门检测，是否含有对人体有害的成分？能否达到饮用标准？建议为了保险起见给大家提供纯净水。鲁家河矿周边的人都知道，这地方能向人炫耀的除了煤，就数那从石头缝里流出来的清洌甘甜的山泉水了。不管是上级单位来矿检查的领导，还是拉煤司机、煤老板，只要喝过鲁家河的水，没有人不跷大拇指的！虽然有人说这水就得对着石头缝双手捧了喝，从水池的塑料管流出来的能喝出一股塑料味，但水不装进水泥池子里贮存起来，单凭石头缝里淌的那一点儿怎么能够养活这几百口人呢？说是这么说，但提的问题听起来也合情合理，所以第二天，皮卡车便拉回来一车厢纯净水，同时给领导办公室和各部门配齐了饮水机，只是这一改革没实行几个月便宣告流产，因为除了董事会派驻的几个城里人用着纯净水，大部分本地人却用纯净水的水桶对着泉眼灌了山泉水烧开了喝。一车拉三十桶，时下又值初冬，用水量不是很大，所以那几个人即使敞开了肚皮喝在短时间内也消化不了那三十桶水，而城里人讲究又多，说存放时间一长过了保质期就不能喝了，皮卡车再进城拉水的时候，大桶就换成了小桶，小桶拉了两回，又换成了瓶装饮用水，瓶装水拉了几次，再不见车往回拉水了，也再没人给水提意见了。

水的事折腾完时间不长，又有人瞄上矿院东北角的厕所了。

陈荷这个土生土长的农村娃，对这座厕所的建筑风格和地理位置都不赞同，更何况那些坐惯了抽水马桶的城里人呢？她进矿后第一次给妈打电话，妈听说她去了煤矿上班，就在话筒那头跟她千叮咛万嘱咐晚上不要一个人上厕所，还说听人说煤矿上有个女的上厕所时被人用铁丝钩钩伤了下身。妈的话让陈荷对煤矿生活充满了恐惧，也心惊胆战了好长时间，但后来才发现妈的话可能还是几十年前一直没有更新换代的版本，其实煤矿并不像妈描述的那么可怕。煤场的厕所虽离宿舍远些，但却封闭严实，而且茅坑后边就是倾斜的河道，陈荷在晚上不敢去厕所并不是害怕有拿着铁丝钩的坏人，而是怕黑。而她在营业室上班后，第一次进厕所就吃了一大惊。露出斑驳泥皮的土墙，用来苫顶的帘缝里挤出一绺一绺不规则的黑泥条，密密实实的蛛网布满了整个屋顶。后墙并不是完整的，只在中间砌出一堵约半米高的矮墙来。让人惊讶的是茅坑后边却是一条低了一条砭塄的荒砭。也就是说，如果有人在这个荒砭里走动，厕所蹲着的人可就曝了光。因此大家对于这座厕所是颇有微词，但也无可奈何。现在终于有人对这厕所提出异议了，这些女人就齐声叫好，眼巴巴希望矿上能盖一座新厕所，或者在这原有的基础上改造一下也好。

虽然几个女的刚一入矿就提出改造厕所的建议，但真正摆上桌面，在很大程度上还是因为朱科长的老婆。

起先大家看到大院里多出的这个女人，总以为是来谈生意的客户或是董事会某个领导的家属，谁都想不到是朱科长的老婆。朱科长约莫五十岁，但他老婆看着却至多三十来岁，一个人保养得再好也不可能有这么大的差距，人们便认定了两个人是典型的老夫少妻，在心里勉强承认这是一家子的同时，联想起朱科长那几出尽人皆知的糗事，不免发出"好好的一朵大白菜愣是叫猪给拱了"的一声长叹。

虽然大家心里为那小媳妇鸣不平，但这丝毫不影响两个人在大庭广众之下秀恩爱。大家都在机关灶上吃饭，有人就说，两人好得同吃一碗饭哩，吃完了老婆一抹嘴袅袅婷婷地走了，最后还是朱科长屁颠屁颠去洗了碗。又有人说晚上去水房打水，见朱科长端着一个透明的塑料盆在洗衣服，仔细一瞧，洗的竟然是粉红色的女式内衣。还有上夜班的人说，半夜曾看见朱科长裹着睡衣站在女厕所门口，一个劲儿地朝里边说话，不一会儿就拽着同样穿着睡衣的老婆胳膊回了房子。

这些段子说完了，听的女人就会说："没看出来，朱科长还是个好男人哩！"转眼想起自己家那个本事不大脾气却不小的马大哈男人，就幽幽地叹一口气。

男人就不这么想了，不知是酸葡萄心理，还是多亏没娶这么个婆娘的侥幸心理，就说："呀，上厕所都要人陪着，娶这么个婆娘把人都熬煎死咧！"

这话传出去，大家都知道朱科长爱老婆，也知道朱科长老婆不敢一个人上厕所。接着就有人在董事会上建议把那厕所收拾收拾，说厕所设计不合理，不安全是其一，还有后墙刚刚对着东北风的入风口，现在又是冬天，在风口蹲一回，屁股都冻得能打乒乓球了。要是碰上有便秘的，肯定都冻成兵马俑了。大家对这个说法都深有同感，所以全场就笑，笑完了还有人继续打厕所的小报告。周董听了大家七嘴八舌汇报上来的情况，大体上同意收拾厕所，但具体怎么收拾却定不下来。新盖？董事会刚进矿的时候找阴阳先生看过风水，院子所有的布局，大到一棵树，小到一块报栏都不宜动。盖厕所还是得在原址上，但厕所嘛，盖来盖去还不是三堵半墙再揢一个顶？盖不成，就改。改什么？改水冲。笑话！就凭石头缝里淌出来那点儿水，人要喝，又要洗澡，能不断流就不错了，还能指望用它冲厕所？而且即使水能供上，山前山后都是黄土，冲塌了咋办？再说把那些污浊的东西给人家排到鲁家河里去，纯粹是想给环保局交巨额罚款了……

讨论了半天定不下来，最后只好不了了之。过了几天，胡主任找工匠刷了墙，并从沟口的灰窑里拉回了几袋白灰堆在墙角，每天早上烧锅炉兼打扫卫生的老齐会用铁锨铲些白灰均匀撒在茅坑里。又过了几天，后墙上被人拆出来一个脑袋大的砖窟窿，拆下来的砖被砸成块，但却没扔，齐齐地垒在墙头，有女人上厕所，得先透过窟窿看看后边有没有人影走动，要是晚上，就先隔墙撂过去半块砖探探虚实。

　　人常说怕处有鬼，朱科长老婆怕上厕所，就在厕所出了事。虽然晚上上厕所有朱科长陪着，但白天女人就放松了警惕。女人性格比较内向，又没有人见她说过普通话，所以除了朱科长，和其他人见面只是笑笑，并没有过多的交流。她也看到厕所后墙头垒的那些砖块，还有那个砖窟窿，但没人跟她说过这些东西是干吗用的，她也就没在意。

　　这天，她进了厕所，蹲下来没一会儿，就听见后墙外有沙啦沙啦的声音。开始她并不以为意，但等她站起身，扭过头透过砖窟窿往后一瞅，吓出一身冷汗，手哆哆嗦嗦提着裤子就跑了出去——她看见一个人影，手里还拿着一个铁东西！虽然那件铁东西在后来被证实是盘煤工的一个手耙，但女人认不得，一看到是铁的，又是面目狰狞的东西，便吓得花容失色。女人惊慌失措地从厕所跑出来，正好碰上从营业室查岗下来的朱科长，听女人说完，朱科长爆了一句粗口，便从门背后摸出一截钢管冲了出去。女人一看着了急，顾不得矜持，赶紧跑去对面找魏科长。虽说她跟矿上其他人没有过多的交往，但魏科长房间有麻将桌，她跟着朱科长去过几次，见面少不得要打招呼，因此认得。听她结结巴巴地说完，魏科长赶紧带了两个保安追了过去。总听说有人在女厕所后边偷看，一直逮不住人，这次还拿着家具来了，纯粹把保卫科当成聋子的耳朵——样子货了嘛，这叫他这个科长情何以堪？所以魏科长一边跑一边给保安布置堵截方案，哪怕把腿打折，反正不能让这家伙跑了！

　　他们几个从围墙后边转出去，沿着厕所外转了一圈，也没有找到朱科长，几个人还在四处张望寻找，就听见上边路上传来哭叫声，几个人便朝着声音传来的方向飞奔而去。

　　出了矿门，才发现哭叫声就在不远的转弯处。几个人跑近前去，朱科长气喘吁吁，手里的钢管指着眼前地上一个哭叫的男人骂骂咧咧。男人用手摩挲着腿腕，仰着脸，涕泪横流。不用说，这就是在女厕所后边偷窥的那个变态狂了。几个人想着，眼里就露出鄙夷的神情，凑上去对着那人的身体就是一阵猛踹。踹完了呵斥那人抬起头来，那人三十多岁，浑身是土，脚上穿着布鞋，脚边不远的地上还撂着一把铁泥抹。几个人仔细打量了一番，却没人认识。

"这货还是个匠人哩，你先人的脸都叫你丢尽了！"魏科长朝那人身上又踢了一脚，说，"起来，把泥抹拿上，跟我们回！"

那人不起来，一边哭一边争辩，几个人也不听他在争辩什么，反正有你争辩的时候。几个人就这样你踹一脚他戳一拳，把那人带回了矿部办公室。到了办公室，叫朱科长老婆过来一指认，那人手里的东西却不是她看到的！她伸出五个指头比画，还说那东西有几个齿，像猪八戒的铁钉耙，但没那么大。她还没说完，就被朱科长扯着胳膊拽出了办公室。因为大家反应过来她说的应该是盘煤工用的手耙，几个人顾不上猜测拿手耙的那个人是谁，因为一个比那个问题要严重得多的问题摆在了他们面前。朱科长抓错了人，他们也跟着朱科长打错了人，这下坏事了！

几个人明明知道自己错了，但还不能让人看出来是他们错了。躲在门外嘀嘀咕咕地商量了一会儿，其他人便闪到后边去，只留下一个保安进了办公室。

"你啊，以后好好干活，别没事找事。"保安拿起沙发扶手上的泥抹往那人手里塞，"等警察来了你就走不了了。趁他们不在，你从后门赶紧走吧。"

"走？我走哪去？我一没偷二没抢，就去吃个饭，你们不问青红皂白就把我打一顿，现在又叫我走？我给你说，今天不给我说个样样行行，谁都甭想叫我走，你有本事就再叫几个人来，把我打死再一埋！"那人伶俐的口齿和清晰的思路让门外站着的几个人暗自吃了一大惊，本以为他脑子里不识数，才想着哄一哄叫他离开，谁知道他根本不吃这一套。看来那会儿是被他们打昏了头，才会胡言乱语词不达意。

保安站在面前无所适从，那人瞄了保安一眼，呻吟起来："哎哟，我腿疼，腰也叫你们踢坏了，哎哟……"双手在腿腕上摩挲，同时身子一斜，从沙发上溜坐到地上，挤得木质的茶几嘎吱吱地朝前挪了一大截。

保安无奈，只好冲着门外几个人摇头示意，朱科长只好硬着头皮进了办公室。那人见朱科长进来，认出来这就是朝他腿腕抡了一钢管的人，眼里喷出愤恨的火焰来，没说话，呻吟声却变成了嚎叫："哎哟，鲁家河矿的都是些土匪，碰见过路的人都往死里打，把我腿都打折了，哎哟，疼死我了……"

大家听说朱科长逮住了在女厕所后边偷窥的那个变态，每个人都想看看这个羞死先人的货长什么样，不一会儿，看热闹的脑袋就把办公室门口挤得严严实实。

办公室的嚎叫和门口的人群也引来了刚带班升井的沈矿，沈矿穿着深蓝色的工作服，脖颈上围了一条深蓝色的毛巾，手里倒提着矿工帽，帽坑里塞着污黑的线手套，脚上的高靿雨靴自脚腕以下沾满泥浆。除了露出的牙齿是白的，整个脸和煤一样黑。沈矿走到办公室门口，挤在门口的人便吐一吐舌头往后退去，沈矿进了办公室，看到眼前的情景，就问事由，几个人当然不敢说自己错打了人，只说那家伙在女厕所背后偷看。

沈矿对着办公室墙上那一溜头铜质奖牌，指头岔开插进头发往后梳了梳被矿工帽压得东倒西歪的头发。转过头上上下下打量着那人，说："好好的一个男人，干什么不好，非得要去那么污浊的地方干那么龌龊的事。再说，就巴掌大点儿地方有什么好看的？"

"我没有，我根本没看，我准备去上边那食堂吃饭，刚走到那个岔路口，这人跑上来就冲我腿腕抢了一钢管。哎哟，我的腿……"那人话没说完，又呻吟开了。

"没看你见了我跑啥？"朱科长盯着那人问，又转过头对沈矿说，"他就是从背后那路上转过来的！"

那人口口声声说没看，朱科长却说他明明看到这人就是从厕所背后那条路上转过来的，而且那条路是唯一一条路，再说当时路上也没有其他可疑的人影。眼看两个人各执一词争执不下，沈矿拉过一把椅子，把矿工帽挂在椅背上，坐下来，摸出一根烟，手伸进衣兜却是空的，才反应过来入井没带打火机，魏科长见状，赶紧掏出打火机，凑上来打着了给沈矿把烟点上。

"你说你没在厕所后边偷看，没看就没看，那种下三烂的事也不是大丈夫干的。那你说你跑那干吗去了？"沈矿深深地吸了一口烟，开始问那人。

"我、我……"那人结巴起来，停了一下又果断地说，"反正我就是没看见他老婆上厕所！"

男人的话让门口围着的人都笑出了声。

"笑什么笑？别看了，有啥看的？该干吗干吗去！"沈矿朝着门口围观的脑袋挥挥手，那些脑袋一下子缩了回去，他又转过头望着那人问道："那你是去烧荒了？天神，后边那么多电线，离变压器又那么近，而且全部是荒草，稍微有个火星，整个山，还有我们这排房子就都着火了，这么危险的事你都敢弄？"

"我没有，我真没有！"那人又摇头又摆手。

"那你说你跑那后边干啥去了？"沈矿问。

"点、点香去了！"那人仿佛下了很大的决心，说。

"点香？给谁点香？"沈矿又问，大家都支棱起耳朵听着。

　　"发财！"

　　"发财是谁？"

　　"跟我一块盖房的伙计！"

　　"为啥要点香？"

　　"他在那埋了个神像，听说对神像不敬会带来晦气，所以就隔几天来点炷香。今天该点香了，他有事来不了，就给了我十块钱叫我替他点炷香，我去了找不见他说的地方，就在那转着找，刚找见站定，听见呀的一声，抬头就看见一个女人脸在那个砖豁豁上闪了一下不见了，我就跑了。"

　　"他们说你手里拿着个耙子，怎么变成泥抹了？"

　　"发财怕自己记不住埋神像的地方，就给上边插了一个手耙，香就插在耙齿中间。我想看那耙子还能不能用，那女的一喊，就吓得扔进草里了！"

　　"当时附近还有人吗？"沈矿接着问。

　　"这个……这个我倒没注意。"那人小心翼翼地说。

　　"他哪来的神像？为啥要埋在厕所后边？"沈矿又问。

　　"哪来的我不知道，他说厕所后边脏，平时没人去，发现不了。"那人说着，也不呻吟了。

　　"他好好地弄个神像干啥？"

　　"他说过不了腊月二十就能大赚一笔，还说好到时给我分一千元回去过年！"

　　"你叫啥名字？哪个村的？"

　　"李强娃，枣树坪的！"

　　"你们是干啥活的？在哪干？"

　　"就在鸿超煤场，盖锅炉房。"

沈矿转过头对靠在椅背上的胡主任说："你找张纸，把这些情况记下来，特别是姓名和家庭住址。"

胡主任赶紧转过身，从办公桌抽屉里取出黑皮本本和笔，坐下来记录。

"看看，这还是你的一面之词，不知道背地里还干了啥坏事，就这还喊冤。你说，是我们报警让警察把你绑走，还是你自己现在回去？"沈矿一根烟抽完了，把烟头在烟灰缸里磨灭，问那人。

那人不说话，仰着脸盯着沈矿看了看，摸过地上的泥抹，站了起来，拍打着身上的土出了办公室。

"没事了，没事了，大家都散了吧！"沈矿从椅背上取下矿工帽出门，走到门口，却转身对着魏科长说，"一会儿你带人去厕所后边，看看他说的是不是真的！"

二十三

那人说得没错。保卫科真在厕所围墙后挖出了一尊神像，但对于神像大家总有诸多忌讳，所以谁都不敢轻易抱回去，就用纸箱小心翼翼地装了，打发一个保安回去请示沈矿该怎么处理。接到请示的沈矿心里好奇，就跟着保安来瞧个新鲜。一瞧，心里纳闷这神像怎么这么眼熟，仔细一看，却惊呼不已，大家这才知道这竟是一尊窑神，还是他们鲁家河矿逢节必敬的窑神！

几个人一听说是鲁家河矿的窑神就唏嘘起来，窑神都被偷了，他们竟然没发现。每年腊月十八都要给窑神过生日，这眼看着就到了腊月了，到时把啥都准备妥当，却发现不见了窑神，那还了得！

这几个人中只有沈矿见过窑神。每次敬神都是矿级以上领导和一线科级以上干部参加，而保卫科属于二线科室，所以不光保安没见过，魏科长也没见过。几个人就凑上前去听沈矿给他们讲解。窑神约二尺高，黑脸，络腮胡，口微微张开，头戴软冠巾，背罩神光圈，身披铠甲，内镶红边黑袍，一手提开山斧，一手提一串铜钱，看起来威风凛凛。

你说这贼也是奇怪，你要是偷个废铜烂铁还能卖点钱，你偷个窑神又能弄啥？再说，窑神是保佑矿上平安无事的神灵，要是放在其他地方，即使你天天烧香磕头又有什么用？是后山的放羊娃存心搞破坏，还是同行要断了鲁家河矿的财路？

沈矿觉得此事非同小可，赶紧派两个保安去看半山的神龛有没有被破坏，又叫魏科长带两个人去鸿超煤场找那个叫发财的人问个明白，自己便打电话向周董做了汇报。沈矿觉着窑神找到了，逮不逮小偷都是次要的，目前最重要的，是通过什么样的仪式再把受了惊吓的窑神请回去。

周董一听沈矿汇报，就推托了正谈的生意，坐了车奔矿而来。

司机奉命把车开得飞快，为了躲开路上的坑窝子，车子左拧右闪地在路上扭"8"字。周董管不了这些，闭着眼睛靠在座椅背上，大脑却开始飞速旋转。

沈矿在电话中说逮小偷不重要，他可不这么想。这缺德鬼，你说工业广场那些废铜烂铁，哪个趁着夜色出门的人没在摩托车的尾箱里暗藏过？哪个没在脏兮兮的入井服里包裹过？他知道这事没法杜绝，也杜绝不了。你把那些人发财的道儿给堵死了，那些人就给你在设备和机器上使坏招，要不就偷着拆个螺帽，要不就捣鼓得机器不能运行。机器坏了，修理工就得检修，这一检修还不得一两个小时？而这一两个小时里，整个工作面所有的环节都得停工，停工的这段时间又要少出多少车煤？这些煤所产生的价值和那几块废铜烂铁相比，孰轻孰重？他心知肚明，所以每次有人给他汇报，他都一笑置之。

他虽然承认自己从骨子里是个文人也应该做个文人，但肩上既然担了董事长这个沉重的担子，他就得是商人，是商人就要追求利益最大化，所以他严格遵循并恪守"时间就是金钱"的意义。就这么一种思想，在很大程度上怂恿了他们这种不文明或者说不道德的行为。虽说不追究，但他还是心疼，只得背地里交代库管员及时把废旧物资入库，还交代说入库的时候在外边留点备用。东西一少，他们在拿的时候就不敢太贪，因为那样很快就会有人发现这儿被人动过，一发现就会追查，出入大门又天天回家的就那么几个人，能经得住查吗？查出一个，其他的一个都跑不了。但周董没敢说留着让大家拿去卖废品，要是他敢说一遍，哪怕是对着墙说一遍，他相信过不了几天，那些人连立井架子都能拆了搬回去。

虽说他并不认同窑神能保佑矿上平安无事的说法，矿上的管理体制跟不上，你就是把整个巷道都摆上窑神也无济于事，但总有一些出其不意又无法解释的巧合将他的自信一点一点磨碎。渐渐地，他也跟着邻矿逢节敬神，每逢腊月十八给窑神过生日，但给大家发红包却是他的首创。他总觉得这些工人才是保佑他飞黄腾达的窑神。没有这些人经年累月的付出，又怎么会有鲁家河矿的今天？他现在头上闪耀的光环在很大程度上来自于这些人的帮衬。是，他一直认为这是大家对他的帮衬。祭窑神的事看似简单，但实际运作起来却名目繁多，经手的人也不计其数，所以巨额花销是自不必说。但窑神心安了，大家也从他的红包里感到了重视，也发现了自己的价值，年后上班，机器坏的次数就少了，煤里矸石也少了，一年下来，财务科年终汇总，账上多出来的那几位数远远大于当初敬神的费用，对于敬窑神这事，他也就深信不疑了。

他扪心自问，觉得在相邻公司几个董事长中间，他算仁至义尽了，但这些人就是不经惯，竟把窑神给偷了。这天杀的！

周董一下车，沈矿、郭总和胡主任就迎了上来，几个人简单打过招呼，周董就问："窑神呢？"

"在门口呢，直接抱回来也不是个事，就等你回来商量怎么个接法！"郭总说。

"那不敢。你说这天杀的，窑神都敢偷！"周董转过头对胡主任说，"你给咱把库房那高香拿出来，咱去上炷香，先给窑神压压惊！"

说完，自己转身去了水房，一开热水龙头，烫。就移过去，在凉水龙头上洗了手，凑近锅炉的火眼烘干，一转身，胡主任手里拿着香已等在门口。

"找干活的那个人了没有？"周董看见胡主任，问。

"去了，人还没回来。"

"熊人，逮住了好好收拾一顿！"周董说，觉得脖子有风钻进来，他裹了裹外衣，缩了缩脖子说，"这天，真冷！"

纸箱靠墙立着，箱里窑神身上的土已被拂拭干净，神像脸上并没有露出愠色。周董双手举着一炷半人高的长香，在胡主任手中的打火机上点着了，小心翼翼地做一长揖，插在窑神前面的地上，几个人虔诚地跪在周董身后，表情凝重。

几个人刚回到大院，魏科长就来报告，李强娃和发财跑了！

"谁跑了？"周董问。

"李强娃，就是厕所后面那个人，还有那个偷神像的人！"魏科长才反应过来周董还不知详情。

"跑了？知道他住哪儿吗？"周董接着问。

"那天问过了，他说是枣树坪的。"沈矿接过话茬说。

周董不知道枣树坪在哪，估计大家说了他也不知道，就问："远不？"

"路不好走，开车得一个多小时，近两个小时吧！"胡主任估摸着说。

"啊？两个小时我都能回一趟家了！熊人，还知道跑，要不跑看我怎么跟他算账！"周董说着进了门，其他人都自觉跟了进来。

目前为止，矿上还没有接到敲诈的电话或通知，也没有迹象表明有人要敲诈。现在小偷也跑了，赔上几百块钱的差费去逮小偷也没多大意思，好在窑神并没损坏，多一事不如少一事，商量个办法把窑神接回来就是了。

思路一统一，事就好办了。年底了，考虑的事就比较多，各个方面利弊都得权衡，商量后一致达成如下意见：目前先把窑神安在客房，胡主任负责每天早上上香；腊月十七、十八两天请县剧团唱大戏给窑神压惊，挂灯这一晚请窑神归位；这两天矿上全员会餐；为了答谢客户一年来对销售工作的支持，也为了来年的销售工作好开展，办公室联系印制请柬，请各订煤客户参加腊月十八日答谢宴，记得一定要说是答谢宴，到时把开饭时间错开了就成；答谢宴后一线科室统一放春节假，办公室同时拟定春节假期放假通知和假期值班安排表下发，并上报各主管单位备查。

接着，各部门就紧锣密鼓地忙活起来。

二十四

一转眼就到了腊月十六。

工业广场的戏台搭好后，剧团忙活了大半天的人又开始把道具箱等东西一样一样地往后台上搬。工业广场是工人上下班的必经之路，现在又是上中班入井的时间，所以兜里插了塑料水瓶或是塞了馒头的工人就一边走，一边转过头看女演员俯身提箱子的侧影。心里啧啧叹着，瞧这脸蛋，这身段，也不知道演的是王宝钏还是苏三？想着想着就站住只顾看，忘了走路。后边走的人见状也不吭声，走到身后，伸出腿用膝盖朝屁股上用力一顶，学着婆娘的口气埋怨说："死鬼，就知道看！要是把灯泡闪了还没有备用的。"话没说完，一个空的圆坨坨就在水瓶里叮当叮咚地晃来晃去，前边的人也不回头看，就嘿嘿笑着迈开了步子，但眼睛还是不停地往戏台上瞅。

吃过晚饭，大家都站在办公室门口的台阶上说着话，一辆车厢上喷绘着"租赁公司"字样的农用车后面还拖着一个铁架子车开进了矿部大院，仔细一看，才发现架子车上拉的是用铁水桶改造的两个连体炉灶，车厢里还塞满了桌凳碗碟等东西。大家就放了手里要去洗的碗筷，和保卫科临时抽调的保安齐上阵，人多力量大，不一会儿就把车上的东西卸了下来。胡主任手里拿着本子和送货的人一边清点一边记：铁灶头一副，大锅一口，蒸笼十层，桌凳三十套，碗三百个，碟子三百个，筷子三十把，馍盘三十个……

等车开走，大家又一齐动手，灶头放到锅炉房门口的空地上，碗筷、碟子和馍盘抬放到水房的地上。有保安去摆桌凳，有人就说，不急，得先把棚搭起再摆，桌凳一摆，棚就不好搭了，保安便停住。一会儿，大门里进来一辆摩托车，摩托车后座上别着一个铁钩子。有人认出来这是厨师，那铁钩子就是杀猪要用的，大家就一窝蜂地要去后院看杀猪。

陈荷也站在人群里，这会儿听见大家要去看杀猪，心里说，杀猪有什么好看的，就回转身，在灶房的餐桌上端了碗筷要回营业室，刚出门，朱科长却在不远处的台阶上喊她，她疑疑惑惑地走过去。

"你上几点?"见她走过来,朱科长看着她问。

"零点,怎么了?"陈荷也看着朱科长。

朱科长歪着脑袋,嘴里嘀嘀咕咕地念叨谁上八点谁上四点,念叨完了却问陈荷:"营业室在宿舍没上班的还有谁?"

陈荷一下子想不起来还有谁,也不知道朱科长问的意思,就摇了摇头没说话。

"这两天大院人手少,你给办公室帮两天忙,你看成不成?"朱科长看陈荷不说话,转过来问陈荷。

"我能帮啥忙?"陈荷不解。

"你看,刚拉来那些碗碟得洗,桌子还得抹,灶上人手不够,能帮忙的就是保卫科和营业室,我刚给保卫科科长说了,桌子就叫保安帮忙一抹,洗碗碟的事就得靠你们营业室的人了!"一直在旁边站着的胡主任插了话,说完就看着陈荷,等着她应承。

陈荷一听洗碗筷就放了心,心里庆幸多亏不是帮厨。她帮过厨,知道这个季节在厨师旁边站一整天是多抓狂的一件事。洗碗就不同了,虽说现在是大冬天,可是水房的龙头就装在供暖锅炉房里,三热三凉六个龙头一字排开,二十四小时有热水,龙头下是一条长方形的大水槽,水槽底下还有排水管直通到地下去。到时,用毛巾堵上排水管眼,放一槽热水,再把大门一关,几个人一边说着话一边干活,别说三百多个碗,再来几个三百都不在话下。问题是,要是只有她一个,说话的人都没有,她一个人关在这锅炉房里闷头洗碗那叫什么事啊?这样想着,陈荷就问:"我一个啊?"

"不会!那么多东西,你一个人洗还不得洗到明天早上去?"胡主任说完,又转过头拍着朱科长的肩头说,"你赶紧上去看看还有谁在,都给咱拽下来,我还得给抬猪去,这事就拜托你了啊!"胡主任说着就朝后门走去。

朱科长去了营业室，却只找来吴玉敏一个。连思琳和胡玉爱上中班，顾不上。和陈荷一班的苏紫燕早上一下班就回了城，杨美丽和吴玉敏上早班，但杨美丽一下班就回了家，在矿闲着的就剩下吴玉敏一个。吴玉敏进到水房，看到地上横七竖八摆了那么多装碗碟的木架子，还没动手，心里先怯了，嘟囔着转出门去，不一会儿却拽了库管员冯伶俐跌跌撞撞进来。

她们虽说在一个大院上班，但冯伶俐却归财务科管，按理说洗碗这事，没有财务科领导通知，冯伶俐就可以找借口不来，但吴玉敏不管，生拉硬拽都要拽了来。

冯伶俐两口子都在矿上上班，待人实诚，所以人缘挺好。营业室的女人下班了没事干都爱拥到冯伶俐房子去。去了就脱鞋上床，钻进暖和的被窝看电视，斜靠在床头冯伶俐的老公拿这些任性的女人没法，只好乖乖下床，趿了棉拖鞋坐到火炉跟前一个当凳子的圆形铝线轴上，用火钳从炉坑的灰里拨出来一个焦黄的红薯撂到床上去，床上就一阵争抢伴随着尖叫，没抢到的就喊正在忙活的冯伶俐，说看看你老公是怎么个花心大萝卜，在你面前都敢偏灯向火，背过你还不知道干啥哩。闹腾完了，却是几个人分着吃了。

她们都已经习惯了这种一家人的亲密无间，所以吴玉敏才会拽了冯伶俐来给她俩帮忙。冯伶俐也不恼，进门就脱了外套挂在暖气管道的阀门上，双手轮换着把毛衣袖子撸上去就开始工作，还叮咛陈荷和吴玉敏，这是咱明天要拿着吃饭的，一定得洗干净了！

"也不知道谁出的这坏点子？天这么冷，会啥餐呢嘛，还不如把会餐的钱给大家发了！"吴玉敏边洗碗边发牢骚，她听说这次会餐是按一人一百块钱预算的，一百块钱要是去老安的好口福吃面能吃十几天呢！

"钱装你兜里了，可窑王爷还饿着肚子哩，他能高兴？"冯伶俐接口说。

"给窑王爷敬上一沓，窑王爷想吃啥就买啥，想怎么花就怎么花，窑王爷能不高兴？再说，这都是给窑王爷应名哩，准备那么多东西还不是叫你们这些馋嘴给吃了？"吴玉敏说。

"嘿，还好意思说我们是馋嘴，你嘴不馋，明天就用胶带纸封上，啥都甭吃！"陈荷听吴玉敏说"你们"，就接了话茬。

"赶紧洗碗。又不是属公鸡的，就知道掐架！"冯伶俐说，两个人就咔咔地笑，没了话，却把水花溅得到处都是。

等她们几个洗完，整个大院已是灯火通明。锅炉房前支起的案板上摆着白生生的猪肉，猪头摆在旁边一个木盘子里，旁边有一小碟鲜红的猪血，冯伶俐说这是要供神的。大家已经在院子里搭起一个长方形的帆布棚，圆桌已经摆好，一行六张，摆了五行。两个保安，一个拿着抹布象征性地在每个凳子上转一圈，另一个便将凳子摆到圆桌周围去。

几个人还在院子站着，就见胡主任过来，端了桌上放猪头的木盘子就走，接着就见周董、郭总、沈矿、生产科长和通防科长等人相继出了大门。周董怀里还抱着一个纸箱，大家都知道，这是请窑神归位去了。要是其他东西，自有出力的人，周董背着手跟在后边就行了，但这是窑神，他就得亲自抱着。

不一会儿，一阵噼里啪啦的鞭炮声响过，一阵密集的铁镲锣鼓响起来，秦腔开唱了！

二十五

腊月十七早上，周董办公室来了一个人。这人一进门就说自己是个厨师，本来矿上这次是请他来主厨的，和他一起在街头等活儿的同行背地里给胡主任塞了一盒好烟，胡主任就返回来说他有肺结核，要回了二十块钱的定金转身给了那个同行。他说他根本就没有结核病，戴口罩是因为天冷。还说他这次来就是要告诉老板，你被人给骗了，你出高价买回来敬窑王爷的那猪是头白猪！

怎么可能！周董头摇得像拨浪鼓。每到逢年过节操办的时候，无论多忙，在买猪这个问题上他都忘不了强调一遍，几年下来，如今你一说敬神要买猪，整个公司的人在第一时间都会反应过来要的是黑猪，不相干的人都知道，更何况负责操办的办公室！

"我知道你不信，你看这个！"来的人看出他眼中的诧异和疑惑，就从衣兜里摸出来一个红塑料袋，双手撑开，凑到眼前让他看。他一看，那塑料袋里却是一块不规则的白花花的肉皮。一块肉皮就能看出这是头白猪？他不信。

"黑猪应该长黑毛，可是你看这毛孔！"那人指着肉皮上的毛孔让他看。

他虽吃过肉，可是却从来没有这么仔细地去观察一块肉皮。肉皮很白，毛孔粗大，再凑近仔细看，他确确实实看到毛孔里残留的毛茬是白的，甚至有几根还很长，就那么直直地立在肉皮上。

他想起自己每天早上对着镜子刮胡子，胡子都刮完了，可是下巴还是铁青的。这块猪皮也一样，要真是黑猪，即使猪毛叫开水烫过，叫火燎过，但毛孔应该也留着黑色的毛茬，而不是现在他看到的浓密的白。那也就是说，他昨晚给窑王爷献上的竟是一个白猪头！想到这，他的脑子轰的一声，整个人便颓废地倒在沙发上。过了一会儿，他伸出手朝着那人无力地挥了一下，那人把手里的塑料袋放在茶几上，道了别，转身走了。

胡主任走进门来，看到周董脸色铁青，再看到茶几上放着的那块肉皮，脸一下子红到了脖子根，杵在当地手足无措。

周董看见这情景，心里便明白了八九分，强压着怒气，问："你说说这是怎么回事？"

"这个……这个……市面上黑猪比白猪贵一块钱！"

"一头猪有多肥？我给你拨了三万二，够不够多出来那一块？"胡主任话音未落，周董就打断了，他接着又问，"猪在哪儿买的？"

胡主任不说话。

"你哑巴了？我问你猪在哪儿买的？"周董死死地盯着他。

"红耀家里养的！"胡主任嗫嚅着说，"红耀说他家里有猪，我说要黑的，他说就是黑猪，所以、所以就拉回来了！"

"哪个红耀？"周董问。

"就是梁局长他妻弟！"胡主任说。

他无可奈何地叹了一口气，他知道自己拿那个为虎作伥的宋红耀没办法，恨只恨手下这些人不长眼，黑猪白猪都分不清。

"拉猪时你去了没有？"周董问。

"去了！"胡主任说，额头沁出汗珠来，"去的时候是晚上，也没细看，拉回来杀了往开水中一泡，整瓮水都成黑的了，厨师才说这是白猪，出栏前染过色的！"

周董的脸急剧地抽搐了几下，一抬手，桌上一个带把的玻璃杯啪地掉在地上粉身碎骨。

这些人的小伎俩让他瞠目结舌，又佩服得五体投地。不光说去拉猪的他们几个看不出来，要是叫他去，一样看不出来。不过，像这样的损招得有多缺德的人才能想出来？

胡主任出去了，周董把自己关在房子生着闷气。你说这弄的都是些什么事啊？自从接手鲁家河矿到现在，虽说只有三个年头，可他已是身心俱疲。煤矿虽然给他带来了财富和尊贵，可是却带走了他满头青丝和挺拔的身姿。他就像一个机械的陀螺不停地旋转着，他不知道何时才是他旋转的终点。他真的累了，靠在椅背上闭上眼睛……

咚咚咚，有人敲门。

"进来！"周董睁开眼睛，从椅背上坐起来。他以为自己睡过头了，说好了午饭时要在席里讲话的。

进来的人是划产员吴有俊，他的高中同学。他一边用手指按压着眼眶一边招呼吴有俊坐。吴有俊坐下，简单寒暄过后就向他汇报，说宋红耀昨晚带一个女的下井了！

啊?! 周董一听这话吃了一大惊。不知道从什么时候传下来的说法，说女人属阴，如果下了井，就会冒犯了窑神，会给矿井带来事故，所以不光鲁家河，周边矿区都有不让女人下井的规定，不但不能下井，就是靠近井口的地方也要禁足。

宋红耀是矿上的老职工，不可能不知道这一点，为什么还要明知故犯？他想干什么？

"胡闹！他把谁带下去了？"周董问。

"一个女的，不知道名字，说是从大城市来的！"吴有俊说。

"管从哪儿来的，为啥要下井？检身工呢？入井前没检身吗？"周董紧紧盯着吴有俊的脸问。

"说是写东西的，想体验体验。检了，那人穿着宽大的工服，没检出来。"吴有俊一听周董问起检身工，赶紧澄清。他早就看不惯宋红耀的张牙舞爪，可要是为了拔宋红耀这根萝卜再把检身工这块泥带出来，可就太不划算了。

周董听他这样说，就无话可说了。他是从基层一步步上来的，知道管理部门的各种制度是怎么制定和执行的，他也知道有很多制度纯粹是糊弄检查单位的，根本就是形同虚设，所以对于吴有俊这样的说辞，他知道深究也挖不出个名堂来。只是他不明白这些天到底怎么了，先是丢了窑神像，接着又阴差阳错地献了白猪，今天又碰上女人入井。他心里烦着，就讨厌起来这样的牵强附会，更讨厌吴有俊当着他面把这话挑明了。你说以后矿上要是没事还好，要是真出个什么事，有好事者肯定就会牵扯到这个头上来，到时，大家就会质疑他既然早已知晓情况，为啥不采取补救措施。但，他在心里问自己：补救有用吗？此类问题唯一补救的办法就是罚款了，但谁又能保证罚款后矿上就不会出事故了？或者说谁又能确定矿上出的事故原因就在于女人下井了？荒唐！

周董回过神来，发现吴有俊还坐在沙发上抽着烟，就朝他一挥手，说："这事我知道了，你出去坐席吧！"

开席了，第一道菜上来，郭总打发胡主任请周董入席讲话。胡主任硬着头皮敲开了门，周董听他说完"嗯"了一声便从桌前站了起来，跟在他身后走了出来。

周董站在圆桌中间，环视了一下大家，开了个头"大家好"，一低头看到桌上那一碟青青白白的青椒炒肉片，就变了脸色，说："大家吃好，喝好。完了！"说完，不等席里的掌声落下，便急匆匆地回了房子。

这天，周董午饭都没吃，几个人去敲门，他都说累了，要睡觉，接下来的大半天都没见人影，房间的灯也没有亮起，只是不知道睡着了没有！

二十六

明天就是腊月十八了，大家都很兴奋。因为明天会餐一毕，一线科室和除过保卫科、营业室以外的二线科室就要放假了。保卫科要负责整个矿区的安全，所以节日期间也得全员在岗。营业室放假时间暂定于腊月二十四下午四点，具体视销售情况而定。

虽说营业室放假还早，但大家的心却像长了翅膀早已飞到了家里。上班时一边收拾着零散东西一边商量回去要置办的年货，仿佛东西一收拾完就可以回家过年。陈荷不动声色地看着他们忙碌，心里却焦虑起来。眼看着年关将近，大家都要回家过年，可对她来说，家又在哪儿？她的除夕夜又该在哪个屋檐下度过？家乡有"结婚的女儿不在娘家过年"的习俗，何况她一个离了婚的女人！娘家不能去，营业室放假期间又不值班，县城的房子又让她给退了。去年的除夕夜，觍着脸在二姐家过了，这个除夕，她又该去哪儿过，这个问题让她真的犯愁了。

腊月十七他们上八点班，苏紫燕在宿舍和营业室两点一线间忙着整理东西，陈荷心里愁着，整个人看起来就像霜打的茄子，蔫在椅圈里一言不发。

"咋啦？没精打采的！"坐在后边的李伟强一边在抽屉里乱翻，一边问她。

"眼看着就到过年了，人家过年我过难，愁的！"陈荷愁眉苦脸地说。

"嗨，我当是啥哩？多大点事啊！"李伟强把抽屉关上，抬起头来说，"你不会发愁胡发愁哩，现在条件多好啊，宾馆酒店招待所，条件又好，价格也不是太贵，随便登记一间都能把年过了。"

对呀，这么好的点子她怎么就没想到呢？开间房子自己过年，就免得爸妈惦记，也免得去姐家让人家两口子闹不快。让她头痛的问题解决了，她就放下心来，也跟他们一样谋划起来，放假了先买身新衣服给儿子寄回去，管婆婆给不给穿都得买。再回去看看爸妈，爸妈老了，见一面就少一面了。除夕夜，人家都吃团圆饭，她一个人团圆不了，那就买些现成的东西填饱肚子就成了。心里谋划好了，眼里却并没有兴奋和向往的神情，她现在才发现这众多节日对她情绪上的遏制和幸福感的削弱。就是这些节日，一次又一次地让她明白自己的生命是残缺的，她不知道节日本来就是那么多还是自打她离婚后它就疯长起来，反正每次还没有从上一次节日的孤独中挣扎出来，下一个节日的落寞又铺天盖地涌来。

作为一个无家可归的单身女人，她恨这些让她孤单让她难过的节日！

腊月十八吃过早饭，合同煤账本上的名字一一出现在办公室的签到册上，签过的人坐在办公室的会议桌前聊天喝茶吃瓜子，等人到得差不多了，朱科长来了。他热情地招呼过大家后，就请大家去营业室复核各人名下的账目明细，并签字确认核对结果，对于账上留有余煤的客户，要么签字同意下年结转，要么按账面价格提取等值的现金。

十几家客户，余煤吨位有多有少，有余几百公斤的，也有余几百吨的。对于诸如几百公斤或者一两吨数额较少的客户，矿上就会建议提取现金。因为只有那一点儿，找车拉的话不好拉。但对于余煤多的客户，矿上原则上说结转和提现自由选择，实际上却千方百计地让客户选择结转。而几乎绝大部分客户到最后也是选择了结转，因为从今天下午，矿上就放假了。放假了还指望人家留下来专门给你办业务？可能吗？这样一权衡，那还是结转吧。好在正月初六就开始营业了！

李广震是最后一位来营业室的客户，也是账面余煤最多的一位客户。他在核对过程中就告诉李伟强，好几年没回去了，今年过年准备回家，年后过了十五才能来，所以账上的余煤得提现。陈荷总觉得上次大家合起伙忽悠人家不管怎么说都不厚道，所以现在听他说要提现也就没敢接话。提现的客户需要李伟强开具单据，领导签字。李伟强也知道李广震上次因为煤的事受了牵连，听司机说煤场给李广震的定性是"以次充好"，过磅时扣除了两吨折损并取消了他的供煤资格。之后他就再没来拉煤，也没见他来办理过手续，所以他的账面上就留存了这么多的煤。现在李广震一说要提现，也就没劝，直接给开了提现申请单交给他，让他去找领导签字。心里却为他能否成功提现捏了一把汗，谁都知道，层层审批制就是专门给提现客户设置的障碍。

李广震转身就走，要出门了却转回来，看了陈荷一眼，又转过头望着李伟强说："我回去了，你能不能给我找个人把门照看着？我房子有一个鱼缸和几盆花，要没人管就死了！"

"哪个房子？"李伟强明明记得李广震每次来了都是在酒店住的，就问他。

"你不知道啊？我在城西租了一套两室两厅，过年回去房子没人，你看有没有在城里住的可靠人，帮忙把花和鱼照看一下！我一会儿把手机号给你，麻烦你给上点儿心，要是有合适的人就给我打电话！"李广震说完一掀门帘走了出去。

"哎！哎！"李伟强坐着不说话，过了一会儿却用脚蹬陈荷的椅背，等陈荷转过身，他说，"你过年不用住宾馆了，给老李看门去！"

"啊？"陈荷大吃一惊，"老李可是个男的！"

"男的咋啦？他回去的时候咱还在上班，等他回来的时候咱早已收假了。又不跟他一块住，怕啥？"李伟强反驳，"反正他回去了房子也是空的。现在他正好想找个人给他看门，你要是去了，既落他个人情，自己又得了方便。咋样？去不？"

这个，陈荷真不好说。不管怎么说，那人总归是个男人，一想就觉得别扭。再说人家要找的是照看花和鱼的人，隔几天去给换换水，开开窗子通通风就行了，根本就没必要住进去！

李伟强看她不说话，以为她是默认了，就说："那就这样说定了，我一会儿跟他说。"又换了一种口气说，"可惜我家离县城远，不然我都想去，集中供暖多暖和的，一点儿都不受冻！"

就这样，答谢宴一结束，下了八点班，李伟强和陈荷就坐着李广震的车进了城。李广震第二天早上就要回家，得提前向陈荷交代一系列事宜。陈荷扭扭捏捏还不好意思去，李广震便叫李伟强陪着陈荷去，并承诺安排完了他连夜开车再把俩人送回来。

房子在八楼，没装修，只是简单地铺了地砖涂了墙。虽说是两室两厅，可是只有一个卧室摆着一张床和一张桌子，另一间卧室和餐厅都是空房子。客厅背景墙上没有电视，却被一个大大的鱼缸占了大半个墙面，茂盛的"水草"下，各种颜色的金鱼在欢快地游弋。走廊上几盆齐人高的绿植让她赏心悦目。鱼缸和绿植的存在占了很大的闲置空间，所以虽说房子空着，但并不显得空荡荡。窗明桌净，地板也是纤尘不染，陈荷就在心里猜测，要么就是这人还不算太懒，知道自己动手收拾房间，要么就是这间房子一直没住过人，才给人一种干净的假象。

李广震领着陈荷参观了每一个区域，他告诉陈荷，电闸就在进门处挂衣墙那个塑料盒子里，要是跳闸了得先把弹出来的那个小正方形按钮摁下去才能把闸刀推上去。他说厨房锅碗瓢盆啥都有，电磁炉也有，想用啥自己就拆开了用。他平常不在这吃，也不会做饭，所以那些东西都带过来几个月了就是没动过。他说花喜旱，不要天天浇，隔三天淋一次水就好了。最后说鱼缸里的鱼密度不是太大，也不用天天换水，两天换一次就行了，并给陈荷示范怎么换水。

交代完了，李广震从随身的包里取出两把钥匙，拆下一把递给陈荷，陈荷接了，装进挎包的夹层里去。几个人坐着说了会儿话，陈荷就给李伟强使眼色要回矿。李广震见状，就说请两人吃饭，还说这饭绝对该吃，既是今年的散伙饭又是除夕的团圆饭。两人看看天色已晚，也知道李广震送完他们回来还要收拾回家的行李，所以说什么都不愿意去。李广震就很无奈地摊开双手，惋惜地叹了口气说："好吧，那我送你们回矿吧！"

李广震把他俩送到大门口，陈荷跟在李伟强后边下了车，刚要关上车门，李广震就"哎、哎、哎"地在车里喊，看他们两个都停下来，从车前的台面上拿过手机，边推滑盖边说："你号码多少？把号码留下来，有事好联系！"

"我号码？"陈荷下意识地反问了一句，随即又自嘲地笑着说，"我手机还在商店放着哩！"

"怕我骚扰？我怕有啥特殊情况，留个号码联系也方便，没歪心！"李广震说着，又滑下了滑盖。

"真没有，不信你问伟强！"陈荷上上下下拍了拍衣兜，又拉开挎包拉链让他看。

"谁比你们这些大老板哩，我们这深沟野洼里手机还没普及。"李伟强从后边凑上来说，"就是有手机，信号也不好，通个话得扯开了嗓子喊，要不就得捧着手机满院转找信号，更麻烦的是交个费都得跑到县城去，你说这天天要上班挣钱，谁还顾得上隔三岔五往县城跑？你就放一百二十个心回家去，你手机上有我的号，要是有事你就打给我，我哪怕骑自行车去也能给陈荷把话传到！"

听他说完，李广震哈哈大笑，笑完了也不再问，把手机放在车前的台面上，等陈荷咔的一声关了车门，在原地掉了头，从摇下的车窗里对着他俩说："那就拜托你们了。走了啊，给你们拜个早年，明年见！"

嘿，这人，离过年还有十几天哪！

二十七

陈荷和李伟强走到营业室门口，发现矿部大院里灯盏通明人声鼎沸。本来从今天开始放假，到下午矿部大院除了值班的就没有几个人了，可是今天大院的人非但没减少，反而增加了不少。两个人心里纳闷着，就抬脚往人声鼎沸的大院走去。

走到门口，但见人群把整个大门堵了个严严实实。陈荷挤进人群里听了一阵，才听清楚这是生产一线的工人，集合起来堵了矿部大门要讨回血汗钱回家过年。陈荷知道矿上的工资每个月都是定期发放，如果遇到特殊情况，也只是延迟几天，最迟也超不过当月二十五号。既然没有拖欠工资的现象，那今天晚上矿部大院里这些吵吵闹闹的人群是怎么回事？凑近了仔细听，这下才听清楚事情的来龙去脉。

鲁家河矿的提升方式是斜井串车提升，所谓串车，就是用三节环及插销把矿车连起来的方式。矿车在井下各采煤点装好煤，由工人推至大巷斜井底，再由绞车提升至地面，坝面工逐个拔掉插销，煤车在坝面圆形轨道上因惯性前行时，就有手里提着产量表的划产员过来划产，划产员的眼睛就是衡量井下每个职工当班生产任务的一把尺子。有时矿车虽是冒尖的，可是最上边恰好有几块碗口大的矸石，有时明明在井下是装满的，可是一提升到坝面就剩了多半车。划产员检查完，就在产量表上适当扣除一些破车损耗后，再按照矿车车侧的姓名记下每个人的当班产量，到月底，这些产量一累计就是他们计算工资的依据。矿车核载一吨，矿上就规定划产员划产不能突破九百公斤，也就是说，无论你装的煤多冒尖，最多只能划九百公斤，九百公斤就是满车，低于九百公斤的就是破车了。工人虽说心里不同意，但没有哪个敢于站出来说话，大部分人心里即使有意见也不敢提，就这样实行下来了。到了上个月，董事会联合财务科抽查矸石，发现原煤中矸石又多了起来，旁边站着的工人就争辩说，咱们的煤层本来就夹矸大，出这么多石头我们也不是故意的。但抽查组的领导不听，不顾大家的一致反对竟将满车又降了二百公斤，满车只有七百公斤了。这话一传开，工人心里那个气呀，你说我们在井下容易吗？你扣一百公斤就可以了，还扣三百公斤！这简直比周扒皮还周扒皮啊。但怒归怒，没有个突破口谁都不好发作。这怨气就越聚越浓，越长越大，直到放假前发工资。

出纳吃过早饭就等着工人来领工资，可是直到午饭开席都不见一个人来。其实人倒是来了好几拨，可是都坐在棚下的圆桌旁，不是划拳喝酒就是说笑。席散了，那些人吃饱喝足，没有去领工资，也没有离去，却全部堵在了大院门口。

刚发了红包就堵门，这还了得！胡主任赶紧出来息事宁人，但这些人根本不吃他这一套。一会儿朝前一会儿朝后将他挤得晕头转向，有人还趁乱问他"蝙蝠身上插鸡毛——装的什么鸟"？他一看没招，只好退回至门里的安全地带，摸出手机，通知采煤队队长来矿部领人。看他在搬救兵，有人就说，你以为叫个队长就能日天？把天王老子叫来都不管用。说完了就瞪起眼睛看他，白眼仁多黑眼仁少。

采煤队队长来了。看见门口堵着的工人和门内院子中央站着的周董、沈矿和胡主任等人，就提高了声音喊："大家都散了吧，等领导开会后明天给大家答复。都回去吧，天怪冷的！"说完却低了头压低声音说，"不能回去，就在这要结果。你们一离开人家就走了，一走年前就不回来了。"

采煤队队长话还没落，人群里就发出一阵嗷嗷嗷的呼喊，有几十个声音在喊："还我们血汗钱""必须每车补二百公斤破车差额""我们也要养家糊口""我们的钱不是偷来的，也不是坑蒙拐骗来的，而是用命换来的！"……

周董见工人的情绪越来越急躁，就在院子里不住地转过来转过去，转了一会儿，停下来跟沈矿和胡主任说了什么，示意司机发动了车，而他跟在车后边走，胡主任在他旁边亦步亦趋。车子开到门口，门口的人纹丝不动。车头一寸一寸往前靠，车前的人一寸一寸往后退，眼看着到大门口了，人群中不知谁大喊一声，整个人群就离开了车体，接着再一声喊，整辆车像一块面包一样被翻了个个儿，司机都没来得及熄火，车还呜呜响着，车轮在空中不停地转。周董大惊失色，急忙奔到驾驶位旁，一把拉开了车门，扯出了满脸惊恐的司机。司机腿都软了，一下车就瘫在了地上。

"同志们，同志们！"周董示意胡主任把司机搀回房子去，对着人群大声喊起来，"大家都不要激动，我没想跑，是想进城和大家商量这事。"

"那还用进城吗？这办公室放不下你还是会议室放不下你？就在这商量，我们的问题解决之前，哪儿都不准去！"人群中有人喊。

"好，好，好！大家别着急，我保证不去就是了。大家先回去吧，数九寒天，怪冷的。等我们决定了，明天早上给大家答复！"周董双手向下压了压，说，"撇开这个董事长不说，好歹我还是个男人，男子汉一言九鼎。绝不会骗大家的，都散了吧！"

人群短时间没了话。过了一会儿，一个声音说，既然周董都这样说了，那咱就信他一回。又一个声音说，咱回可以，但咱一走，人家要是把车一开跑了，咱明天上哪儿找人去？怕是想哭都没有眼泪了。接着又有一个声音说，把车气一放，要跑就叫他开软轱辘。有声音就附和说，还得把门锁上。人群就一阵骚动，两个前轮胎发出长长的两声"嗞——"，几乎与此同时，一条手指粗的铁链环两头挂了个大门锁，哐啷一声就把大门给锁了。大门锁上了，还有人在喊："二勇，你拿个锁子，把后门再给锁上！"

晚上，周董召集在矿的几位董事召开紧急会议，商量这事应该怎么解决。几乎与此同时，退到井口的工人也没闲着，全都聚集到车棚里也开起会来。他们的会却要比董事会的规模大得多，因为他们还有诸如生产矿长、生产科长、采煤科长等一线领导参加。原来矿上对于生产一线科级以上的领导实行的是工资和产量挂钩，也就是一吨煤按级别提成，所以矿上当初实行的满车为七百公斤不光动了工人的血汗，还动了这些工资和产量挂钩的干部的利益。这些人虽然心里郁闷，在周董面前还要装出一副以大局为重的高风亮节，背后却在给这些有勇无谋的工人出谋划策，毕竟这事的成败和他们每个人都息息相关。

看大家都商量得差不多了，采煤队队长说了一句话，让刚平静下来的人群又起了一阵骚动。

他说："其实咱们矿上的煤车核载不是一吨，而是一吨一！"

采煤队长的话无疑在人群中投进了一串点燃的爆竹，噼噼啪啪地炸开了。

"谁说的？"

"你怎么知道是一吨一？"

"你知道是一吨一为啥不早说？矿上给了你多少好处？"

……

"你们不要问是谁说的。要是信，明早去的时候就再摆出这一条，要求他们一并结算补发，要是不信就权当我没说！"采煤队长毫不理会人群中的质问，郑重其事地交代，又补充了一句，"不过，这个没有真凭实据，肯定用处不大，但咱的目的是要补发满车差额，只要把那钱要回来，这钱再慢慢想办法。"

他一说完，人群中又开始吵嚷起来。

"一吨一的矿车给我们说是一吨，一吨克扣成九百公斤，又克扣成七百公斤，良心都叫狗吃了！"有人就喊。

"明天早上去找他，再踢皮球就拆门砸玻璃，他们叫咱过不了年，咱们也叫他们这年好过不了！"还有人提议。

"虎平，你甭咋唬，坐下听我说！"生产矿长瞪了一眼刚说话的人，继续说，"咱是为了解决问题，不是存心闹事的。拆门干啥？明天去了这样说，就问他兑现不兑现，要是不兑现，好，那就去找劳动监察大队，劳动监察大队不管就去信访局，不信还没有个说理的地方了！"

生产矿长话刚说完，旁边的人就朝他竖起大拇指，说："不亏是当领导的，就是高！"

"少给我戴高帽子！"生产矿长伸出手，把那人的大拇指拍下去，环视了一下大家，"不早了，散吧！"

第二天一早，各一线科室的科长接到通知，来财务科领补发的工资，满车按八百公斤计算，每车补差额一百公斤。靠着大门的工人喊："叫周董出来，我们的矿车明明载重一吨一，为啥要说是一吨？克扣出来的那一百公斤怎么算？"

"矿车？"周董本来和沈矿就站在门口，听有人喊，走过来问，"矿车怎么了？沈矿，沈矿，你来给说说矿车是咋回事！"

"矿车确实是一吨。"后边的沈矿应声走过来，说，"要冒得很尖才能装一吨一，可是咱们的车差不多都和帮平，根本就没冒顶，就定了一吨。要是大家不相信，可以叫有关部门过来校验。但校验也得过完年才行，要我说，大家就先把那钱一领，赶紧回家过年吧，要是捂一场大雪封了路，背了钱都回不去了！"

怎么办？铁门外的人你看看我，我看看你，面面相觑，最后却齐刷刷盯着生产矿长。

"瞅我干吗？我脸上又没画着花，领啊！"生产矿长说。

"哦，那、那就领了回家吧！"有人说。开了链环上的锁叮里哐啷提了就走。

"哎，你们把车给人弄成这样就这么走了？把车给翻过来！"胡主任一边开门一边说。

翻过来就翻过来，几个人齐上手，那车就翻过来了，只是两个前轮胎一着地，就瘪在地上。

"轮胎怎么办？昨晚谁放的气？"胡主任盯着人群问。

没人吭声，都各自四散开去。

"算了，算了！"院子中央站着的周董摆着手，"到门口借个气泵回来一充就行了！"

这次讨薪，最终以工人的胜利而告终。只是几个生产一线的领导心里仍在纠结，因为矿上只给工人补发了破车差额，对于他们的提成却只字不提。

不舒坦归不舒坦，这个年还得过。就慢腾腾地收拾了东西，进城置办年货去了。

二十八

虽然陈荷一再盼望日子慢一点再慢一点，营业室的春节假期还是如期而至了。

　　李果元不知道从哪得知腊月二十四下午四点她们要放假，就在这天早上开了车进来，却不是拉煤车，是一辆大红色的小轿车。李果元把车停在磅外的路边，坐在车里等陈荷下班。下了班后，几个人锁了门，在办公室小林的见证下给门窗贴了封条。李伟强骑摩托车回，就一溜烟先走了，剩下苏紫燕和陈荷搭李果元的顺风车回城。

　　营业室的人都知道陈荷去给煤老板李广震看门，只有李果元不知道。陈荷倒是想告诉他，可是一没有电话联系，再则又好长时间不见人影，所以就没说。到了县城，送苏紫燕到了她家所在的巷口，等她下了车，李果元却没发车，转过头对着陈荷说："我给你在南街联系了家招待所，不大，但还干净，你就在那过年！"

　　"啊？"陈荷吃了一惊，"不用！李广震叫伟强给他找人看门，我正好没地方去，就借他房子住几天。招待所哪敢住那么长时间？贵死了！"

　　"李光头？他在城里有地方？"李果元问。

　　"嗯。租的，两室两厅！"陈荷说，"再一直没见你，没来得及跟你说。"

　　"住他那方便不？他没说啥时来？"李果元有点儿不放心。

　　"应该没事吧？他回去过年了，说过完十五来！"陈荷模棱两可。其实她乍一听也觉着不方便，但权衡之后，认为这比住招待所要省很多事，所以虽然心里觉得有些别扭，但还是决定去。今天李果元一问，她更是觉得很不方便，但她并不想收回决定。也许是因为漂久了，心里对于"家"这样的实物就有了特别的向往和憧憬。

　　"那咋办？招待所费用已经交了，难不成要去退了？"李果元望着陈荷，看她不说话，又说，"那这样吧，房子就不退了，我把钥匙给你，你啥时想过去了，自己开门进去就行！"

"不住还得交房费，多浪费呀，去退了吧！"陈荷劝他，她心疼那些钱。

"嗨，那有啥呀！我少打几次麻将，少抽几包烟就省回来了，这事就这么定了。哎，你回不？我二十九回去的时候可以捎带上你一起。"

"回！"陈荷说。她都好几个月没有回家看爸妈了。

第二天，陈荷给儿子买了两身衣服，抽时间去邮局寄了，兜里还偷偷塞了五百块钱。包裹递给邮局工作人员后她的眼泪就涌了出来，一年又过去了，不知道她的宝儿高了没有？胖了没有？有没有想妈妈？……

腊月二十九这天，陈荷坐李果元的顺车一块回家看爸妈。在车上就约定好李果元下午送陈荷回城，陈荷家饭早，吃完饭一边给在灶间忙活的妈帮忙一边等李果元。妈在蒸包子，土豆馅一笼屉，猪肉豆腐馅一笼屉。爸坐在灶房门口，地上垫了一块木墩，正在劈第二天煮肉用的柴火。她娘俩说着说着就说到了李果元，妈说："写字桌底下有你大姐提的一箱酸奶，你提上去果元家转转。给你拨了几次电话你李姨都没收钱，你李叔还给你爸剃了几回头哩，不说费工费刀子，就烧热水把人都麻烦得够呛！"

陈荷本来想说让她哥去转转也是一样的，但转念一想，自己好久都没有去过李果元家了，再说一会儿还得靠果元送她回城，现在正好去看看他安顿得咋样了，就从写字桌底下提出那箱酸奶去了李果元家。

李果元家在吃饭，李妈颤巍巍地接过陈荷手里的酸奶，热情又亲昵地招呼陈荷坐下吃饭。陈荷也不客气，谢过李妈，就坐在炕沿上和他们说起话来。她都记不清从哪天开始自己再没有来过这个院子，这里已经找不出一丁点儿当年的影子了，她努力想找出和童年记忆相吻合的地方来，却总是不能如愿。李果元妻子招呼过陈荷就说第二天早上要炸油饼，忙端了面盆去发面。他的女儿满院子追着小花猫跑，小花猫无处可逃，"喵呜"一声蹿上了玉米架，小女孩就没招了，站在玉米架下仰着脸望着，不住地招着胖乎乎的小手，嘴里叫着："咪咪，快下耶（来），快下耶（来）！"

见此情景，陈荷又想起了她的宝儿。他这会儿是不是也追着家里的大狗憨墩满院跑？哦，不对，她忽然想起她还在家的时候，那天一大早起来，憨墩的窝前就只剩下半条铁链，而憨墩却不见踪影。一家人忙活了大半天都没有找到，才反应过来可能是被偷狗的人逮走了。应该是院里哪个住户回来晚了门没关好，或者根本就没有关门，可是院里上上下下住了十几户人家，大门口也没有安装监控，要找这个人并不容易，婆婆气不过，就站在一楼大院里，跳着脚将那可恶的小偷和不随手关门的那个倒霉蛋骂了一早上。如果憨墩还在，宝儿还有个可以玩耍的伴，可是憨墩都丢了，可怜的宝儿，他现在在干吗？他有没有一次次偷着往门口跑，眼巴巴地盼着妈妈能出现在回家的路上……一想到宝儿，陈荷鼻子就酸酸的，但听见李妈招呼，就赶紧忍住要涌出来的眼泪。

两位老人腰弯了，头发白了，牙齿也掉了，记性却好，总是絮叨着他俩小时候的糗事。这些糗事当年曾让他们难堪得无地自容，时隔多年后听起来却是那么温暖。

李果元吃完饭就送陈荷回城，陈荷要回家提包，李果元就相跟着又去了陈荷家。到了家，陈妈已经把包子晾在案板上了，看两个人回来就抓了包子给俩人吃，李果元谢过，陈荷却接过狼吞虎咽地吃起来。陈妈翻箱倒柜地找塑料袋给陈荷装包子，找到了却叫陈荷自己来装，她给装核桃去。李果元递给陈爸一根烟，陈爸嘴里噙着烟管，一抬手夹在耳朵上，停了手里的活计，坐在门槛上和他说起话来。

李果元送陈荷进了城，却没在小区门口停，而是直接把车开到了超市对面的停车场。整个街道都是卖年货的摊位，置办年货的人摩肩接踵，两个人挤了半天才挤进超市，李果元不管三七二十一，推了一辆购物车，对着各种各样的美食一阵狂扫。排了很长的队才结完账，在超市门口的红酒展架上，一张促销宣传单拦住了两人的脚步，在超市购物满一百二十八块钱，凭购物小票就可以领取红酒一瓶。李果元就从购物袋中取出收费小票递给促销员，促销员用笔在小票上打了重重的一个"√"，从展架上拿起一瓶红酒连同小票递给他，两人才抬着满满当当的两个购物袋挤过人群回到车上。

在小区门口停了车，李果元一手提一个购物袋就直奔陈荷指的五号楼而去，陈荷在后边看他进了电梯，就一边跑一边手忙脚乱地在包里摸钥匙。到了门口，他却把东西放到地上，直起腰，抬头看了看门上的春联，又盯着陈荷看了好大一会儿，陈荷总以为他会进去看看，或者跟自己说点什么，但他却一转身，走了！

他疯狂扫回来的，竟是为自己准备的年货！

看着他的背影进了电梯，听着电梯门叮咚一声关上，陈荷靠在门上，心里五味杂陈！

腊月三十下午，街道上的年货摊位早早收了摊，街两旁的店铺也关了门，往日车流络绎的街道也变得冷清起来。到了下午，街上已难得见几个人影，陈荷不敢再转悠，赶紧回了房子。

房子没有电视，她又没有手机，手边也没有一本书或者一张报纸来填充她那空虚的眼睛，一种莫名的悲哀和深深的凄凉紧紧地攫取了她的心。她就在房间里疾走，觉得没有一处地方可以安放她那漂泊的灵魂。她想倾诉，极力地想把自己的孤独倾诉给人听，哪怕这个人是她平日最讨厌最不待见的。可是现在，这么个简单的想法都不能够实现，有一种叫作脆弱的东西从心底伸出长长的触角，填满了灵魂每个看见的看不见的角落，遮天蔽日！

陈荷的目光在房子的每一个角落搜寻，她不知道自己要找什么，只知道得找点什么事做。她看到了墙角购物袋口露出的红酒瓶那细长的脖颈，以及诱惑她神智的暧昧的褐红。这个时刻，也许醉是能让自己淡化孤独的唯一途径，虽然她从来没有醉过。她是个优柔寡断瞻前顾后的人，又是一个特别在乎别人看法的人，在有些特定的场合，她不止一次想着要大醉一场，但每次酒到嘴边，就会担心醉了会不会说胡话让人笑话？会不会吐一地的污物让人厌恶？会不会像电视新闻上播放的那样袒胸露乳伤风败俗？……凡此种种顾虑太多，以至于过了这么长时间，"醉酒"对她来说还一直停留在评论或引用的范畴。她拿了红酒瓶出来，却苦于没有开瓶器可以打开它，就用指尖在瓶盖上不经意地弹着，弹了几下，指尖的触觉告诉她哪儿有点不对劲。她来不及细细推断就撕开瓶口的塑料膜，果不其然，红酒瓶盖是塑料的扣盖，而不是木质的塞子。塑料瓶盖让这瓶红酒的价值在陈荷心里打了个大大的折扣，但这并不影响她要一醉方休的决心和果敢。她提着瓶子满房子转悠，转了几个圈也没有找见杯子什么的可以盛酒的容器，只得作罢，打开了瓶盖，先把鼻子凑上去闻了闻，还好，味没有想象中那么重。对准瓶口，一闭眼，仰起脖子，咕咚咕咚猛灌一气。灌完了，整个身体便顺着床沿滑到地砖上去，手里的瓶子磕在地砖上，发出玻璃特有的清脆声。清脆的声音惊醒了陈荷，她睁大眼睛，努力地看了看手里的瓶子，脑袋一激灵——她才反应过来刚才对着瓶口猛灌下去的竟是红酒。红酒一般都是高脚杯和优雅的专宠，怎么会是这种暴殄天物的喝法？用手抹了抹下巴的酒痕，想起自己刚才的"二"劲，不由得摇头苦笑……

李果元窝在进门处的沙发里，目不转睛地盯着电视屏幕，电视上正演着春节联欢晚会，可是看了半天一个节目也没看进去。炕上的李爸李妈靠墙拥被而坐，咧着豁牙的嘴看得津津有味。妻子倚在炕沿嗑着瓜子，女儿吃饱喝足，偎在妻子怀里打起了瞌睡。这个温暖的场景给他的脸颊涂上了一层迷醉的色彩，场景深处却出现了蜷缩在昏暗光线中陈荷孤独的幻影，这幻影让他的眼里涌上一层忧郁的薄雾。他看了一眼电视屏幕，打了个长长的哈欠，就坐直了身子，从棉衣兜里摸出钱夹发压岁钱。爸妈照例推辞一番，很欣慰又有点儿不好意思地接过。李爸解开棉袄的盘扣，小心翼翼地塞进贴身的衣兜里。李妈早脱了外套，没衣兜可装，就翻开身旁的炕席，压到炕席下边。被压岁钱引诱醒了的女儿看到奶奶把钱压到了炕席下，就踩着被子一边东倒西歪地往墙根去一边嚷着要"偷"奶奶的压岁钱，李妈见状，赶紧往过挪了一些，坐在了压钱的炕席处。

"琪儿，看。爸爸手里有，快去拿！"媳妇接过李果元递过来的压岁钱，看到李果元手里还剩下两张崭新的百元大钞，就怂恿女儿去讨要。

"给你那两张中有一张是给琪儿的，你不准贪污！"李果元对着媳妇说，又转过头对着女儿，"琪儿，快去找你妈要你的压岁钱！"说着，就把剩下的两张往钱夹里塞。

"那你留那两张新的干吗？"媳妇盯着钱夹问。

"你们都压岁，就不兴我压岁了？这人混背了都没人心疼！"李果元把钱夹塞进兜里，转身出了门。

"哎，新年钟声还没敲哩，你不看了？"媳妇在后边问。

"不看了，睡呀！"李果元说着，进了隔壁房间。

今天虽是除夕，可是他一点儿过年的心思都没有，身体里仿佛有一根无形的线在紧紧地扯动着他的神经。他心底知道是什么原因，但他又不敢明说。女人都是敏感的，妻子肯定察觉到了他的小伎俩，但她没追问，他也就避而不谈。只好以累为借口早早去睡，但他又怎么能睡得着？春晚结束已是初一零点多，琪儿睡了，妻子就没有抱过来，留着和爷爷奶奶一块睡。妻子没开灯，上炕摸黑脱了衣服，冰凉的泥鳅一样的光身子就挨了过来，他"呀"的一声就喊了出来，妻子就咮咮地笑，身子却靠得更紧，双手环过他脑后，紧紧地抱住了他，冰凉的唇凑上来，轻轻地触了一下他的脸颊，就把脸挨着他的脸，不动，也不说话。

"婷！"他喊妻子，第一次用这样肉麻的昵称，虽然在黑夜里，他明显能感觉到脸红。

"嗯？"妻子的脸向他侧过来。

"我明早想、想进一趟城。"他试探地说。

"进城干啥？明天可是大年初一！"妻子狐疑地问。

"我想去看看憨娃他妈。憨娃殁了，老人家带俩孩子，那艰难你也是知道的。"憨娃是李果元一块开车的伙计，车祸身亡，妻子改嫁，留下母亲拉扯着两个孩子，日子过得有多艰难可想而知。因为憨娃生前和李果元关系不错，所以在憨娃出事后，李果元隔三岔五就去看看憨娃妈和孩子，好在两家的租屋离得不远，李果元妻子玉婷也跟着去过几次。

"咱回来前不是才去过了吗？"妻子问。

"这个我知道。我刚做的梦不好，所以就想去看看，去看看总是好的，你说是吧？去看看！"李果元说着，下巴在妻子的脸上来回厮磨。

"啊！胡子——"妻子轻微地咝了一声，脸往后一靠，躲开了，说，"那、那我也一块去吧！"

"算了，我去看看就行了，你就在家吧，明天中午还有磕头的人，要做菜的。我去看看没事就回来了！"

"那、那好吧。你发的钱还在桌上放着，你走时拿上，给老人和娃发些压岁钱，大过年的，唉，可怜哪！"妻子说。

"你留着吧，我有钱！"李果元说着，伸出双臂，紧紧地搂住妻子，厚厚的嘴唇吻上了妻子的脖颈。他自己都不知道这是要感谢妻子的宽宏大量，还是给自己心猿意马的思绪做深刻的救赎……

咚咚咚，有人敲门！迷迷糊糊中的陈荷吃了一大惊。

"谁——呀——"确认敲的不是邻家的门后，陈荷嘴里含混不清地问，跌跌撞撞地站起来往门口挪过去。

"陈荷，老李！"一个声音响起。

"老李？来、来啦……"陈荷使劲摇了摇头，伸出手打开了门。门一开，借着楼道的亮光，她直愣愣地盯着门口站着的人，半天却结结巴巴地问出一句话，"你？你怎么来——了？"

"我来陪你过年呀！你喝酒了？"门一开，李广震就闻到了一股浓浓的酒味，他问她。

"你才喝、喝酒了，我就喝了一点、点，还是红、红的……"陈荷眼里模模糊糊地现着重影。

"你咋不开灯？大过年的，这么好心给我省电费呐？"李广震进来，关了门，边问她边伸手摸墙上的开关。

"灯、灯在——"几乎与此同时，陈荷也往开关的墙角挪过去，但站立不稳，一个趔趄，却扑倒在李广震怀里。

李广震惊了一下，但马上就镇定了下来。陈荷的头发触到了他的脖颈，撩拨得他心荡神摇。但他没敢动，也没开灯，就那样站着。

过了好久，陈荷抬起头，迷离着双眼看着眼前的男人，伸出手，怯怯地在他脸上摩挲，额头、眉梢、脸颊……嘴里含混不清地喊了一声："李、李——哥——"

"李哥？"李广震闻言，心里悬着的一块石头才落了地，嘴角泛上一丝不易觉察的笑。他仿佛受到了莫大的鼓舞，伸出双臂，紧紧地、紧紧地搂住了她。一路上的担忧，初进门时的紧张，前一刻浅浅的试探都毫无踪迹。

"李哥、李哥——"她在他耳边喃喃地说，意念中，洁白的梨花落了一地，铺成记忆深处那密密匝匝的浪漫。

"李哥在，李哥在这儿！"他说，双臂把她箍得更紧。他俯下身，她滚烫的唇凑上来……

密集的鞭炮声响起，新年的钟声敲响了！

二十九

陈荷一觉睡醒，已是大年初一清早。淡黄的阳光慵懒地照进窗子，在她惺忪的睡眼前反射出一个明亮的圆圈。定神一看，她惊出了一身冷汗，整个人便条件反射似的往床沿退去，下意识地用手扯过被子盖住了裸露的胸脯——她的眼前，竟是一个亮得耀眼的硕大的秃脑袋。她拼命摇了摇头，想让自己清醒过来想明白昨晚到底发生了什么，但想了好久，脑袋还是昏昏沉沉地理不出头绪。她下意识地把手伸进被窝，手接触到身体的一瞬间，她的脸一下子变得通红，脸上的表情凝固了——被窝中的自己竟是一丝不挂！这一惊，昨晚的情景就像放电影一样在她眼前一幕接一幕显现：孤单、红酒、结实的拥抱、甜蜜的热吻……不对啊，敲门进来的不是李果元吗？怎么会是李广震？天哪，昨晚到底做了什么？那该死的酒！有千万个懊悔狂奔而来撕咬着她的心。怎么办？自己怎么会跟这个男人有了那么龌龊的接触？接下来该怎么办？……趁这个人还没醒，还是先离开这儿吧。这样一想，陈荷赶紧从床上坐起，手忙脚乱地穿衣服。

咣，咣，咣！有人敲门。敲门声吓了陈荷一大跳，她怔了，忙活的手顿了一下，又急速地动作起来。敲门声也吵醒了熟睡的李广震，他揉了揉惺忪的睡眼，微微皱了皱眉，用手按住了陈荷的手，示意她停下来。

"谁呀？"他问，侧耳细听。

外边没人说话，只是敲门声顿了一下，接着敲门就变成了接二连三的拍门，并一阵紧似一阵。

"来啦——"李广震食指放在嘴边，冲着陈荷轻轻地嘘了一下，便下了床，带上卧室门走了出去。

他一出门，陈荷赶紧穿衣服，心里扑通扑通乱跳。

"你回来了还是根本就没走？陈荷人哩？"李果元的声音。

听他这样问，刚下床的陈荷脑袋轰地一下，感觉到血一下子涌上了头顶。

"陈荷？"李广震顿了一下，说，"她说有事，就没在这住。你咋来了？"

"我把你个畜生！"一记响亮的耳光之后，李果元怒气冲冲地摔门而去。

没了声音！

陈荷吓坏了，跑到门边，将门开了条缝往外看，李广震蹲在门口的地上，满脸是血。确认客厅除了李广震再没别人后，陈荷拉开门跑了出来。

李广震转过身看了她一眼，用手背抹了抹鼻子，呸地唾出一口血，扭过身往卫生间门口走，"李果元咋知道这儿？你带他回来过？"

"没有，没有！"陈荷跟着他走，又摇头又摆手，"他送我到门口，但绝没进来过。"李广震没说话，进了卫生间，砰的一声关上了门。陈荷尴尬地杵在卫生间门口，走也不是留也不是。

大年初一，传统的早饭是煎汤面。面一定是手擀的，辣子油一定要汪，胡萝卜和豆腐一定要切菱花刀，绿的菠菜和金黄的蛋饼也是少不了的。要在往年，李果元这时不是端着搪瓷碗蹲在门口吃煎汤面，就是在村里转着给长辈磕头。可是今天，他这么早就进了城，分明是怕她一个人孤单来陪她的，而自己又让他看到了多么荒唐的一幕？陈荷想到这，就觉得自己特不是个东西，心里悔恨不已！

这次，不管自己是有意为之还是无心之过，算是把李果元的心伤透了。他怒气冲冲地走了，会不会去喝闷酒？按他的性格，这会儿绝对不会回租屋，更不会回老家。要是开车进的城，回去的路上会不会出什么事？……陈荷想着，又埋怨起他来，不在家里老老实实过年，大年初一都不消停，折腾个什么劲啊？埋怨完了，又觉得自己不知好歹，赶紧在心里为自己的混账打自己几个大嘴巴。招待所！这个字眼在陈荷的眼前一闪而过，对，他肯定去了南街的招待所。虽说他把钥匙给了自己，但房子是用他的身份证登记的，他应该可以进门。

去找他！陈荷不由分说就收拾东西。她收拾好东西，走到卫生间门口，对着里边的李广震说："我再重复一遍，我陈荷从没有带别人进过你的房间，从没有！"

李广震没有应，也没有开门，只有哗啦啦的水声和映在玻璃门上的侧影。

陈荷带上门，那个荒唐的让她无法解释又无法直面的夜晚就隔在了时光之外。

陈荷下楼出了小区门，挡了一辆出租车直奔南街那家招待所。去了，从前台得知，截至目前并没有人来要求开门，她就长出了一口气，边上楼边从包里摸钥匙，又在心里猜测李果元的去向。进了房子，床上的床单，桌上的杯子，一切摆设都没有动过，她放了手里的包，取出了洗漱用品就锁上门上了四楼楼顶——刚才在前台问过，楼顶的阳台上有澡堂，不过是收费的，单间七块，大众四块。

上了楼顶，宽阔的阳台上并排有四间彩钢瓦活动板房。中间两间的棉门帘上印着红色的"男""女"字样，门口摆了好些鞋子，有同一个样式的拖鞋，也有各色各式的男鞋女鞋，陈荷就在门口换了鞋推门而入。打开花洒的那一瞬间，心里一阵道不明的难过，她狠狠地用搓澡巾搓着身体的每一寸肌肤，脸上的泪水和着花洒头的水倾泻而下……

陈荷洗完澡，刚转过三楼楼梯口，就见房间门口站着一个熟悉的背影，她怔住了，不知道是该继续往前走还是该往后退。李果元直直地站在门口，伸出拳头咣咣咣地敲上一阵，嘴里叫着她的名字，等一会儿，不见应答也没人开门，就继续敲，继续叫……她在心里千万遍地应答着"我在这儿"，可是却没有勇气发出一丁点儿的声响，只要李果元稍微一转眼，他就可以看见她，可是他太专注了，一直没有转眼。最后，他把手扶在门板上，停了很长时间，长叹一声，无力地垂了手，垂头丧气地朝着楼道另一侧走去。站在楼梯口，看着李果元落寞的背影，陈荷一阵心酸，就那样披头散发地靠在墙上泪流满面……

三十

正月初二，陈荷就收拾东西回了娘家。在娘家几天她也没有再见过李果元。她不知道他是真有事不在，还是故意躲着她。李果元的爸妈倒是过来串过几回门子，可每次要问的话到了嘴边又咽了下去。李果元的媳妇也带着女儿来过一次，和她说了一下午话，但陈荷一直不敢和她的眼睛对视，仿佛果元媳妇的眼睛能洞穿她所有的心事。在这个女人面前，自己总觉得矮了一大截，理不直气不壮！

好在正月初六营业室就收假了。陈荷一边盼着收假，一边又希望假期无限期延后。她害怕这两个男人见面，更害怕自己单独面对李果元。但担心也好，郁闷也罢，正月初六上午十点，营业室的人还是聚集在营业室报到开会，除了张子建。

张子建辞职了，听郭志宏说在市里的城乡接合部开了家诊所。郭志宏是张子建表兄，张子建来营业室上班就是郭志宏介绍的，所以郭志宏对张子建的情况了如指掌。张子建本来就是西医士专业的毕业生，所以他刚来那会儿大家就说，医生嘛，就应该穿着白大褂，脖子上挂着听诊器坐在窗明几净的医务室治病救人，而不是守在煤矿的电子磅前吃烤大蒜蘸方便面调料。谁都没觉得他会在这长待下去，但谁也没想到他会在这么短时间内离开。他们都在营业室安逸惯了，早已没了上进的勇气和锐气，也没了打破现状的果敢和决断。张子建这一跳，仿佛一根针刺痛了他们麻木的神经。大家虽然在听朱科长讲话，却在心里想着什么时候自己也能有一个华丽的转身。

会开完了，朱科长走了，但大家都没有散，围着火炉拉开了家常。话题自然而然就转到了张子建开诊所。郭志宏说，子建借给雨伞的那个老人杀了年猪给子建来送肉，听他说想开诊所，地点都瞅好了，就是资金不够，坐了一会儿就转身离去，谁知道第二天一早就给送来了一万六千块钱，这两天还在市里跑前跑后地看着装修，周围的人都以为是子建他父亲。

张子建父亲在他上高二时就因病过世，他又是独子，也没有兄弟姊妹帮衬。现在听郭志宏这样说，大家就唏嘘不已，说，谁能想到子建一看走眼，却认了个福星回来。又说，如今像老人这样会感恩的人已经不多了，话音刚落就有人说，哪是不多？打上灯笼都找不出一个来！

有人离开，有人加入。过了一周，就有一个新来的郭江明顶了张子建的空缺。

眼看着初十生产一线就要收假，可是煤场原煤堆积严重，到时如果煤场腾不出来，势必会影响产量。所以矿上出面联系了一家煤场，决定将矿上的煤转移到煤场去，据目测煤场煤少说也有一两万吨，要在短短几天将煤场腾出来，联系运输车队就成了迫在眉睫的事。不知道是李广震运作得好，还是矿上觉得年前没给人提现，押了那么多现金在账上欠了他一个人情，所以就委托李广震全权负责联系车队和转运相关事宜。李广震翻出背包里的电话记录本，一个挨一个地打电话调车。这两年，受煤炭市场刺激，车一下子多了起来。刚开年生意也不景气，再加上一部分车要按期打赊销款，所以车主一听他说明情况就连声称是，只要每天有进账，至于运费嘛，有的是行情，差不离就行了！

车来了，李广震先不让车除皮，却让自己雇来发煤的小潘在营业室的工作台上摊开了一个本子，收费，一车一百！

李广震说，运费我不亏你们，行情多少就给你们算多少。但每车必须交纳一百块钱，五十块钱信息费，五十块钱换煤保证金。

听他说完，围在周围的司机就七嘴八舌地说，你本来就提矿上运费着哩，我们给你拉煤就是给你帮忙，怎么还要给你出信息费，这叫什么事啊？还有人说，车厢上都贴着封条哩，谁还敢换煤？再说，要是想换，五十块钱算个啥？五百块钱都不在话下！……

大家说完，都看着李广震。李广震不让车上磅，也不说话。有人等不及，就从兜里掏出一百块钱给他，他就让小潘收了，在面前的票本上撕一份一式三联的提煤单，记了单号和车号通知上磅除皮，并交代卸煤煤场的行走路线。围观的人看有人开了头，也就嘟嘟囔囔地交了钱。要是不拉，还得空车返回去，更划不来。

也有营业员亲戚朋友的车辆来拉煤，他们隔着铁栅栏给李广震说一声，李广震就一笑，手一摆，示意小潘撕煤单让车直接除皮。小潘眼前除了本子、计算器和提煤单，还有一瓶糨糊和一沓毛笔写的封条，封条上的"鲁家河矿业公司某年某月某日"是他趁不忙的时候写的，横不平，竖也不直。重车过完磅，他就用插在糨糊瓶里的筷子蘸了糨糊抹到封条上，出去在车厢能打开的门子上转着贴一圈。

小潘运作顺当后，李广震就大半天不见人影。即使有时来营业室，也是让开票员帮忙在汇总表上查当日的吨位和账簿上他名下的余煤，或者是趴在工作台上翻看小潘发出去的提煤单和记的车号。他硕大的光头俯在铁栅栏外的台子上，手里攥着圆珠笔圈圈点点，他握笔的姿势一点儿都不规范，像握毛笔字的姿势，营业室的人都惊讶这么个握笔姿势能写出字吗？凑过去看，笔画不少，甚至笔顺都是正确的，大家就惊讶不已，一人撕一张合同煤汇总本上的纸争相效仿起来。

大家在凑过去看的时候，陈荷就装模作样在抽屉里翻腾，其实她纯属没事找事，只是用乱翻来证明自己很忙，根本没有闲工夫去凑这个热闹，而实际是为了躲开和这个人尴尬的近距离接触。李广震不抬头，手一边在纸上动着，嘴里和大家开着俗套的玩笑，在翻页的时候却总是有意无意地瞄一眼陈荷。

初八这天，陈荷正在上班，她看见李果元掀开门帘走了进来，脸上就挤出一丝生硬的笑容。李果元把一根烟撂进铁栅栏，和营业室里边的人打着招呼，等票开好，接过递出来的票转身要走时，目光却迅速地扫了陈荷一眼。陈荷感到那目光里简直要喷出火来，就赶紧低了头，不敢和他的眼睛对视。

正月十一是李广震发煤的最后一天，这一天却出了事。周董在沟口的一个挂着"高价收煤、收油"牌子的收购点，看到贴着"鲁家河矿业公司"封条的拉煤车停在路边，司机正站在车顶一锨一锨地往地上铲煤，底下站着的一个男人还数着数。司机铲了二十多锨才停，捂了篷布下了车，却从男人手里接过一百块钱上车扬长而去。周董气不打一处来，就铁了心要跟下去看个究竟，谁知道那车又在国道边的一家煤场停了，先过了磅，接着就有煤场的人上前撕了车厢后边的封条，自卸一打，整个车厢的煤就卸在了煤场，接着就有铲车从旁边煤堆上铲两铲煤过来装上车，最后又从刚卸下的煤堆上铲着将车补满，装完了，竟然有人出来给车贴上新的封条！等车走远了，周董开车跟了上去，在堵车时他特意下车看了看，贴上去的封条上竟然还有矿销售科的印章！

周董拨通了朱科长电话，骂了个狗血喷头。周董问，谁给了司机这么大胆子？你说你卖个十几二十锨，够你吃顿饭抽包烟也就罢了，你还敢换成矸石粉？还有，销售科的章子都能在煤场的封条上，你说，那章子到底是咋回事？你是不是和那个李广震里外勾结着哩？你给我听着，从现在开始，赶紧给我把李广震的运煤车停了。就是堆在煤场自燃了，也比变成矸石粉风化了强！

朱科长听完哪敢怠慢？第一时间电话通知营业室停了磅上正过的车，并打电话和李广震联系。几乎与此同时，办公室、财务科和保卫科紧急组成的调查组已开车直奔转存的煤场。周董下达了命令，扣押换煤的那辆拉煤车，对于前几日运达的煤不定点采样送检，和矿上的化验报告比对，看其中偷天换日的到底有多少！

闻讯赶来的李广震像热锅上的蚂蚁急得团团转。他只在第一天联系过十几辆车，后边的都是司机一传十十传百后闻讯而来的，而他从来就没想过这里边会出事，再说就是出了事，本子上记的车号也能查出车辆信息，所以不管是哪儿的车，只要交了一百块钱费用都可以过磅装煤。他看着小潘记的车号，猜测着会是哪辆车上的人干了这么缺德的事。每个人都有嫌疑，每个人却都一一被否定。

煤炭形势好了，像煤炭调运信息部、高价收油收煤这些特殊的事物就应运而生。煤炭调运信息部有自己独立的办公室，有专门打印磅单的电脑和针式打印机，电脑里有各矿的票样模板，无论司机提供的是哪个矿的过磅单，他们都会打印出除了吨位不同其他完全一样的过磅单来，他们甚至印制了各矿的提煤单。而煤检票就相对麻烦一些，这事总得想个解决的办法，就有人处心积虑地拉收费员下水，在开票的时候要么直接在客户联上增开几百公斤，要么干脆撕一张空白票据下来……天哪，没想到一个小小的煤炭调运信息部竟隐藏着这么多鲜为人知的内幕。

还有收煤收油的收购点，都是找一处宽敞的路面，或者干脆在山路拐角处，木板或者硬纸板上写几个"收煤收油"的字往边一靠就开了张。弹性大的就是卖煤。卖十几锹煤，快到煤场的时候找一家加水点，高压喷头对着车顶一喷，这样，到了煤场过磅的时候保准只多不少。相比而言，卖煤的情况会多一些。水至清则无鱼，所以像司机，包括他们这些发煤的对此都见怪不怪，但谁知道，偏偏让周董碰上了！更过分的是，那家伙不光卖煤，还跑去换煤！

李广震虽忧心忡忡，却也纳闷。就在营业室嘀咕：奇了怪了，那煤场那么偏，怎么就那么巧能让周董看见？再说，周董跑那边干吗去了？他即使要走也应该是高速，而不是这坎坷不平的老国道啊！

李广震嘀咕的时候，陈荷就直直地盯着眼前墙上贴的"鲁家河矿管理人员通讯录"发呆。蓦地，她一激灵，不由得直起了身子，凑近去看，没错，通讯录第一行就写着周董的姓名和电话号码。对了，她想起李果元那天在营业室曾照着墙上的通讯录抄过一个号码。虽然她手里不停地在忙活着，但李果元每一个细微的眼神每一个细小的动作她都观察得清清楚楚。

难道说是李果元给周董打了小报告？不，不，不，李果元才不是那样的人。如果不是他，那么他抄的那一串号码又是谁的？在他抄完号码没几天，周董就在老国道经历了一场"奇遇"，这又该做何解释？

好吧，就算打小报告那事真是他干的，他也是为了她陈荷好。祸端是她惹下的，因此而导致的后果都应该是她承担，千不该万不该也不该把他牵扯进来。但，也许，也许他李果元根本就没干过这事。

奇怪，这事要说是李果元干的也合乎情理，要说不是他干的也有充足的理由，陈荷自己都矛盾了。外界的谣传倒是不少，但没有人来验证的谣传终归是谣传，只能作为茶余饭后的谈资，对于李广震的尴尬处境根本就不顶用。

三十一

矿上的调查组接着就反馈回来信息，接收的煤场并没有见到周董说的那辆车！

怎么可能？！周董在电话里大发雷霆，就把那车的颜色、车型、车号，甚至驾驶员的体貌特征又重复了一遍。营业室几个人就在过磅单上查那个车号，还没查到，小潘却在自己的本子上找到了那个车号和司机的联系号码，电话打过去，听筒中却提示"对不起，你所拨打的号码是空号"，几个人彻底傻眼了，接着就有人建议去煤检组的监控室调磅上的监控，看能不能从监控里找到些蛛丝马迹。监控上确有这辆车，前边的号牌清晰可见。但驾驶座上的司机却戴一副墨镜，几个人就从记忆中搜寻戴墨镜的司机，却愣是没结果。这里的监控看不出问题，有人就提出看营业室内部的监控，但监控一打开就反应过来那监控头只对着铁栅栏里边的工作区，外边的大厅根本就没在监控范围之内。事情发展到这儿，好像进了一条死胡同，几个人就盯着眼前的显示屏一筹莫展。

"哎，你们看，这车牌有些奇怪哩！"李伟强说，让监控员把监控倒回到除皮那个时间，定格。

"咋啦？""哪奇怪了？"……几个人都纳闷，却看不出问题。

"你们看。"李伟强指着车牌说，"这车这么脏，但车牌却这么干净！"

大家就凑上去仔细端详。整个车体看起来好长时间没清洗，而车前明晃晃的车牌却亮得耀眼，和脏乎乎的车头极不相称。

这一切，只能说明这号牌是新换上去的！李广震就给在车管所的同学打电话查证，果不其然，在册的这辆车是核载三十吨的蓝色前四后八，而监控上显示的却是核载二十吨的橘黄色自卸。大家在短暂的惊愕过后随即就反应过来这是一辆套牌车，但这还不是重点，重点是那人接下来所说的话。那人听李广震说明情况，说："就这个号啊？那我劝你还是别找了，这车主几天前申请办理过车牌遗失补办业务。"

"车牌丢了？"李广震问，才舒展的眉头又拧在了一起。

"嗯！"话筒那边简短地应了一声，电话就挂断了。

事情变得扑朔迷离起来！

开车的是谁？为什么要这么干？煤拉去了哪里？是对手恶意报

复还是钻空子卖煤套现？……看这情况，钻空子卖煤的概率要大一些，二十一吨多，按合同价算都差不多七八千。说到这，朱科长就说李广震，当初就应该你打电话通知熟悉可靠的车，而不是图省事见交钱就发票，你以为一百块钱就能让他们安生了？说完李广震又转头说小潘，司机报出来的手机号你都不打过去确认一下，只会像机器人一样在本子上照抄，不确认，像今天给你来个空号，你本子上抄得再多也是没用。小潘红着脸一个劲儿地点头。李广震从来没跟他交代过还要确认手机号，他也没想到会出这样的问题。

朱科长问李广震有没有那家煤场的电话，能不能从煤场负责人那儿找到些线索。李广震就在电话本上翻，翻到了打过去却毫无收获——煤场说确实来过这么一辆车，换过两铲煤也是不假，但车号就是那么个车号，司机也没有明显的体貌特征，再说整天来往的车多了，实在记不住这么一个普通的人。所有的线索到这都断了！

几个人去煤检组看监控的时候已临近下班，陈荷忙着做汇总没有去，心里却惴惴不安。她害怕大家得到的结果就是她心里猜测的那个答案。如果真是那样，那她竭尽全力要遮掩的丑闻就要暴露在大庭广众之下接受道德的审判，再经过流言蜚语的发酵最终让她颜面扫地。她相信这样的结果也不是李果元愿意看见的，只是到那时，谁都没有驾驭世事的能力，李果元没有，神通广大的李广震没有，她陈荷就更没有！

还好，那个人不是李果元，陈荷心里悬着的一块石头总算落了地。人的心理就是这么奇怪，现在陈荷却打心眼里希望那事真是李果元干的，即使他没干也是参与了的。陈荷自己都说不清楚这么奇怪的心理究竟从何而来，但她就想是这样，而且觉得也应该是这样！

二十一吨煤就这么不翼而飞，怪只怪李广震在车辆来源上把关不严，也怪小潘在信息确认上执行不力，为此结果买单的只能是李广震，也只有李广震！

虽说周董的亲眼所见经过一番折腾成了子虚乌有的事，但周董提出对煤场煤种不定点取样送检的任务却并没取消。往日要是煤往对方煤场一卸，就意味着这笔交易结束，接下来的一切问题都是买方的问题了。可是这次是转存，煤还是矿上的煤，可煤检组的收费员已按吨位提取了相关费用，也就是说煤还没有卖出去，矿上已为此支付了一笔不菲的费用。现在只盼着能遇个好客户卖个好价钱，而任何一个客户在考察时都要仔细查验煤质化验报告，有细心的客户还会选了煤样自己送检。灰分、含硫量、发热量……一项都不能少。

在等待检测站出具化验报告的日子里，李广震一颗心都提到了嗓子眼。那一车煤丢就丢了，七千多块钱他也认了，大不了这次少赚一些，但要是前边运过去的有问题，近两万吨煤，对他来说那可是要倾家荡产的！他就不住地在心里念叨"天灵灵，地灵灵……"希望神灵能保佑自己平安无事。

化验报告显示送检的煤样有四处，但不知道是取样的人偷了懒还是煤质本来如此，有两处化验报告竟然是一模一样的。合并雷同的结果后，四种煤样就有了三种结果，两正一负。谁都知道，这是以矿上新出具的化验报告为参照得出的。

谢天谢地！听到这样的结果，李广震心里的石头总算落了地。同样如释重负的还有朱科长，毕竟让李广震负责外运是他给领导建议的，要是化验真有问题，不光李广震，他朱科长脸上也没有面子！

对于结果雷同这种概率极小的巧合，胡主任心里却纳闷不已。煤样是他和魏科长提取并送检的，当初取的样明明只有三种，为什么提交的却会有四种？他仔细看过雷同的那两份化验单，一份上的取样地点他们并没有去过，到底是化验员操作失误还是有人暗地里做了手脚，没有人追究，他也就多一事不如少一事，装傻！

三十二

换煤风波平息了，日子又回到了当初平淡的周而复始。

这天一早，去锅炉房打热水的细心人发现，皮卡车不在院子！

矿上交通不便，煤矿是生产单位，又是极易发生事故的单位，所以皮卡车就作为矿上应急用车随时待命。但今天，皮卡车竟然不在院子，难道是昨晚出事了？不知是谁先提出这一猜测，接着就有人附和，对着哩，大概凌晨三点多吧，听见有人敲职工医院张院长的门，院子还有人聒噪，好像说胡主任怎么了，还听见发车，后来就没声了。不对呀，听的人就提出质疑，这几天就没见胡主任嘛，他能怎么了？

这些零散的细节一点一点拼成一个推断，昨晚真的出事了。而稍后在灶上吃饭时，这个推断就从办公室小林口里得到了证实，胡主任突发急病被送往县医院救治。

"胡主任这几天不是不在吗?"有人问。

"昨晚回来了，洗澡时滑倒，胳膊摔伤了!"车归办公室管，谁要是用车，小林先给开张派车单，本人拿去领导那审批，完了才能发车，她说的肯定是真的。

大家就嘴里念叨:也是该倒霉，洗个澡都能把胳膊摔骨折了。多亏没大问题，找个接骨匠把骨头接上，再养一段时间就好了。

只是稍后，同去的张院长就打电话回来，说县医院以病重为由不收治，建议转到市里的大医院去。要转院，那在财务上借的五千块钱肯定不够，还得拿钱。

啊？不是说胳膊疼吗？堂堂一家县级医院怎么连一条胳膊都治不好？郭总嘀咕完了，对着话筒说，那得转嘛，治病要紧。你在那看着，叫虎子回来取钱！郭总挂了张院长的电话，想着要去市医院，就不是三千五千的事了，他就给周董打过去汇报情况，周董听完，说："先在财务上给借两万，不够了再补，病总得看！"

皮卡车第二天晚上才回来，司机虎子一下车就去了郭总办公室汇报。

难怪县医院不收治，胡主任根本不是胳膊骨折，而是颈椎骨折！

颈椎骨折还能胳膊疼？这还是第一次听说。要真是，那可是会瘫痪的，太吓人了。不过，更吓人的还在后边呢，光医院预算出来的治疗费就得六万！

这下，郭总可犯了难。六万，那可不是一个小数目，也不在他的职权范围之内，就打电话向周董汇报。听完郭总的话，周董却没头没脑地问了一个问题："我听说这几天胡主任休假不在矿上嘛，怎么昨晚就能在澡堂洗澡了？"

"这个我问过他，他说晚上回来的，大家都睡了，可是澡堂门却开着，就想去冲个澡，没想到地上的砖滑，一不留神就倒了。开始还没觉得怎么疼，回到房子睡一觉醒来，却感觉胳膊变得麻木了，慌了才来敲门。"郭总说。

"转院时家里去人了没？"周董问。

"去了。媳妇去了！"

"那就好。这样，你通知张院长撤回来，咱医院没人不行！"周董没说接下来那四万块钱的治疗费到底给不给，却这样叮咛郭总。

张院长回了矿，胡主任躺在床上动弹不得，家里的孩子还不能独当一面，媳妇既要全天候陪护，又要筹措治疗费用，女人六神无主，又分身乏术，急得像热锅上的蚂蚁。后来不知谁给出了主意，就整天抓了胡主任手机接二连三地给周董打电话，周董烦不胜烦，勉强同意再借两万给胡主任，两万元以外的缺口让家属自己想办法。那两万元到位后，主任媳妇也不再催，添了娘家哥送来的两万凑齐了治疗费，接下来就等着医院安排手术。

大家在灶上吃饭的时候说起这事就发感叹说，老板也是小气鬼一个，一年挣几百万哩，两万块钱都舍不得，把钱看得比人命都重，再说这钱声明是借的，又不是免费的。你前边刚跟人说过"不够了再补"，一转身就不承认了，翻脸比翻书都快。

话的余音还没有散去，周董这边就不消停起来。周董说，胡主任当晚根本就没在澡堂洗澡，而是凌晨两点多才被一辆出租车送到上边路上，自己下车走回大院的，那时一只胳膊就是吊着的。

这下大家都明白周董为什么会有那么自相矛盾的行为了。大家在感叹世风日下人心不古的同时就觉得那么编派周董貌似有点儿过分。内疚完了，每个人就努力想成为新一代的矿山版福尔摩斯。周董说胡主任回矿的时候是两点多，而他敲郭总门的时候是三点多一点儿，也就是说胡主任说的"洗完澡还睡了一觉"的说法从时间上来说根本就不成立。如果他刚一进澡堂就滑倒也说不过去，干地板怎么能滑倒人呢？即使当晚有人洗过地上有水，在他洗的时候都几个小时以后了，经过几个小时取暖灯的照射早都干了。如果胡主任真的洗过澡，那他头发上的定型摩丝为什么没有被洗掉？难道他半夜洗完澡还要"当窗理鬓发对镜打摩丝"？

周董平时不在矿上长住，而且事发当晚并不在矿上。那这个情况到底是谁跟周董汇报的，周董没说，也没人敢问。周董在办公室把桌子拍得震天响，对于胡主任这一嫁祸于矿的行为恨得咬牙切齿。这可是个敏感的话题，再说没有经过考证，谁都不能评判事实到底是不是如此，大家也不好发表意见，所以眼看围着会议桌坐了一圈人，却都三缄其口。

周董看大家都不说话，就更生气了。环视了整个圆桌上的脸一圈，说："都把矿当成啥了？当成唐僧肉了？转个煤都能弄得乌烟瘴气！你们都口口声声跟我说转出去的煤没问题，没问题和煤老板吃的啥饭？老朱、老魏，你俩谁敢跟我拍着胸脯保证咱转出去那两万吨煤没问题？谁？老朱，销售科印章怎么就能在煤场的封条上？你查的结果呢？"

大家都盯着朱科长和魏科长，两个人一下子脸红到了脖子根。特别是朱科长，没料到周董会有这一问，支支吾吾半天憋不出一个字来。大家才恍然大悟：这两个人还有胡主任，三个人都是当初去煤场检查煤质的工作组成员！

大家也纳闷，财务科长也是工作组成员，董事长为啥不点他的名？就把视线挪过去看他，他挺直身板端坐着，目不斜视。

三周以后，胡主任出院了。早在出院前几天他就通知虎子开车来市里接他出院回矿，虽说他平常主管车辆，但这段时间虎子也看到了矿上对他的不待见，嘴上应着，挂了电话却去找郭总。郭总照例跟周董商议，商议结果是皮卡车不能去。不去就不去，胡主任自有胡主任的办法，找了上次承包煤场围墙的小包工头的车接他回了矿。他一下车，整个大院的气氛就变得微妙起来，在门口站着说话的人散了，路过的人只是脸上浮一个客气的让他陌生的笑容算作打招呼，这让送他回来的小包工头很是尴尬，卸下后备厢里的东西，连进他房子坐的意思都没有，就钻进驾驶室一溜烟跑没影了。

不知道是胡主任没感觉到这种疏离，还是他装作不知道，他将从医院带回来的保健品、食品和水果分给大家尝，大家都客气地接了，脸上的表情却很不自然。他在饭桌上和大家谈笑风生，在水房和洗衣服的女工开不合时宜的玩笑。他脖子上戴着护颈支架，转身的时候就得整个身子跟着转，大家就送了他一个外号：连轴转。大家看起来都一团和气，但以后有办公室负责的事领导也不喊他了，直接安排给其他科室去办，他也不计较，就这样过一天算一天。

一月后矿上开工资，胡主任却只领到了六百块。追问出纳未果，就跑到周董那讨说法，周董料定他会来，就停了手中正改的文件，抬眼看着他等他说话。

那时他已去掉了护颈支架，但还是挺直着脖子，小心翼翼地转动着硕大的脑袋，望着周董说："你说我拖着个病身子，还起早贪黑跑前跑后地忙，你咋只给我发这么一点儿？连基本工资都没发够！"

周董往椅背上一靠，也有话说："你看看盘煤工宿舍新砌的那墙，手一抠水泥就往下掉，这样的房子人敢住吗？还有灶上，两个女人为了争风吃醋竟大打出手，灶停了不说，竟然连锅都砸了。乱七八糟的都是些啥吗？你自己说，你弄成这样也能叫工作？你在这养伤，我还给你开生活费，我都没喊冤，你自己倒觉得冤了？"

周董的话噎得他一句话都说不上来，他知道再说什么周董都不会信，便不再辩解，转过身出了办公室。

当天下午，还是那个小包工头的车送胡主任回了家。胡主任走了，当初借矿上那四万块钱的治疗费就成了讨不回来的坏账，直至下届董事会入矿，财务科交接的账目里还赫然有胡主任的借款单！

三十三

日子啊，一忙起来就感觉特别快。还没有仔细看看漫山遍野的桃红李白，指肚大的青杏便酸涩了甜蜜的记忆。

　　这一天，李广震来了，带了辆车来提煤。自从上次换煤风波后，他再也没来过矿上。大家闲谈时一提到他，有人就会叹息：这谁也忒狠了，下这么重的手！也有人说，种什么因得什么果，肯定是他没积下德。话没说完，有人就插话说，看那人的作为，不像麻糜不分的人呀，怎么会惹火烧身？还有人不屑地撇撇嘴说，都说世上最远的莫过于人心，虽说隔着薄薄一层肚皮，可你能知道谁心里是咋想的？要有七十二变的本事，就跳进肚子看个清楚，可自古到今，有这本事的也只是电视上的大圣爷！话一说完，大家就笑，笑完了话题也就转了。现在见他来了，就热情地和他打着招呼，他以同样的热情应着，撕下一张票递给旁边等着的司机，司机接过，出门去煤场装煤，他就俯在台子上，和里边上班的人说起话来。

　　"上次那事最后查出来是谁干的？"李伟强问他。

　　"哪个事？"他问，接着才反应过来，"哦，你说换煤那事啊？唉，快甭提了，人都丢死了。从我十五岁出门到现在，多大的风浪没见过？哪儿能想到却在一个水窝窝栽得头破血流。"

　　"那你就自己认了？"李伟强接着问。

　　"认嘛，不认有啥办法？我又不能凭空逮一个替死鬼。算了，不说这个了，抽烟！"说着，从裤兜里掏出烟盒，抽出两支分别撂给里边的李伟强和煤检处的收费员，自己也点了一支，狠狠地吸了一口，就歪着脑袋盯着眼前悠悠上升的烟圈出神，营业室暂时都没了话。

　　电话铃声响起，李伟强转过身去接，一接就把话筒往陈荷这边递："小荷，找你的！"

　　陈荷接过电话，办公室文员小林在电话里问她："陈姐，咱煤场是不是有个盘煤工叫赵六斤？"

　　"对呀，咋啦？"陈荷问。

"镇派出所打电话说他们在执法的时候逮了个人，那人说是咱鲁家河矿的盘煤工，还说叫赵六斤，派出所打电话过来证实。我打煤场电话，可是没人接，就想起你在煤场待过，可能知道。姐，那我挂了，派出所还等着我回电话呢！"小林说完就挂了，陈荷在这边"哎"了几声都没听见。

陈荷顾不上回答李伟强和苏紫燕的问话，就直接出门去办公室找小林。

"小林，派出所没说是因为啥抓的人？"陈荷一进门就问小林。小林在一个本子上写着什么。

"没说，我想着这是办案，也没敢问。"小林说。

"再没说啥吗？"陈荷问小林，又嘀咕，"那么老实的一个人，能干出啥违法乱纪的事来？"

"说要交一千块钱罚款，款交了才能放人！"小林放了手里的笔，拿起本子说，"姐，你稍等一会儿，我去跟郭总汇报！"

陈荷"嗯"了一声，接着就反应过来小林说的"汇报"就是赵六斤被抓这事，赶紧抓了小林胳膊说："等等！"

小林回过头，惊讶地看着她。

"小林，是不是只要交罚款就能把他领回来？"陈荷问。

"派出所没说，我想应该是。怎么了？"

"能被派出所抓肯定没干好事，要是传出去他以后怎么在矿上干活呀？弄不好要开除的。这事你先甭叫郭总知道，我先找个人去派出所打听打听，要是交罚款能把人领回来就领回来，要是必须矿上出面你再报告郭总好不？"陈荷和小林商量。

"姐，那不敢时间太长！"小林叮咛。

"不会，赶下班！"陈荷说完，急匆匆走出办公室，去煤场找鲁会娟和王捉娃商量。

陈荷在渣煤溜子底没找见鲁会娟，却看见王捉娃坐在锨把上抽烟。顾不上和他打招呼，直接拽了他的胳膊就回房子，一边走一边把赵六斤被抓的事说给他听，还要王捉娃骑摩托车去派出所看看情况。

"这家伙，就说好几天不见了，以为家里有事，谁知道跑镇上胡成去了？还叫派出所给抓了进去，他又不会打麻将，能干个啥坏事呢？"进了门，王捉娃扯过铁丝上的黑毛巾撂进脸盆里洗脸，嘴里的话却没停，"去看能成，可是目前手头没有那么多钱，我只有一百多一点儿，这点钱也领不出来人呀！"

"我这还有五百，你一会儿拿上。去了再跟派出所好好磨磨，看能不能少罚些！"陈荷要出门了还回头交代，"你快一点儿，磨蹭晚了小林就给郭总汇报了！"

"知道！"王捉娃转过脸应她。

陈荷回营业室已快到下班时间，李广震已经走了，接班的胡玉爱也来了，她就直接做汇总下班。下班后就去王捉娃回来的必经之路上徘徊，焦急地等待。要是王捉娃在五点多回不来，下班前小林就必须把情况向郭总汇报。

陈荷终于看到王捉娃的摩托车转过山根那个弯在她眼前慢慢停了下来，她凑上前，目光掠过王捉娃戴着头盔的脸，又去看后座上的赵六斤，赵六斤却赶紧转过头去。

稍后她就明白过来，赵六斤不敢正眼看她并不是她以为的欠了自己人情不好意思，而是为自己被抓的原因羞愧。

镇派出所晚上突击检查辖区的理发店，在一家既没营业执照又没有任何理发工具的理发店内隔间的小床上逮住了赤身裸体的一男一女，男的就是赵六斤。他被抓的原因不是偷盗，也不是赌博，而是嫖娼！

"多亏没叫矿上去，矿上要是去，那人就丢大了！"王捉娃说，又转过头训赵六斤，"吴宝霞好是好，那就不是你这货架上摆的货嘛。离了就离了，物色一个合适的凑合着也能过。给你说了多少遍你都不听，却跑去弄这丢人事，我可跟你说，我就领你这一次，下次要是再叫逮进去了，谁爱领谁领，反正我是不管了！"

"你俩离了？"陈荷知道他们关系不好，但没想到两个人会真离。

"她兜里揣着农药瓶子闹着要跟我离。要是真出了人命可怎么弄？还是叫人家逃个活命吧，就离了！"赵六斤黯然神伤。

"你呀，就是个瓜熊！她只不过是吓你的，你以为她真舍得去死？要是我才不离，活着是我的人，就是死也得是我家的鬼。毛病都是惯出来的！"王捉娃说。

赵六斤"唉"了一声，再不说话。

"捉娃，罚款交了多少？"陈荷小心翼翼地转换了话题。

"好话说了一大堆，罚款才磨到五百块！"王捉娃回答了陈荷的问话，又转过头对着赵六斤说，"把陈荷生活费都给你交罚款了，看你怎么谢人呀！"

赵六斤蹲在路边，像霜打了的茄子蔫巴巴地，听见王捉娃这样说，抬眼扫了陈荷一眼说："要谢的，你俩都要谢的！"

"谢个屁！谁指望你谢？你说上次在矿部后边……"王捉娃说了一半却不说了，因为赵六斤一边偷看陈荷一边冲他又是摇头又是摆手。

"矿部后边咋了？"陈荷问。

两个人却都不说话。

她想起赵六斤的菜地，想起他说的在鲁家河上搭的那座能去矿部大院的独木桥。矿部大院，大院围墙……厕所！这些字眼在陈荷眼前一闪而过，脑海中又想起那个李强娃说的手耙，天哪！她难以置信地盯着赵六斤，问："难道，难道女厕所后面那个人影，是你？"她希望赵六斤给她一个否定的回答。

"不不不，你别听捉娃瞎说！"赵六斤站了起来，慌乱地解释，又怕陈荷不信，就转过头抓着王捉娃的胳膊说，"捉娃，你赶紧跟陈荷说不是我，真不是我！"

"不是？那你要是被人逮住打死了，我还能说这个死人我认不得吗？"王捉娃的话音刚落，赵六斤就无力地坐在了地上。

果然是他，真的是他！

陈荷狠狠地跺了跺脚，瞪了他一眼转身离去。

走在回宿舍的路上，陈荷百感交集。都说可怜之人必有可恨之处，那么，对于赵六斤来说，到底是婚姻可怜造成了行为可恨？还是行为可恨导致了婚姻可怜？生活的画笔给每个人都涂抹上了自己不喜欢的色彩，她不知道她心里爱和亲近的这些人为什么要一个一个地变坏？那么，自己是不是也变坏了，只是她没察觉而已？

陈荷一进医院大门，就看见李果元提着超市沉甸甸的购物袋站在宿舍门口。特殊时刻，这个熟悉的背影让陈荷有了大哭一场的冲动。当年，李果元曾不止一次地在信纸上给她描绘过他俩步入婚姻殿堂的每一个细节，她也沉浸在美好的恋情里无法自拔……然而，就在李果元托村里的表爷去她家提亲时，却被她爸客气又坚决地拒绝了。两家离得太近，所以对于家长的态度，两个人已经有了一点儿隐隐约约的担忧，但没想到会是这么坚决地反对。时隔这么多年，陈荷还能清楚地记得那天下午她和爸通话的每一个细节。那天一下班，她工作服都没来得及换就直奔宿舍楼门口的公用电话亭，她要亲口问问爸执意要拆散他俩的理由。可是，等她在这边连珠炮一样提出她的问题，爸在那边沉默了良久，才一字一顿地说："你甭问了，那事根本就成不得！"

"为啥？"陈荷还要问，话筒中便传来嘟嘟嘟的忙音。她跺了跺脚，又接着拨了过去——她知道她爸没走远。果不其然，电话响了一会儿，她爸的声音就从话筒中传了过来。这次不等陈荷问话，她爸说："你属羊，果元也属羊。我找人算过，两个属羊的在一起，一生都多灾多难，我和你妈不能眼睁睁看着你往火坑里跳，所以那事你就甭想了！"

"啥呀？那是迷信，迷信你们都信？"陈荷追问。

"关乎你一生的大事，不信也得信。你就死了这条心吧，除非我和你妈死了！"她爸说完，也不等她说话直接就挂了。

"爸——"陈荷喊了一声，靠在门房的砖墙上，泪如泉涌……

在嫁不嫁李果元这个问题上，陈荷的一哭二闹三上吊一点儿用都没有。看来爸和妈这次是吃了秤砣铁了心了，陈荷看看无望，也就不折腾了，一把火烧了他们往来的所有信件和照片，而她倒纸灰回来的时候，就接到李果元发来的要来见她的电报，可是这次，却和以往任何一次会面都迥然不同。

陈荷带去见李果元的高个子男孩是修理车间的工人，也是爸托干爸给她介绍的对象。这样，两个年轻人的恋爱就以陈荷家长的坚决反对而黯然收场。陈荷和那个男孩订婚了，男孩不属羊，但却没能给属羊的陈荷一个完整的婚姻。李果元家里最终还是知道了陈荷爸说的"同属羊不能婚配"的话，在给李果元找媳妇的问题上，不求个高，不求人漂亮，就是一定要属羊。李果元家境殷实，要找个媳妇当然不在话下，但双亲提了这么一个奇葩的要求，倒是为难了众多说媒的，难度是不小，但总有解决的办法。李果元家人终于给儿子找了一个属羊的姑娘，但这"两只羊"在一起并没有像陈荷爸说的那样"多灾多难"，而是在一团和气中把日子过得风生水起。起初，两家人见面也打招呼，但在心里却疏离着，后来陈荷离婚了，李家人就又记挂起这丫头小时的好，同情现在一个人带娃的恓惶，那些陈芝麻烂谷子的事也就不再提了。陈爸陈妈一看人家的小日子红红火火，明白自己当初的武断明显是害了自家姑娘，就在心里后悔着，每遇到陈荷提说此事，就赶紧岔开话题搪塞过去……

往事如烟似梦，转眼岁月匆匆。现在，这个男人就站在自己面前，可是她却觉得他们离得那么远。一看到他手里的购物袋，陈荷心里就联想起沙漠中忍辱负重的骆驼，想着这个男人这么长时间对自己的呵护和隐忍，心就疼得揪起来。她疾步走上去，在李果元前边打开了门，等他跟在后边进门，却伸出双臂，紧紧地抱住了他。

她这一强抱显然吓住了没有任何心理准备的李果元，他正把购物袋往桌上放，手还没有离开袋子的提手，就以这个动作在她臂腕里定格。等反应过来，却扔了袋子，伸出胳膊箍住了她，越箍越紧，仿佛要把她挤压成相片贴在他怀里。双手在她背上漫无边际地游走，头俯下来，狠狠地吻住了她的唇，他的舌尖在她唇齿间游弋，淡淡的烟草味霸占了她的嗅觉，坚硬的胡楂扎在她脸上，扎得她的脸有一种甜蜜的疼痛，也在不经意间刺破了她心底蓬蓬勃勃疯长起来的欲望。像一盆凉水突然间兜头浇下，滚烫的身子就从头冰到脚。她一下子推开了他，迷离的眼神里却有读不懂的冰冷。他惊愕不已，却没说话，盯着她，一步一步往后退去，走到门口，一转身就闪出了陈荷的视线。

陈荷靠在门板上泪流满面，李果元媳妇那笑意盈盈的眉眼在她眼前清晰又模糊，模糊又清晰，那么善良的一个女人，她又怎么能夺走她稳稳的幸福？

三十四

鲁家河矿在上世纪八十年代初投产时只有一个井口，当时人们都叫一号井。时隔几年又新建成一个井口，自然而然就叫二号井，有了两个井口的鲁家河矿就更名为"鲁家河矿业公司"。直到前两年，县委、县政府招商引资，两个井口分别承包给私人经营技改，一号井也就是陈荷所在的井口仍被称为矿业公司，又称鲁家河一矿，大家为了叫着顺口则称鲁家河矿，二号井则被改为鲁家河二矿。

二矿出了事，这话是从燕子发屋传出来的。下井的工人一天意外地发现路边多了一间彩钢瓦活动板房，没过几天，天蓝色的外墙被刷成了粉红色。又过了几天，房子门前挂了一块写着"燕子发屋"的灯箱，路边的树上也绑上了同样的牌子，牌子双面都有字，字是用反光漆刷上去的，不管进矿的还是出矿的，车灯一照，牌子上的字就一扭一扭地钻到心里去。

一阵噼里啪啦的鞭炮声响过，只有一张桌子的燕子发屋就开张了！

燕子发屋从一开始装修就以其暧昧的色彩成了大家关注的焦点。等开了张，大家对它的特殊功能心知肚明，却想不出来只有一张桌子怎么运作。不几天就有话传出来，发屋在路对面的民房堆里租了一个独院，有人去发屋，交了钱就被带到那院子去了。院子里的情形是什么样，说的人不说，听的人也不好意思打问。倒是旁边小卖部的媳妇经常见染着红头发、衣着暴露的女子趿着拖鞋来买方便面、火腿肠和卫生纸。

没几天，衣着暴露的女子不见了。有人说是受不了这天天吃煤灰的环境，也有人说是标价太高，看的多买的少，生意惨淡所致。又过了几天，下中班的工人发现路边多了几个陌生的女性，她们有的烫了卷发，有的拉了直板。脸已不再年轻，厚厚的脂粉和猩红的嘴唇在灯的照射下让人联想到恐怖片里的女鬼。她们在路边转悠，不时从裤兜摸出一撮麻籽填进嘴里，嗑开的麻籽皮并不吐掉，而是在嘴唇上层层叠叠堆起来，若有人路过就吐了麻籽皮围上去搭讪拉生意。

第二天，"给碗炒面钱"就成了矿区茶余饭后的笑料，"请客吃炒面"也成了那些不甘寂寞的男人假借理发之名而行苟且之事的特指。

二矿出事的话就是这时传出来的。

井下主采区煤层冒顶，砸死了正在底下忙碌的一个工人。有生产就有伤亡，对于煤矿来说是避免不了的事，但出事后矿上为了躲开安全监督管理部门的巨额罚款就没有及时上报，却在第一时间将亡者转移回老家，并用高出规定赔偿金额两倍的赔偿金堵住了家属的嘴，事后还给当班同一工作面的工人开会，叮咛不管谁问都要一口咬定绝无此事，并给每人记了一个加班。

虽然矿上自以为做得天衣无缝，但还是有人在 QQ 上发出了"祭奠工友并感慨生命无常"的说说。不管什么东西，一插上网络的翅膀就会迸发出惊人的力量，二矿被瞒报的这起矿难就这么传开了。

说者也许无心，听者一定有意。各路媒体纷纷闻风而动，矿上不承认，当然不愿意提供亡者家属的联系方式，又找不到人证，到访记者对于道听途说的一个线索本来就没有抱太大希望，听办公室主任一解释也就无功而返。但也有那么一种人，进门一句话也不说，从公文包里掏出名片郑重其事地往桌上一放，一口接一口地品着茶，一根接一根地抽着招待烟，吃饱喝足，指头就敲着桌面问办公室主任：车子往返的油费矿上给报不报？主任就明白这些人来的目的并不是揭开事实的真相，也就放了心，从抽屉抽出一个牛皮纸信封递过去，客气地送来人出门。这些人一出门，就成了一顶一的义务宣传员。而接下来，闻讯而来的"记者"就像雨后的韭菜，割了一茬又长一茬。

本来这是二矿的事，和一矿没有一毛钱关系，能牵扯上一矿，因为两个矿都叫"鲁家河"，还有其处于矿区入口又紧临公路的地理位置。

外地人进了矿区，别看都是些不起眼的山，一样可以让你如坠云雾。空山不见人，但闻溜子响。好不容易看见路边有个"鲁家河矿业公司"，也不仔细甄别就直接进矿找办公室。要是办公室接待的人态度好招待周全，问清情况后说一声对不起就离开。要是接待的人爱理不理，那你就瞧好吧，先亮出真伪难辨的"记者证"给你点儿颜色瞧瞧，然后就去检查墙上各种证照，墙上这些证件要是没问题，不急，还有组织机构代码证、锅炉安全使用证，甚至取用水许可证等，那么多的证件，就不信你没有一本不合格的。大抵到这时候矿上也看出这些人是存心捣乱的，就先乱了阵脚，从财务科领几个牛皮纸信封给每人手里塞一个，来人便意犹未尽地收了记者证，拿捏着信封，出门坐上车扬长而去。这样日复一日，一矿深受其扰却也无可奈何。

这天，办公室来了一个约莫四十岁的男人，正在忙活的小林见状，赶紧停了手中的活计迎上去打招呼。男人不说自己姓甚名谁哪个单位因何而来，进门先逐一检查墙上挂的"六证"。检查完了，才拉开会议桌主席台的椅子坐定，把小林递过来的一次性茶杯挪到一边，从包里摸出一封打印的群众举报信和一份有关单位责令严查的红头文件摆在桌上，翻开一页盯着下画线的地方念给小林听，念完了就让小林去找主管领导。

他念的内容听得小林一头雾水，她想不到这些子虚乌有的情节到底从何而来，但文件上写得清清楚楚，她也不敢坚决否认，就小心翼翼地提出质疑："我们这没有发生你说的工亡事故，也没有瞒报。我们鲁家河有两个矿，你是不是走错了？"

"不会！我就是从鲁家河二矿过来的！"男人说完，往椅背上一靠，再不说话。

小林没法，只好转出门去找郭总。

郭总听完小林的汇报，转身从抽屉翻出一个照相机递给小林，交代小林一会儿找个角度给来人拍几张照片，又从桌上摸起手机，鼓捣了一会儿才跟着小林进了办公室。

郭总"热情"地和男人打了招呼，接过男人递过来的名片也不看，却说："来个自我介绍吧！"

男人就又把自己的姓名、单位、职务和此次来的目的重复了一遍。

在郭总和男人说话的当儿，小林找了一个自以为最佳的角度"咔嚓"一声按下了快门。

"你？你拍照干吗？"男人下意识地抬胳膊要挡，小林已经拍下了第二张。

"没事。这是例行收集影像资料！"郭总说，"你说我瞒报，我要说没有你也不信。那你想咋办？"

男人的眉头就跳了一下，环顾了一下四周，说："这个嘛，这儿也不方便说话。你看这马上也到吃饭的时候了，你找个吃饭的地方，咱坐下边吃边说！"

郭总转过头看了看小林手中的相机，把兜里的手机掏出来摆在桌上，屏幕上的录音功能还在继续。郭总看了男人一眼，换成冷冰冰的语气，说："小林，叫派出所给这位先生找个吃饭的地儿！"

男人脸上的表情立马就变了，屁股从椅子上抬起来，把桌上的文件往公文包里一塞，人就往外走，嘴里不住地说："不好意思，打扰了！"

郭总坐在椅子上，头也不回地说："远天远地地来了，怎么着也得吃顿饭呀，马上就开饭了！"

"不不不！你忙，我走了。"男人头摇得像拨浪鼓，一转出门就不见了。

十二点开饭的时候，这件事就在饭桌上传开了。大家都说，这几天来的人也忒多了，来了就看"六证"，看环评报告……这样老看下去，没有问题都会看出问题来。没想到今天郭总终于为大家出了一口恶气。

小林把筷子搁在吃完面的空碗上说："我上网查过，那个名字确实是那家网站西北地区的负责人！"

唉，世道坏了啊！大家就感叹，不干正事专搞邪门歪道，一只老鼠坏了一锅汤！还有人说，多亏郭总英明，要是上了饭桌，那家伙肯定会狮子大开口，那就讹你没商量。正把头俯在碟子边吸溜吸溜喝面汤的沈矿却担忧地说，不怕贼偷就怕贼惦记，他们这次没得到便宜，十有八九还会再来。给各部门特别是保卫科通知一下，要坚决杜绝陌生车辆和行人进入工业广场。

对对对！大家就附和，那些家伙一进工业广场，指不定会给你找出什么事来！

三十五

保卫科老根第三次清点完皮卡车厢里的雷管箱，确认还是十六箱后，他腿一软，瘫坐在分库门口的地上。司机虎子和总库库管员王举贤两个人你看看我，我看看你，脸色苍白。从总库里装车清点的时候明明是十八箱，可是现在却少了两箱。路上并没有停过车，也没有遇见过人，被偷是不可能的，那就只有一种解释：在转弯的时候箱子掉了下去，而坐在驾驶室里的他们三个都没有发现。

炸药雷管那可是涉爆物品，这还了得！

几个人也不敢卸车上的箱子，就拉着它原路返回。三双眼睛齐刷刷瞅着路边的草丛和水渠，可是都到了总库门口，别说雷管箱，就是雷管箱的影子都没有看到。几个人又进到总库，在出库记录本上再一次证实了雷管出库数量为十八箱，几个人意识到自己真的闯了大祸，不敢离开，也不敢拖延，就借总库的内线电话给魏科长汇报了这一情况。

此事非同小可！魏科长挂了电话，赶紧出门去向沈矿汇报。

沈矿一听魏科长汇报，脑子轰的一声就大了。炸药雷管属于危险物品，有严格的审批制度和管理使用制度，要是落到草丛或者水渠里还好说，要是落到坏人手里，那后果就不堪设想了。这事捂不住，得赶紧找郭总商量补救的办法。

郭总听了也是一惊，就紧急召集财务科、保卫科、销售科和办公室科级以上领导开会。会上安排销售科提供当天早班所有出入矿区的运煤车辆信息，保卫科全体保安兵分三路沿途寻找，看能不能找回来。

"这可是大事，要不要报警？"财务总监忧心忡忡地提醒郭总。

"一报警就严重了，先找，要是找不到再报警！"郭总说。他知道公安一介入，事情就复杂多了。心里也像吊了十五个水桶，只是暗自祈祷，千万千万别出什么事。

大家就领命而去，下午三点多就有好消息传来，保安从沟口路边加水点一辆车的驾驶室里找到了一箱雷管。

“你确认只有一箱吗?”魏科长焦灼地转着圈子。

“只有一箱!”电话那头说。

“那就问问跟他一块儿的人有没有见谁拾去另一个箱子!”魏科长在这边叮咛着。

那边挂了电话,这边他的手机还在手里拿着,就听见郭总在院子喊他。他忙不迭地挂了机,连声应着出了门向郭总走去。

有人把那箱雷管放在了县公安局的大门口!

光天化日之下,把一箱雷管放在公安局门口,这不是公然叫嚣是什么?好在每一发雷管都有编码,公安局用扫码器一扫,轻而易举就查出那雷管是鲁家河矿前段日子买进的。公安局的警车就一路拉着警报开进了鲁家河矿。来了就传唤有关责任人,保安老根、库管员王举贤和司机虎子都被传到办公室接受调查。几个人说来说去都是同样的情节,只是几个人对于那雷管箱怎么会出现在公安局门口也是丈二和尚摸不着头脑。雷管箱是在从总库转往分库的路上丢失的,路途中来往多的就是拉煤车,但拉煤车是不许进主城区的,所以不可能是拉煤车丢弃到公安局门口的,难道是有人故意为之?到底是哪个天杀的干的?

这时,有人就建议调看一下对面店铺门口的监控,去店铺问了半天,不是说监控坏了就是说拿监控室钥匙的人不在,折腾了半天还是无功而返。始作俑者没找到,但总得有人对这次丢失雷管的事负责。司机虎子要开车,一心不能二用,有照看箱子的义务但不应负责任,而且也没有迹象表明是转弯时车速过快才将箱子甩了出去;库管员王举贤负责给分库库管员交接,只限于库内交接,有照看箱子的责任,但不负主要责任。排查结束,负主要责任的,就只有负责押运的保安老根了。处理结果如下:矿方对易爆物品管理不严,处以五千元罚款,给予押运员秦春林十五天行政拘留。直到这时,大家才知道老根原名叫秦春林。也是合该老根倒霉，押个车都能押出十五天的行政拘留来。

真可谓福无双至祸不单行，老根还没有从拘留所出来，公安局的警车又一次开进了矿部大院。鲁家河矿让邻省的一家煤场给告了——从鲁家河矿煤场拉出去的末煤里又出现了三发雷管！

根据煤场提供的编码从总库到分库一路查下去，有五发雷管编码在入井领用单上，但在当班使用单上并没有记录，也就是说有五发雷管确实没用，这次在邻省的煤场出现了三发，还有两发哪里去了？

从领用雷管的放炮员那里才弄清了整个事件的来龙去脉。放炮员打眼放炮结束，将装有五发雷管的雷管箱随手放在身旁的煤车里就去附近的巷道小便，等小便完回来，煤车都不见了，哪还能找得到他的雷管箱？他提前升井，在煤场转悠了大半天，只在大块溜子底找到了敞开的雷管箱，里边空空如也。他吓坏了，也不敢声张，一有时间就在煤堆里拨拉，拨拉了两天，总算在煤堆里刨出来两发，他还想着找到后边几发，谁知道那三发已在邻省煤场被发现了。

放炮员从宿舍床底下取出了自己找回来的那两发雷管，并自觉上交了放炮器。但这事并没完，公安局现场查封了炸药总、分库，并出具了停产整改指令书，整改结束打报告验收，验收合格再拆封条恢复生产。

在封库后第五天，皮卡车把老根从拘留所接了出来。他一下车就冲门口站着的魏科长喊：“还难兄难弟哩，都没说给我送两个杠子馍！”

大家就说他，你在里边想吃吃，想睡睡，还不用上夜班，哪像我们还得熬夜打瞌睡，你还哼哼个什么劲？他就瞪大了眼，声音也调成了高八度，说：“既然这么好？你们咋没人愿意去？你们谁要是去了，甭说杠子馍，我天天请他吃炒面都没问题。"

"你这'炒面'可是好吃难消化哩！"大家从老根的话里就听出此"炒面"非彼"炒面"，有人就接了话茬说，"也不怕沙子硌坏了牙！"说完了大家就笑。

老根也瞅着大家笑。

一周后公安局拆了炸药库门上的封条，鲁家河矿验收合格终于恢复了生产。

几乎与此同时，公安局在处理一起车祸时，意外在事发车辆的行车记录仪中发现了公安局门口出现雷管箱当天的视频：一个男人从一辆挂着外地牌照的车上取下一个箱子，左顾右盼了一会儿，把箱子放在公安局门口就上车掉头而去。从箱子外形判断，就是后来把老根送进拘留所的那个雷管箱。

公安局打电话通知鲁家河矿来人辨认到底是谁嫁祸，郭总去了一看，车认不得，人却似曾相识。就用手机把视频中那人的脸拍了一张带回来给大院的人看，小林一看就喊起来："郭总，这就是那个西北地区的负责人嘛！"

"啊？你再仔细看看，真是他？"郭总脑子里也有个大概的轮廓，但不确定。

"不会错。你相机上还有我拍的照片，跟这个人一模一样！"小林强调。

"这样吧，咱这下是声音图像都有。"郭总交代，"在网站上查一下联系方式，举报他！"

"好的！"小林应着，就噼噼啪啪地敲键盘，接着又拨了个电话，说完了，转过头向郭总汇报，"郭总，那边说他们网站西北地区负责人是叫这么个名字，但那是个女的，还在休产假！"

"哦？！"这下轮到郭总意外了，"林子大了什么鸟都有。我只听说有人能给老鼠戴笼嘴，没想到有人给猴子都能钉掌！"

三十六

转眼就到了七八月份，雨季来了。今年的雨特别多，时而狂风暴雨，时而斜风细雨，下了半个多月还看不到一丝晴的迹象。好不容易盼到预报的一个晴天，可是太阳还没有从乌云中露出头，就被西边来的雨给浇熄了。

陈荷下了班没事就爱搬了椅子坐在宿舍门里看着外面发呆。雨点打在檐下的青砖上，溅得宿舍外墙湿了齐腰高的一圈。院子的松树被雨水冲刷得一尘不染。一转眼，落在青砖上的雨点就串成了急促的雨线，紧接着雾气就笼罩了过来，雨又大起来了。雨雾中只听轰隆一声响，对面不远处的山上，只见雨水挟裹着黄泥滚滚而下，泥流滚过，长着一棵树的那座山头就不见了，只剩下白花花的树根裸露着倒吊在垮塌下去的斜面上，接着就有轰隆隆的声响从不同的角度传过来涌进耳膜，平日里熟悉的山体就被这场透雨改变了原来的模样。

沈矿都记不清自己到底有几晚上没有睡过一个好觉了。从实行矿级领导入井带班制度后，上班时他在井下一钻就是八个小时，下班后还不得安生，时值汛期，矿区的安全又让他捏了一把汗。这些日子，每到晚上，他忙完手头的事后就穿了雨衣雨鞋，打着手电筒，叫上魏科长出门巡查。从矿部大院到保卫科门房，从营业室到煤场，从工业广场到职工宿舍……每一处都得仔细查看有没有险情。即使检查完回到宿舍他也不敢踏实地睡去，总在半醒半睡之间挨到天明。

这天晚上，沈矿刚迷迷糊糊睡过去，一阵急促的敲门声就吵醒了他。他一骨碌从床上翻身下来穿上鞋子就出了门——职业的特殊性使他已经习惯了和衣而眠。

煤场山体滑坡！垮下来的石头埋了煤场门房！！还埋了门房侧面停的三辆农用三轮车！！！

"里边有没有人？"听完站在灯影下的保安汇报，沈矿问。当时时间正是晚上十一点三十八分，天又下着雨，没事的人肯定都睡了。

"门房的保安和管理员陈师听见响动都跑出来了，就是不知道拉煤的那个娃在不在车里？"保安说，"天刚黑那会儿，娃还在门房说话来着，十点多就出去了。陈师跑出来后还去敲车玻璃，可是里边没人应声。陈师以为去商店看麻将了就没再喊，他刚跑到煤场中央，石头就砸了下来，门房和车就都不见了。听见响声的老冯出来，才说今晚就没有场子，大家这才想娃应该是在车里。"

保安话还没说完，沈矿就下了台阶冒雨往门口走，保安见状赶紧从脚下拾起仰躺着的雨伞跟了上去。穿戴整齐的郭总站在门口喊小林下来开办公室门，郭总这一喊，各个房子的灯就次第亮了起来，郭总看到小林开了门，就转身回屋，如果情况不妙，他得第一时间向各部门汇报。

煤场门房背后，山体上褐红的巨石像被一把利斧直直劈开，大大小小的石头狠狠地砸下来，往日熟悉的门房已难寻踪迹，只有迸溅出来的残砖断瓦才提醒人们这儿曾有一座房子存在。石头砸断了门房的线路，半个煤场就变得乌漆麻黑的，整个救援只有凭借溜筛上的微光照亮。雨水冲得人眼睛都睁不开，矿上临时调动的救援设备只有铲车，可是铲车对于这么大的巨石也是无可奈何。所以虽然每个人都知道时间就是生命，但整个救援过程却蜗行牛步进展缓慢。

直到凌晨两点十分，砸中车体的那块石头才被挪开，等拉开变形的驾驶室，大家不愿看到的一幕还是出现了，后边卧铺里面目全非的孩子已气息全无!

　　他要是知道这一睡去再也不会醒来,他会舍得闭上眼睛吗?要知道他还是个孩子!

　　凌晨四点,县级包抓领导和煤炭局、安监局各主管部门的车就开进了院子,一个紧急会议就在办公室的会议桌上召开了。县上的车安排妥当出了门,镇上的车才开进了院子。后来的镇党委书记在办公室把郭总和沈矿训斥得坐立难安。郭总只顾着给县级部门包抓领导和主管单位汇报,竟把镇这一级给忘了。直到接到政府办的电话,镇党委书记才知道自己辖区出了大事,而县上的人都来了,自己作为父母官竟然还不知情,这叫他情何以堪!郭总和沈矿也不争辩,就那样坐着,任他把桌子拍得震天响。电脑前忙着整理会议纪要的小林看到这情形却吓坏了,直到几年后在县上一次活动中见到他,在记忆中搜索的时候,脑海中涌现出来的就是这一晚这个人生气拍桌子的情景,而那时这人已荣升为县上某个部门的一把手。

　　这个夜晚显得特别漫长,天终于亮了。有关男孩的信息也一点一点明朗起来。男孩是邻县人,独子,十六岁,刚考上县城的重点高中。父亲平日里就从鲁家河矿装了大块去各镇贩卖。儿子以优异的成绩考上了县内的重点高中,为了给儿子攒足上大学的费用,父亲就用赚来的钱又买了一辆同样的三轮。这车煤装起出矿,另一辆就放在煤场排队,等这一车煤卖完返回,那一车就能装了。正值暑假,男孩在家闲得没事,就帮衬着父亲在矿上排队。同时排队的还有几辆车,但人家车上都是成年人,再说是阴雨天也不在车里待,车虽然毁了,人却逃过了一劫。就他,被死神带走了!

　　多年轻的生命,多可怜的孩子,还没有来得及坐进高一年级的教室,人就殁了,一想起就觉得心酸。但让人心酸的还不止这些,出了事,矿上却联系不到他的家人。他父亲电话关机打不通,矿上只好派人一个镇一个镇地去找，直到下午，才在一个镇街道的卖煤点找到他。下雨，车厢里的煤还没卖出一半。他还饿着肚子，准备卖完车厢里的煤才回家吃饭。

矿上的人不忍心跟他说明情况，就骗他，说他的车被一辆大车撞坏了，让他回来处理事，还告诉他要是大车司机跑了就得他本人负担维修费用。老实巴交的他也没多想，嘿嘿一笑，爬进驾驶室边发车边说："一个大小伙子连个车都看不住，就知道耍！"

男人把车厢里剩余的煤卸到场院里，就跟着矿上的人回到了煤场，一看到眼前的狼藉和莫名出现在眼前的亲友，一下子瘫软在驾驶座上。

为了避免家属进矿闹事，也为了不影响矿上正常的生产秩序，矿方成立了以生产副矿长为组长，财务科和保卫科为小组成员的事故处理小组，在县城宾馆租了房子专门协商赔偿事宜。经过一周时间的交涉协商，最终商定矿方付给男人十四万元的赔偿金，两家代表签订了事故处理协议，一个月后，一辆拖车拖走了那辆三轮车，这一起因自然灾害造成人员死亡的事故到这里总算尘埃落定。

大家再聚在一起聊天的时候就会长叹一声，说："谁能料到男人为了给娃攒学费买的车，到头来却把娃命送了。你说，他把一个大小伙子带出门，却拉了一副棺材回去，这给娃他妈咋交代呀？"

"你没听说吗？"人群中有人插话，"那屋没女人，就他爷儿俩！"

"怕处有鬼，绳从细处断，往后这日子可咋过呀？"说话的人话音未落，就看见张院长一手打着伞一手提着医疗箱和富旺相跟着出了门。

"雨这么大你还出诊？"就转过头问。

"富旺说娃一直哭闹，去给看看。"院长说。

"你媳妇生了？"大家都转过头去看富旺。

"生了！"富旺说，眉眼里全是笑意。

是啊，有生命离去就有生命到来，正如有鲜花凋谢就有鲜花盛开。生活并不因一个生命的离去就改变它的初衷，大家依旧日出而作日落而息。

三十七

一盒月饼就把中秋节带进了人们的视野，仿佛人的愁绪是专为过节而准备的。还有几天才过中秋，可是月圆人不圆的愁肠已凌乱了陈荷的生活。

这天早上，陈荷正在上班，小潘来了。他带来一张李广震写的委托书，委托书写明由小潘代为提取其在鲁家河矿合同账户下的所有余煤。小潘本来就是李广震雇的发煤人员，又有李广震亲笔签名的委托书和盖着本人姓名印章的提煤单，李伟强和财务科统一意见后，小潘带来的车就一辆接一辆地上磅除皮。而包括陈荷在内的每个人都不知道，鲁会娟此刻正在县城新开的康乐医院二楼楼道里为维护自己的合法权益艰难地奔走着。

鲁会娟把一切都归罪于自己的左顾右盼。那天，她进城给她家双虎买完药，在路过那家医院门口的时候无意中一扭头，LED 显示屏上闪烁着滑过一行字：各科全套检查 48 元。后边跟了一连串的新型仪器名称和拗口的检查项目。她心一动，使劲攥了攥手心里的几十块钱就进了医院大门。抽血、尿检、心电图、B 超……还没看检查结果，操着外地口音的女医生那惋惜的神情就给她的心里压上了一块秤砣。女医生用一连串她听不懂的专业术语叙述完她的"病情"，就把显示屏转过来让她自己看——在没上那一系列的仪器之前，她还从来没把自己当成一个"病人"。她只认得煤，并不认得什么病灶，从记事起她就把白衣天使崇拜得五体投地，现在一听女医生的诊断，脸都吓绿了。炕上已经躺了一个双虎，要是她再躺倒了，那一家子的日子可怎么过？不不不，自己绝对不能出事。鲁会娟想着，便对女医生接下来的治疗方案言听计从，可当她看到女医生推到她眼前的手术价目表，她的眼泪就涌了出来。交过四十八块钱的检查费后，她的身上只剩了十八块钱。也许女医生看出了她的尴尬，就说，治病要紧，钱的事以后再说，这都可以先赊着。她觉得太不可思议了，就跟着医院下乡宣传的车回家给双虎送了药，并取了农村合作医疗本和婆婆从双虎贴身衣兜里取出来的银行存折，她就这样成了这家医院病床上的病号。每天早上八点等护士量体温打吊瓶，然后高举着吊瓶去排队做那些她叫不上名字的治疗。她曾天真地以为，自己的身子结实，打三天吊瓶就可以出院了，她得回去盘煤，还得把存折上刷掉的那些钱给挣回来。谁知道，这样一住，就是九天！

一天的治疗费就二百多，她再败家，也不可能把血汗钱往这样的无底洞里砸。第二天治疗还没结束，鲁会娟就提着吊瓶去找主治医生。她告诉医生她挂完这吊瓶就要回家，她感觉自己好了。可是医生听了她的话却直摇头，还有理有据地推断出一连串让她惊愕的后果。她知道医生的话多半是危言耸听，但又担心万一被她不幸言中，她就在这种矛盾情绪的折磨下挨过一天又一天。每到夜晚，摩挲着存折，看着上边一天天瘦下来的数字，心里就心疼不已，就不住地怨恨起自己当初的多事和不争气的身子来。

医院第九天做完治疗才给她办理了出院手续，主治医生帮她把报销票据分类装订并打发助理送到合疗报销窗口，才告诉她按照规定合疗在第二天才能报销。这样，她就只好在医院多待一天。好在虽然出院了，但医院并没有占用她的病床，并人性化地允许她继续住在那张床上等待次日办理报销手续。这天晚上，鲁会娟一夜没合眼，不知道是为自己败出去的那些钱心疼，还是终于要回家的激动，总之没有一点儿病愈后的轻松和兴奋。

第二天，她起了个大早，就坐在医院合疗报销窗口等着里边上班。八点半都过了，两个表情淡漠的女子才出现在窗口。女子把她的合疗本递出来，同时递出来的还有一张表格，表格上显示的是两个单位为"百"的金额，而这两个金额之和与合疗本上显示的报销金额却相去甚远。她就纳了闷，趴在窗口询问，里边的女子就满脸地不耐烦，还鼻子不是鼻子眼不是眼。

她去找主治医生，才走到门口就被守在门口的女助理挡了回来。透过玻璃门，她看到医生正指着显示屏给眼前的一男一女解说着，脸上的热情和十天前那个下午如出一辙。

合疗窗口询问无果，主治医生又见不上，鲁会娟彻底成了无头苍蝇！她以前没有用过合疗本，根本不明白相关的报销政策，只是听说能报销多半，现在医院给她报销的费用少得可怜，少就少吧，说不定按规定除去那些不能报销的项目就只有这么些，但你最起码和合疗本上的数字相统一啊，可是表格上让她签字确认才能领取的报销费用连合疗本上显示的三分之一都不到。虽然她觉得自己这报销费不对劲，但她就是找不到突破口。窗口里的人不时从门里走出又走进，走过她眼前时，不看她，也不理她，摆在窗口等她签字的表格也收了进去。她就坐在报销窗口的条椅上，做着无奈的拖延和无望的等待。

一个熟悉的身影在她眼前一闪，她就像落水的人抓住了一根救命的稻草。

"李老板！"鲁会娟喊，身子也从长椅上站了起来。

"你？也在这？有事吗？"已走过的李广震听见喊声转过身子，微微怔了一下，仿佛在记忆中搜索，等反应过来了才问她。

李广震在鲁家河矿发煤那会儿，经常去煤场提煤样，所以鲁会娟认得他。虽然平常没说过话，但今天情况特殊，也就顾不了那么多。她心里想着，人家毕竟认得的人多，说不定有法子。

"有，有点儿事想找你帮忙！"鲁会娟苦笑着说。

"哦！"李广震应了，转过头，对着身旁的一个女人说，"你进去检查，我在门口等你。"等女人跟着一名护士进了背后的 B 超室，他回过头来问："啥事？你说！"

鲁会娟就把自己的合疗本递给他看，并给他说了医院报销费用和合疗本显示数额不等的情况。李广震听她说完，从兜里摸出手机打电话，李广震把她的情况在电话中又复述了一遍，摸出笔在她的合疗本上写出了一个电话号码。挂了电话后，李广震如此这般地给她交代了一番，就让她去报销窗口办理报销手续，鲁会娟狐疑地看着那一串数字就去了报销窗口，遵照他的交代，伸长胳膊，把合疗本往里一推，合疗本上那几个数字就张牙舞爪地出现在两个女子眼前。鲁会娟看着女子冷若冰霜的脸，笑着说："女子，麻烦借你电话打一下这个号码！"

离窗口最近的女子听她如此说，眯起眼睛看了看眼前的合疗本，神情在一瞬间惶恐起来，冲鲁会娟挤出一丝浅笑，抓起合疗本就出了门，等再回来，拿着合疗本的手里就多了一沓有整有零的人民币。鲁会娟接过来，指尖蘸着唾沫数了数，和合疗本上的报销金额分文不差。虽然如数领到了报销费，但鲁会娟心里怎么都高兴不起来。她觉得自己三十多年来说了不计其数的话，只有这句起到了四两拨千斤的作用。她转回去去谢李广震，可是却没见到他的影子，就对着长椅旁的空地在心里说了好几个"谢谢"。下楼梯的时候，想起李广震说的"都是些歪嘴和尚把经念歪了"那句话，心里就觉得特别难过和悲哀。

她穿过街道两旁那些琳琅满目的月饼摊点时，才蓦然反应过来，后天就是中秋节了！

中秋节这天，一下班，能回家的都回了家，只留下为数不多的几个人从下午开始就聚集在营业室和门房之间的空地上期待月亮升起，可是直到晚上十点多，月亮还没有出现。门口也没有来往的车辆，门房和营业室就关了外面的镭射灯，只留下屋内的灯发出柔和的光。

一片云从天边飘过来，月亮并未出现，而是跟在云后边莲步轻移。它的光给厚实的云层镶上了闪亮的银边，青蒙蒙的天际清晰地勾勒出山的轮廓，树影婆娑人影绰绰。忽然，耳畔有音乐响起，这曲子再熟悉不过，是财务总监的葫芦丝独奏《月光下的凤尾竹》。仔细倾听，乐声竟是从不远处的槐树林里传来！财务总监不爱说话，爱打太极拳，爱吹葫芦丝，这首《月光下的凤尾竹》就是每次的保留节目，可是仿佛只有这次她才演绎出了这首歌的唯美意境，虽然这一夜并没有月光。原来还说着话的人一瞬间都闭了嘴，静谧的夜里只有葫芦丝的音符在演奏者的指尖流淌。皎洁的月光，苍翠欲滴的凤尾竹林，竹楼里漂亮的阿妹和多情的阿哥……那些浪漫的场景穿越时空，静静地泻在这一片微凉的夜色里。有些情和景，一入心就是一生。陈荷在黑暗里双目微闭，这个静谧的夜，这个没有月光的中秋节，这首来自槐树林里的清音，这一切的一切都让她感动到失语。她知道，这个美妙的夜晚，这个唯美的场景将会永远在她的心里定格。

月亮冲破云层，柔和的光芒洒向大地，原先还模糊着的山影树影一下子明朗了，或站或蹲的人影也不约而同和着葫芦丝的音符拊掌而歌，就连平日里木讷的灯影也在清风里摇曳起来，一定是醉了！

三十八

一过国庆节，各单位就开始为当年的供暖工作做准备。路上的拉煤车多了起来，对于煤矿来说，销售的黄金季节到了。

一转眼就到了冬至，滴水成冰。水洗场的煤泥车一出矿，煤泥里的水就滴滴答答地往下滴，没走一会儿，就冻成一串串参差不齐的冰凌吊在车厢的缝隙里。有时为了降污除尘，也会给末煤洒水。这些落在路上的水来不及蒸发就被冻结，所以每逢早晚，鲁家河矿门口那个呈圆直角的转弯处就成了司机戏言的溜溜坡，进出的车都小心翼翼地，生怕开快了。

李果元的车出事了！

听到李伟强的话，陈荷把手中正写的票本子和笔往苏紫燕手里一塞，椅背上搭的大衣都没穿就冲了出去，李伟强在后边喊她她也不应。

确确实实出事了！事故路段两端一百米外的路上已拉起了警戒线，进出的车在警戒线外排了好几行。转弯处的路上停了辆吊车，地上新铺了层炭糟，踩上去并不滑。吊车下聚集了很多人，人们一边低声议论一边焦急地注视着吊车伸向沟底的长臂，沟底有一辆车四轮朝天，几个人正吃力地从各个方向把牵引车体的钢丝绳往吊臂的挂钩上套。

"人好着没？"陈荷抓住身边一个人就问。

"跟车的人没事，司机死了！"那人看了看陈荷，惋惜地叹了口气。

陈荷腿一软，眼前金星乱闪。

"跟车的人哩？"虽然她知道李果元平常都是一个人出车，对忽然出现的跟车人很意外，但李果元好长时间没见了，新聘了跟车人也不一定。

"在那边救护车里！"说话的人朝警戒线外的救护车努努嘴。

陈荷转身就朝救护车走去，还没靠近，就被车旁站着的公安人员挡了回来。

"走吧走吧，这有啥好看的！"

"那人是我朋友，让我见见跟车人！"陈荷央求。

"跟车人吓得话都不会说了，见了也是白见，等过了这阵吧！"

陈荷无法，只好退了回来。出事车体摇摇晃晃地被吊了上来，吊臂高出路面，整个围观的人群便在警察的示意下向后退去。吊臂摆过人们头顶，人群就发出一阵惊呼——破碎变形的车窗中就倒吊下一个人来，只是上半身，上衣反吊下来遮住了头部，整个上身裸露着。

人群中就议论起来："你看，驾驶室都撞变形了，硬是把人给夹死了！"

"这人也是，你说转弯哩，路又那么滑，开那么快干吗？"

"听说头都撞进胸腔里去了，所以才把衣服扯下来捂上的！"

……

陈荷哇的一声哭了出来，整个人便虚脱了一般瘫坐在地上。围观的人只当她是吓的，有熟悉的司机赶紧扶她起来，向警戒线外边退去。

陈荷摇摇晃晃地回到营业室，一屁股瘫在座椅里，目光呆痴，不动，也不说话。

怎么会是他？怎么偏偏是他？她在心里一遍遍地质问。眼前还晃动着当年那个小小的执拗的影子，耳边还听得见他的叮咛，甚至她的唇还能感受到他胡楂的阳刚……一转眼，他怎么就去了？不会，肯定不会是他！因为太熟悉，才让陈荷觉得这一切是如此的不真实和难以接受。可是那车就是他的，她坐过他的车，颜色、车型、车号……没有一样不刻着那个叫李果元的男人的印记。还有那个从车窗里倒吊出来的身子，她虽然不能确认就是他，但在其他一切都吻合的前提下，这就给了她一种心理上的暗示，她没有理由不相信自己和李果元已是阴阳两隔。

有些东西，失去了才会感觉到珍贵。现在，陈荷脑海里闪现的都是李果元的好，她现在才明白李果元才是最爱自己的那个人，也是自己生命里最在乎的那个人。如果能重新来过，即使让她用余生去交换一次他的爱，她也会心甘情愿。可是一切都回不去了，她想哭，却哭不出……

李伟强转到陈荷背后，把一张过磅单放到她眼前的桌上，盯着她苍白的脸，说："看一次车祸就吓成这样，有那么夸张吗？"

"他，他死了！"陈荷抽泣起来，鼻翼翕动着。

"你说谁？"李伟强问她。

"李、李果元，死了！"陈荷嘴一咧，就哭出了声。

"啊？老李死了？啥时候？"李伟强追问。

"就门口那车祸。他，死了！"陈荷说。

不等陈荷说完，李伟强就扑哧一声乐了。他把苏紫燕眼前的票本子和笔往陈荷手里一塞说："先开票，叫人家车走。光知道哭。都不看看灵堂进对了没有？"

陈荷听见李伟强这样说，就止了哭，也不开票，莫名其妙地看看李伟强，又回过头看苏紫燕。苏紫燕一看到她那可怜兮兮的样子，就笑得直不起腰来。

"不知道老李正在哪个旮旯数钱，你却在这给人家哭丧。你说老李要是知道你在这咒他，到底是该谢你，还是该抽你呢？"李伟强学着陈荷的样鼻子一抽一抽的。

"什么？你说死的人不是他？"陈荷的身子从椅子上弹了起来。

"你还跟老李关系好哩，老李早都把车卖了你不知道啊？"李伟强说，"我俩还以为你是看了死人吓的，谁知道你是把人弄错了！你都认不得那司机是不是李果元？"

"那人头捂着哩，没看见脸。他真没死？你咋知道他把车卖了？"陈荷一听李果元没事，就兴奋地喊起来，脸上还挂着泪珠。

李果元卖车的事李伟强都知道，她却不知道，她觉得不可思议，眼前就浮现出李果元上次离开时眼神里的悲哀和绝望。这么说，他一定是从心底怪她的，怪她愿意和陌生的李广震上床，却不愿意接受他的吻。可是她能说什么呢？她什么都不能说，只能沉默。

"他们估价的时候就在老冯商店，那晚我在那看牌。"李伟强顿了一下，又转换了惋惜的语气，"可惜接手的老董没福，车接过来还不到两个月就把命搭进去了。多亏跟车的儿子逃了条活命，不然这日子就没法过了！"

"那你知道李果元去了哪里？"李伟强说的老董陈荷没听过，更认不得。陌生的距离感就冲淡了她对遇难者的同情，她顾不得管这些，急切地想知道李果元的行踪。

"听说几个人合伙包了家料石场，当老板了。"李伟强说，又想起什么似的，"第二天他还请人吃饭来着，我有事没去，朱科长和煤场的几个去了，就有鲁会娟，你去问问，她可能知道。"

"那天我人哩？"陈荷想不明白自己去了哪里。

"老李找了几个圈圈都没找见你，鬼才知道你弄啥去了！哎，对了，就是你接办公室小林电话那天。"李伟强说。

陈荷明白了，那天就是赵六斤的事给闹的。那会儿她应该在办公室小林那。就说她去煤场没找见鲁会娟，原来是赴宴去了。一忙起来跟鲁姐联系就少了，必须找她问清楚。

正在忙活的鲁会娟看到陈荷出现在眼前，从煤堆上直起身，扯下手上的手套连同手耙扔在煤堆上，从煤堆上一步一个脚窝地下来，用胳膊搂了陈荷就往外走，脸上堆着笑埋怨她："你个死女子，这么长时间才想起回来看姐了！"

好久没见，鲁会娟黑了不少，也瘦了不少。虽然棉衣棉裤把自己裹得像个胖乎乎的面包，但颧骨明显突出，下巴也尖了。

"鲁姐，得是李果元把车卖了？"陈荷不接鲁会娟的话茬，直接问。

"我只当是想我了才回来看我的，原来是为了男人来的，我把你个没良心的！"鲁会娟恶狠狠地数落她，"他早把车卖了，我还想问你到底哪把他惹下了？"

"哪有？"陈荷争辩，"伟强说他跟人合伙开了料石场，你知道在哪？他说你们一块儿吃过饭，你可能知道。"

"我知道，就在十米桥里边那条沟里。老李那人对你是真好，也不知道你在哪烧的高香，遇上了这么一个愿意掏心掏肺的人。"鲁会娟感叹，"到今天我也不瞒你了，你知道你当初为什么能那么容易去营业室上班吗？"

"不是说营业室的人难找，边主管推荐的嘛。"鲁会娟这样一问，陈荷觉得这事一定有蹊跷。

"你还真相信这说法呀？你知道想进营业室的人有多少吗？实话跟你说吧，你进营业室，是老李去找的朱科长。"鲁会娟说。

"啊?!"这下轮到陈荷吃惊了，"那当时不是说咱俩都去吗？"

"老李怕你知道了不愿意去，就问我要是愿意去，他就一块儿打点了。我家庭情况是一方面，还有一方面，就是我不想欠老李那么大一个人情，你说，安排人这又不是干指头蘸盐的事，谁挣钱都不容易，所以我就没去。都这么长时间了，你还蒙在鼓里，唉！"鲁会娟叹惜。

"那你咋不早告诉我？"陈荷恨死自己的无知和感觉迟钝了。

"我答应了李果元不跟你说，你说我要是说了这不是抽自己嘴巴吗？你呀，心就没在他身上嘛！"

"姐！"陈荷泪流满面，"他有家，有老婆孩子……"

"嗨，你看你这是弄啥哩？赶紧甭哭了，叫人看见像什么话？"鲁会娟一着急，就抬起手想给陈荷抹眼泪，但一看自己黑乎乎的指头就赶紧收回，手上上下下摸摸衣兜，也没有卫生纸，就拉了陈荷的手去抹眼泪，嘴里不住地说，"有时间去看看他，一个男人，为了心爱的女人把自己委屈成这样，其实也挺可怜的，去的时候叫我，我带你去！"

"嗯嗯嗯！"陈荷鸡啄米似的点着头。

爱不一定非得占有。有时候，成全也是一种爱！

三十九

周董一回来，照例是召集科级以上干部开会。

到年底了，各科室的本年度工作总结、下年度工作计划和相关数据的汇总工作就提上了议事日程。而办公室作为综合职能部门，除了准备齐全自己的资料和其他科室的资料汇总送周董处待审，还要将一年来的文档分类装订后统一转存至档案室备查。

胡主任卸任后，办公室主任岗位一直是个空缺，而文员小林又是女孩子，只能做一些琐碎的具体的工作，在某些大事上并不能独当一面，所以从矿院整个链条上来说，办公室就是那个最薄弱的环节。平时还好说，大家帮衬帮衬就过去了，可到了年底，大家都自顾不暇，根本没有时间也没有精力去帮助小林完成这繁杂又艰巨的任务。但工作安排下来了，不管采取什么方法都得按时完成，小林分身乏术，就想找个外援，想来想去，能靠得住又能搬得动的人就数营业室的陈荷了，虽然没见过陈荷写公文，但陈荷曾央她打印过一份文稿，文笔绝对在她之上。一想到这，小林就丢了手中的鼠标去宿舍找陈荷。

小林进门的时候，陈荷正斜靠在床头玩弄着新买的手机。虽然她一直以一种堂·吉诃德式的执着抵制着手机对她淡泊内心的侵入，但最后终究没能经得住它的诱惑，这个小巧又新潮的玩意不但渗透了她每一根经络，还彻底颠覆了她的生活。

陈荷一听小林的来意，就连连摇头又摆手："你说要是出个力下个苦我还可以，像你说的跟文字打交道这事，我咋能干得了？你就别赶我这鸭子上鸡架了。再说，这个可是董事会要审定的，闹出了笑话你就惨了！"

"陈姐，这次可是年终考核，缺项是要扣年终奖的。咱最起码做到不缺项，至于好不好，能不能通过咱都不用管。你说，会上并没有提到办公室这一系列工作由谁来负责落实，我也不敢去找郭总。"小林说着，抓住陈荷的胳膊就往外拽，"陈姐，好陈姐，你要再不帮我我就完了。"

陈荷只好放下手机，从床上下来，边穿鞋边说："那你们办公室今年的工作我也不知道啊，咋写吗？"

"没事，网上有现成的模板，可以下载下来当参考。我给你提供今年的工作总结，你自己发挥明年的工作计划。你就想假如你是办公室主任，明年都准备做些啥工作。要是写得不对，大不了审定通不过发回重写。写得不好不到位，那是水平问题，但要是不交，那就是态度问题了。"小林看她下了床，就边往出走边说。

"嗬，为了表明你的高姿态不惜暴露我的低水平，这忙，我还真帮不上。"陈荷说着，就脱了鞋准备上床。

小林正准备去开门，听陈荷这样说，急忙反回身扯着她的胳膊，嘴里赔着不是，不住地喊着"好姐姐"。陈荷本来就想逗逗小林，现在看她着了急，就抿嘴一乐，假装不情愿地跟在小林身后出了门。

虽然陈荷没在办公室上过班，但对于它的职能也是耳熟能详的。她知道下年度工作计划并不像小林说的那么好写。想来想去，这工作计划，只能从办公室内部的几个岗位说起。除了小林，灶夫、司机和院长都是属于办公室的管理范围。吃喝拉撒，对了，就先从吃饭说起！陈荷一捋清思路，就拿起笔，在小林给的纸上写了起来。

零点十八分，周董看了看台灯上的表，揉了揉干涩的眼睛，提起电话，拨通了魏科长房间的内线号码。

"你那有手电筒吗？给我找两个来！"魏科长迷迷糊糊地听见周董吩咐，赶紧穿衣下床，拿起桌上靠墙倒立着的两个手电筒，挨个打开开关试了试，还好，都有电，就随手掩了门，打着哈欠给周董送去。

魏科长不知道周董要手电筒干嘛，他只以为负责把手电筒送到就OK了，根本没想到周董是要他陪着自己去查岗，要命的是，他出门的时候并没有拿手机！

"周董，我去把房间灯关了咱再走！"魏科长一听周董要去查岗，第一反应是必须得给各岗位值班人员漏个口风，就想先找个借口把手机取出来。周董在，电话不能打，信息总能发的。

"不用，叫开着。咱转一圈就回来了，要不了多长时间！"不知是周董看穿了魏科长的心思，还是他觉得根本就不值得。他一边说一边打开手电筒，就有一束光在地上直直地晃来晃去。

魏科长的计谋未能得逞，只好跟在周董身后往外走，却提心吊胆地祈祷：千万千万别出什么事。

怕什么就来什么。魏科长担心出事，果真就出事了。

周董和魏科长从公路绕行至工业广场围墙外，公路高出围墙一人多高，围墙外是密密实实的枯草。转过围墙就是广场大门，也是矿上的后门。魏科长推断出周董要从后门查起，就担心门口值班的保安有没有脱岗溜岗，广场有没有保安巡逻。心里想着事，两个人也不说话，顺着路边走，就在转围墙的拐角时，扑通！有声音响起。正走的周董停了脚步，魏科长也跟着停了下来。扑通！又是一声。循声望去，两个人的目光定格在了围墙外的干草丛里。周董打起手电，顺着草丛，深一脚浅一脚地下去了，魏科长只好在后边紧跟。

草丛里确实有两个铁家伙，周董打着手电筒来来回回照了好一会儿也认不出这是什么东西。魏科长一看到这个东西心里就暗暗叫苦，他认得那是两个矿车辘轳。墙内是工业广场，废铜烂铁和装车等待入井的新材料多的是。他知道有人偷着往出拿过，但亲眼见却是第一次。往常矿上有人查岗，就是他不通知，也有先查过的部门给其他部门通风报信，像今天这样的突然袭击实属例外。有可能是周董突然心血来潮，也有可能是有人在周董那打了他的小报告，周董是专为此而来。若真是那样，那事就严重了。魏科长这样想着，偷瞄着黑暗中周董的表情，脸上就一阵发烫。周董不看他，也不说话，按着他的肩膀在草丛里蹲了下来。果不其然，不一会儿，有一个黑影转过公路，从草丛里溜了下来。黑影到了墙角，把手里捏着的一个东西扔在脚下，用脚尖在草丛里划着扇形摸索，等适应了黑暗的光线，却一个趔趄坐在了地上。

　　接下来，查岗的队伍就多了一个扛着蛇皮袋的成员。周董让那人把矿车辖辘装进脚下的袋子，扛着跟他们去查岗。辖辘虽说不大，但也是块铁疙瘩，那人跟在他们身后，吭哧吭哧地一会儿背上背，一会儿扛上肩，累得气喘吁吁，却不敢吭声。

　　马上就到后门了，看见门口有人影晃动，魏科长就长出了一口气。但随即他就倒吸了一口冷气——门房侧面停了一辆昌河车，昌河车的后门是打开的，后门值班的保安，正在用铁锨把门口的烤火煤往车里装。

　　冬天，火炉是每个岗位必备的取暖设备。上班时大家就用架子车从翻罐口拣了大块煤堆到门口备用，烧完了，再推着车去拣就是。门房在门口，有半夜升井的矿工也会趁保安睡着的时候拣几块煤搁进摩托车尾箱，这种情况魏科长也见过，贪小便宜也是人之常情，所以若在有人的场合，说上两句，让放下手里的煤就可以走了。要是没人也就装作没看见，睁只眼闭只眼就过去了。可今天这种情况，他还是第一次见，而且还让代表最高权力的周董事长撞上了。

　　周董皱了皱眉头，认知差异和对这个环境的陌生让他的思维在这些乱七八糟的事实面前总是慢半拍。他不像魏科长那样在看到事实的第一眼就和某种不齿的行为对号入座，他得先排除掉其他的可能，然后才能推断出他认为的模棱两可的结论。

　　周董叫醒了裹着黄大衣在门房条椅上睡觉的那个保安，让他锁上大门，只留下小门供人员出入，并叮咛魏科长收了昌河车钥匙，将其扣押，等待天明处理。保安继续收编进他们的查岗队伍。

　　他们从溜筛根那架铁梯上下来，顺着煤场往回走。因为有溜子头的镭射灯照亮，周董示意魏科长关了手中的手电筒，四个人顺着路的里侧相跟着往回走。刚走几步，就发现眼前晃着一个黑影。魏科长一看清黑影肩头忽闪的水担就大声咳嗽起来。听见咳嗽声的黑影一惊，还没来得及做出反应，周董手电筒的光束就照在了黑影身上。让魏科长尴尬的是，黑影水担的两头是两个铁丝编的笼子，冒尖的大块煤在手电筒的光束下亮得刺眼。担水担的男人头上戴着帽子，帽檐很低，又低着头，所以看不清面目。周董手电筒的光束从上而下扫过，最终停在脚上那双不合脚的皮棉鞋上。光束扫过，又返回来重新将脚扫了一遍。这时，男人才反应过来，扔了水担扭头就跑，魏科长要去追，却被周董喊了回来。周董让后边跟着的保安把笼子里的煤倒在身后的泄洪渠里，拎了水担和空笼子回了大院。

第二天一大早，大家就看到办公室门口的台阶上多了两个铁笼和一根水担，后门的保安和一个脚下放着蛇皮袋的男人站在铁笼两侧。大家就都停下来看，或者窃窃私语一番，眼神里有着掩饰不住的好奇。只有魏科长，出来进去都低着头，恨不得找个地缝钻进去。

四十

都过了七点五十分，周董还没有去包间吃饭。他不去吃，包间桌上摆的那些碗碟就不能收，这些收不了，灶上的厨师就不能下班。厨师老池就打发搭档小周将饭端到周董办公室里去。小周端着碗碟刚走到门口，里边的周董看见了，就让端回去，他跟着去包间吃，小周又小心翼翼地端了回去。

老池看到周董进门，忙去揭开锅盖，笼屉上就摆了白白胖胖的一笼屉包子。

周董在打饭窗口看见了，就说："今早还是包子？这可得早起呢！什么馅儿的？"

"有茄子馅儿的，还有洋芋馅儿的，我每样给你来两个！"老池说着，就用手去抓包子。

"给我两个茄子馅儿的就成了，吃不动洋芋！"周董说着，离开窗口去了包间。其实周董不吃洋芋在整个大院是众所周知的，有人问原因，周董就说小时候洋芋吃多了，现在一吃洋芋就胃胀。

老池听周董这样说，眯着眼在笼屉上找起来。找出褶窝里有一个辣椒圈的两个包子放进馍盘，端给包间里的周董。

灶房挺冷，在周董吃饭的当儿，老池和小周去了锅炉房，打开锅炉的炉门，伸出手一边暖一边说着话。

"老池！老池！"周董的声音在包间响起。

老池和小周听见喊声，赶忙从锅炉房出来回到包间门口，周董铁青着脸，眼前桌上躺着一个咬了一口的包子。

"你给我看看，这是什么馅儿的？"周董见两人进来，指着桌上的包子说。

两个人听周董这样说，不知道发生了什么事，你看看我，我看看你，就这样站着，不动，也不说话。

"在这么大点儿的事上都投机倒把，你看，想干就往好干，不想干就拉倒！"周董把手中的卫生纸往桌上的碟子里一扔，起身出了门。

留下老池和小周两个人面面相觑。老池透过窗玻璃，看见周董进了办公室门，就走上前，把那个咬了一口的包子一掰两半，里边竟是洋芋馅儿。再转过来看，褶窝里明明是一个辣椒圈。为了好分辨，在包的时候他们就在褶窝里放上不同的馅料。洋芋馅放一块洋芋丁，茄子馅因为要加青辣椒，所以褶窝里就放一个辣椒圈。而且在包的时候是一人包一样，怎么会出现这种情况，他俩也是一头雾水。老池说是小周包的，小周就直呼冤枉，说他根本捏不出来这样花的褶皱。老池就又翻了手去辨认那包子上手捏出来的褶皱，却认不得到底出自谁之手。但一个包子，也不至于发这么大的火，心里这样想着，对于周董的小题大做就感到万分不解。嘴里嘟囔着，端了碗筷进了操作间收拾，把碟子筷子摔得乒乒乓乓响。

魏科长在铃刚响就去打了饭，他没像往常那样围在灶房的圆桌上吃，而是端着饭回了房子。灶房冷，吃午饭和晚饭的时候人还能多些，早饭时大部分人都会端了饭回房子，或是去一楼拐角处的办公室会议桌前吃，所以魏科长端饭回房子并没有引起人们的注意。魏科长吃完饭，去水房洗了碗筷，就喊了办公室门口台阶上站的那两个人进了他房子。

周董查岗回来后就叫小林开了办公室门，让两个人坐在办公室里等待天明处理，还交代保安一定要看好，并没说天明后怎么处理。他没敢问，心里却怕那两个人溜了，他更不好交差，所以就没敢睡觉，在沙发上坐着守了几个小时。天亮了，周董起床后，第一件事就是让两个人在办公室门口的台阶上"站岗"，他知道周董杀鸡骇猴的用意，但两个人往那一站，他的脸就像有一根皮鞭隔空抽过来，火辣辣地疼。

整个早上他都在纠结。他不知道是让那两人继续站着等周董吩咐处理，还是自己处理后只给周董一个结果？要是一味地等，周董会不会认为他消极怠工？要是自己先处理，周董又会不会认为他越俎代庖？无论怎么他都觉得不妥当，思来想去，反正两种结局都不尽如人意，干脆自己先处理着。再说，那两人杵在大院里，太显眼了！

那个抱矿车轱辘的人是采煤工作面的一个矿工，早就盯上了工业广场上那些废铜烂铁，这天下了中班，瞅瞅广场没有巡逻的保安，就拣了两个矿车轱辘撂过墙，出苦力的工人，胳膊上有的是劲。谁能料想查岗的周董偏偏就在围墙外。男人言笨，问来问去也没有问出其他有价值的线索，只是一个劲儿地哭穷，说好话。

倒是后门那个保安，交代的情况确确实实把魏科长吓了一大跳。别看那不起眼的一堆煤，竟牵涉出了上上下下六个人！问题严重了，魏科长不敢造次，忙去将情况向周董汇报。周董听完，长叹一声，靠在椅背上，一句话也没说就摆手示意魏科长出去。

抱矿车辖辘的那个男人在交了五十块钱的罚款后才被放了出去，男人哭丧着脸，把装矿车辖辘的蛇皮袋放到魏科长办公室的空地上，就蹲下身往外掏车辖辘。

"掏那个干吗？"魏科长看着他，不解地问。

"这袋子，是我的！"男人说着，手并没停。

"滚！"魏科长朝着男人屁股上踢了一脚，气恼地说，"拿了袋子准备晚上继续偷是不？"

男人停了，站起身边出门边摇手，说："再不了，再不了！袋子我也不要了。"

后门那个保安被辞退，魏科长开了二百块钱的罚款单夹在要造的工资表里。昌河司机一直没出面，最后还是保安代交了二百块钱的罚款才领走了车钥匙。而对于保安交代出来的那六个人，周董没说怎么处理，魏科长也没敢问，就这么不了了之，过去了。只是魏科长总觉得这事没有这么简单，一定会有事发生。

第二天早上，魏科长发现办公室门口台阶上那两个铁笼一夜间竟不翼而飞。周董没追问，他也就装作不知道，心里却提心吊胆的，看见周董就远远躲开，生怕他问起铁笼的下落。

过了几天，周董在水房遇见提着拖把的厨师老池，望着老池脚上那双皮棉鞋，问了一句莫名其妙的话："那鞋穿着暖和不？"

"暖和！暖和！"老池一迭声地应着。

周董点点头，再不说话，提着水壶出了水房。

有人把这事说给魏科长听，魏科长想起那晚周董手电筒下那双皮棉鞋，惊讶不已，赶紧跑去找老池。问过老池才知道，他脚上那双皮棉鞋就是周董给的。

"这棉鞋就是暖和。"老池用刷子一点一点地给鞋刷着油，"今年穿着它，在灶房那么冷的地方，我的脚一点儿都没冻！"

魏科长不接话，狠狠地瞪了一眼老池，他知道那两个铁笼去了哪儿，也终于明白那天周董为什么会为了一个包子发那么大的火了！

年底了，来大院的车多了起来。但这段日子进院的车和往年又不相同。有细心的人发现这些车大部分是挂着外地牌照，而且人来后先在办公室看各种图纸，看完就换了下井的衣服，由沈矿陪着去下井。有人在办公室门口偷瞄过，办公桌上也没有摆果盘，就推断出来这不是上级单位年终检查。大家私底下就议论起来，说看这阵势，明明是来考察井下可采储量的，开了年肯定会有大动作。说不定会换老板，要是老板一换，新来的老板肯定不会用原企业的员工，那时，大家就都哪儿来还回哪儿去。这话一出，从上到下，每个人就为自己未卜的前途担忧起来。

陈荷听到这个消息时也大吃一惊，实话说，这个消息带给她的震撼要远远大于其他人。别人有家，矿上待不住了还可以回家里宅着。她跟别人不一样，她从心里已经把这当成了自己的家，离开这儿，她就会觉得整个人像被掏空了一样，轻飘飘的无所适从。但转眼一想，又哑然失笑。目前为止，还没有一个权威人士来验证这个说法，说不定这就是大家杜撰出来制造紧张空气的，根本就是子虚乌有的事，那就不杞人忧天了，顺其自然即可。再说，即使是真的，上自郭总沈矿，下至李伟强胡玉爱，谁又能有改变现状的本事呢？也不过是发一通牢骚，背着铺盖卷打道回府罢了。

心里有了要离别的预感，就觉得这个平凡得不能再平凡的地方竟有了那么多让她舍不得离开的场景。下班没事，陈荷就在矿区转悠。门房、煤场、工业广场、后山的槐树林……她手里的手机不停地"咔嚓"着，把和矿区有关的场景都记录进记忆的存储卡里。

这天中午，她从后山转回来。一转过医院围墙就惊呆了，仅仅只是短暂的惊讶，等反应过来，她就飞奔过去，抱住磅板上站着的那个小小的身影泪流满面——那是她的儿子，她好几年都没有见过的宝儿！

宝儿长高了，也长壮了。棉袄棉裤把小家伙裹得像个皮球，仿佛一放到地上就可以滚起来。陈荷抱着宝儿，哭着摩挲着他的脸，又笑着亲他。但眼前的宝儿，不说话，也不动作，就那样木然地看她一眼，又转过眼去看墙上的显示屏。陈荷心一酸，紧紧搂着怀里的宝儿，又大哭起来——才几年，她的宝儿就不认得她了！

"小荷——"身后一个嗫嚅的声音把陈荷惊醒了。

她止了哭声，抱着儿子站了起来，冷漠地看了一眼身后的韩建超："你来干什么？"

"我……"男人犹豫了一下，"宝儿，要找妈妈！"

"你不是给他找了个妈妈吗？她呢？"一提宝儿，陈荷眼里又涌上泪来。

"她、她跟人、跑了！"男人低着头，不敢直视陈荷的眼睛。

"跑了？好啊！跑得好！"陈荷大笑，笑着笑着又哭了，一把鼻涕一把泪，"韩建超，你不是挺能折腾吗？你再给宝儿找一个妈呀！"

"小荷……"韩建超望着陈荷的脸，"你别吓着宝儿，他有病！"

"你才有病！"陈荷毫不客气地反击。

当年为了挽救他们的婚姻，也为了给宝儿一个完整的家，她求过他留下来，甚至在他们苟合的那家招待所里求那个女人高抬贵手。她甚至做出了愿意让出韩建超的承诺，只是让韩建超做她名义上的丈夫，却受了她一番羞辱。而韩建超却冷眼看着她遭受的这一切，没有半点阻拦的意思，甚至一个内疚的眼神都没有……

那些不堪的往事，每回想一次就让她心痛到窒息。但她无处发泄，只把胸腔里的怨恨越积越多，却找不到合适的爆发口。今天，终于有了机会。韩建超撞上南墙才折了回来，还拿她的宝儿说事，她的气就不打一处来，积攒了几年的恶毒的语言就像弹珠一样蹦了出来。她爆发得歇斯底里，全然不顾营业室窗口那几张观望的脸，韩建超几次想辩解都没有张开口。

陈荷骂着骂着，就感觉到了不对劲。她发现她怀里的宝儿脸上没有任何表情，眼睛直直地盯着某一个地方，不说话，也不动。

"宝儿，叫妈妈！宝儿——"陈荷停了对韩建超的讨伐，转过脸逗宝儿。

宝儿眼睛不看她，也不叫。

"宝儿！宝儿……"陈荷用手摸着宝儿的脸蛋，见没反应，就转过头看着韩建超，几乎是喊着问，"宝儿怎么不说话？宝儿怎么认不得我了？"

"小荷。"韩建超说，"我跟你说过宝儿有病！"

"宝儿不是好好的嘛，怎么就会有病了？"陈荷清楚地记得，最后一次见到宝儿时，宝儿还在奶奶怀里踢腾着双脚，挥舞着胖乎乎的胳膊，嘴里含混不清地嚷着"妈妈抱"，那时还不到两岁的宝儿就会喊妈妈，怎么过了几年却不会说话了？

"宝儿刚到小薇家，奶嘴也不噙，只是不停地哭闹，几天后不哭闹了，也开始吃奶了，小薇只当他是适应了，也就没在意。他睡醒了就一个人玩，不说话，也不黏着要人抱。时间一长小薇才发现不对劲，我和妈带他去看医生，医生才说是轻微自闭症！"韩建超说完，蹲在磅板旁的水泥墩上，双手焦躁地抚着头。

陈荷泪如泉涌。她可怜的宝儿！那么活泼的孩子怎么就成了自闭症患者？不！这一定是弄错了，她的宝儿肯定只是不想说话，抑或是对爸爸和妈妈不负责任的无言的抗争。他一定是她的乖宝儿，那个一听她唱起儿歌就扭着小屁股在地上拍手转圈圈，站立不稳就一屁股坐在地上还咧着嘴傻笑的宝儿。陈荷想到这，顾不上抹去脸上的泪痕，哼唱起那首熟悉的儿歌来："小雨点呀落水面呀，几个圈圈盼团圆呀。小雨点呀没爹娘呀，提起爹爹泪涟涟呀……"她还没唱完，旁边的韩建超就直起身子大叫起来："小荷，小荷，宝儿！"她呆住了，竟然顾不上应韩建超的喊声。因为宝儿的手在她眼前，一拍一拍地挥动应和着她的歌声。

韩建超看着眼前的情景，从第一次抱宝儿去看医生到今天，心里悬了几年的一块石头总算落了地，一串泪珠顺着脸颊滚下来。

四十一

这个年假，因为有了宝儿的陪伴而显得特别短。韩建超来时就在县城租了房子，但陈荷还是带宝儿去招待所登记了间房子，房子有暖气，有电视，就是不能洗澡，也没有卫生间。早晨起床，上厕所刷牙洗脸这一系列工作都得在楼梯拐角处那个公共卫生间里完成。虽然如此，但整个招待所除了陈荷母子再找不出第三个房客，卫生间也就算是专人专用了。

除夕那天下午，韩建超来了，大包小包地拎了一堆零食进门。

在电视前看动画片《猫和老鼠》的宝儿的注意力一下子就被这些零食给吸引过去了，跑过去拖过袋子一阵狂翻，根本无视张开双臂要抱他的韩建超。

韩建超先是叫陈荷带宝儿跟他出去吃团圆饭，被陈荷生硬地拒绝了。陈荷觉得自己现在对这个男人已经不单单是恨那么简单了，已经转变成了一种厌恶。若不是因为宝儿，她觉得跟他处在同一屋檐下对自己都是一种要命的摧残。

韩建超看她不去吃饭，两个人也就没了话，过了一会儿，却抱了斜靠在床头的宝儿在怀里，用胡楂扎他粉扑扑的小脸蛋。宝儿一边躲，一边双脚在他怀里不停地乱蹬，却把手中正吃的半块薯片塞进韩建超嘴里，陈荷看着眼前这温馨的一幕，眼里就湿湿的。

天黑了，外面的鞭炮声开始密集起来，吃饱玩累的宝儿也蜷在被窝里睡着了，而韩建超还没有要离开的迹象。陈荷手里不停地按压着遥控器，从头按到尾，从尾按到头也没有找到一个好看的节目，就把遥控器往被子上一扔，人斜靠在床头眯着眼打起瞌睡来。韩建超坐在床沿，他想说话，可又怕陈荷不接话茬冷了场。他知道陈荷老家有离婚女子不在娘家过年的习俗，今年宝儿在都是这个样子，往年不知道她一个人是咋过的。心里想着，就回头看看陈荷，想问她这几年可好，可又怕自己会触到她的痛处而引爆她的愤怒，就把要出口的话又咽了回去。

陈荷不好过，他难道就好过了？宝儿就像横亘在他和新妻子张丹丽之间一道谁都逾越不过去的鸿沟，虽然宝儿被寄养在妹妹家，可是因他而起的争端在几个家庭之间轮番上演。先是张丹丽嫌弃自己一进门就成了人人嗤之以鼻的后妈和他闹，接着就有闲话说妹夫因为家里多出来的这个小家伙和妹妹大打出手，甚至到了闹离婚的地步……唉，想到这里，韩建超轻轻地哀叹了一声，千错万错都是自己的错，要不是自己当初鬼迷心窍闹着要离婚，可怜的宝儿会遭遇这些吗？才多大点儿的人就经历了这么多的世态炎凉！但即使这样，他还没有对自己现在的婚姻感到绝望，直到那天，张丹丽和楼下的房客双双失踪，他才知道当初房客就是冲着这个女人而来。那个膘肥体壮的男人，住着他的房子，还和他的女人眉来眼去，就这还不够，两人竟然双栖双飞私奔而去。而这一切，他这个当事人却一直被蒙在鼓里，不是那两个人太过分，实在是他感觉太迟钝，他太宠溺她。

他不止一次拿张丹丽和陈荷比，他觉得张丹丽就是也应该是温室里的花朵，就该呵护着、宠着、惯着。而陈荷呢，纯粹就是女人中的男子汉，男子汉中的高大上，洗衣做饭带孩子，买米买面换煤气，三百六十行无所不会无所不能，根本用不着宠，所以他给予最多的，只有苛责、指责和谴责。但他做梦都没想到，他的娇惯和宠溺在给自己蒙上奇耻大辱的同时也给了他沉重的一击。他才明白，陈荷那么无所不能不是因为她本事大抑或是表现欲强，而是自己太他妈的不是东西。试想若一个男人把啥都安顿妥了，还用得着女人在前边冲锋陷阵吗？

韩建超想到这儿，就心疼起陈荷来。他回过头去看，陈荷闭着眼，韩建超知道陈荷恨他，不然也不会瞅都不愿意瞅他一眼。其实他心里想留下来，若宝儿醒着，他还可以以宝儿为借口，但宝儿睡了，他就不住地发出各种声响来提示自己的存在，他想让陈荷留他，哪怕一个暗示也好，但陈荷闭着眼没反应，他就没了办法，从床尾站起身，摇摇晃晃地拉上门走了出去，像喝醉了酒。

正月初四的晚上，李伟强在电话中告诉陈荷，从今天开始，离矿近的他们几个被朱科长叫来上长白班，从早上八点上到晚上八点。李伟强还说，朱科长知道她今年要陪宝儿，所以就没有通知她。她在这边应着，心里有一种暖暖的感动。

陈荷接到办公室小林电话时是正月初六下午，那时她刚吃过午饭。小林在电话中通知她第二天早上十点在矿办公室报到。挂了电话的陈荷就纳了闷，按理说营业室归销售科管，收假放假以及业务上一切事务都由销售科通知。办公室通知销售科人员报到，怎么想怎么蹊跷，而且第二天是正月初七，广为流传的说法是这一天人的魂会回来，所以在这一天，人不能梳头，不能使用刀子剪子锥子等等能伤害到魂的东西，要在门口煨一天火，要吃细而长的煎汤面，称为"拉魂面"。这些都是家里的仪式，因为"家"这个载体而显得离陈荷是那么遥远，她虽然一直闹不明白魂为什么不依附在躯壳上而是游离在躯壳之外，但她并不介意，她介意的是"七不出八不入"这种说法。虽然县城离矿上只有半个多小时的车程，但出门就得图个诸事顺利，要是路上万一出点儿事，那还不把肠子悔青了？但小林在电话中再三叮咛一定得按时按点到，她也不好追问，答应后便挂了电话，接着就给李伟强打过去，李伟强也不知道是什么情况。她只好给韩建超打电话让他第二天早上过来带宝儿，然后牵着宝儿的手去超市，买了些宝儿爱吃的零食就回房早早歇了，准备第二天早起，回矿上。

陈荷回到矿上时还不到十点，灶上刚吃过饭。一放年假，灶上就由原来三顿改成了两顿，早上九点半，下午三点半。她先去营业室坐着说了一会儿话，就去办公室找小林。小林见她进来，打过招呼后朝着隔壁方向努努嘴："姐，周董要见你！"

"啊？怎么个情况？"陈荷吃了一大惊。

"你写的工作计划嘛，周董看了，点名要见你！"小林说。

"不是说给你帮忙的嘛，怎么把我给招出去了？"陈荷问。

"周董叫我去，问我哪一项哪一项的实施细节，我哪说得上来？

只好实话实说。周董就让我通知你来矿上见他，还说预报下午有暴风雪，要是一下雪，你进不来，他也出不去了，所以叫你早点到。周董吃完饭了，这会儿应该在房子里，你赶紧去吧！"小林把手里的碗筷往身后的柜子里边放，催她。

"那你知道周董叫我干啥哩？"陈荷没去，却问小林，"第一次见周董，有点儿怯场，要不，要不你带我去吧！"

"嗨。瞧你！"小林一拨柜门，柜门咔的一声关了，"周董又不吃人，你去了看人家怎么说嘛，他怎么问你怎么答就是了，这又不是上舞台，有啥好怯场的？"小林嘴里说着，还是在前边带路出了办公室，她紧紧地跟在后边，紧张得像个要去见公婆的小媳妇。

小林敲了三下隔壁周董的办公室门，陈荷听到里边一个男声说"请进"，小林推开门进去，对着周董说："周董，陈荷来了！"手却在背后摇着招呼她跟进来。

"哦？这就是陈荷？"周董从桌前一份翻开的文件上收回视线，人从椅子上站起来，微微欠了欠身子，笑着说，"新年好，新年好。快坐！"又对小林说，"小林，给倒杯茶！"

"不用不用，不渴！"陈荷忙说。

"好的！"小林应着，端起桌上的电热水壶出门，出门前还向陈荷扮了个鬼脸。

陈荷从周董办公室出来，才发现自己当初的怯场就是多此一举。周董是个很和蔼的人，根本没有她想象的那么不可一世。

陈荷还发现，在一沓工作计划中，唯独她写的那一份被周董圈点了好多处并加了详细的批注。周董对她那份工作计划的每一条都做了详细的分析，并和其他部门的工作计划作了比较。她才算听明白，其他部门的工作计划都是管理制度和岗位责任制的糅合体，干巴巴的条条框框，根本就没有操作性。而她在这之前，从来没接触过行政公文，只是站在一个实际的角度去看问题，也尝试着用最折中的办法解决问题。就像她列举的职工灶管理问题。本来职工灶就是矿上财务补贴的窗口，并不带有营利性质，先不说每月三千块钱的周转金，首先水、电、煤不用付费，人工工资也不要灶上承担，职工吃饭的饭票也是自己花钱买来的，厨师只是将生的做熟，定价也是只高不低，在这种情况下灶上经营还是连月亏损，一个月不到，三千块钱的周转金就没了踪影。明眼人都知道问题出在哪里，但就是没人说，只是在吃饭时用几声嘟囔来发泄内心的不满。

这种情况，矿上领导要么不知道，要么是知道了也装作不知道。陈荷宁愿相信领导是被来自下边的糊弄蒙蔽了双眼，所以她就提出加强管理漏洞，收回厨师买菜和卖饭票的权利，设立专门的管理监督机构，建立职工灶管理台账，每月底公示当月收支情况，以绝对透明化的公开形式让大家放心。而在医院工作方面，同样也是存在着以一代百大权独揽的问题，她提议将划价室、收费室和药房分离开来……

这些问题其实大家都心知肚明，只是同处一个大院，抬头不见低头见，尺度稍微把握不好就会得罪人，所以大家才避开不谈。虽然陈荷没在大院上班，但对于大院里各种错综复杂的关系和明争暗斗也有所耳闻，所以下笔前是颇费了一番心思的。但她以为这只是完成个任务，混在人群里跟着大家吆喝几声就完事，没有人会仔细去看，所以就跟着感觉咋想咋写，没想到却歪打正着，正好对了周董的胃口。她就觉得自己并不是有才，而是侥幸。

周董分析完了才将话题引入了正题。周董说，今年，将有新的董事会来接替鲁家河矿的董事会工作。

这话终究被验证了！但她来不及难过，因为周董还跟她有话说。

周董说，虽然从鲁家河撤了，但其他三家的经营还得继续。周董还说，他们在县城东街的泾水大厦还有一个办公室，办公室正缺人手，这次找陈荷来，就是希望陈荷能够去县城的办公室上班。

怎么可能?! 周董的话让陈荷觉得特别不真实。幸运再一次像中大奖一样砸在了她的头上，有了前边去营业室的前车之鉴，她就谨慎了许多，也就把兴奋情绪收敛了许多。但又一想，这次是出自周董之口，应该不会有假吧?

周董看她惊愕就说："不急，你先想想，还有小林，如果你愿意去，等我们办完交接，撤出的时候你俩跟着我们撤出就行了。要是不愿意就算了，继续在原岗位上上你们的班。虽然原则上说新企业不会用老员工，但除了财务科，其他岗位的人应该不会有太大的变动。一个新企业，人生地不熟的，若要换人，哪有那么多备选? 再说，即使有，还得培训后才能上岗。"周董说到这儿，用手翻眼前的台历，"你好好想想，想好了给我打电话，那就这样吧?!"周董说完，征询意见似的望着她，她就道了别，退了出来。

陈荷坐在回城的车上，心里说不出是兴奋还是落寞。她一直想要一个华丽的转身，而当这个转身华丽地携着离别就这么突兀地出现在面前时，她却不知道自己该作何选择了。

过了几天，韩建超在县城东桥拉煤车必经的路口租了间门面，简单布置后，给门口挂了一个有着"合同煤"字样的灯箱，找了些定煤的客户，以每吨两块钱的提成开始代售合同煤。他把自己在县城租的房子钥匙交给了陈荷，陈荷虽然恨他，但也没拒绝。韩建超看她接受了，脸上涌上欣慰和欣喜的表情，却转过身，抱起宝儿在地上转圈圈，用胡楂扎得他龇牙咧嘴。

韩建超给宝儿联系了附近的小学，每天骑着电瓶车接送宝儿，给宝儿洗衣服，添置了锅碗瓢盆给父子俩做饭，活脱脱一个家庭"主夫"。陈荷没事就去韩建超的门面和宝儿玩，等宝儿睡着了她再离开，从来不愿在那儿过夜，韩建超倒也识趣，并不强求，只是用努力赚钱来做着心灵上的救赎。

四十二

在家待了七八天的陈荷才接到了朱科长通知回矿的电话，那天已是农历二月初二。朱科长在电话中也没说是回去上班还是卷铺盖走人，他的语气里也没有透露出一丁点儿的信息，陈荷心里就惴惴不安起来。她想打电话给周董，但又怕万一自己说错话弄巧成拙，所以就一直拖延了下来。要是周董这边出了差错，营业室的岗位又被替代，那自己岂不是又走投无路了？

陈荷一进大门，就明显感觉到了变化。先是门房的墙上多了一个方形的监控探头，监控范围从门房门口直到医院围墙拐角，电子磅板上方，和煤检处监控平行的地方也多了一个球形的监控，营业室内 PVC 板的顶棚角上也有一个小型的球形监控。开票员坐的桌面上多了一台电脑，而让陈荷吃惊的是电子磅的操作屏都被装进一个漆成深绿色的铁箱子，箱子正面只在显示屏的地方留下一个长方形的孔，而箱子侧面竟挂了一把亮得刺眼的挂锁！

看到这些情景，陈荷的第一反应就是：这一切专门针对营业室的改变都不是偶然发生的。那么在这段时间里，到底谁都做了什么？

她来不及细想，因为有比这更让她头大的事等着她。

李广震年底没等到矿上通知他来结转或者提现的通知，过完年就带了十几辆车来矿提煤，可是却被告知他的账户无煤可提。在账本上贴着他提煤票样的页间只夹了一张手写的委托书，就是这薄薄的一张纸让他损失了五六万元。他想不通的是在那个叫"潘冬宝"

的人提取他账上余煤的时候，矿上为什么不给他打电话确认一下？他知道这事也怪自己当初发完煤没有及时收回剩余的票本，但如果矿上能确认一下，也不至于损失这么惨重。而且现在矿上正在进行新旧董事会的手续交接，如果原来的人都撤了，新董事会才不会接这块烫手的山芋，所以李广震就天天堵在朱科长门口讨说法，讨来讨去就是没有个结果，一怒之下，一纸诉状把鲁家河矿告上了法庭。接到法庭开庭的传票，矿上才感觉到了问题的严重性。安排财务科和销售科组织人员去查，查来查去，合同煤账本上却是陈荷的笔迹，就叫陈荷回矿协助调查。

账本上的笔迹是陈荷的倒也不假，但当班的李伟强和苏紫燕都记得当初的情景，李伟强还说自己是打电话取得财务科的统一意见后才给提的煤。

大家都知道小潘当初是李广震带来的，就让李广震提供小潘的联系方式或家庭住址，但李广震却说小潘只是他聊天时认识的一个网友，聊的时间长了两人就熟络起来。当时小潘无业，而他正好需要人手，两个人就一拍即合。李广震还说，当时是在高速出口接的人，他也不知道小潘家在哪儿，但听他的口音，应该是本地人无疑。

本地人有几十万，要在短短几天内从几十万人中挑出一个人都是一项浩大的工程，何况要找出这个人，谈何容易！

事已至此，只能看你李广震有没有找到小潘的本事，围成一圈的人唏嘘一番也就各自散了。

下午陈荷去食堂吃饭的时候遇见鲁会娟，在等饭的当儿两个人就挤在一张桌子上说体己话。说着说着，话题就转到了韩建超和孩子。

"呸！要是我就一头撞死算了，还有脸来！"鲁会娟知道韩建超带着孩子来找陈荷就说。她说话从来不藏不掖。

"那个女的跟房客跑了！"陈荷把韩建超的话转述给鲁会娟听。

"真是金瓜配银瓜，西葫芦配南瓜，啥货配啥货，要是不跑他能想起来找你？"鲁会娟顿了一下又接着说，"那你决定了要跟他过吗？他可是拿刀子戳过你心的人！"

"姐，为了娃，我没有别的办法！"陈荷一想到宝儿眼神里显现出来和他那个年龄不相符的落寞，眼里就涌上泪来。

鲁会娟不再说话，低下头，把嘴凑上碗沿，噗噜噗噜地喝面汤。

董事会的交接手续持续了一周才完，每一处的每一件东西都要一一清点移交。最后移交的是财务科根据工资表提供的人员名单，真如周董所言，除了财务科和个别岗位做了调整，其他职员被新企业全部接收。

名单在矿院门口的报栏里公布后第二天，就有六个人进了矿院要求给个说法，大家才发现公布的名单里没有这六个人的名字，而在后来，大家在公布栏旁边看到新董事会贴上去的"关于对×××等人违规违纪行为处理的通知"红头文件的复印件时，才明白这就是年前偷煤事件牵涉到的那六个人。而在红头文件结尾，魏科长也因监管不力被免去保卫科长职务调整到办公室待岗。公司中层以上领导大都是有些来历的，不是和某人沾亲带故就是某人特意关照过的，直接辞退太显眼，关照的人面子上也挂不住，就设了一个待岗。每天按时按点在办公室坐班，却不分配任何职务，到月底只发最低生活保证金。但待岗只是书面的说法，大家都叫"挂起"。这次看魏科长被挂起，有人替他鸣不平：这明明就是用木刀杀人嘛，还不如直接开除了，猪尿泡打脸，臊气难闻哪！

魏科长早就料到这事没完，但万万没想到会是这么个尴尬的结果。不辩解，也不争取，直接收拾东西回家了。

职工灶上的厨师老池从过完年就没来上班。有人说除夕夜周董开车回矿吃团圆饭，在富旺加水点门口，车灯照见老池担着那担铁笼，笼里搁着的却不是煤，而是两摞白花花的碗碟；又有人说，周董回到大院，整个灶房一团漆黑，叫留守的小周打开门，灶房冰锅冷灶，周董打开冰箱查看，冰箱里除了几盘饺子和几根黄瓜再无一物，而矿上放假时明明支出了一万八千元的过节费；还有人说，除夕夜吃团圆饺的时候，本来周董就生着气，谁知道有人竟吃出了老鼠屎并端给周董看，周董当时就一顿狂呕，虽然小周后来口口声声说那貌似老鼠屎的东西是在油锅里炸黑的茴香，但在此刻，舆论明显一边倒的时候，他的说辞无疑是欲盖弥彰，苍白得没有一点儿说服力，更没有人会相信。

营业室在交接手续结束后就暂停了营业，所有人被告知不准远离，随时准备开门营业。营业室不上班，煤场就没有多少事。陈荷就央鲁会娟带她去看李果元，鲁会娟一口应承下来。这是她第一次主动要去看这个在她生命中以保护神身份存在着的男人，也是她今生唯一辜负过的男人。没有宝儿那时，有一阵子她还会想入非非，甚至在脑海里勾勒出一系列浪漫唯美的场景，但宝儿一回来，她的心就像从轻飘飘的云端一下子砸在结实的大地上，那些与爱和浪漫有关的风花雪月全部消散殆尽。

李果元显然没有料到陈荷会来，看到两个人出现在眼前，吃惊的嘴巴久久合不拢。他从眼前齐腰高的石头堆里站起，意外又惊喜地打招呼："你们来也不说一声，我好去接你们呀。这么偏的地方你俩都能找到？本事够大！快，回房子说话。"

"嗨，我俩是谁呀！"鲁会娟说，"你俩先回，我在这找块腌菜石头。"

"不能，不能！"李果元说，"这石头一见醋就糟了，用不成的！"

"那你们先说话，我去上边转转！"鲁会娟说着就朝上山的小路走去。

"别走远了，我们这的工人可都是属狼的！"李果元冲着鲁会娟的背影喊。

"放心。"鲁会娟头也不回，"老了，狼咬不动！"

李果元和陈荷就相视一笑。房间里没有桌椅，两个人只好并排坐在炕沿上。别看李果元身处消息闭塞的山里，但对于鲁家河矿上的事却清清楚楚，他甚至知道周董请陈荷进城上班的事。

"这样的机会多好啊，多少人想去都去不了的！"李果元听陈荷说没给周董打电话时，就责怪她。

他这样一说，陈荷也觉得自己确实应该打个电话。营业室墙上贴的通讯录中就有周董的电话号码，她手机上也存了，但她一直没敢打，她知道原因来自于根植在心底的自卑和不自信，就说："我怕我没有那个本事，业务上拿不下来。"

"你不是没有那个本事，你是没有那么一个平台叫你施展才华。"李果元望着她，"说不定你就是一颗夜明珠，只是一直被错埋在了沙子堆里。"

李果元一说到这儿，陈荷又联想到去营业室时的暗箱操作，就转过头问李果元："老实说，你这次有没有去找周董运作？"

"拉倒吧你！"李果元不屑地瞪了陈荷一眼，"你以为我是谁啊？上下通吃？我要有那么大本事早把我放到安稳处了，还用得着在这搬石头？回去了赶紧给人家周董打个电话，毕竟咱要靠人家养家糊口呢！"

"就打，就打。"陈荷连忙应着。

陈荷应完，两个人之间出现了短暂的冷场，过了一会儿，还是李果元打破了沉默，他小心翼翼地问："他，回来了？"

"嗯！"陈荷知道终归要提起这个话题的。

"娃怎么样了？"他听家里人说过，陈荷的儿子都多高了还不说话，也不和人交流。

"好多了！"陈荷说，"现在开始说话了，但只是对熟悉的人、动画片里的角色、小动物呀，还有路上跑的汽车呀什么的自言自语。"

"那就好，把娃看重些，其他的也就那么回事，看淡一点儿！"李果元说。

"嗯！"陈荷应，接着问他，"你们怎么样？这儿生意怎么样？"

"好着哩，都好着哩！"李果元说。陈荷透过玻璃窗子望向外面，视野里全是一摞一摞的方形石块。

"上次去营业室那事，谢谢你！"陈荷面向着窗外又转换了话题。她不知道他俩下一次相见会是什么时候，只是想把所有压在心里的事做个了结。

"看你，说的啥话呀！"李果元说，"要是有个人疼你，哪儿还用得着我操这心啊？"

李果元一句话却把陈荷的眼泪给说出来了。陈荷一哭，李果元自己却窘得手足无措。他伸出粗糙的手掌给陈荷抹眼泪，可那眼泪却越抹越多。他伸出胳膊搂陈荷入怀，把陈荷流着泪的脸紧紧贴在他的脸颊，心疼地说："对不起，是我没有保护好你。我爱你，虽然我们没有在一起，但我依然像当初一样爱你！"

"我想让你知道。"陈荷抽泣着，"我没有背叛我们的约定，我只是拗不过我爸。我第一次带韩建超去见你，也只是为了让你死心，让你能忘了我重新开始。我和他结婚，给他生孩子，但你却一直盘踞在我心里挥之不去。宝儿一天天长大，你家琪儿也出生了，就在我决定要把心从你身上收回来的时候，韩建超却出轨了……还有我和李广震上床，你别打岔让我说完，我和他上床也是喝醉了把他当成了你。在我清醒时我不敢对你有非分之想，我不想破坏你的幸福，我不想伤害玉婷。我想我可以以醉为借口要了你，也把自己给你，谁知道敲门进来的却是李广震……果元，我知道你不信，我知道你嫌弃我身子脏，你骂我吧，你打我吧……"陈荷拉着李果元的手往她的脸上打。

"荷，别瞎说，我心疼都来不及，又怎么会嫌你脏呢？你的话我都信，你的心我也懂，我都懂。"李果元拥着陈荷从炕沿站起，伸长胳膊砰地一下关上了房门，亲吻便像密集的雨点狠狠砸在陈荷额头、脖颈……

"别，别，鲁姐！"陈荷要推开。

"放心，鲁姐聪明着呢，一时半会儿不会回来的！"李果元说着，把她抱得更紧……

仿佛所有的坚持都是为了这短暂的相逢，两颗相爱的心经历过漫长岁月的煎熬，终于在这一刻完成了辉煌的合体，他俩清楚地知道这不是开始，而是真正意义上的结束。刚才他们经历过的只不过是一个结束仪式。结束就结束吧，是该结束的时候了。爱过，拥有过，不能在一起又算得了什么？

陈荷兜里的手机响了。接完电话，她脸上就换了一副凝重的表情，向着李果元说："给你说件事。"

"嗯，谁打来的？"陈荷的话让他的心揪在了一起，他不知道出了什么事。

"周董的电话，让我和小林下午跟着财务总监拉账目的车进城。怎么办？去还是不去？"陈荷问。

"当然去呀，傻瓜才不愿意去呢！"李果元顿了一下，"本来还想请你俩去城里吃饭的，既然情况是这就去不了啦，看看鲁姐在哪里，咱去灶上随便吃点儿，我送你俩回矿。"又凑到陈荷眼前，轻轻地亲了一下她的额头，压低声音说："记着，不管啥时候，不管在哪里都把自己照顾好，你一定要好好的，我们都要好好的！"

陈荷扭头看着他，"嗯"了一声，脸颊飞上了两片红晕……

李果元送陈荷和鲁会娟回到矿上已是下午五点多，陈荷一进矿就接到财务总监通知，让她和小林帮忙整理财务科要带走的账目。这样，鲁会娟和李果元只好留下来帮陈荷整理东西。别看一个人的家当，整理起来还蛮费事。该带的该扔的好不容易整理出来，还没来得及分类打包，陈荷就风风火火地闯进门来。

"鲁姐，果元，停！停！停！不整理了！"她急忙阻止。

两人听她这样说，都停了下来，不解地望着她。

"不整理了，我不去了。"陈荷说着就动手往原处摆。

"到底咋啦？你把话说清楚呀！"李果元拦住陈荷动作的手，问她。

"对啊，到底出啥事了？"鲁会娟也焦急地问。

"你们猜我刚才看到啥了？"陈荷问两人，不等他们回答接着说："补助领取单，那么厚一沓。我翻了一下，就营业室都搞两极分化，人家领的补助比咱领的工资都高！"

"什么情况你慢慢说，我好像还没听明白。"鲁会娟问。

"你俩先坐下。"陈荷将两人按坐在床板铺的报纸上，说，"财务科每月给一部分人暗中发补助，从四百到两千不等，我们这些老实人都被坑了。"

"你见到发放表了？"李果元问。

"没有表，全部是领条，这么厚一沓！"陈荷说着，用右手拇指和食指比画出约两寸的厚度。

"人家的钱，人家想给谁发就给谁发，这没有什么想不通的。

再说，你没领补助还不是照样能进城上班？"李果元说。

"你说，我们谁上班不是尽心尽力的？凭啥就要分个三六九等出来？我才不去给这么偏心眼的领导打工，县城我不去了，谁爱去谁去。"陈荷说完，一屁股坐在椅子上不动了。

"真不去了？"鲁会娟试探着问，"没听说还有这一出，哎，那你没看有没有煤场谁领的条子？"

"没有，我只看了前边几页，还想再翻，钟会计进来了，我就赶紧放下了。"陈荷说。

"那你不进城了跟人家打没打招呼？别让人家一会儿走时来催你。"李果元望着陈荷说，"所处的角度不一样，领导方法也就不一样，可能是劳动所得，也可能是另有隐情。你今天看到了在这纠结，要是看不到还不整天两条腿跑得欢？你就是少挣了些钱，那东西生不带来死不带去，够花就行。依我说，你还是继续整理你的东西，进城才是正事。"

"这么大的事，又是财务支出，肯定是周董授意的，即使没授意也是知情的。我宁愿在营业室继续开票，也不愿意给这样偏心眼的领导打工。"陈荷还是想不通。

"你这话不对，人家话是这么说的，是'宁给君子牵马拽镫，不给小人出谋划策'。"鲁会娟一说完就笑。

陈荷不说话，却斜着眼瞪她。

"真不去了？"李果元问。

"不去了，我都跟财务总监说了，她会跟周董打招呼。"陈荷说。

"不去就不去了吧，那走，我请你俩吃饭。祝贺牛人小荷炒了周董的鱿鱼！"李果元抬起屁股就要出门。

"别急呀，帮我把东西摆顺了再走。"陈荷在后边拽鲁会娟。

"那就你请客。"鲁会娟接着陈荷的话茬说。

"好，我请客，老李付钱。"

"凭啥呀——"陈荷话未说完，李果元就喊了起来。

几个人都笑了。

四十三

陈荷没有跟着周董他们进城，而办公室小林却跟着去了。第二天一早，新领导班子的三辆车就开进了矿部大院。新人入住，各个办公室的清扫整理就是首要任务。平时这洗洗抹抹的事都是小林干，但小林辞了职，办公室主任岗位又长时间空缺，这一工作让谁来干颇是让郭总费了一番心思。这时候从外边招聘人员既不现实，也解决不了眼下的问题，营业室还没开始营业，干脆从营业室先拉一个人过来先应付着，找人的事再从长计议。这样想着，郭总就去找朱科长商量，朱科长听郭总一说，就和郭总一起分析形势，分析完了就向郭总推荐陈荷，说陈荷人实诚，办事靠得住，而且也有能力，别说去办公室帮忙，就是上班肯定都没问题。说过后就又转回头去宿舍找陈荷，找见了却怂恿陈荷去找郭总，毛遂自荐去办公室上班。

"为啥要去办公室？我在营业室上挺好的呀！"陈荷听他说完，问。

"话是这样说。矿上目前这情况你也看见了，财务科和销售科都是矿上的重要科室，财务科的人都换了，新领导绝对不会让我继续负责销售科。现在已经有传言说过几天就会来新的销售科长，新科长一来，为了便于管理，说不定营业室人事就有大变动，你别看眼下风平浪静，除了新董事长，谁都不知道接下来会怎么样。"朱科长有点黯然神伤。

"真的啊？那到时你怎么办？"陈荷问。

"哪儿来的回哪儿去呗，回去继续扛我的红酒箱。"朱科长说，营业室的人都知道朱科长在来矿上之前是做红酒代理的。

"好歹你还有退路，可我……"一想起自己不可知的未来，陈荷茫然了。

"所以才叫你去办公室啊！"朱科长说。

"我能行吗？"陈荷心里没底。

"就是些简单的收发文件和文档管理，洗洗抹抹更不用说，你还懂电脑，有啥不行的？"朱科长说。

"那我去了怎么跟郭总说呢？"陈荷一想到要去见郭总，心里就直发怵。

"怎么说话还要我教你呀？郭总现在正为找人的事头大呢，你去了还给他把围解了。"朱科长还要说，听见有人在外边喊，就一边应着一边叮咛了两句走了出去。

陈荷看着朱科长的背影消失在门口，大脑快速地运转开了，怎么办？去还是不去？朱科长分析得也不是没有道理，如果营业室真的要换人，就凭她这点儿小人脉又能顶什么用？弄不好第一个卷铺盖走人的就是她。算了，管它三七二十一，自己先跳一步，后边的事边走边看吧。主意打定，陈荷就决定去找郭总，啥时候去，去了说什么都要一一想清楚——她知道自己的脑瓜不好使，短路是常有的事，必须准备充分。

当天下午，陈荷瞅了个没人的空当就敲开了郭总的办公室门。郭总看她进来，取下鼻梁上的眼镜，从桌前站了起来，口里不住地招呼着她"坐"。陈荷谢了，没坐，走近办公桌，就在郭总对面站定，简单说了自己想去办公室上班的想法，三言两语，简单得不能再简单，她都怀疑郭总有没有听明白她的意思，但郭总没有再问，她就认为郭总听懂了。

"可以呀，办公室正好缺人手。"郭总在桌前来回踱着步，听她说完，想了一下，这样答复陈荷。

陈荷没想到过程会是这么的简短而且顺利，她不知道接下来该说什么，只好往出退，转眼一想又觉着就这么退出去也不妥，就补充了一句："那就有劳郭总您费心，我先出去了。"郭总没说话，看着她点了点头。

几天过去了，营业室没营业，陈荷就继续客串着办公室文员的角色，每天清早给新董事长整理床铺、打扫卫生，到了上班时间去办公室守电话，收发文件。虽说去找过郭总，也陈述过她的意向，郭总也给了她肯定的答复，但接下来却没有实质性的进展。要换人的传言在营业室传开后，各人都发动周边所有的人脉联系出路。陈荷看见好几个人的工作岗位已经落实到位，愈加焦急，却不好再去催问郭总，心里就像塞了一团乱麻，扯不开，也理不顺。

紧要关头还是得有个主心骨给她拿拿主意，这天早上，安顿完办公室的事，陈荷就拨通了李果元的电话。李果元听她说完情况，没急着下结论，却莫名其妙地问了她一句："郭总是不是每天下午要回家？"

"是啊，你问这个干吗？"陈荷纳闷。

"你等着，我吃过午饭进来接你。"李果元没回答陈荷的问话，也没说接陈荷出去干吗，说完不等陈荷问话就挂了机。

下午，李果元开着料石厂的农用车接了陈荷进城。车到超市门口，李果元靠边停了车，下车边关车门边对陈荷说："你在车上等我，我进去买包烟。"

陈荷"嗯"了一声，李果元就进了超市入口。

等他再出现，手里却多了一个购物袋，仔细一打量，陈荷才发现那是一瓶红酒和一瓶咖啡。

"你买的？给谁？"陈荷看着李果元打开车门上车，盯着他的脸问。

"甭问，提上跟我走就是了。哎，知道郭总家住哪吗？"李果元把袋子放到陈荷腿上说。

"知道。"陈荷回答，盯着腿上的袋子，"非得这样吗？朱科长不是说办公室正缺人手吗？他还说我去了还能给郭总解围呢，怎么还要送礼？算了，要送礼我就不去了，咱回！"陈荷说着，就伸手去开车门。

"你疯了？"李果元紧急刹车，冲着陈荷吼，"赶紧给我坐好，不要命了。你以为啥事都像你想的那么简单？"

早知道要送礼，陈荷才不愿意去找什么郭总，现在被李果元这么一吼，她心里即使有一百个不情愿，也只得老老实实待着。

县城南街，穿过一条长长的巷子，一座围墙上铺着爬山虎的独院就是郭总的家。铁锈红的大门上钉着几行漂亮的门钉，爬山虎干枯的枝蔓从门楼上吊下来，蔓梢向上微卷，在门上吊出了一行参差不齐的门帘。陈荷跟着李果元在郭总家的大门口站定，思绪却一下子穿越到了夏天，满眼是苍翠欲滴的爬山虎。身旁的李果元可顾不上这些，抬起手，叩响了门环，接着，由远而近传来一连串狗吠，夹杂着一句女声的问话"谁呀？"

"我是从矿上来的，请问郭总在吗？"李果元隔门说。

"来啦！"接下来说了句什么，狗吠听不见了。大门打开，一个女人的笑脸就出现在眼前，一只胖乎乎的小狗在身后的地上摇着尾巴，偏着脑袋，睁着圆溜溜的眼睛好奇地打量着这两个陌生的来客，女人看到了门口站立的两个人，就热情地一边打招呼一边往门里请。

李果元客气地笑着应承，扯着陈荷进了郭总的家门……

第二天，朱科长就通知陈荷直接去办公室办理交接手续。朱科长是在早餐桌上告诉陈荷这个消息的，围坐成一圈的人们都嚷嚷着说陈荷高升了，这下该请客了。为了衬托这热闹的氛围，陈荷也就夸张地笑应着，心里却不是滋味。

用大家的话说，目前办公室是有庙无佛，所以根本没人给陈荷办理交接，只有小林离开时交给郭总的一串钥匙。吃过饭，陈荷去郭总办公室领了钥匙，就听从郭总的吩咐，对照着钥匙上标注的名称一一对照着去开会议室、档案室和库房的门，这几处都是她将来要负责的区域，她得先把文档资料和库存物品一一整理归类，再造册登记。办公室和会议室除了办公器材就是桌椅板凳，而当档案室和库房的门一打开，眼前的情景就让陈荷倒吸了一口冷气。档案室靠墙两边摆了六个档案柜，柜门敞开。装着票据的纸箱、蒙上灰尘的奖牌和荣誉证、用旗杆卷起的彩旗、文件夹、文件盒和各种纸质文件以各种自由的方式胡乱堆放着。库房很小，但它的乱和档案室比起来，却是有过之而无不及，陈荷看到这情形，也没了整理的心思，就锁了门，一边在心里叫苦不迭，一边往办公室走，马上到办公室门口了，就听见沈矿的声音在后边喊："小陈，小陈！"

"嗯？"陈荷应着，停住脚步转过头看着沈矿。

沈矿见陈荷回了头，就边往前走边说："你给拿三套工作服放我办公室，要下井。"

陈荷听到，就应着回头往库房的方向去了，沈矿在后边补充道："记着，拿三套。"最后那个"套"字咬得很重。

"知道啦！"陈荷应着，并没想为什么要强调那个"套"字。沈矿也不再说话，转身回了办公室。

陈荷一打开库房放工作服的柜子，就愣住了。柜子的几个架板上，全部摞着一沓一沓的衣服，她大概翻了翻，有外衣裤、绒衣裤、棉马甲，还有贴身的秋衣裤，想必沈矿说的一套就是各样都来一件吧。陈荷就各样数了三件，摞起来抱到沈矿房间的长沙发上去。放妥了，返回来咔的一声锁了库房门。

"小陈，你给个这些就算完了?"站在门口的沈矿看见陈荷锁了门，赶紧喊她，"雨靴、帽子、袜子、皮带、手套，还有毛巾一样都没给哩。"

"啊?"陈荷听见沈矿一口气说了这么多，吐了吐舌头，跑着去打开门，翻箱倒柜找去了。沈矿见状，也跟过来帮着陈荷找起来。

陈荷找全了要补充的东西，就把皮带卷成卷，和毛巾、手套、袜子一起塞进矿工帽里倒提着出了门，而沈矿却弯腰提了三双地上放着的雨靴，跟在身后边出门边叮咛："你抽时间把会议室收拾出来，上来了要开会的。"

"好的!"陈荷在前边走，听见沈矿的话，脚步稍微慢了一些和他保持平行，答应着。

沈矿带领的下井人员走后大约有一个小时，新来的董事长马志铭急匆匆地来办公室找陈荷，要陈荷给他找一套衣服，他要下井。陈荷看他铁青着脸，就小跑着给他取了衣服，但他只换了外衣和雨靴，手抓着帽子就出了门。

马董是和先下井的沈矿他们一块儿升井的，那时时间已是上午十一点多一点儿。沈矿洗完澡就和生产部门的人进入二楼的会议室开会。陈荷就抽空洗他们换下来的工作服，工作服洗完，吃饭铃都响了，可是会还没有开完，那些人也没有散会吃饭的意思，倒是生产科科长招呼陈荷进去倒水。她提着热水壶一进去，会议室的烟雾就呛得她直咳嗽，大家见她进来，暂时停了讨论，但每个人的神情都是一样的：焦虑又严肃。

出什么事了？见此情景，陈荷在心里画了一个大问号，退出来的时候还在心里纳闷不已。

沈矿主持的会结束后，与会的各位并没有散去，只叫陈荷打开了窗子，倒掉了烟灰缸里的烟灰，安顿停当，还未出门，郭总就拿着笔记本，端着茶杯，陪着马董进了会议室，后边跟着新来的财务总监小林，郭总一看到陈荷，就说："小陈，正找你呢。去拿个会议记录本，开会！"

"好！"陈荷应着，就转出门去办公室取会议记录本。按理说记录会议的重任非主任莫属，但主任岗位目前还是个空缺，郭总点到她也就在情理之中了。

这么频繁地开会，肯定是生产方面出了问题。陈荷取了本子一边上楼梯一边想。到底出了什么问题呢？不得而知。但看这严肃情形，问题肯定不小。管它，先开会，听听会上咋说。

果不其然，生产方面出了事，还是大事！今天是新企业生产部门的领导第一次下井，但领导在下井后，发现井下巷道分布和前任董事会交接手续时提供的采掘工程平面图竟然不符，而通过现场对目前掘进工作面的分析论证，得出结论是这一工作面马上进入回采阶段，这也就意味着两三个月后，鲁家河矿就面临着无煤可采的尴尬局面。下井的领导一看这情形就傻了眼，忙用井下的内线电话向马董做了汇报。马董一听，脑子都要炸了，竟然会发生这样的事，这还了得？但电话中又说不清楚，马董就命令其他人原地不动，让熟悉地形的沈矿在大巷处等，自己匆匆忙忙地进了立井井口的罐笼，后边赶去陪他的采煤班班长都被隔在了罐笼外边，只好一路小跑着从斜井赶下去。

沈矿头上戴着钢盔，头顶的矿灯在黑黢黢的巷道里闪耀着明亮的光圈，脖子缠着深蓝色的毛巾，脸上的煤灰和着汗水流下来，在脸上画下一条条黑道道。他不知道跟他下井的那几个人葫芦里卖的啥药，但一看他们那躲躲闪闪欲言又止的神情，他就有一种被孤立被排斥的失落。他们矿灯的光柱在黑漆漆的井壁上左冲右突了一会儿，就有人喊他，让他去大巷处等马董事长。他不知道发生了什么事，但他明白即使问也问不出个所以然，所以他就回转身，向着大巷的方向走去。

马董步履跄跄地到了，他见到沈矿的第一句话就是："你知道井下图实不符是怎么回事？"不等沈矿回答，又接着说，"唉，你怎么会知道呢？也怪我，只相信自己找来的人，没想到叫那天杀的把我给卖了！"说完又降低声音喃喃地说，"早知道，早知道我就叫你去，看来这天杀的是两头通吃了，妈的！"

沈矿不知道周董提供给马董的图纸是什么样的，他在鲁家河矿下了十几年井，井下的每一条巷道每一个拐角甚至每一个坑窝子都清清楚楚光明正大地摆在那里，甚至最初备查的图纸都是他手绘的。他没料到马董会这样问，愣了一下，正想开口，听见马董接着说了下去，他就没说话，小心翼翼地在前面给马董领着路。

当时井下储量考察是两任董事长直接交手的，下井那天并没要矿方原生产部门的人员参与，不管是先前的周董还是新来的马董对这个问题都心知肚明。马董是搞销售出身，对于煤矿并不懂，在接手新企业时就步步惊心，总担心一不小心会钻进别人设好的圈套。为了稳妥，就高薪从外边聘请了技术员来考察可采储量，他只以为外边请的人和矿上没有利益纠葛，也就没有和矿方联合起来欺骗他的可能性和必要性。技术员升井后，在办公室的办公桌前，对照着图纸给他讲得头头是道：新接替面长度、煤层可采厚度、夹矸层数和厚度、可采年限……都有确切的数字，技术员的这一席话无疑给忐忑的马董吃了一颗定心丸。他想不通精明的周董为什么要将前景这么广阔的企业转手，但他懒得去深究，就想着这么好的机遇要是不把握住那将是多让人痛心的事，而矿方除了要求承包款项一次性付清外再没有其他的附加条件。马董担心夜长梦多，当天下午就在办公室里交付了押金，签订了承包合同，并在次日通过银行转了承包费。接下来，他就暂停了其他正在运行的项目，抽出资金，下定决心先将煤矿做起来。他知道，只要产出煤开始营业，就意味着新企业有了造血功能，那将挪用其他项目的资金流转回来也就指日可待了。虽说现在的煤炭销售不景气，但凭他对煤炭销售趋势的分析，他以为情况并没有外界传的那么糟。

对于新接手的鲁家河矿，马董心里是抱了一百二十个希望的。谁知道就在他打算大干一场的时候，竟然出了这事，这不是要他的命嘛！一想起这破事，马董就想爆粗口，但看看在前边深一脚浅一脚带路的沈矿，他就把要蹦出来的粗话生生憋了回去。虽然他心里知道自己下井解决不了任何问题，但他就想去看看。他悔死了，自己当初怎么就没想到跟着他们到井下去看看呢？就是看不出问题，最起码在那杵着，那个天杀的就不会这么放肆。现在，交付的承包费和启动资金已经掏空了他的家底，本指望企业运营顺当后在一两年之内赚回来，谁料想转瞬之间这所有的一切都成了泡影。看这阵势是真的要搭上他的身家性命了，他一个扑腾，若是撑不住，沉下去也就算了，可老婆孩子怎么办？母亲怎么办？到时孤儿寡母的让他们可怎么活？……都怪那个天杀的！一想到这儿，马董就觉得有一口气在胸口撕扯纠缠，吐不出来，也咽不下去，他微微偏了一下头，向着旁边的一团光亮"呸"地吐了一口，有点腥，借着矿灯的光柱一照，才发现那光亮是巷壁上镶嵌的一块指示牌，一团大大小小的血点在光照下喷射着刺眼的猩红——他竟把舌头咬破了。他用手背抹了抹嘴角，心里恶狠狠地骂了一句"狗日的"！

马董下井前匆忙，换衣服时只换了外衣，他对井下的地形又不熟，得处处提防脚下深一个浅一个的坑窝子，每走一步，觉得身上的每一个部位都在使劲，走了这么长时间后，汗水早已浸得内衣湿湿地贴在身上，被大巷里刺骨的冷风一吹，背部就像背了一块硕大的冰块，那冰冷就沁入到浑身的每一个毛孔里去。而脚掌却火辣辣的，每挪一次脚就钻心地疼，应该是雨靴磨出水泡了，他想招呼沈矿停下来，但看着沈矿的背影，他张了张嘴，终究没喊出声。他头顶矿灯的光圈打在沈矿背后，沈矿的裤脚塞进雨靴里，雨靴自脚踝以下全是灰黑色的泥浆。巷道越来越低，得弯着腰才能进入。沈矿在前边走，马董弯着腰跟在后边，那一瞬间，他竟然不合时宜地联想到了餐桌上的大龙虾。对，如果站在巷壁的角度看过来，正在行进的他俩就是两只大龙虾，但他俩张牙舞爪地挥着铁钳，却不是为了攻击，只是为了寻找出路。

四十四

马董升井后，顾不上吃饭就紧急召集生产部门的领导开会，就矿上目前这问题商讨解决的办法。虽然陈荷事先打开了所有的窗子，但整个会议室还是烟雾缭绕。大家都认为，目前最主要的任务就是想方设法在最短时间内找出新的接替工作面，这也是矿上唯一的出路。但要找新的接替面就少不了图纸，可是正确的图纸在哪里？

这时，有人就建议去技术矿长的电脑上找找。当初生产技术上的工作一直是由技术矿长负责的，他电脑上应该有电子档，复制到 U 盘拿到城里重新出一份就行。

"听说那台机子打不开，也不知道修理工修得咋样了？"马董听见有人提起技术矿长的电脑，就说。

"哦，那个修理工来过了，拆开看了，机子没问题，是里边没有硬盘！"陈荷忽然想起了，修理工走时要结账，还是她给填的报销单据。

"哦？硬盘都拆走了？那就没办法了！"马董闻言，苦笑着摇了摇头，"沈矿，重新绘制图纸那活你能不能干？"

"应该、能吧！"沈矿犹豫了一下说。

"能就好，需要什么就吭气，整个大院的人尽你用，尽量抢时间，活人总不能叫尿憋死。还有，大家说一说，在找到工作面之前这段时间我们做什么？就这样等死？"马董听大家说完，环顾了一下会场，"谁知道工作面多长时间才能找到？"

"这个……"大家真想不出来在找到工作面之前能做什么，短时间里会议室就没了话。

"这样吧，煤场不是还有些煤嘛，您看，能不能叫营业室先营业，把煤场那些煤先处理了，搁时间长了，一风化就没有卖相了。再说，卖了多少还可以贴补一点！"生产科科长向马董提议。

马董苦笑着摇了摇头说："杯水车薪，那一点点又能顶什么用呢？"停顿了一下又说："不过聊胜于无，卖了总比风化了强，就按你说的来吧！"又转过头对着陈荷，"小陈，记着，会毕了叫朱科长来我办公室。"

"好的！"陈荷应着，低头在记录本上记了下来。

马董环顾了一下四周，咳了一声，刚要说话，底下院子里就传来一阵吵嚷，夹杂着一阵阵的起哄声。马董微微皱了皱眉，冲背靠着门坐的财务总监喊了声"小林"，等小林抬起头，他朝着门口努了努嘴说："门！"

财务总监应着，赶紧起身虚掩了门，院子里那些吵嚷声就被模模糊糊地隔在了门外。

　　大家继续开会。马董要求生产部门按领导带班制度制订一个四班三运转的入井班子，每班必须保证有一名技术员入井，付给平常带班的两倍带班费，全力以赴找接替工作面。马董说，俗话说"大河有水小河满，大河无水小河干"，企业好了，我好你好大家都好。现在正是企业的困难时期，对于煤矿来说我又是外行，所以希望大家齐心协力，克服一切困难，帮助我，也助企业渡过难关。

　　马董推心置腹的这一席话让整个会议室沉默了。没人说话，只有烟雾在每个人的手指间缭绕……

　　就在这时，虚掩的门被人从外面推开了。一个蓬乱头发的脑袋刚出现在门口，就被什么扯着往后移去。

　　"你这人，我们要见老板，你扯我干啥？"外面响起一个陌生的声音。

　　"里面正在开会，你们先在底下等会儿，等会完了再说！"是保卫科新任科长冯光辉的声音。

　　会议室参会的人不知道发生了什么事，都扭转头，抻长了脖子向门外张望。

　　"老冯！老冯！"马董冲门外喊。

　　"嗯？"冯科长听见喊声，脸就从推开的门里伸了进来。

　　"外边吵吵嚷嚷的，是啥情况？"马董看着冯科长。

　　"是、是村上的村民。"冯科长欲言又止。

　　"村民？干吗的？"马董明显听到这些人来者不善，但他想不通自己初来乍到，能和这些村民有什么过节，就疑惑地问。

　　"他们说移民新村的墙体裂了缝，说是在咱矿的采空区。所以、所以……"冯科长说到这儿打住了，他看见马董脸上的表情一瞬间由红转白，就没敢接着说下去。

　　"墙体裂缝，又不是这两天裂的。他们年前干吗去了？我们刚一进矿就找着来了，是不是觉得软处好起土？"一听这，马董头都大了，这什么破地方？咋哪哪都是事？

　　冯科长没接话茬，站在原地看着马董。

　　马董见此情景，环视了一下会议桌上的人，对沈矿说："你下去排班，完了将排班表给我送一份，我每天八点也跟着下井。今天就先到这儿吧，散会！"说完又转过身对冯科长说，"老冯，咱俩去看看！"

　　"好！"冯科长应着，在前边拉开了门，一闪身让马董先走，等马董出了门，才跟在身后走了出去。

　　马董和冯科长刚走到一楼楼梯口，就见一辆车停在了办公室门口，车门打开，主管鲁家河矿的林副县长下了车。马董见状，赶紧迎了上去，有眼尖的村民认得林县长，就示意在楼道里谝着闲话的村民往门口走，这样，等马董迎着林县长走到办公室门口就挪不了步了，二三十号人将他们围了个严实。

　　马董一边说着"请，请，请"，一边用眼神示意冯科长劝离这些村民。冯科长从兜里摸出烟盒，掏出烟给大家发，但他走到哪儿，哪儿的人就转过头去，并不接他的烟。冯科长见状，把手里的烟直接夹到一个老者的耳朵上，扶着老者的胳膊往外拽，说："大家听我说，先去活动室坐着歇会儿，一会儿再说好不？"

　　老者见状，胳膊一使劲就挣开了冯科长的手，手往耳轮上一摸，耳朵上夹的烟就斜掉了下来，在地上骨碌碌地滚远了。老者说："一会儿再说？又想糊弄我！正好领导来了，就当着领导的面说！"又转过身对林县长说，"领导呐，您可要为我们农民做主啊，那墙，裂缝这么宽呐！"老者一边说，一边用拇指和食指比画出有五毫米的宽度。

"是啊，这可叫我们咋住啊？"有人附和。

"我们农民一生盖一院地方不容易，你说这刚盖起没几天就成了危房，这可怎么办哪？"一个敦实的光头小伙子说。

"领导啊，你是不知道，从发现墙裂缝开始，我夜夜不敢闭眼，就这样睁着眼睛直到天亮。一大家子人哩，要是出个事不得了啊！"一个五十多岁的妇女说着，就往林县长身边凑，用手指着双眼说，"你看看我的眼睛，你看看这眼睛红的，就这还不算，现在我是白天黑夜睡不着，换哪个地方都睡不着了。大夫说得了失眠症，你说，现在房子成了这个样子，娃媳妇都找不下，你说，这让我们可怎么活……"女人说着，就哽咽起来。

"是啊！"

"就是，这可是大事！"周围的人都随声附和。

……

林县长见此情景，看了看身边的马董，又环视了一下周围的人，说："大家的心情我理解，庄稼人一辈子盖一座房子确实不容易。现在墙体裂了缝，搁谁谁都得急，不过责任还是得分清，这周边都是煤矿，到底哪家的采空区还得专家组实地考察了才能知道，查出是哪家矿上的问题，哪家矿上就得负责到底！"林县长顿了一下，又转望着眼前的村民，问，"你们谁是领头的？"

核心中的几个人你看看我，我看看你，先是试探，接着才下了决心地说"我"，接着就有三四个人举起了手。

"这么多不算，找出一个说话顶用的！"林县长说。

举起的手全部放了下去，却往林县长身边推过一个中年男子来，仔细一看，秃头、浓眉、大眼。到了林县长身边也不说话，就这样站着。

"这样，你先进城，去政府门前把上访的那些村民带回来。好好的一个政府门口，看都弄成啥了。再支两个人跟着我的车上新村，解决问题是有个过程的，像你们这样一提起刀子就要见菜这哪行？先去接人，成不成？"林县长看着眼前的中年男子，等待回话。

"能成，能成！"中年男子忙不迭地应着，往后几步退出了圈子，围着的村民见林县长搭了话，也便跟着退了出去。

站在林县长身边一直没说话的马董看见人群散了，无奈地一摊双手说："林县长，您看这——"

林县长看了马董一眼说："他们知道这是老周任上的事，找不到老周只好先找你老马，把你逼急了你就会找老周。"林县长说到这里，话锋一转，"我看其他地方整顿关闭和资源整合都开始了，你们矿上现在是啥情况？"

马董在接手鲁家河矿之前并没经营煤矿，所以并没听过林县长说的整顿关闭和资源整合，看见沈矿从厕所的围墙转了过来，忙喊"沈矿"，等沈矿走近了问："沈矿，是不是有'煤矿整顿关闭和资源整合'这么一个政策？"

"有！"沈矿招呼过林县长，转过身看着马董说，"下发过这么一个实施方案。"

"那咱们鲁家河是什么情况？"林县长问。马董也想知道。

"咱鲁家河两个井口是进入资源整合名单的。"沈矿说。

"资源整合？怎么个整合法？"马董还是今天才听说这个新名词。

"没听过了吧？不急，叫沈矿给你扫扫盲！"林县长笑着说，又转身对沈矿说，"你就给老马说说！"

"这次整合主要是针对矿井开采技术条件落后，资源利用率低的小煤矿。咱县上的整合方案就是将燕子窝、五马川和咱鲁家河一号井、二号井这四个矿联合重组后成立一个新公司，公司成立后还要成立董事会，设一名董事长，四名副董事长，副董事长分别兼任各子公司经理，还要设综合、安检、生产技术、经营四个部室，负责各子公司安全生产和经营管理工作。"

"这个，这个……"马董搔搔后脑勺，"听着好像麻烦得很！"

"政策出来，遵照执行就是了，有啥麻烦的？"林县长转过头对马董说，"老马啊，生产单位确实没有省心的，你这老马可得撑稳喽！"

马董听林县长这一说，心里想着林县长肯定也明白他的窘迫处境，就哭丧着脸对林县长说："林县长，这情况你也看到了，再这样下去，恐怕我是真的要砸锅卖铁了！"

"哦？"林县长转过头看着马董，"据我所知，你那房子好像从来没动过烟火，有锅卖没？可别把矿上锅卖了啊，那可是集体财产！"

马董被林县长这一番话给逗乐了，说："没动烟火是真，但锅绝对有！"才想起还在门口站着，就忙请林县长进办公室喝口水。

"不了，全县其他矿都开业了，就你这鲁家河没消息。本来想着今天过来看看，谁知道老马你这里还是一锅糨糊！"林县长说着，用手指了指马董的头，接着说，"别着急，慢慢来，有什么困难随时来找我。是这，你给我找些纸和糨糊。"

"笔还是糨糊？"马董以为林县长说错了，就问。

"糨糊！"林县长说完，又转过头对身边的秘书说，"小左，拿上纸和糨糊，去新村！"

旁边的沈矿见状，转到院子里，向着二楼会议室的方向喊陈荷下来取纸和糨糊。

送走林县长的车，马董转身去找沈矿。

沈矿刚打开门，马董就问："沈矿，周小平除了通讯录上留的号码，还有没有其他联系方式？”

“这个还不清楚，反正他在矿上一直用这个号！”沈矿跟在马董身后走出来，他知道马董说的周小平就是周董，但他不知道马董忽然找周董想干吗。

“对了，我听说他注册了家公司，你知道公司驻地在哪里？”马董问。

“听说在东街，到底是不是也不敢确定！”沈矿说实话也不敢，不说实话也不敢，就模棱两可地说。

“东街？你是说县城？”马董反问，随即就否定了，“不对，在市里，就是不知道确切方位！”

这下轮到沈矿吃惊了，不是人都说周董的公司在县城泾水大厦租了写字楼办公嘛，皮卡车司机虎子送他们出矿后，回来也跟他说在泾水大厦，怎么马董这么坚决地给否定了？是马董真不知道还是周董又挪了窝？沈矿自己都理不清头绪。

马董见沈矿不说话，转身往自己房间门口走，边走边嘀咕：“周小平，没长个子只长心眼了，十个咱俩加起来都不是他的对手！”

沈矿站在门口，看着马董离去的背影，想起这个男人在这么短时间内经历过的冰火两重天，不自觉叹了口气！

四十五

一转眼，陈荷到办公室上班已多半个月了。营业室是早、中、晚三班倒，下班时间就可以自由支配，办公室却是朝八晚六。煤矿属于生产部门，双休日也照常上班，所以矿上就有规定，凡是矿部大院人员，在不影响工作的前提下一个月可以享受四天休假。但办公室只有陈荷一人，要是休假，根本没有人来替补，再加上最近新企业情况复杂，事多，所以一直想休假，却没好意思去请。

忙碌的工作从很大程度上削减了她对宝儿的牵挂，她虽然心里对宝儿充满了愧疚，但却并没听从韩建超的建议辞了工作去城里带孩子。韩建超带给她的伤就那么蛮横地盘踞在心里，在每个暗夜疯狂地撕咬揪扯着她。当初，他的背叛是那么轰轰烈烈毅然决然，但现在回来却是这么悄无声息轻描淡写，一句认错的话也没有，甚至一个请求原谅的字眼都不曾说出口。她分辨不清除了宝儿需要妈妈，这个男人身上还有多少值得她依赖并信赖的优点？对于这份感情她又有多少胜算的把握？到底是韩建超没有脸去面对那些不堪的往事，还是他觉得自己根本就没伤害过任何人？从另一种角度来看，也许她陈荷就是韩建超为了治好宝儿的自闭而启用的一味药引。想到这里，陈荷幽幽地叹了一口气，只要她的宝儿好起来，她这个当娘的愿意当这个药引！

这天是星期六。陈荷吃过午饭，锁了办公室门，正准备上楼回宿舍，电话响了，她一看来电显示，是韩建超打来的。电话一接通，听筒里就传来儿子的哭声，夹杂着韩建超的训斥。

"宝儿？宝儿？"陈荷在这边喊，听不见儿子应，她就问韩建超，"宝儿哭啥？"

"哭啥？"韩建超一听陈荷问，气就不打一处来，声音一下子大起来，"都是你儿子干的好事！"

"那么大的娃娃你凶啥凶？到底咋了？"陈荷也急了，听韩建超这生气程度，看来儿子闯的祸不小。

"他把钥匙弄丢了，这熊孩子……"韩建超一说，儿子的哭声就又大了。

"一把钥匙，丢了重新配一把不就行了，犯得着这么大张旗鼓的吗？"陈荷问。

"还有保险柜上钥匙！"韩建超气咻咻地说。

听韩建超这样一说，陈荷就不说话了。她知道韩建超发煤的地方在三岔路口，车多，人也杂，为了安全起见，就买了保险柜放煤款，煤款存到一定数额，就交给煤老板去矿上续缴合同煤款。这要是把钥匙弄丢了，那可不是闹着玩的。

韩建超听不见陈荷接话，以为陈荷没听见就说："保险柜上钥匙和门上钥匙在一起！"

"那他好好的为啥要扔钥匙？"陈荷问。

韩建超就给陈荷讲起来。原来宝儿好长时间不见妈妈，这几天就一直闹着要爸爸带他去矿上看妈妈，韩建超就答应周末带他去。今天吃过午饭，想着也没多少事，就跟他说好了进矿看妈妈。父子俩安顿妥当，宝儿从爸爸裤带上取了钥匙，兴高采烈地锁了门，正准备出发，一个拿了合同煤票的司机却给韩建超打电话说他煤装起了正在出沟，还说矿门口卖合同票那家因为违规开煤检票被煤炭收费局封了门。因为重车出来要收煤款，再想着矿门口那家被查，那他今天的生意就应该不差，这难得的机会可得抓住。韩建超就跟宝儿说今天不去了，改天去。正在兴头上的宝儿哪能听得进去，听爸爸这样说，就生气了，嘟着嘴不说话，韩建超想着小孩子好说话，所以并没理会，跟他要钥匙开门，谁知道宝儿非但不给钥匙，反而嘴一咧哭了起来。韩建超劝也劝不住，一时心烦，就抬起巴掌，朝屁股上狠狠拍了一把，就要从孩子手里拽钥匙开门，刚拉开哭腔的孩子见爸爸来抢钥匙，手使劲一甩——攥在手里的钥匙就朝后扔了出去。韩建超被儿子这一动作吓蒙了，恰在此时有一辆车路过，所以他也不敢去捡。等车过去，他在路上怎么都找不到钥匙，才反应过来虽然儿子人小个子矮，但因为父子俩是站在门口的台阶上，极有可能掉在车厢里了。糟了！那车是朝高速入口去的，要是上了高速可就追不回来了！一想到这，韩建超顾不上责怪，忙拽了儿子去路上挡出租车，坐上车一边叮咛司机快些开，一边翻电话簿，给高速入口附近加水补胎店的店主老黄打电话，央求他去收费站口，先挡住从城区过来的天蓝色自卸车。打过电话，又给拉煤司机打电话，让去县城东桥的煤老板处开票付款。安排妥当，他才靠在座椅上长出了一口气，转身看看儿子，小家伙可能知道自己闯了祸，也不哭闹了，乖乖地蜷在座椅上一动不动……

等韩建超到了高速入口，入口处除了正常过往的几辆车，并没有他叮咛的天蓝色自卸车。他跑到收费窗口去问，刚一张嘴，就被伶牙俐齿的女收费员客气而生硬地顶了回来。

"你也不想想，这可是高速出入口，怎么可能给你把车堵上？要是出个什么事故，你说到底算你的还是算我的？"

"那这、这……"韩建超还想分辩。

"这什么这？不就一串钥匙嘛，街上配钥匙的多得是，有啥大不了的？你赶紧走吧，别在窗口杵着了！"收费员说完，拧过头自顾自忙去了。

韩建超本就窝了一肚子的气无处撒，但想着要找人办事也只好点头哈腰赔笑脸，没想到钥匙没找到，还被眼前这个小丫头片子训得一愣一愣的。

他长叹了一声就要离去，一转身却发现偎在他身边的宝儿，宝儿也察觉到了爸爸注视的目光，抬起头，冲着爸爸甜甜地笑了一下。

宝儿这一笑，韩建超的气就不打一处来。在这之前他总觉得孩子的自闭都是他胡折腾酿成的苦果，所以他一直觉得愧对孩子，在这种内疚心理的支配下，对于宝儿就多了些溺爱。今天宝儿这一闹他才明白，必须让孩子知道什么事该做什么事不该做，一定得让他汲取点教训，不然下次还不知道会闹出啥乱子来呢！

韩建超想着，就一手提着宝儿胳膊，拧转身子，一手"啪"，"啪"，"啪"连着在宝儿的屁股蛋上抽了几下。眼前小小的人儿对这毫无预兆的惩罚吓坏了，在经历了短暂的惊愕后便号啕大哭，并挣脱了爸爸的手，一转身往收费通道跑去。韩建超吓出一身冷汗，飞奔过去一把抓住，连拉带拽才拖离了收费站，又被窗口里的收费员一顿呵斥，脸上红一阵白一阵又不敢发作，但又气不过，就摸出手机给陈荷打电话，但宝儿冲高速通道这一吓人的细节他没敢跟陈荷说，怕她跟他急……

陈荷听韩建超说完，说不出的心疼，她靠在宿舍的门板上，泪水涟涟地叮咛儿子："宝儿乖，都是妈妈不好，过几天妈妈就回去看你，陪你玩，带你吃小笼包……"

"妈妈，我要妈妈，你个坏爸爸，妈妈——"宝儿听见妈妈的声音，仿佛受了莫大的委屈，拉长了哭腔喊。

"儿子，不哭了。儿子，乖儿子，不哭了，听妈妈说话……"话筒那边的韩建超又开始哄孩子。

陈荷听他这样说，就没有挂电话，在这边等他开口，一阵低低的呜咽过后，他问："过几天你真出来吗？"

"出来，等我把手头的事安顿下来就去跟郭总请假。"陈荷说。宝儿的哭声让她心里很难受。

"出来再不回去可以吗？"韩建超问。

"啥意思？"陈荷没听明白韩建超话里的意思就追问。

"你看，宝儿一直这样也不是个事，你就别在矿上干了，出来接送娃上下学，给娃做做饭也是一样的。再说，你一天挣的那几十块钱，我多发一张票就挣回来了，你看，这样行不？"

陈荷没有这个思想准备，一听韩建超在这时提起这个话题，心里就有点反感，不接他的话茬，也不说话。

"你，在听吗?"韩建超试探地问。

"知道了，这事以后再说吧!"陈荷听了一下，话筒里并没有宝儿的抽泣声，她就挂了电话。

宝儿就是陈荷的软肋，也许韩建超也明白这一点，所以在承认错误和请求原谅这个问题上，他才像人们形容的那样：茅坑里的石头——又臭又硬!

四十六

马董本来想着接手鲁家河矿后大赚一笔，谁知道一块金疙瘩就这样成了烫手的山芋。马董心里知道这事从头到尾都怪自己，只担心知道消息的人一多，自己就会多了竞争的对手，那么要拿到鲁家河矿的经营权就不是那么容易了，所以在签订合同之前这一切都是在相对保密的状态下进行的。他当时对于矿方的默契配合还感恩不已，谁知道聪明反被聪明误。周小平就是钻了他这个心思的空子才得了逞，而自己却落了个哑巴吃黄连有苦说不出。能怪谁呢?如果自己当初能多问几个人，情况可能就不会像现在这么糟。现在短时间内绝对找不到新接替面，新接替面找不到，那……，天哪，到底该怎么办?他坐在办公桌前，用手支着脑袋，微闭着眼冥思苦想。找镇政府!这个念头在马董脑海里一闪而过，他一激灵，整个人就从桌前站了起来，在办公室里来回踱着。就是，去找镇政府!虽说他的承包合同是和周小平签订的，但发包方却是镇政府，虽然他没有和镇政府正式交涉，但他通过银行转出去的承包费归根结底都是入了镇财政的账目。说走就走，马董拉上门，给沈矿打一声招呼，就钻进车子，在院子回正了方向，一踩油门，车子就窜出了矿部大院。

马董到了镇政府，整个政府大院却空空荡荡，转着一看，除了办公室门开着，其他门都上着锁。进办公室一问，才知道领导都去飞马岩植树了，马董才反应过来今天是三月十二，植树节。飞马岩他知道，就是矿区所在的那座山，因山体上的巨石形似腾飞的马而得名。早知道他要找的人在飞马岩，他直接就从矿上转悠着上去了。这样想着，马董就退了出来，开了车直奔飞马岩而去。

镇上的领导也听说鲁家河矿出了问题，但到底什么问题却众说纷纭，根本没有一个确定的版本。在植树的当儿就有人提起这话茬，一说，大家就七嘴八舌地议论开了。

"听说井下没煤了，你说老板把那么多钱投进去，要是赔了，总不能把婆娘娃卖了嘛！"有人就替马董担忧。

"婆娘娃算个啥？弄不好裤子都要脱了卖了呢！"有人接着话茬说。

"咦，你看你俩，操那么大一颗心，也不怕把胡子操白喽！你以为人家像咱在集上买个鸡呀猫呀的，钱一开，提上一走就对咧，人家那是煤矿，大得很的生意，也不知道是几拨行家考察过的，少了一个都不行！"有人把树苗往俩人眼前的坑里一扔说，"想多了费心，容易老，还是好好栽树吧！"

镇党委书记林正浩正用锨把将刚栽上树的坑里的土捣实，听见大家议论，就停了手里的活，微微侧了一下身子，问旁边的齐镇长："我也听说了一点儿，不知道是不是真的，你听说了没有？"

齐镇长正弯着腰用镢头挖树坑，听见林书记问，就伸直了腰，说："听说了，问题还比较多。"他在手上"呸、呸"地吐了两口唾沫，又低头挖坑，叹了一口气，"咱镇上就守着这么一个企业，千万不敢出问题，这万一矿上经营不下去了，先不说别的，就工伤和留守人员的处置都是个大问题！"

"是啊！"林书记应着，"回去从侧面先打问一下情况，咱能给解决的就尽可能解决，解决不了的看能不能协调，鲁家河这一块要是出了问题，你、我，咱大家都别想太平！"

"那是！"齐镇长应。

"记着，这事一定要从侧面去了解，千万不敢削尖了脑袋往里钻。"林书记说着，又转过头喊，"小赵，给这放一棵苗子，这个坑好了！"

"来啦——"镇政府司机小赵负责运送树苗，他正在树苗堆里拨拉，听见林书记喊，就连忙应着，一手提了一棵树苗，直起身要走，就见一个魁梧的身影出现在路上。小赵来过矿上，认得来人是鲁家河矿新接手的董事长马志铭。他还没说话，马董先开口了："请问林书记和齐镇长是不是在这里？"

小赵见问，将手里树苗的梢向着上方晃了一下，身子往一旁侧了，让过马董先行，自己提了树苗跟上就走，却扯开了嗓子朝着上边喊："同志们，矿上的马董给大家发福利来啦——"

小赵没听到书记和镇长刚才说的话。矿上的情况他也听大家说过，这会儿见马董来找，想着十有八九不是好事，如果就这样把人领上去，说不定书记会怪罪下来，就想了个办法，先给上边报个信，如果书记和镇长不想见，赶紧躲开还来得及！

马董在前边走，听见小赵这样喊，就回过头，看到小赵手里提着的树苗，觉着自己这样空着手上去貌似不妥，就转回到搁树苗的地方，挑了两棵敦实的苗子，一手一棵，提了跟在小赵后边往上走。

一上到塄畔，有人就向着小赵喊："就提个树苗，吱哇得整条沟都能听见。你干脆去租个大炮筒子，弄几丈红绸带，写上字，从天上轰隆一声打下来，那才牛哩！哎，你说谁给咱发福利来了，人——""哩"字还未出口，就看见马董站在了塄畔边，就笑着住了口，埋下头继续忙活。

"还说我吱哇，你不吱哇大半天了一个坑都没挖好！"小赵嘴里说着，眼神却在人群中找林书记和齐镇长。

"哎呀，是马董呀，刚才还说你呢，你就到了！"小赵还没找见，却听见林书记的声音响起来。

"林书记，齐镇长！"马董听见林书记招呼，赶紧丢了手里的树苗，双手互相搓了几下从兜里摸烟盒，先递给林书记和齐镇长一人一支，接着又给周围的人发，说，"抽根烟，顺顺气！"

大家接过烟，就摸出打火机点着了，或站或蹲说开了话。林书记用马董凑上来的打火机点着了烟，将手里的铁锨平放在地上，屁股一扭就坐在了锨把上，齐镇长见状，也在林书记对面平放了镬头坐了下来，还转过头招呼马董坐。马董谢过，却没坐，把裤管往上提了提，在地上蹲了下来，有人就发现这三人形成了一个不等边三角形，接着就传来一阵哧哧的笑声。

"马董，你今天咋还有闲心逛？"抽着烟，林书记也不客套，直接问马董。

"我是实在走投无路了，不然也不会来叨扰你们哪！"马董说。

"有这么严重？到底是什么情况？"林书记吸了几口烟，并不张开嘴，一连串烟圈从鼻孔里冒了出来。

"什么情况？这是想要了我的老命啊，井下就没有可接替的采面嘛，林书记，齐镇长，你们说，现在到底该咋办呢？我现在是老虎吃天——没办法下口啊！"马董无奈地说。

林书记和齐镇长对视了一下，却心照不宣地没人接话。他们当然盼着企业好，企业经营情况好了，他们也跟着省心。可要是企业经营入不敷出，先不考虑马志铭投进去的整个家底，就是老企业遗留的那些工伤人员的善后都是个大问题，三十多个工伤中，除过五六个重伤，还有两个生活不能自理的，一家人的开销就指望每月领的那几百块钱。你说要是这点钱都按时兑现不了，那不是明摆着断那些人的后路嘛，要是把那些人逼急了，指不定还会惹出什么事来。

马董见此情景，心里就明白今天这一趟是白跑了。实话说，直到现在，他都不知道自己要找镇政府做什么。而且他也明白，即使林书记和齐镇长想帮扶他，也得有个会议决定，而不应该是在这样的场合草率决定的。这样一想，马董就暂且收了要讨个意见的想法，目光在林书记和齐镇长脸上扫了一下说："那这样吧，你们先忙，我改天上镇政府来！"

"那行。你说的情况我们也知道了，等回去再开会商量一下，看有没有什么补救措施，商量后咱再通气！"林书记听马董这样说，赶紧接了话茬。

"好吧！"马董应着，转身就走，快出地头了，又折过身，左右打量了一下，就去取了地上的一棵树苗放进旁边挖好的一个坑里。"今天正好碰上了，我也栽棵树以作纪念！"

"真该栽棵树！"有人就随声附和，"若干年后，这就是马董手植柏了！"

马董听见这话，苦笑了一下，拾起铁锨往树苗周边培土，转过身对刚站起的林书记说："林书记，矿上的事你再不搭手，这树真就成了我的坟头柏了！"

说完，也不等林书记接话，扶正了树苗子，用脚转着圈将松软的土踩实，扔了铁锨，径直往地头走去。他的身影消失在大家的视线里，耳畔却有沉重悠长的秦腔传来，有喜欢秦腔的人听出来是《下河东》里的唱段："悔不该当年离龙巢，祸不寻王王我自来招。虎离深山难展爪，蛟龙出水凤凰离了巢。狮子平地遭犬啸，大鹏鸟展翅折翎毛……"

山路上马董独行的身影，和着他那低沉浑厚的声腔，就有一种莫名的悲壮在这空灵灵的山沟里回荡开来！

四十七

接下来几天，马董再没提找镇政府的事。上次飞马岩一见，这事在政府领导的议事日程上也算排上号了，接下来他只能等。他知道这事急不得，但也不敢缓。若催得急了就会引起他们的反感，但若缓着不管，就引不起那些人的重视。所以他认为最合适的做法就是隔三岔五去适度地叨扰叨扰他们。若叨扰还不管用，他就打算启动下下策模式，那就是去镇政府门前打坐，虽然他心里不齿于这种撒泼耍赖的伎俩，但在迫不得已的前提下，这或许也是一个解决问题的办法。身家性命都难保了，面子算个啥？

到了周五，陈荷看矿上这几天风平浪静，而且周末也没有多少事，就跟郭总请了假，搭了辆拉煤车回城看宝儿。到了韩建超发煤的门口，却是铁将军把门。奇怪，她明明一请到假就打电话告诉过他，而且坐上车后还给他发过信息，他回复的信息并没强调自己没在店里，摸出手机看看时间，早过了送宝儿去学校的时间，那他会去哪里呢？陈荷拿着手机，正想着要不要给韩建超打个电话，一抬眼，却见韩建超的身影从路对面的公交站牌下走了过来。看见陈荷，韩建超的脸上就现出谦恭的笑来，问了一声"回来啦"，疾步上了台阶去开门，陈荷却淡淡地嗯了一声，收了手机跟在他身后等着进门。

等进了门，屋内的情景却让陈荷吃了一惊。不大的屋子竟被布置成了婚房的样子：粉红的吊灯、粉红的壁纸、奶油色的衣柜、新的大床和大红的绣着戏水鸳鸯的床上用品，而当陈荷的视线移到床头的相框上时，她一下子泪奔——那竟是他们当初结婚时的婚纱照。只是和当下相比，照片中的陈荷要比现在胖很多。陈荷看着照片中自己圆乎乎的脸，手就不自觉地摸上了脸颊，她挪动脚步往床头走去，想把当年的自己看得再清楚一些。

韩建超在陈荷后边进了门，站在陈荷身后看着她的反应。此刻看到陈荷并没表露出反感的意思，转过身虚掩了门。

陈荷听见韩建超掩门的声音，就回转身，不解地望着他。

"小荷！"韩建超见陈荷转过身来，就喊她，同时双膝一屈，人就跪在了地上。

"你，这是干吗？"

韩建超望着她的眼睛说："我对不起你，请你原谅我吧！"

陈荷身子一震，像被一只无形的手按下了一个无形的开关，她爆发了，爆发得歇斯底里。她一屁股坐在床上，从两个人认识到结婚再到离异，一桩桩一件件一边哭一边数落。韩建超静静地跪在地上，一句话也不说，他知道是他糊涂犯了错在先，他也知道要想让陈荷回心转意，他迟早得过这一关，只有她心无芥蒂了，她才愿意回到他身边来，他俩才可以重新来过，所以他就这样直直地跪着，等陈荷发泄完毕……

"韩建超，你不是觉得她好吗？她好你怎么不去跟她过呀？被人踹了才想起我来了，你把我当什么了？你以为说一句对不起就可以了吗？……"陈荷一说到韩建超当初跟她闹离婚那档子事，情绪一下子又失控了。是啊，只有她知道自己心上的伤口有多深，虽然经过这几年的愈合，伤口已结了厚厚的痂，但为了算清这笔债，她不惜剥开厚厚的痂将血淋淋的伤口展示给他看。

"小荷，对不起，都是我不好，我向你道歉！"韩建超跪着一步一步挪到陈荷面前，拉过陈荷的手往他的脸上扇，嘴里说着，"你打我吧，你打几下就解恨了，你打吧！"

陈荷见韩建超拉扯，就止了哭，却从他手里抽出手去，抽泣着不理他。

"小荷，你看着。你不打，我打。都是我不好，我该死！"韩建超说着，抬起右手，给了自己几巴掌。

"你这是干吗？"陈荷拉住了他的手，又赌气地一把将手甩开。

"小荷，小荷！"韩建超又伸手抓住了她的胳膊，"这么说你是原谅我了？过去的就让它过去吧，以后我一定会好好待你和宝儿，好好赚钱让你娘儿俩过上好日子。小荷，我们复婚吧！你看——"韩建超说着，就在裤兜里摸出一个红的锦缎盒子，韩建超把盒子举到陈荷面前，腿却变成了单膝跪地，"小荷，这是我给你买的戒指，我们复婚吧！"

陈荷没想到韩建超会来这一出，不接盒子，也赌气不理他。

"小荷，别再生气了。就当是为了宝儿，你原谅我这一次吧。宝儿一天天在长大，他不能没有家，更不能没有妈呀！"韩建超见陈荷不说话，就说。

宝儿，一提到宝儿，陈荷的眼泪又不自觉地流了下来。韩建超见状，也不说话，打开盒子，取出戒指就给陈荷往指头上套，就在这时，虚掩的门被推开，一个瓮声瓮气的声音疑惑地问："这货在弄啥哩？"韩建超赶紧把手里的盒子塞给陈荷，人就从地上往起站，陈荷也收了手回去，背过身去抹眼泪，只听得那人的声音顿了一下，哈哈笑着说："老韩，我可是什么都没看见！"

本来陈荷打算星期一早上送宝儿去学校后回矿，但到了星期天下午，她和韩建超带宝儿在东街的游乐场坐旋转木马时，却接到朱科长打来的电话问陈荷在哪里，问清后让陈荷直接来水晶岛二楼，他请客。陈荷知道水晶岛，但她不知道朱科长好端端的为什么要请客。

"请啥客吗，还有谁哩？"陈荷就问。

"好几个人呢，你过来再说吧！"朱科长并不说请的啥客。

陈荷还要再问，苏紫燕的声音就在话筒中响了起来。苏紫燕压低声音说："陈荷，啥都甭问，人先过来。记住了，水晶岛清泉厅，在二楼！"

陈荷心里虽然挺纳闷，但一想苏紫燕也在那里，应该还有其他的人，就决定去。她让韩建超等宝儿玩完带他回家，自己挡了辆出租车往位于县城南街中段的水晶岛大酒店赶去，一路上猜测着朱科长请客的缘由。从电话中她听出来朱科长情绪很低落，再加上苏紫燕那没头没脑的一句叮咛，她明显感觉到一种莫名的压抑从某个角落一步步紧逼过来，一定发生了什么事，陈荷心里着急，就催促司机开快点。

进了水晶岛清泉厅，陈荷才发现包间里只坐了六七个人，而坐在上首的竟是郭总，两侧分别是沈矿和朱科长。沈矿旁边是李伟强、苏紫燕，朱科长旁边却是煤老板李广震。陈荷一一和大家打了招呼，就在苏紫燕身旁的空位坐了。

桌上已挨挨挤挤摆满了菜盘，电动转盘在慢悠悠地转着，但每个人眼前的筷套还没有打开。

郭总见陈荷坐下，就侧过头问朱科长还有谁没来。朱科长环视着一下桌上的人，说："应该就这些人了，咱们开始吧！"

郭总转过头望着陈荷说："小陈，把酒倒上。"说着就带头举起了酒杯，陈荷见状，赶紧端起桌上的啤酒瓶要倒。

"不成，今天不准喝啤酒，倒白酒。老李！"陈荷左边是苏紫燕,郭总虽说天天从营业室门口过,但只认得这是营业室的人,却不知道叫啥名,所以他就示意和陈荷之间隔着两个空位的李广震给陈荷倒白酒。

李广震见郭总说,忙从座位上站起,端起眼前的分酒器,就要伸手从陈荷眼前拿酒杯,陈荷脸一红,赶紧接了他手中的分酒器,边给自己倒酒边说:"谢谢,我自己来!"

等陈荷倒好酒,大家都已举起了酒杯,她也赶紧举起。却见郭总侧身问朱科长来矿上几年了,得到朱科长的答复后,郭总说:"人都说煤矿是荒废人的'好'地方,这话一点儿没错。想想你进矿第一天是个什么样,再看看你今天成了什么样,你为鲁家河的销售确实出了力,你的功劳大家都是有目共睹的。来,先干一个!"

大家都端起杯子一饮而尽,陈荷不会喝酒,就只抿了一小口。

"大家吃菜,边吃边聊!"郭总招呼大家,动手就拿起眼前的筷套往出抽筷子,大家也跟随着取筷子,互相招呼着开吃。

吃饭的间隙,陈荷才有机会和苏紫燕说话。而苏紫燕一告诉她朱科长请客的缘由,她就惊讶不已。苏紫燕说,朱科长明天就要离开了,今天是郭总为他饯行,我们都是陪客。

"怎么忽然就决定要走了?"陈荷问,按理说要是人事变动,她应该是最早知道消息的呀。

"你一直在矿上你都不知道,我们就更不知道了。"苏紫燕说。

陈荷听苏紫燕这样说,就不再说话。上次虽然马董安排营业室收假,但也仅仅上了一周班,煤场的余煤处理完后就又放假了,一放假,各个岗位的人也就各回各家等候收假通知,矿上发生的事他们当然不知情了。

唉,本来是同一个部门的人,仅仅因为换了一届董事会就七零八落地散了。一想到这里,陈荷就一阵莫名的失落。朱科长说过新企业接手后人事会有大的变动，所以她去办公室上班后就一直关注着这一点。后来生产部门一大摊事消耗了马董的精力，人事变动这一方面就暂时搁置起来，大家也以为这事就保持原状了，谁知道这一天还是来了。朱科长"幸运"地担任了这次人事变动的开路先锋，不知道接下来那一个又会是谁？其实按矿上目前这情形，首要任务是解决生产方面的问题，而不是抓着人事这样的小问题不丢手，孰轻孰重都分不清，也不知道马董心里是咋想的……

酒过三巡，郭总提议大家轮流敬朱科长一杯，每个人还要送上一句祝福的话。郭总带头，朱科长端起杯子和郭总碰了，口里说着"谢谢郭总"，一仰脖子一饮而尽。

大家敬完了，朱科长自告奋勇要回敬大家一杯。几圈下来，他脸上已经有了醉态，大家就担心地劝他别喝酒，他哪肯，站起来从李广震手里抢过他的酒杯，颤巍巍地满上，双手平举到眼前，溢出的酒顺着他的指头滴滴答答地滴在桌上，他的目光在桌上转了一圈，然后在眼前方定住，他说："首先感谢大家今天能来送我。一直说请大家吃顿饭，但一直未能如愿。仔细想来有两个原因，一呢是销售上事多，忙；二呢是我以为相处的时间还长，不急，所以就一直拖下来了。好不容易今天有了机会，大家却因各种原因不能到。"

朱科长说到这儿，坐着的郭总说话了。郭总说："老朱，我打断一下。"看朱科长停下来，郭总转过头对李伟强说："伟强，你回去给营业室没来的那几个通知到，叫他几个明天还在这里摆一桌。我还就不信了，这人还没走，茶就凉了，请都请不到！老朱，你继续。"

"谢谢郭总，真不用用了。大家都有大家的事，不能因为我把大家耽搁了。我这个人吧，优点没有多少，缺点一大堆，这几年在工作中可能有冲撞到大家的地方，特别是营业室你几个，希望你们不要和我计较，我……”朱科长还要说，但喉咙里好像堵了什么东西，他哽咽得说不出话来，只是把酒杯端起，在眼前转着圈晃了一下，一饮而尽。

没人说话，饭桌上有了短暂的冷场。

“好兄弟！”还是沈矿打破了沉默，沈矿一手搂了搂朱科长的肩头，一手端起分酒器给朱科长倒上，放下分酒器，端起酒杯，说，“喝酒！”

“好，喝！”朱科长端起杯子又一饮而尽。

郭总放下手里的筷子，向着李伟强说：“伟强，你晚上回去联系一下，看营业室谁明早没事，坐老李的车去矿上帮朱科长搬一下东西！”又对李广震说，“我晚上就不进矿了，明天吃过午饭在高速入口等你，咱俩一块儿下！”

“好的！”李广震应着。

“那怎么行？郭总，怎么能叫你去呢？”朱科长虽然喝多了，但听郭总说要同去送他，就又摇头又摆手。

“有啥不行的？”郭总哈哈一笑，“今天能坐到这儿的都是兄弟姐妹，咱们都是一条绳上的蚂蚱。我走也是早晚的事，今天还有大家为你送行，不知道我走时会不会有人为我送行？”

“嗨，郭总，瞧你说的！”沈矿正埋头喝茶，听见郭总这样说，就把茶杯往外一推，“如果你先走了，好歹还有我哩，要是咱俩同时走，老李，那就得靠你了！”

李广震听沈矿说，就把要夹菜的筷子放下，从座位上站起来说：“郭总，沈矿，朱科长，在座的各位兄弟姐妹，承蒙大家看得起我老李，就冲沈矿这句话，今天这顿饭，我请了。那个，小陈！”李广震顿了一下，把头转向陈荷，“我这人做事说话都是横冲直撞，以前如果有对不住的地方，你可别往心里去。来，我敬你一杯，权当给你赔不是了。我先干，你随意。"说完，端起一杯酒一饮而尽。

郭总正斜靠在座位上用牙签剔着牙缝，见李广震这样说，就把牙签取了出来，坐直身子望着李广震问："老李，老实交代，又咋欺负我们营业员了？你说你这个秃脑瓜是不是不想在矿上混了？"

"怎么会？看郭总说的！"李广震又环视了一圈，"我是说真的，在座的不管谁，以后凡是用得着老李的地方你就吱个声，一定肝脑涂地在所不辞！"

李广震话一落，整个席里就热闹了，大家一个劲儿地嚷嚷着李广震喝罚酒。

"为啥？"李广震看大家都把矛头对准了他，很纳闷。

"还'为啥'？你看看在座的我们，一不杀人二不放火，能有多大的事，你竟连'肝脑涂地'都用上了，你咋不说上刀山下火海呢？罚！"郭总把分酒器往李广震面前一推说，"自己满上！"

"错了呀？"李广震冲着郭总问，不等郭总回答又说，"满上就满上。郭总，你看，没酒了！"

"服务员，上酒！我们今晚就敞开了喝，不醉不归！"郭总喝多了，整个脸红通通的像熟透了的苹果。

陈荷和苏紫燕看席里的男人都喝大了，两个人就装作上洗手间溜出了包间，坐在楼道里的沙发上说起话来。苏紫燕告诉陈荷，朱科长提出走之前和大家拍张合影，大家决定明天一早先去照相馆，但就这几个人拍出来可能不好看，所以她就跟陈荷商量，能不能多联系几个人。

"那今天下午怎么才来这么几个人？"陈荷问苏紫燕，她在现场，应该会知道。

"还正想问你哩。如果不是我叮咛，你是不是也不愿意来？为这事郭总都发火了！"苏紫燕说。

"为啥？"陈荷问。

"郭总让朱科长打电话叫你们，谁知道朱科长挨个打过去，不是说顾不上就说刚吃过饭，反正就是没人来。郭总一听生气了，就说，'叫吃饭呢，又不是叫上刀山，还难请得不成，不来算了，咱几个吃，不识抬举！'"苏紫燕顿了一下说，"这下知道我为啥要给你叮咛那句了吗？本来朱科长都要收手机了，我说你还不知道，他犹豫了一下就打了，他怕你再不来，那样他面子上就真挂不住了，谁知道你真不想来，啥人嘛！"

"哎呀，实在对不起，我真不知道。我要早知道，肯定是第一个到的！"陈荷说。

"那这样吧，等他们喝完谁知道几点了，咱俩现在没事，先联系一下玉爱和思琳她们，看大概能凑几个人。"苏紫燕建议。

"可以啊！你先联系，我先打一个电话！"陈荷说，她在席里就想起应该告诉鲁会娟一声，鲁会娟虽然没在销售科，但陈荷知道朱科长曾给鲁会娟家里捎过几大包衣服，还去看过冯双虎，走时还给被子下塞了一千块钱。

电话打通，听着话筒里鲁会娟那嘶哑的声音，陈荷却怔住了，鲁会娟告诉她：冯双虎殁了！

四十八

矿上没复产，鲁会娟就没班可上，而矿上因为新旧企业交接，冯双虎应得的工伤补助和婆婆的陪护补贴从年前开始就没发了。双虎吃的药马上就没了，再过两个月，大女儿还要参加高考，家庭没了进项，但支出却有增无减。鲁会娟眼看矿上收假无望，也不再盼，就和村里的男人一起，扛起铁锨和镢头去山上挖树坑。需要植树造林的荒山是按片分给各单位负责的，但城里人细皮嫩肉的，挥几下镢头就汗流浃背，而树坑是有标准的，边长和纵深都有严格的尺寸，得验收合格才行。有人就雇附近村里的人替自己挖坑。这可是个纯体力劳动，一般人绝对拿不下来，但鲁会娟是挥过大方头煤锨的，胳膊上有的是劲，不知被谁一拉，就入了这一行。但她毕竟是女人，跟村里这些男人比起来力量还是有些欠。本来两个人合作再好不过，没有尺子，锨把就是现成的尺子，用锨把量出标准长度做一个标记，将锨把平放在地上，用镢头沿着锨把勾线，转成一个正方形，再顺着勾出来的线挖，挖一会儿，另一个人就用铁锨往外铲土，再挖，再铲……这样反复几次，一个四四方方的树坑就挖好了。虽然鲁会娟使尽全力在干，但在大家看来跟她搭档还是有点儿吃亏，再加上男人队伍里的女人只有她一个，就没人愿意跟她一组。开始她不习惯，挖一会儿，还要借别人的铁锨铲，她觉得特委屈，就趁抹汗的当儿偷偷地抹眼泪，但慢慢地她也就习惯了，左肩一把铁锨右肩一把镢头，两样农具来回换着使，一天下来，挣的钱并不比同村的男人少！

　　这天晚上，鲁会娟像往常一样扛着农具进了家门，院子里静悄悄的。她知道女儿上晚自习还没回家，就喊了声"妈"，没有回应，"双虎？双虎？"她又喊，还是没人应。婆婆不在，双虎也不在，去哪里了？是不是婆婆推着双虎去外面转了？她也没多想，就放下农具推开虚掩的房门，准备取脸盆打水洗脸，开了门先摸门后的灯绳，灯亮了，她提了盆架上的脸盆就要出门，无意中朝炕头一瞥，眼前的景象吓得她魂飞魄散，她惊叫一声，扔了手中的盆子就连滚带爬地挪出了门槛，一出门她就瘫软在了地上，嘴里大声哭喊着："妈！妈！快来人哪……"

闻声赶来的人们走进冯双虎住的屋子，才发现冯双虎已没有了生命迹象。他把当枕头的几块青砖拴在一根线绳上，勒住脖子结束了自己的生命。

他离开之前，没有留下只言片语，鲁会娟甚至想不起他最后一次给自己说的话是什么。最近几天自己一直早出晚归，根本没顾得上跟他说话，也没听他说过什么话。现在想跟他说也没人听了，想听他说也没人讲了。

他喝过水的碗还在，他吃的药片还在，但他的灵魂已不在了，他受过的苦痛已不在了。他虽然身体不能动，但心是跳动的，血是沸腾的，他想跳，想跑，想爱，想努力让一家人都过上好日子，但这一切都不能够，他连最简单的生活都不能自理，就那样无能为力地躺着，眼睁睁地看着他的女人为了这个家把自己劳累成没了女性特征的"男子汉"，自己却无力帮她分担一丝一毫。他觉得自己活得太不像个男人，像他这样与其苟且地活着，不如一死了之！

冯双虎一死，本家能主事的人不安排后事，却给鲁会娟支招，让她去找矿上讨说法。

"不管怎么说，双虎是在矿上受的伤。如果不受伤，就不会有后边这一茬，再说了，这次矿上要是不拖欠工伤补助和陪护补贴，双虎也不至于做这傻事呀！"本家一个长辈说。

"娃呀，该找。不找往后你这孤儿寡母的可咋活呀，凤娃这马上就要考学了，你不去，俩娃念书的学费又从哪来呢？"邻家的小脚姨也劝她。

……

鲁会娟虽然觉得大家说的都有道理，但让她去闹事，她还是怎么都抹不开这面皮。她虽然穷，但她一不偷二不抢，穷得钢板硬正，穷得有骨气，这种缺德的事她绝不会干，也干不出来。

婆婆见她不去，就抓起手边的卫生纸团抹了抹眼泪，眼角留下一片一片的小纸屑，她把纸团朝着鲁会娟的方向狠狠地扔过来，攒紧拳头往炕上一砸，仿佛下了很大的决心说："没人去，我去！"说着站起来就往外边走去。

"妈——"鲁会娟在后边喊。

婆婆头也不回地撂过来一句话："你准备过你的好日子去吧，我还能活几年！"

"妈……"鲁会娟闻言，失声痛哭。

婆婆接连去了矿上三天。第二天、第三天，鲁会娟要求陪婆婆一块儿去都被婆婆粗暴地拒绝了，所以她就再不提同去的话了。第四天，本家几个年轻力壮的小伙子抬了冯双虎的棺木去了，一晃一晃的棺木后边跟着哭得声嘶力竭的冯母。鲁会娟刚起身要挡，冯母使劲一推，她一个趔趄坐在了地上。这天不到中午，一干人等又抬着棺木回来了，一回来就商量着叫阴阳先生看时辰安排入葬。稍后就有消息传出来，说矿上给了冯母六万块钱的丧葬费，但这话婆婆不说，鲁会娟也没问。人都没了，要再多的钱又有什么用呢？

早上安葬了冯双虎，鲁会娟娘家人知道她心情不好，也知道她受了惊吓，就让弟媳改香留下来给她做伴。到了晚上，俩人蜷在被子上望着头顶昏黄的灯泡发呆。电话响了，一看，却是陈荷打来的，电话一接通，鲁会娟就忍不住哭了，陈荷才知道冯双虎殁了，而等她哭过一阵，才想起问陈荷打电话的原因，这一问，才知道朱科长要走了。

朱科长对她一家有恩，按理说恩人要走了，她无论如何都要去送一送的，但家里出了这么大的事，又实在走不开。若要是不去，朱科长这一回去可是山高水长，这辈子恐怕都没机会再见了。怎么办？鲁会娟想了一会儿，就跳下地翻箱倒柜地找起来。翻出一个帆布包，一边打开，一边喊"改香"，改香凑过去一看，却是一摞一摞的绣花鞋垫。

"改香，你在这里边挑两双，明早给捎到城里去！"鲁会娟将鞋垫一双一双在灯下摆开，对改香说。

"给谁捎？"改香听她在电话中说谁要走了，但她不知道这个人是谁。

"矿上销售科科长，他对你姐夫有恩。人家都去送，我人去不了，但情得到。你明早替我去一趟城里，我把陈荷号码给你，你到了打电话，叫陈荷转给他。"鲁会娟交代。

"好吧！"改香应了。虽然她也是鲁家河村里人，她家的大门和矿区的围墙中间只隔了一条路，但因为婚后和老公在外边混世事，除了逢年过节，平常也不回来，所以对于鲁家河村和村里的人事就陌生了，这会儿听鲁会娟说起，觉得那好像是很遥远的事。

第二天早上，陈荷他们去跟朱科长合了影，也吃了早餐，还转交了鲁会娟托她弟媳捎来的两双绣花鞋垫。朱科长拿到鞋垫，对于鲁会娟的心灵手巧赞不绝口，就纳闷既然鲁会娟的鞋垫能来，人为啥不能来，一问才知道他曾去看过的冯双虎已不在人世了，他就有点儿凄楚，也有点感伤，点了一支烟，自己没抽，却蹲下身插到身边花坛下的黄土里去，等直起身来，却从上衣内兜里摸出钱夹，抽出一沓百元人民币，数也不数就塞给陈荷让转交给鲁会娟。

"你在路上正要用钱呢，这怎么行？"陈荷没想到他会这样做，就说。

朱科长并不听她说，执意塞到她手里，说："拿着吧，她一个女人，不容易！我这一回去，再想帮也帮不上了。"

送走朱科长，当着大家的面，陈荷清点了一下朱科长递过来的钱，整整两千六，交给一旁的改香，并给鲁会娟打了个电话。陈荷在电话上将朱科长说的话转述给鲁会娟听，话筒那边的鲁会娟只是哽咽着重复两个字：谢谢！

安顿妥了，韩建超就骑电动车送陈荷回矿。本来往日都是在门口挡顺路的拉煤车，但今天他却非要自己去送，还说他送到就回来，到时刚好赶上接宝儿放学。陈荷拗不过他，也不反对，就背了包斜坐上去。

"不对，不对，不是这么个坐法，得骑上去！"韩建超喊。

"没事，一会儿就到了。走吧！"陈荷不换姿势，却催促他快些走。

"这样坐太危险了，骑上去！"韩建超还是不走。

陈荷没法，只得骑坐上去。这下韩建超才发动车子出发了。

"小荷，今天进去就请假吧，我们安顿一下把事办了吧！"韩建超在前边大声喊，风从陈荷耳畔呼呼地吹过。

"急啥？"陈荷在座位上说。实话说，韩建超这次回来表现不错，活脱脱像换了一个人，看这样子不像装出来的，陈荷认为他是真的回心转意了，从心里重新接纳了他，也就同意了他提出的复婚要求，虽然同意了，但她不想这么快。

"再不赶紧我们就老了，你没发现我头上都有白发了。听话，回去赶紧请假。如果你不好意思去，那我去给你请！"韩建超说。

"别，还是我去吧，我请好了给你电话！"陈荷听韩建超要给自己请假，就赶紧拦住。

"好的，到时我来接你，咱先把证一领！"韩建超正说着，裤兜里的手机震动起来，他把车靠边停了，摸出手机，一看显示屏，陌生号码，就挂了，装进兜里继续走，刚走两步，手机又执拗地震动起来，停下来一看还是那个号，犹豫了一下，按了接听键，一听，就愣了，随即又回头看了看陈荷，欲言又止。

"怎么了?"陈荷问,她听见话筒中是一个女声,很熟悉,但却想不起在哪听过。

"你听!"韩建超说着,就按了免提键,他们的通话陈荷就听得清清楚楚。

"建超,是我。我被姚大江困在这里了,没身份证,也没有钱,你记一个地址,赶紧带人来救我,求你了,晚些我就没命了。你赶紧记,慢一点儿就来不及了……"话筒那边听起来很紧张,甚至有些语无伦次,陈荷来不及分辨那人是谁,赶紧摸出手机输入信息。

"你还好意思给我打电话?你还嫌害我不够惨是不?脸皮可真厚!你说被姚大江困住了,姚大江是谁啊?咋会舍得困你呢?就是困住了跟我韩建超又有什么关系呢?"韩建超倒是不温不火,手里举着手机,冲着话筒问。

"对不起,你赶紧记下,赶紧……"话还没说完,话筒就咔的一声被挂断了。

韩建超举着手机,看看手机屏幕,又茫然地看看陈荷。

"像是绑架?赶紧报警吧!地址我没记完,你把这个手机号存下,说不定能用上。"陈荷看着手机屏幕上根据读音打出来的字,催韩建超。

"你知道是谁?"韩建超不回答,却问陈荷。

"谁?"韩建超一说,陈荷真想知道那个人是谁。

"张丹丽!"韩建超小心翼翼地说。

"她?你俩没断?你这个人渣,不要脸!"陈荷气极,粗话就蹦了出来,人就要从电动车上下来。

"小荷,小荷!"韩建超赶紧死死地扯住她的胳膊,焦急地说,"不是这样的,不是这样的,你听我说!"

"我听你说什么?你说你断了,断了她能打电话过来?韩建超,我从来没发现你这么无耻，你放开我！"陈荷使劲想挣脱，韩建超使劲想抓住，电动车支撑不住，就歪倒在路边，两个人都坐在了地上。

"小荷，你听我说，我用我的人头担保，这事根本不是你想的那样。张丹丽就是跟姚大江私奔了，她说她被姚大江困在那里了，你看看她打过来这号码，还有她说的这地址，都是外地的，可能真被绑架了！"韩建超拉着陈荷从地上站起来，翻出手机看来电显示和陈荷手机上刚输入的信息，说。

"真的？"陈荷还是不信。

"若有半句谎话，叫我出门遭雷劈！"韩建超说。

见韩建超这样说，陈荷才暂时收住了对他的猜疑和对话筒中那个女人的厌恶，转过头望着韩建超说："那怎么办？报警吧！"

"我先送你回了再说！"韩建超骑上电动车，示意陈荷上。

"要是真有人命关天的事，可是要争分夺秒。这里离矿上不远了，我挡个拉煤车回去就行了，你赶紧返回城里报警去！"陈荷并不上车，却催促韩建超返回。

"你能行吗？"韩建超不确定地问。

"有什么不行的？你快去吧！"陈荷说完，就转身往矿上的方向走去。

"小荷，真不是你想的那个样子！"韩建超冲着她的背影说。

"赶紧去吧！"陈荷并不回头，虽然她也相信韩建超的说法，但不由得泪流满面。

四十九

陈荷在矿门口一下车，看到大门右侧的砖墙上贴着一张告示，告示是写给鲁家河村民的，大意是：民营企业家周小平在县城投资筹建的鲁家河矿移民搬迁项目紫荆花安置小区已经开工建设，小区建成后可解决矿区两百多户住户的住房问题。本着"感恩、回馈"的原则，本小区楼盘统一按物价部门核定的成本价出售，请有购房需求的住户及时认购；同时对于鲁家河移民新村因采空区导致墙体开裂的住户，请户主带上身份证、户口本原件和村镇两级开具的危房证明，即日起至6月30号在县城的售楼部报名，报名结束后，邀请专家对报名的住户予以实地核查，核查确定的住户可在成本价基础上再享受八折优惠。

告示的右下角被人撕开了，一个边缘呈锯齿样的扇形在风中哗啦啦扑扇得厉害，底下的日期就只剩下了"二○一二年"。当时门口并没有围观的人，所以陈荷并不知道大家在看到这一告示的反应，但从被撕的那个角看来，这告示并不受人欢迎。鲁家河矿虽说中间换了几任老板，但除了掘进工作面经常由外地工队施工外，回采和一线其他工种大部分人员都来自周边村落，鲁家河居多，所以在矿区门口贴告示也是理所应当，但大家都知道，工人活动范围都在生产区域，如果没有特殊情况，极少有工人来矿部大院。这么说来，贴在矿部大院门口的这则告示，分明就是为了解决前些日子因墙体开裂而聚众闹事问题的，是一张名副其实的"安民告示"。

这天下午，培训中心的信息采集人员在矿办公室给特殊工种作业人员采集照片，办公室墙上挂上了一块天蓝色的背景布，背景下方摆了一把办公椅。爆破员、瓦检员、安检员、主提升绞车司机等特殊工种岗位人员在门口排着队，一边窃窃私语一边东张西望，坐在办公桌前的女子根据矿上提供的花名册一一点名，点到的人进来在椅子上坐正，负责拍照的男子身子坐着不动，只把头凑上去看，看一下，手就动作起来，咔嚓一声，男子挥挥手，说，下一个！负责点名的女子用笔在刚才点过的名字前边画一个"√"，再喊出一个名字。

办公室有点吵，陈荷就穿过人群走出门去，走到门口，门口围着的几个人谈论的却是安置小区的事，陈荷就在旁边站住佯装看手机。

"说是按成本价算哩，不知道成本价大概得多钱？"一个又黑又瘦，眼窝深陷的中年男子问。

"市场价近三千，这得一千五左右吧！"旁边一个小伙子狠狠地吸了一口烟，看了男子一眼。

"一千五？那弄一套小的带装修下来都得二十多万！"男子惊讶地说。

"你以为哩。哎，你可以申请危房嘛，一申请危房就便宜多了！"对面一个留着毛寸的小伙子说。

"便宜？我觉得一家白送一套才便宜！"男子不满地盯了一眼小伙子，"移民新村可是刚盖的，出的苦力不说，谁家没背外债？房子刚盖起还没住几天就成了危房，一分钱赔偿拿不到，还要往外掏，你说像咱这当'地鼠'的，一辈子能挣多少钱？又能攒多少钱？"

"那你们当年还说煤矿如何如何好，还挨家挨户宣传集资开办煤矿哩。要不是你们当年折腾，咱这能成采空区嘛！"旁边的小伙子揶揄中年男子。集资的事他不知道，那时他还小，他是长大一些后听家里人说的。

"好娃哩，前路黑着哩嘛。我们早知道会这样，当初就是穷死，就是拉个枣杆出去讨饭，也不折腾开挖什么煤矿。不过话又说回来，即使我们不开挖，照样有人开挖，你就不知道，多少双眼睛瞅着哩！"中年男子用左手食指指着小伙子的眼睛。

"那你说，咱们到底报还是不报？"留着毛寸的小伙子问中年男子。

"不急，先看情况！"男子还要再说，听到里边喊他的名字，就朝他俩一摆手，"嗨"地应着进了办公室。

这一来，剩下的两个小伙子也不再说了，探头探脑地在门里张望，陈荷才走开。

马董从得知井下图实不符那一刻开始就觉得自己被周小平坑了，所以这些日子一直在想方设法寻找周小平，却遍寻无着，正郁闷着，有人告诉他大门口贴着周小平发的告示，嘿，这才真叫"踏破铁鞋无觅处，得来全不费工夫"，马董出门看了告示，开车直接去县城紫荆花售楼部找周小平。

第二天早上一上班，马董的车就停在了办公室门口。马董下了车，没直接进办公室，却在办公室门口喊陈荷，陈荷应声走了出来。马董见她出来说："你在办公室和档案室好好找找，周小平说图纸在，是装在文件盒里边的！"马董交代完，等陈荷应着去了，自己却一转身进了沈矿办公室。

陈荷忙活了半天，才在办公室一个闲置的柜子最底层找见了装有图纸的文件盒，她不敢耽搁，第一时间拿给马董，马董让她叫沈矿过办公室来，等陈荷跟在沈矿身后到了办公室，马董已在办公桌前候着了，桌上摊开着陈荷找来的图纸，还有几张图纸的折角从摊开的文件盒里露出来。

马董见沈矿来了，示意沈矿坐下，并把图纸往沈矿眼前一推。"办公室存的图纸是周小平为应付检查专门准备的，担心用时拿错，就把原图纸挪了地方，检查结束，办公室也没有及时换回来，后来就碰上了咱们交接，一忙起来就把这事给忘了，害得我们一阵好找。来，你懂，你看看这跟咱井下的情况符不符？是不是最新的图纸？"

沈矿接过图纸，用手指指着一点儿一点儿辨认，辨认完了，点了点头说："对，这是井上下对照图！"

"那就好，那赶紧找有工作面布置的图！"马董一听图纸找见了，脸上抑制不住的喜悦。

沈矿就从文件盒中抽出那几份图纸，从中抽出一份采掘工程平面图在桌上摊开，在图纸上指着，招呼马董凑过去看。

"你快看看图纸上有没有标出接替工作面？"马董看了一会儿也没看出个名堂，就催沈矿。

沈矿作为生产矿长，不用看图纸都知道纸上那两条红色虚线标记的地方就是一个接替面。在生产部门对于新接替面召开的分析论证会上，沈矿的会议记录是这样写的：

通过对预备接替面开采样品的分析论证，得出结论如下：该接替面煤层厚度仅为 1.2 米，夹矸层数为三层，平均厚度 0.19 米，所以煤层可采厚度仅存 0.63 米。采，恐不能回本。不采，恐无后续接替面。采还是不采，望周董定夺！

这个采面到底敢不敢采，周董也没有定夺，这事就这么悬着了。后来就是新旧企业交接，而在新企业接手后却传出了井下图实不符，无后续接替面的消息。大家都知道，换了老板，接下来换班子就是水到渠成的事，每个人都人心惶惶。而这时期的无图纸又无接替面的传言对于有些人来说就是一张保全职位的王牌。其实沈矿一开始并没想到这一层，上次马董召集的班子会结束后，生产科技员小胡子就找到他办公室来。

小胡子和沈矿私人交情不错，所以说话就不藏不掖。他点着沈矿发给他的烟说："咱们共事几年了，除过工作之外还没有合作过，这次合作一次，成不成？"

"干啥？"沈矿问。他不知道小胡子想做什么，现在的年轻人，大脑中的弯弯转转忒多了。

"咱矿上的图纸哪里去了？"小胡子这样问沈矿。

"可能周董他们带走了，也可能柳矿走时带走了！"按理说图纸在办公室存着，柳矿不可能带走，再说带一份图纸也没多大用处。柳矿没带，那就是小林带走了，每次检查需要用到图纸的时候，小林都会从众多文件夹中准确无误地抽出装图纸的文件夹。那么小林带走图纸又有什么用呢？要真是小林带走了，那肯定也是周董授意的。至于周董为什么要带走图纸，沈矿也不知道。

"现在没有图纸，新来的马董也不知道有新接替面这一茬。原来生产部门留的人不多，其他人没机会和老板接触，咱何不利用这现有的接替面赚他个人情？"小胡子说。

"怎么赚？"沈矿比较好奇，坐直了身子，且听这人小鬼大的小胡子怎么说。

"马董这下肯定要心急火燎地找接替面，外边请的人没有图纸，工作就不会那么容易开展，到头来肯定还要落到咱生产部门的头上，井下情况咱也熟悉，咱到时手绘个图纸出来，再标注上新接替面的方位，这采面不就成咱找到的了？"小胡子说得头头是道。

"嘿，没想到你还会这一招！接下来会怎么样？"沈矿问，他才不当真。

"怎么样？你就等着老板的重谢吧！"小胡子忍俊不禁，仿佛眼前真堆了一座金山，又话锋一转，"即使不谢，咱也算卖了他一个天大的人情，他不给啥也没关系，最起码他不会让咱离岗吧！"

沈矿听小胡子说完，不急着接话，却陷入了深思。小胡子这一番话也不是没有道理，现在矿上形势不稳，所以生产方面的人事并没有大的变动，谁能知道稳定下来后会是个什么样子？小胡子三十刚过，父母身康体健，孩子尚小，肩上还没有多沉的生活负担。但他不同，父母年老体弱，两个孩子，女儿正在外地上大学，儿子正在上高中，正是用钱的时候，媳妇又是没有多少文化的家庭主妇，一家人的吃穿用度都指望他一个人的工资。如果他真失去了这份工作，到时一家人的生活还真成了问题。可是话又说回来，如果他真按照小胡子的建议做了，那即使在矿上站稳脚跟了，以后在马董面前也永远抬不起头……

小胡子看出了沈矿的纠结，就说："我知道你担心啥。这样吧，你只要不跟马董说有新接替面这回事，其他事就交给我！"

"那董事长万一要是知道了，问起这事我咋说？"沈矿侧过头问小胡子。

"嗨，内行哄外行，那还不简单，随便编个理由都瞒过了！"

"这，可以吗？"沈矿不确定地问。

"没问题！"小胡子把手里的烟头塞进眼前的烟灰缸，用手摁灭，手伸到沈矿面前说，"再给我一根！"

……

"图上到底有没有接替工作面？"马董的声音打断了沈矿的思路。即使马董看不懂图纸，马董带来的人中间肯定有能看懂的，要是继续瞒着，万一哪天露馅了，他这个生产矿长就得吃不了兜着走，所以最巧妙的办法就是不动声色地把自己扯出来的这个弥天大谎再给圆圆满喽，对，一定要不动声色，想到这里，沈矿开口了。

"马董，工作面确实有一个，但几乎没有开采价值，所以我也就一直没跟你汇报！"沈矿并不看图纸，给马董说。

"为啥没有开采价值？什么情况？你慢慢说！"果不其然，马董一听到有新工作面，耷拉着的脑袋一下子支棱起来。

"你看——"沈矿说着，用右手食指在图纸右上角画了一个圈指给马董看，"这就是我们先期找到的接替工作面，但是夹矸层数太多，钻了几个眼情况都不乐观，所以没敢盲目开采，就这样搁置着了。"

"就是这原因,你才一直装着不吭气?"马董凑过去看了看图纸上沈矿指的那地方,侧过头问沈矿。

虽然马董戴着眼镜,但沈矿还是感觉到马董犀利的目光仿佛要洞穿他心里所有的秘密,不由得紧张起来,但他没说话,摸出烟盒,抽出烟先给马董发了一支,自己打着火给马董点着了,再给自己点上,吸了一口才说:"是啊。开采代价太大了!"他一转眼,就看到了图纸上代表工作面的两条红色虚线,灵机一动,"周董也不敢赌这一把,所以把这视为不敢撞的'高压线',你看,这红色的线就是警戒标志!"

"这还真是个麻烦事哩!唉……"马董叹了一口气,还要再说,桌上的手机响了起来,他拿起手机看了看号码,就按了接听键,一边打招呼一边站起身出了门。

马董走了,但沈矿没走,他推断马董接完电话就会回来,所以就展开手旁的井下通风系统图看起来。果不其然,马董接完电话就转回到办公室来了,他一进来就对沈矿说:"明早咱周边几个矿在燕子窝煤矿举行新公司挂牌仪式,你安顿一下,明早和郭总咱三个一块去!"又转过头看着陈荷,"小陈,你把这记个电话记录,等郭总下午回来拿给他看,让他准备一下。明早八点半,燕子窝煤矿会议室。"

"就是资源整合成立的新公司?"沈矿等马董说完了就问。

"是啊!"马董说。

"注册资金多少?"沈矿问。

马董没说话,伸出右手,食指和中指并拢比画了个"二",又五指伸直比画了个"五"。

"两万五?"沈矿问,看马董摇头,又接着猜,"二十五万?"

马董点了点头，指头放下来。

"天神，一下子就把这么多钱支出去了！"沈矿心疼地说，"要不去找找镇政府，看镇政府能不能出面，在这方面给咱分担一点儿？就是不能分担这个，能减免些承包费也是好的呀！"

"嗨，我根本就没指望他们。我上次去找他们，他们说回去商量后再说，你知道他们商量出的办法是什么吗？他们说把飞马岩十年的经营权免费出让给我，让我在不改变山体的前提下干什么都行。你说，不改变山体，那还不是没有利用价值？除了能栽些树种些花草，或者养些鸡呀兔呀的，那还能干什么？再说了，不管干什么，搞基建可能就得三四年，初建成还不知道运营情况咋样，再混个三五年，局面刚一打开，时间到了，人家就得收回了。你说，弄来弄去还不是给别人做嫁衣！"马董说起这个就有点儿激动，也有不被重视的沮丧。

"是啊，不让改变山体就把你限制死了。不然你可以把那里打造成生态观光农场。"沈矿总觉得井下接替工作面没说实话有点儿对不住马董，就给马董支招。

"可是人家不愿意啊。一个鲁家河矿就把我折腾得焦头烂额，再加个飞马岩，那还不把我累个半死？想想还是算了吧，多大的肚子吃多大的馍。把矿上这盘棋下活就阿弥陀佛了！"马董说着，站起身出门，走到门口又转过头叮咛陈荷，"小陈，明早的会，别忘了！"

五十

马董一行从燕子窝矿上回来，就召集生产部门人员开会。安排生产科彻底排查整改井上、下各种安全隐患；安排办公室拟文，申请煤炭局、安监局进行复产验收；申请公安局解封炸药库；通知拣矸人员进场将黑白矸石分拣；销售科科长一职目前空缺，但销售科归郭总领导，就让郭总安排营业室人员到岗打扫区域卫生，次日开始营业，先把煤场堆积的矸石处理了，把煤场腾出来。

与会的人都知道工作面还有几个月的回采期，看马董迟迟不给主管部门呈交复产验收申请，心里就急得要命，但看着马董紧锁的眉头却没人敢吭声。今天看马董终于决定要复产，就说其实大可不必拖到现在才复产，一进矿就应该让各部门先动起来，这样人心就不慌了。

马董听见了就说："你们不知当家的难啊，万一在回采结束之前还找不到接替面，那时心就不是慌不慌的问题了。现在咱井下好歹有个接替面，虽说各种情况都不尽如人意，但这已经很好了。大家就准备搭家伙，把各自手里的锣锣鼓鼓都敲起来，都敲响！"

大家就听出来马董要开采那个接替面，就彼此交换了一下眼神。事已至此，也没别的好办法，只好豁出去赌一把了。

会散了，其他人都轻车熟路，只有郭总的工作对象联系不上，就来问陈荷有没有营业室谁的联系方式。

当然有啊，陈荷从手机上翻出李伟强的手机号码念给郭总听，郭总在手机屏幕上一边拨号，一边叮咛陈荷："小陈，你把柜子里的文件整理一下，牵涉到时间的把页面撕掉，重新打印一张新的粘贴上去，检查验收要用的。"

陈荷手里端着手机，眼睛正盯着屏幕，思绪却飞到很远很远的地方去，所以郭总说了什么，她一句都没听明白。郭总说完了就往出走，走到门口还没听到陈荷应，就停了脚步。

"小陈！小陈！"郭总喊着，转过身来。

"嗯?"陈荷这才听见喊,眼睛赶紧离开手机屏幕,攥了手机往郭总身边走。

"思想抛锚了?"郭总问,在得到陈荷一连串摇头的答复后接着说,"把柜子里的资料整理一下,把那几份方案封面的时间改过来,检查要用。喂,是伟强吗?"郭总说着,电话就接通了,他就走了出去。

陈荷看着郭总消失在门口的背影,没动。明眼人一眼都能看出来,陈荷自从上次休假回矿就心不在焉魂不守舍。她当然明白这是什么情况。上次在半道上和韩建超分开后,她就屏蔽了和韩建超有关的所有信息。她自己都吃惊地发现,对于韩建超,自己已经失去了最起码的理智和信任。她想归根结底还是心底的伤,虽然他这次回来,竭尽全力一根一根拔掉了钉在她心里的钉子,但钉眼还在,无论她用什么办法也消除不去。但为了宝儿,她可以选择用谎言将钉眼填塞,她甚至默许他的复婚请求尝试去重新接纳他,就在她认为一切都要柳暗花明的时候,张丹丽回来了!

不,张丹丽并没回来,是她的电话回来了,还是以那样一种让人浮想联翩又难以置信的方式。

张丹丽在电话中跟韩建超说自己被姚大江困住了,陈荷不明白她所说的"困"到底指什么?她心里希望张丹丽说的是真的,这样的女人,不吃点苦头就不知道糖是甜的胶是黏的。还"困",就是卖到深山老林给人家当牛作马也不可惜,啥货色!

陈荷心里诅咒着,不停地把手机拿起又放下,放下又拿起。她想知道这事的最新进展,又怕知道最新进展。她实在不知道接下来会发生什么,就在心里预想了 N 种可能又一一将它们推翻。只是她并不知道,有一个事实被她不幸言中:张丹丽真被"卖"了!

还真是林子大了什么鸟都有,拐卖张丹丽的人不是别人,就是以爱之名怂恿她私奔的情人——有妇之夫姚大江。约定出发的那天晚上，张丹丽怀揣刚收的两万块钱房租，在夜幕的遮掩下钻进了姚大江叫来的出租车里，一上车她的手就伸过去和姚大江十指相扣，眼睛含情脉脉地注视着姚大江的侧脸，心里勾勒着美好的未来。他们要去的一定是个美丽的地方，有红的花绿的草，有亮堂的房子和干净的床罩，床头地上或许还蜷缩着一只小花猫……她心里美着，脸上就溢出幸福的笑容来，不说话，却把相扣的十指扣得更紧。但沉浸在爱情中的愚蠢的女人并不知道，扣着她手的却是一只魔爪，她半个身子已陷入魔窟，但她本人却浑然不知。

姚大江带着张丹丽一路辗转，火车倒班车，班车倒摩托车，终于来到了一个小镇。镇街很小，两边是灰头土脸的店铺，街面上稀稀拉拉散布着几个小摊点，也难得见行人和车辆，即使有那么一两个，也是头发蓬乱，穿着不合身的衣裤匆匆来去。

姚大江手插在裤兜里，女人用手挽了他的胳膊，一路叽叽喳喳像出笼的小鸟。对于张丹丽来说，任何陌生的地方都适合谈恋爱，像这里，认识的人一个也没有，她就可以无所顾忌地释放她的热情和多情，眼前的男人就是她的一切，她才不关注他要带她去哪里。

"我们就待在这里吧！"姚大江侧过脸看着张丹丽，像征求意见，又像自言自语。

"好啊！"女人应着，脑袋靠上了他的肩膀，眼里迷醉又沉醉。

这样，姚大江带着张丹丽就在一家招待所里住了下来。招待所很小，有着和街道一样的贫气和拘谨，但这丝毫不影响俩人疯狂地演绎激情。白天，租了街口营运的三摩载着他们去游山玩水，走很远的路去吃每一种听说很好吃的美食；夜晚，回到招待所，当那扇木板门在他们身后关上，两个人就紧紧地紧紧地搂抱在一起。姚大江使劲地亲，狠狠地要，仿佛要把身下的女人揉碎了捣烂了装进自己身体里。底下的张丹丽微闭着双眼，极为亢奋地迎合着男人的动作，把幸福转化成一浪高过一浪的呻吟，狠狠地炫耀在连空气也暧昧的夜色里……

他们在热恋的浪漫里忘了来路，也忘了归期。这天，张丹丽一觉睡醒，天已大亮，身边没了那个叫姚大江的男人。肯定是看她睡得香就没叫她，自己出去转悠了。想到这里，张丹丽习惯性地摸手机要给他打电话，却在枕头下怎么都摸不到。可能掉床下去了吧，那就等起床了把床拉开再捡。看看时间也不早了，她就起床洗漱，取护肤品的时候发现放在挎包里的钱包不见了，仔细一看，挎包夹层里的身份证也不见了，蓦地反应过来，赶紧去床底下找手机，哪有什么手机？

晴天霹雳！

张丹丽这时才反应过来自己遭遇了什么，她顾不上洗漱，胡乱将东西塞进包里，背上就要出门去追，一开门，却被眼前的情景吓了一大跳，门口一左一右站着两个男人，虎视眈眈地盯着她，吓得她赶紧缩回来，咔的一声关上了门……

这些情况是从公安局"打拐办"将张丹丽解救回来的庆功宴上传出来的，而一些细节却是韩建超串联起来的。至于为什么张丹丽会用一个陌生的号码向他求助，干警没说，只说他们将韩建超报案时提供的地址转给当地警方后，警方就对镇街的招待所逐一排查，这两男一女就以卖淫嫖娼被带到了派出所里，原因是床前的地上撂了大团大团使用过的卫生纸，而女人一见警察进门，表现比较怪异，这女的就是张丹丽。韩建超宁愿相信张丹丽表现怪异的原因仅仅是为了引起警方的注意，从而达到自救的目的，而不是跟那两个男人或者其中的一个做了什么龌龊的事做贼心虚。如果这样，那地上的卫生纸团又是怎么回事？不得要领，也无从解释。天哪，韩建超觉得这女人是如此陌生，他自己都认不出来了！

张丹丽被解救回来了，但却不愿意见韩建超。到底什么原因她不说，也没人知道。韩建超觉得有点儿失望，也有点儿心疼。说失望是他觉得张丹丽背叛了他，到头来却落个如此下场，这就从某种程度上顺应了那句"善有善报恶有恶报"，所以他想急切地见上一面，即使不说话，用眼睛扫她一下都算出了这口恶气，但张丹丽偏偏不见；而说心疼是因为张丹丽当初是以未婚女的身份和他这个二婚男结婚的，不管怎么说是自己死缠烂打追来的，虽然她给他戴了绿帽子，但被姚大江这一"卖"，也够惨的。

韩建超心里郁闷着，就想把这一切都说给陈荷听，但陈荷手机一直提示占线，给她发信息也不见回，他想陈荷应该把他的号码设置了。陈荷设置了他的号码，但他一点儿都不生气，反倒有一点儿小欢喜。陈荷吃张丹丽的醋，说明陈荷还在乎他。只要陈荷在乎，接下来这事就好办了。

这天下午下了班，陈荷在路上转悠，碰见赵六斤骑着摩托车上班来了，而再一看后座上坐着的人，她吃惊地张大了嘴巴，继而快步迎上前去——后座上坐的人竟然是鲁会娟！

鲁会娟下了车就冲着陈荷跑过来，伸开双臂，两个人紧紧地拥抱在一起。是啊，好久没见了！

"你可想死我了，我还以为你出不来呢！"拥抱并没分开，陈荷说。

"娃马上就高考了，不来咋办呢？"鲁会娟说着，眼里掉下泪来。

这是陈荷第一次见鲁会娟在大庭广众之下哭，这个坚强女人的眼泪让她也忍不住泪水盈眶。

"你看你俩。这见了面了，高兴还来不及，哭什么呢？快别哭了，啥事都能过去的！"赵六斤还要说，听见一阵轰隆隆的声响从背后传过来，几个人下意识地往路边靠了靠，那声响却在身后停了，几个人转过头去看，却是一辆铲车，再往上看去，李果元的脸在驾驶室里冲着他们笑，而旁边的副驾上，他媳妇玉婷也笑着向陈荷打招呼。

"老李？你咋来了？"鲁会娟听见响声就和陈荷分开，这会儿看见是李果元，就迎上前去问。

"日子过烂了就往煤矿钻嘛！"李果元的目光扫视了陈荷一眼，冲着鲁会娟说。

"这叫过烂了？这么大的家伙都开上了还叫过烂了？"鲁会娟伸出脚踢了一下铲车的大轱辘，调皮地吐了吐舌头，她发现那铲车轱辘跟她个子一般高。

"你们接了个铲车？"陈荷笑着招呼过玉婷，目光转回来时扫了李果元一眼。

"嗯。刚接回来时间不长，正好矿上承包的铲车到期了，郭总一叫，我就来啦！"李果元说。

"也就是说你要在矿上装煤？那料石厂怎么办呢？"陈荷把耳畔的一绺头发拨到耳后去。

"包出去了！"李果元回答。

"老李，还带了个人进来？咦？车上这个咋跟上次在城里你带的那个不一样哩？"赵六斤看陈荷和玉婷打招呼，反应过来这女人可能是李果元的媳妇，就故意问。

"你把世事就囫囵拿着哩，现在人都一天一换，你不知道呀？"李果元说着，还向玉婷挤了一下眼睛。

"嗨，世事都叫你这坏种闹瞎了。"赵六斤见玉婷也不恼，就转过头望着李果元，"你买车了，那啥时请客吃饭呀？"

"你猫吃糨糊就知道个嘴，不就是一顿饭嘛，多大个事，现在就走!"李果元说着，就打开驾驶室的门下了地。媳妇玉婷也从另一边下了，站在一边只笑不说话。

"走就走!"几个人在前边走，赵六斤在后边推着摩托车，嘻嘻哈哈地往好口福食堂门口走去。

"妈妈，妈妈!"是宝儿的声音。

陈荷转身，路边的电动车上坐着韩建超父子。见她回过头来，一大一小两个男子汉笑着向她招手，夕阳的余晖在电动车的后视镜上反射出一团耀眼的光辉。她笑着，向着那团光辉飞奔而去……

后 记

我不是一个持之以恒的人，所以放弃过很多丰满的理想。《乌金红尘》却是个例外，在九个月零五天里完成了二十万字的初稿，这在我碌碌无为的人生履历中也算是个奇迹了。

2004 年我曾在彬县县内一家大型煤矿的生活区租住过半年，虽说是矿区，但见到矿工的机会少之又少，拖儿带女的矿嫂却很常见。唐梅就是诸多矿嫂中的一个。她的老公志军在综掘队上班，每到下班，从放工服的柜子里摸出缝了提手的大米包装袋，趁着交班时的忙乱溜到煤堆旁，捡多半袋煤块，提着一路闪进租住的小院，放下袋子，在门口的脸盆架上洗了手，便接过唐梅怀里的儿子，唐梅才开始捅炉子做饭。

那天唐梅红肿着眼睛来找我，说志军一下班就跟她闹脾气："说我心太狠，给他找的煤袋子都是二十斤的，他说他在井下下了一天苦，上来还得背负近二十斤重的煤，更要命的是还得承担随时被保安逮住的风险。而且回来还得看娃，想眯一眼都不能够……"

唐梅说着说着就哭了。唐梅说当天缝煤袋用的米袋子是志军专门找的，当时自己家没有，还是到同院的邻家找的空米袋，这刚过没几天他就拿这说事，还一推二五六，把不是都推给了别人。

"他说他苦他累，我从早到晚也没闲着呀。看娃、洗衣服、做饭，不见得就比他轻松，他咋只知道自己不知道别人？"唐梅鼻涕一把泪一把，怀里的儿子歪着小脑袋，把胖乎乎的指头塞进唐梅的耳环里，小手一扯，唐梅的眼泪花子就出来了，她大吼一声，伸手往孩子的屁股蛋上拍了一把，孩子就哇哇哇地哭起来。

我能说什么？志军不是一个小肚鸡肠的男人，他知道我和唐梅要好，他也知道一个女人挑水提煤颇不容易。所以每次上班路过我的租屋，只要门开着，就拐到门口问我需不需要帮忙。有时在门口碰见他下班，通常是顶着没洗净的黑眼圈，斜着身子，拎着沉甸甸的煤袋子向租屋的方向趔趄而去。他是家中唯一的男丁，也是娇生惯养的孩子，平时还好说，一进煤矿就觉得不是一般的吃力，但他又是男人，是流血不流泪的男人，是打落牙也得和血吞的男人，多苦多累只得扛着！

我相信在煤矿中，像志军这样生活的矿工还有很多很多，志军只是千千万万矿工中的一个。双重的环境造成了他们双重的人格，他们坚韧刚强，却也敏感脆弱；他们可以担得起山，可以挑得动水，却推不动生活的车轮。隐忍久了，他们的情绪总得有个发泄的出口，离他们最近的亲人就成了唯一也是必须的对象。

此后不久，我就搬离了租住的矿区。2005年6月，肾炎尿毒症夺去了志军年仅二十六岁的生命，留下悲痛欲绝的父母和孤苦无依的唐梅，还有两个不谙世事的孩子。在怜惜遗憾的同时有人就说："早知道这么短命，还不如上班时出个事故，好歹能给家里贴补一点。"这话让我对于贫穷下的生活之重有了刻骨铭心的见地，也对煤矿这个寸土寸金的宝地多了一份好奇。

2005 年 11 月，出外觅活的我承蒙亲戚的关照，去了处在大山深处的那家煤矿报到，由此开始了自己长达八年的乌金之路。

进入新环境总有诸多不适应。煤矿处在深山，环境偏僻，散步成了茶余饭后的首选。第一次去工业广场，那黑乎乎的井口和隆隆作响的矿车就让我惊诧莫名。头顶，艳阳高悬白云飘浮；身后，乌金滚滚笑声朗朗。却分明有一串串矿车满载着乌金地火从千尺井下奔腾呼啸而来，这不是幻象，而是可以看得见摸得着的现实。那一刻，我知道了在另一个未知的幽暗空间里，有这么一群人，正以我们无法想象的画面辛苦劳作着。

后来去过煤场，去过盘煤工的宿舍，简陋甚至恶劣的生存环境让我讶然。因为工作关系，经常会接触到盘煤工，他们乐观开朗的人格魅力像逢年过节工业广场绽放的烟花，照亮了每个黯淡的角落，也和这环境形成了鲜明的反差。

在矿上待的时间长了，就爱上了这里的一人一事一草一木。真实的我加上不做作的他们就是一个小世界。在这里，说话直来直去，做事爱憎分明，没有矫揉造作，也不用曲意逢迎，你大可不必担心哪句话会冲撞了某个人从而给自己招来祸端。简单、真实是每个人自备的功能，这功能就像过滤器，能过滤掉任何带有负能量的杂质。

世上不缺爱，缺的是表达。表达爱的方式有很多种，方式虽不一样，但倾注的感情是一样的：真挚、深沉、热情又浓烈。

春日正好，适合表达，也适合出发。

离开矿区的第二年，也就是 2014 年春天，我开始了《乌金红尘》的写作，也开始了自己文学路上的第一次长途跋涉。一旦每个形象在自己的心中定了位，接下来就有一股莫名的力量在揪扯着我去下笔。在每个夜深人静的时候，那一个个温暖又熟悉的名字就从字里行间跳出来和我对话，这分明就是当年我们坐在营业室吃烤大蒜蘸调料、中秋夜在山路上等月亮穿透云层等情景的再现和还原。

写作的过程并不是一帆风顺，有出自于本能的惰性，有初写长篇无法驾驭的隐忧……但凡此种种，都比不上亲人离去带给我的痛。2014年5月23日，最爱我的父亲因脑出血撒手西去。埋葬了父亲，我久久沉湎在深深的悲痛里无法自拔，我难以在最短时间内开始全新的生活。

按原创作计划，结尾部分还有一段"韩建超见陈荷父母"的情节，但给我灵感的父亲一谢世，母亲被接离，我再也没有勇气去直面那荒无人烟的老院和那棵已被砍得面目全非的核桃树，虽然那棵树上真的挂过父亲的旱烟锅。因父亲的缺席，这些情节便成了永难再续的断章。

父亲走了，把孤苦的母亲留在了无边的绝望里。人都说绝处逢生，可绝望处的母亲逢的不是生机，而是抑郁症。一年半后，母亲以她自以为极对却让我们极度自责极度悲痛的方式躺进了老坟地。这么短的时间里痛失两位至亲，这于我，父母最小的女儿来说，该是最悲怆最绝望的情景。

设计再完美，一旦付诸行动也会生出许多变数。生产行业的特殊性注定了井下是女人的视线不能触及的死角，所以那些一线矿工还只能游离在我的笔触之外，他们的喜乐和悲欢也只能通过盘煤工这一角色来演绎，这对我的长篇初体验来说是一个大遗憾，对《乌金红尘》来说就成了不可弥补的缺陷。

初稿在杂志上连载后，有文友开玩笑说："陈荷"绝对是我自己，口口声声要找一个"李果元"出来。还说如果拿全本去矿上，绝对可以对号入座，我不置可否。煤矿经历是我不长的人生履历中浓墨重彩的一笔，是记忆深处永久的珍藏，也是我写作素材来源的丰富矿藏。不只是我，相信在矿上生活过的每一个人，包括现在还在矿上生活的人们，或多或少都会从中找到自己的影子。

《乌金红尘》从动笔到封笔，再到付梓，古豳大地以文联为旗的文学师长功不可没。从矿上辞职后到来文联上班之前，我在县内一家补课机构代课，因办公室一本《豳风》杂志和承办杂志的县文联结缘。编辑部主任江枫老师是省作协会员，爱文字，也偏爱爱文字的人。当时恰逢杂志改版扩充编辑队伍，江枫老师看过我几篇文章，也看过我百无聊赖时在杂志上的圈圈点点，认定我可以胜任编辑工作，就推荐我入职文联，文联领导也给了极大的鼓励和支持。这样，我这个散兵游勇就忝列编辑队伍，有了发挥的平台，也有了展演的舞台。

感谢省政协科教文委主任、省作协原党组书记、文学基金会会长雷涛老师为《乌金红尘》题写书名；感谢著名作家，评论家杨焕亭老师撰写序言；感谢著名评论家常智奇老师，著名作家高鸿老师、杜文娟老师倾情推荐。几位老师百忙之中还能欣然命笔，这种奖掖后进的精神很值得我们学习。

《乌金红尘》在出版时，得到了单位领导的鼎力支持。作家韩晓英、魏锋、辛峰、诗人赵凯云等文友也给予了很大的帮助。他们都是从彬县走出去的青年作家，他们对文学新人的热情、对文字的敬畏、对文学事业的炽烈热忱，对我们这些后来者来说，既是旗帜，也是导航。

在此一并致谢！